Karin Ann Müller

TADAMUN

Für immer verbunden

AF215444

Karin Ann Müller

TADAMUN

Für immer verbunden

Roman

Impressum
2. Auflage: 2019
Copyright: © Karin Ann Müller
karinann@hotmail.de

Umschlaggestaltung
Grittany Design: www.grittany-design.de
Covermotive: © O. Gekman – shutterstock
© .shock – Adobe Stock/ © Vjom – Adobe Stock

Herstellung und Verlag: BoD – Books on Demand,
Norderstedt

ISBN: 978-37481-1158-0

Bibliografische Information
der Deutschen Nationalbibliothek:
Die Deutsche Nationalbibliothek verzeichnet diese
Publikation in der Deutschen Nationalbibliografie;
detaillierte bibliografische Daten sind im Internet über
http://dnb.dnb.de abrufbar.

Dieses Werk ist in jeder Form urheberrechtlich geschützt.

PROLOG

Sie konnte sich kaum bewegen. Vom langen Knien war ihr Körper taub und sie zitterte vor Angst und Kälte. Alles schmerzte. Die scharfen Kanten der Felsen schnitten ihr in die Knie und sie vermutete, dass die Wunde am Schienbein wieder aufgebrochen war. Warm und feucht sickerte das Blut in den Verband.

Noch mehr aber schmerzte ihr Herz. Sie würde ihn verlieren. Sie würden ihn vor ihren Augen töten. Die erwartete Hilfe war nicht erschienen und sie selbst war zum Nichtstun verdammt.

Sie hatten ihn vor dem Stein auf die Knie gezwungen. Den Kopf stolz erhoben blickte er zu den Bergen hinauf, als würde ihn das alles nichts angehen. Was dachte er? Dass nun das geschehen würde, womit er seit Jahren gerechnet hatte? Bereute er letztendlich den Weg, den er gegangen war? Oder dachte er darüber nach, dass es niemals soweit gekommen wäre, wenn er sie nicht getroffen hätte?

Es war so leicht gewesen, sich die Zukunft mit ihm vorzustellen. Es war ebenso dumm gewesen, an so viel Glück zu glauben. Lautlos bewegte sie die Lippen. Bitte, lieber Gott, bitte nicht …

Der Graugekleidete hob den Arm, ein grimmiges Lächeln im Gesicht. Stahl blitzte auf.

Plötzlich ertönte ein lauter, schriller Schrei.

KAPITEL 1

Ein Schauder durchfuhr sie.

Sie blieb stehen und sah sich unbehaglich um. Das Gefühl, beobachtet zu werden, war so intensiv, dass sich die Härchen in ihrem Nacken aufgestellt hatten. Sie bewegte sich vorsichtig, um auf dem Weg, der über ein Geröllfeld führte, den Halt nicht zu verlieren. Ihre Augen glitten über den schmalen Pfad, der vor ihr lag und sich in einiger Entfernung in engen Serpentinen den Berg hinaufschlängelte bis zu einer Scharte weit oben am Kamm. Als sie nirgendwo auch nur eine Spur von Leben entdecken konnte, suchte sie die Felsen ab, die grau und mächtig um sie herum in den Himmel ragten. Sie hatte nicht erwartet, etwas zu finden. Das Einzige, das sie überdeutlich wahrnahm, war ihr eigenes, schweres Atmen, das nicht in diese Umgebung zu passen schien. Auch als sie sich umwandte und den Weg absuchte, den sie heraufgestiegen war, sah sie weder Mensch noch Tier. Letzteres bedauerte sie ein wenig, denn seit Stunden hielt sie vergeblich Ausschau nach Gämsen, Steinböcken und Murmeltieren.

Als sie schließlich ihren Weg fortsetzte und nun doch über einen Stein strauchelte, wurde ihr bewusst, dass der Rucksack schwer auf ihren Schultern lastete und sich die Gurte tief und schmerzhaft eindrückten. Außerdem hatte sie Durst, und nicht nur das laute Keuchen, das ihrer Brust entfuhr, zeigte ihr, was sie sowieso wusste. Sie hatte nicht im Geringsten die körperliche Verfassung, die man eigentlich brauchte, um in den Bergen unterwegs zu sein. Vielleicht sollte sie kurz rasten und ihre müden Beine ausruhen.

Lilli öffnete den Schnappverschluss des Bauchgurtes und ließ den Rucksack zu Boden gleiten. Erleichtert streckte sie den Rücken, und als ihre Hände die brennenden Schultern abtasteten, stellte sie fest, dass ihr Baumwollshirt völlig durchgeschwitzt war. Aus der Wasserflasche, die sie aus einer Seitentasche des Rucksacks nahm, trank sie durstig ein paar tiefe Schlucke und setzte sich dann auf einen großen Steinbrocken, von denen hier unzählige herumlagen. Ihr Gesicht wandte sie mit geschlossenen Augen der Sonne zu und mit der Zeit verebbte das schwere Atmen. Ruhe legte sich über sie. Eine leichte Brise trocknete ihr die schweißnasse Stirn und strich kühlend über ihr Gesicht. Einen Augenblick war sie versucht, die Wanderschuhe auszuziehen und damit ihre schmerzenden Füße aus der Enge des Leders zu befreien, aber fast gleichzeitig entschied sie, dass sie zu keiner Bewegung mehr fähig war. Der Erschöpfung war es wohl auch zuzuschreiben, dass sie gedacht hatte, jemand würde sie beobachten. Hier oben war weit und breit kein Mensch. Nur Stille. Es war diese typische Stille, die es nur in den Bergen gab. Die gänzliche Abwesenheit von jeglichen Geräuschen. Eine Ruhe, die sich bis tief in den eigenen Körper senkte.

Sie hatte das schon einmal erlebt, als sie und Britt drei Wochen in den Bergen Urlaub gemacht hatten. Direkt nach dem Abi. Damals. Ja, das war eine schöne Zeit gewesen. Vielleicht die schönste ihres Lebens. Die Zukunft hatte so vielversprechend vor ihr gelegen. Nun lag vor ihr nur der Rucksack, alt, voller Flecken und mit Schlafsack und Isomatte bepackt ein Überbleibsel aus ihrem alten Leben. Ebenso ihre Wanderschuhe. Vor vierzehn Jahren eines der besseren Modelle. Jetzt wusste sie nicht, ob sie ihnen noch trauen konnte, so rissig wie das Leder nach jahrelangem Exil im Keller war.

Sie konnte gar nicht glauben, dass sie erst gestern früh bei der ersten Dämmerung die Tür hinter sich zugezogen und ihr Zuhause verlassen hatte. Zuvor hatte sie innerhalb von kürzester Zeit zusammengerafft, was sie brauchte. Eines ihrer größten Bedenken war gewesen, ob die Nähte des Rucksacks halten würden. So prall hatte sie ihn befüllt. Als sie schließlich Isomatte und Schlafsack daran befestigt hatte, interessierte sie nur noch, ob sie das Gewicht überhaupt tragen konnte.

Sie öffnete die Augen und betrachtete ihr Gepäck. Es war schwer, ja. Sie hatte sich von Beginn an ziemlich gequält, aber sie war schon bis hierher gekommen. Und es würde weitergehen. Der Schmerz gehörte dazu und zeigte, dass ihr Körper noch funktionierte. Sie rieb sich die Schultern und sah auf. Sie würde noch ein paar Stunden gehen können, bevor sie sich einen Platz zum Übernachten suchen musste. Noch stand die Sonne hoch am Himmel, der von beeindruckendem Blau war. Mit leisem Ächzen erhob sie sich. Als die Wasserflasche wieder an ihrem Platz war, wuchtete Lilli den Rucksack auf ihre Schultern und machte gar nicht erst den Versuch, das laute Stöhnen zu unterdrücken, das ihr entfuhr, als sich das Gewicht auf die wunde Haut legte. Auch ihre Beine protestierten, doch nachdem sie ein paar Schritte gelaufen war, gehorchte ihr Körper wieder.

Als sie Stunden später auf einen Unterstand aus Holz traf, beschloss sie sofort, die Nacht dort zu verbringen. Auch im Hochsommer sollte man Bergnächte nicht unterschätzen, so viel wusste sogar sie. Und erst recht dann nicht, wenn man körperlich völlig am Ende war, nassgeschwitzt und hungrig.

Irgendwo hörte sie Wasser plätschern, was also wollte sie mehr? Sie verließ den ausgetretenen Weg und lief über kniehohes Gestrüpp und Steine zu dem Schuppen, der relativ einfach aus Brettern zusammengezimmert war. Unter dem schützenden Vordach ließ sie den Rucksack auf den weichen Untergrund fallen und suchte dann, endlich vom Ballast befreit, nach dem Wasser. Nur wenige Meter entfernt sprang ein kleines Rinnsal aus den Felsen hervor und sammelte sich zu ihren Füßen zu einer Lache. Sie wusch sich Hände und Gesicht und trank gierig. Vorsichtig zog sie Wanderschuhe und Socken von den schmerzenden Füßen und schnappte nach Luft, als sie dicke Blasen entdeckte. Das Wasser kühlte die wunden Stellen angenehm und nahm vorerst den größten Schmerz; sie wusste jedoch, dass es am kommenden Morgen kein Vergnügen sein würde, wieder in die Schuhe zu schlüpfen.

Kurze Zeit später richtete sie ihren Schlafplatz unter dem Dachvorsprung und kramte in ihrem Rucksack nach etwas Essbarem. Sie hatte die letzte Möglichkeit zum Einkaufen genutzt und sich gestern Nachmittag in einem Hofladen in Oberstdorf mit Lebensmitteln eingedeckt. So zog sie nun eine Tüte hervor, die Brot, Käse und Salami enthielt. Sie begann an einem Stück Brot zu knabbern und spürte, wie ihr Körper sich entspannte und bleierne Müdigkeit sich ausbreitete. Sie biss ein Stück Bergkäse ab und trank frisch abgefülltes Wasser aus der Flasche.

An die Holzwand gelehnt sah sie der Sonne zu, die langsam hinter den Bergen versank und Hunderte Schatten über die kleine Ebene schickte. Die Luft wurde frisch und Lilli schlüpfte erst in ihren Pulli, anschließend in den Schlafsack.

Ein kleines Feuer wäre jetzt genau das Richtige, doch dazu hätte sie Holz oder Zweige zusammensuchen müssen. Vielleicht morgen. Sie würde noch eine Weile beobachten, wie die herankommende Nacht Sterne an den Himmel tupfte und dann einfach nur einschlafen.

Sie musste an das weiche Bett im Heu denken, das ihr die freundliche Besitzerin des Hofladens kurz hinter Oberstdorf gestern angeboten hatte. Die Frau hatte wissen wollen, wohin Lilli denn noch ging, da es schon ziemlich spät am Nachmittag war. Als sie der Frau die Wahrheit erzählte, dass sie nämlich noch ein Stück den Berg hinauf gehen und sich dann einen Platz zum Schlafen suchen wollte, schlug diese ihr vor, in der Scheune zu übernachten und am nächsten Morgen weiterzuwandern. Lilli hatte beinahe geweint vor Erleichterung. Nach einer durchwachten Nacht zuvor und der anschließenden Reise ins Allgäu fühlte sie sich alles andere als fit genug, um noch ein Stück zu laufen. Am Morgen hatte die Bäuerin ihr dann ein Frühstück aus frischem Brot, zwei hartgekochten Eiern und einer dampfenden Tasse Kaffee gebracht, das sie an einem Tisch in der Morgensonne zu sich nahm.

Als Lilli ihr beim Abschied Geld geben wollte, hatte sie abgewinkt und gesagt:

„Kindchen, ich habe Augen im Kopf und sehe, dass Sie nicht hier sind, um Urlaub zu machen. Ihr Rucksack ist nicht die eigentliche Last, die Sie mit sich schleppen. Wenn ich nur ein bisschen helfen konnte, so wird Gott es mir vergelten."

Es war nur ein winziger Augenblick, in dem sie unvorsichtig war und an diese andere Last dachte, die sie mit sich trug und die viel schwerer wog. Ihr Magen krampfte sich schmerzhaft zusammen und ihr wundes Herz schrie auf. Nur mit Mühe gelang es ihr, diese Tür wieder zu schließen und all das zu verdrängen, was sich dahinter befand.

Sie bewegte ihren Rücken an der Schuppenwand und spürte die geschundenen Schultern. Sie konnte sich beim besten Willen nicht vorstellen, den schweren Rucksack jemals wieder auf den Rücken zu heben.

Trotz der Schmerzen empfand sie ihre Erschöpfung jedoch als willkommene Ablenkung und sie konzentrierte sich auf ihren Körper, der sich vor Müdigkeit und Anstrengung fast taub anfühlte. Schließlich rollte sie sich auf die Seite und schlief ein, ohne einen einzigen Stern gesehen zu haben.

Als Lilli am nächsten Morgen erwachte, wünschte sie sich auf der Stelle die Gefühllosigkeit ihres Körpers vom vorigen Abend zurück. Egal wie sie sich bewegte, jeder Muskel schrie nach Erbarmen. Außerdem musste sie einen Sonnenbrand im Gesicht haben; ihre Haut spannte und fühlte sich rau an.

„Meine Güte", sagte sie und stieß einen lauten Seufzer aus. „Mit achtzig Jahren kann man sich nicht schlimmer fühlen."

Mit unsicheren Schritten tapste sie barfuß durch das taufeuchte Gras zum Bach und wusch sich. Es war kalt und sie fror. Nur nicht an eine heiße Dusche denken, sagte sie sich, doch genau daran dachte sie auch dann noch, als sie ein mageres Frühstück aus Brot, Käse und Wasser zu sich nahm. Ihren Schlafsack hatte sie um sich gewickelt. Und als nach und nach die Strahlen der aufgehenden Sonne über die Berge blinzelten, kam wieder Leben in ihren Körper. Schließlich rollte sie den Schlafsack in die Isomatte und holte aus dem Rucksack eine Karte, die sie auf dem Boden vor sich ausbreitete. Nach kurzem Suchen fand sie die ungefähre Stelle, an der sie sich befinden musste. Ihr Finger zog eine Linie bis zu dem Punkt auf der Karte, der ihr Ziel war. Hier, am Rande eines Tals, lag der Ferienhof der Familie Bernau. Dorthin wollte sie gehen und würde, wenn es lief wie sie geplant hatte, noch zwei oder drei Tage unterwegs sein. Sie schnaubte bitter durch die Nase. Von einem Plan konnte nicht die Rede sein. Sie hatte nach dem Lesen von Britts Brief nur gewusst, wohin sie wollte. Wie sie dorthin gelangen sollte, davon hatte sie keine Ahnung gehabt. Auf dem Weg zum Bahnhof hatte sie in ihrem Gedächtnis gewühlt und war zu dem Schluss gekommen, dass sie anfangs denselben Weg wandern wollte, den sie damals mit Britt gegangen war. Sie waren von Oberstdorf aus in die Berge gelaufen, ohne ein bestimmtes Ziel. Britt, die oft mit ihren Eltern in den Bergen Urlaub gemacht hatte, kannte sich ein wenig aus und wusste von den Häusern, die der Alpenverein in den Bergen betrieb. Dort konnte man essen und übernachten. Sie hatten geplant, drei Wochen von Haus zu Haus zu wandern auf den ausgeschilderten Routen, die nicht zu verfehlen waren. Wohin ihre Füße sie tragen würden und sie letztendlich ankamen, wollten sie nicht festlegen und jeden Tag aufs Neue entscheiden. So waren sie dann beinahe eine Woche unterwegs gewesen, hatten sich tagsüber die Füße wundgelaufen, an Bächen gerastet, hatten Gipfel erklommen und Gleichgesinnte kennengelernt. Abends hatten sie erschöpft aber glücklich die angestrebte Hütte erreicht, in der Stube ein herrliches und meist sehr reichliches Mahl genossen und mit vielen anderen, die ebenfalls stundenlang gewandert waren, in überfüllten Matratzenlagern geschlafen.

Als sie in ein Tal hinabstiegen, um Lebensmittel zu kaufen, hatten sie den Ferienhof entdeckt, der wunderschön am Rande eines Weilers lag und zum Bleiben einlud. Dass dort kein Zimmer mehr zur Verfügung stand, kümmerte die Wirtsleute nicht besonders. Sie boten ihnen kurzerhand ihre Berghütte auf der Alm an, die sich ein paar Hundert Meter weiter oben am Berg befand und mit allem Nötigen zum Leben ausgestattet war. Dort oben weideten die Rinder des Hofes. Jeden Tag mussten der Bauer oder dessen Frau hinaufgehen und nachsehen, ob alles in Ordnung war mit ihnen. Britt und Lilli hatten dort kostenlos übernachten dürfen und dafür nach den Tieren gesehen. Damals hatten sie gelernt, wie wenig man zum Leben tatsächlich brauchte. Es war ihr kleines Paradies auf Erden geworden und Lillis Herz pochte, wenn sie daran dachte, dass sie auf dem Weg dorthin war.

Die Karte, die sie sich am Abend ihrer Ankunft in Oberstdorf gekauft hatte, war für ihre finanziellen Verhältnisse teuer gewesen, dafür aber übersichtlich. Und sie zeigte alle vorhandenen Wanderwege und Übernachtungsmöglichkeiten sowie Gasthäuser und Einkaufsmöglichkeiten in den Tälern. Der junge Mann in einem überaus gut ausgestatteten Outdoorladen hatte sie beraten und ihr nahegelegt, sich außer einer guten Wanderkarte auch einen Kompass, ein kleines Fernglas und ein Erste-Hilfe-Täschchen zuzulegen. Sie hatte nur das Täschchen und einige Blasenpflaster genommen. Alles andere erschien ihr unnötiger Ballast für Geldbeutel und Rucksack. Der Anblick eines Taschenmessers mit vielen Funktionen ließ sie zögern, doch sie erinnerte sich an das kleine, alte Klappmesser, das in ihrem Gepäck steckte und verwarf den Gedanken.

Als der freundliche junge Mann ihr beim Abschied ein Kärtchen gab mit den wichtigsten Rufnummern für Bergwetter, Notfall usw. war sie kurz versucht, ihm zu erzählen, dass sie ohne Handy unterwegs war. Doch sie konnte sich auch so das Gesicht vorstellen, das er machen würde und ließ es bleiben.

So war sie am Morgen darauf losgelaufen mit einem ungefähren Plan, einem konkreten Ziel und einem Rucksack, der nun so voll war, dass er ein ganzes Stück über ihren Kopf hinausragte.

Sorgfältig legte sie die Karte wieder zusammen und verstaute sie. Solange das Wetter so schön war, würde sie in keiner Alpenvereinshütte übernachten. Beim Verlassen von Oberstdorf am Tag zuvor waren so viele Menschen unterwegs gewesen, dass sie für kurze Zeit fürchtete, einen anderen, längeren Weg zum Bernauer Ferienhof nehmen zu müssen. Sie wollte Ruhe, Einsamkeit und Raum. Glücklicherweise wurden die Wanderer weniger, je höher sie gestiegen war, und irgendwann kam ihr nur noch selten jemand entgegen. Ein paar Mal wurde sie überholt, was sie nicht wunderte bei ihrer Geschwindigkeit.

Eine Übernachtung in einem Lager, neben sich fremde Körper und ständiges Gemurmel und Geschnarche, das würde sie nicht ertragen. Nicht solange es andere Möglichkeiten gab.

Ihr Rucksack stand gepackt an der Holzwand der Hütte. Zwei Dinge standen ihr nun bevor, über die sie bis eben noch nicht hatte nachdenken wollen. Das waren zum einen ihre Wanderschuhe, die darauf warteten, dass sie hineinschlüpfte mit Füßen, die von nichts außer einem warmen Fußbad träumten. Und anschließend musste sie ihr Gepäck schultern. Sie versuchte, nicht daran zu denken, wie rot und wundgescheuert die Stellen noch waren und bei jeder Berührung wie Feuer brannten.

Schließlich entschied sie, jeden Schmerz zu ignorieren oder wenigstens geduldig zu ertragen. Aus diesem Grund war sie hier. Sie würde jede Hürde nehmen und sich selbst beweisen, dass sie in der Lage war, das zu tun was sie wollte. Und wenn sie kämpfen musste, so war das in Ordnung. Sie konnte das. Auch wenn ihr jegliches Selbstbewusstsein in den letzten Wochen abhanden-gekommen war. Nein, das stimmte so nicht, musste sie zugeben. Sie wollte ehrlich sein zu sich selbst. Ab heute. Es waren die letzten Jahre. Seit mehr als zehn Jahren war sie selbst mehr und mehr verschwunden und zu einer Hülle auf zwei Beinen geworden.

Bis dann plötzlich und völlig unerwartet wieder ein Sinn da gewesen war. Sie würde kämpfen.

Sie japste nach Luft, als sie die Wanderschuhe anzog und fest verschnürte. Jacke und Pulli band sie am Rucksack fest, dann stemmte sie ihn mit einem leisen Schrei auf den Rücken. Ein kurzer Blick auf ihren Schlafplatz zeigte, dass nichts darauf hinwies, dass hier jemand übernachtet hatte. Sie lief mit anfangs unsicheren Schritten auf den offiziellen Wanderweg zurück und nahm dankbar zur Kenntnis, dass auch heute wieder ein wolkenloser Himmel über den Bergen lag.

Am frühen Nachmittag erreichte Lilli die Stelle, an der sie den Weg verlassen würde, den sie mit Britt gegangen war. Ihr Plan war, ohne Umwege und so schnell wie möglich ans Ziel zu gelangen. Deshalb würde sie an dieser Wegkreuzung eine andere Richtung einschlagen als damals.

Sie warf ihren Stock zu Boden, sank neben dem Wegweiser auf einen Stein und massierte ihre Oberschenkel. Ihr Magen knurrte, doch sie würde ganz sicher den Rucksack jetzt nicht abnehmen. Mit einer kleinen Verrenkung erreichte sie die Wasserflasche und zog sie aus der Halterung. Aufmerksam blickte sie sich um. Nur wenn sie sich anstrengte und ganz genau hinsah, konnte sie in weiter Ferne den einen oder anderen Punkt erkennen. Wanderer wie sie selbst. Die Sonne schien uneingeschränkt, nur an der hinteren Bergkette im Westen hingen dicke weiße Wolken, die sich nicht zu bewegen schienen. Wieder war es warm, deshalb hatte sie ihre Jeans bis zu den Knien hochgekrempelt. Vereinzelt standen knorrige und windgebeugte Bäume jenseits der Wege, die von hier in alle Himmelsrichtungen führten. Hier und da leuchteten die rotweißen Markierungen der Wanderpfade auf. Was musste das für eine Arbeit sein, dieses Netz an Wegen und Schildern in Ordnung zu halten? Wie viele fleißige Hände waren wohl jedes Jahr wieder damit beschäftigt, dafür zu sorgen, dass Menschen wie sie nicht von den Wegen abkamen und sich hoffnungslos verirrten? Wenn sie je wieder finanziell auf die Beine kommen sollte, würde sie dem Alpenverein beitreten. Allein aus Dankbarkeit, dass sie sich hier weniger verloren fühlte als zu Hause.

Sie steckte die Flasche weg, stand auf und ging einen schmalen, steinigen Pfad entlang, der bergab führte und sie kurze Zeit später in einen kleinen, niedrigen Wald brachte. Die Strahlen der Sonne fielen durch die Kronen der kleingewachsenen Laub- und Nadelbäume auf einen mit Moos und Steinen bedeckten Boden. An einigen Stellen funkelten und glitzerten schmale Rinnsale, und so manches niedrige Gestrüpp sah im Spiel von Licht und Schatten aus wie ein Wesen aus einer anderen Welt.

Lilli blieb entzückt stehen und sah sich um. Alles hier erschien ihr geheimnisvoll und verwunschen. Das leise Gurgeln der Bäche, das sich beinahe anhörte wie menschliches Gemurmel, und das Zwitschern der vielen Vögel, die sie nicht sehen konnte, schienen sie zum Bleiben einzuladen. Verzaubert beschloss sie, das freundliche Angebot anzunehmen und suchte nach einem geeigneten Platz für die Nacht. Hier würde sie auch genügend Holz für ein kleines Feuer finden, dachte sie und ließ ihr Gepäck zu Boden plumpsen. Das Moos war hier einigermaßen trocken und würde mit der Isomatte ein weiches Bett sein. Sie zog Schuhe und Strümpfe aus, balancierte vorsichtig über moosbewachsene Steine zum nächsten Wasserlauf und tauchte ihre Füße hinein. Beim Begutachten der geröteten Haut und der dicken, teilweise blutig aufgeriebenen Blasen überlegte sie, ob es sinnvoll gewesen war, die Blasenpflaster nicht zu benutzen und für schlimmere Zeiten aufzuheben. Vor dem Losgehen morgen früh würde sie endlich die Pflaster aufkleben. Bis dahin durften die Wunden an der Luft heilen.

Sie begann, kleinere Äste zu sammeln und schichtete sie für ein Feuer auf. Irgendwie musste es ihr gelingen, den kleinen Topf ihres Campinggeschirrs daraufzustellen, um Wasser zu kochen. Sie konnte den Duft des Kaffees schon beinahe riechen, so sehr sehnte sie sich danach. Mit den Streichhölzern, die sie aus dem Fach des Rucksacks holte, wo sie kleine, nützliche Dinge verstaut hatte, zündete sie das Reisig unter den Zweigen an. Sie sah zu, wie die Flämmchen hochzüngelten und nach und nach Besitz ergriffen von den größeren Ästen, die sie darauf gelegt hatte. Es prasselte fröhlich und eine kleine Spirale aus Rauch wand sich aufwärts durch das Blätterdach hindurch in den Himmel. Lilli stellte das Alugeschirr mit dem Wasser einfach darauf und sorgte für einigermaßen festen Stand.

Als sie aufstand und sich umwandte, um in ihrem Rucksack nach einem trockenen T-Shirt und der Tüte mit löslichem Kaffee zu suchen, war sie sich sicher, im Augenwinkel eine Bewegung wahrgenommen zu haben. Sie hoffte immer noch darauf, Wild zu begegnen, und spähte zwischen die Bäume. Doch das einzige Leben, das sie entdeckte, waren die kleinen Vögel, die überall herumflatterten und sich lautstark unterhielten.

Mit dem frischen Kleidungsstück in der Hand lief sie zum Wasser und wusch sich.

Von den schwarzen Augen, die auf ihr ruhten, ahnte sie nichts.

Mit einem Streichholz entzündete Farid den kleinen Gaskocher. Die Sonne war bereits hinter den Bergen verschwunden, und die Wege konnte man in der Dämmerung schon jetzt kaum noch erkennen. Auch wenn er sich nirgendwo besser auskannte als in diesem Teil des Gebirges, so war es dennoch die richtige Entscheidung gewesen, sich für die Nacht hier niederzulassen. Es konnte kaum eine geeignetere Stelle geben als diesen alten Stall, den er von Zeit zu Zeit ausbesserte, damit er nicht völlig in sich zusammenfiel. Er übernachtete nicht zum ersten Mal hier. Ebenso hätte es einer der vielen anderen Unterschlüpfe sein können, die er je nach Umstand für sich nutzte.

Als das Wasser kochte, griff er in den Beutel, der an seinem Gürtel befestigt war und holte eine Handvoll Kräuter heraus, die er in den Topf warf. Sofort verbreitete sich der Geruch von Minze, den er gierig in die Nase sog. Viel weiter wäre er heute nicht gekommen, auch wenn er wusste, dass er sich beeilen musste. Er trank einen Schluck heißen Tee und spürte die wohlige Wärme, die sich in seinem Magen ausbreitete. Aus einer weiteren kleinen Tasche an seinem Gürtel nahm er ein paar Nüsse, die er sich nach und nach in den Mund steckte.

Seinen Auftrag hatte er erledigt. Als er vor einer Woche aufgebrochen war, hatte er nicht damit gerechnet, dass es so schnell und reibungslos gehen würde. Das hatte gut in seine Pläne gepasst. Er lehnte sich an das verwitterte Holz und schlug die Beine übereinander. Die Stille war übermächtig und trieb seine Gedanken über die entfernten Gipfel hinaus weit fort an einen Ort, den er seit Jahren nicht mehr gesehen hatte. Warum hatte die Nachricht ihn ausgerechnet jetzt erreichen müssen? Wo so viel auf dem Spiel stand. Aus genau diesem Grund hatte er damals alle Kontakte abgebrochen. Um den

Kopf frei zu haben. Um keine Gefahr zu sein. Um nicht angreifbar zu sein.

Er fasste an den Stein, den er an einer Lederschnur um den Hals trug und sah in Gedanken seine Schwester vor sich, die Augen groß und dunkel. Sie musste diese Last jetzt alleine tragen. Es war genau das eingetreten, wovor sie sich gefürchtet hatten, seit ihr Vater nicht mehr lebte. Dass sie irgendwann auch um das Leben ihrer Mutter bangen mussten.

Er kniff die Augen zusammen und rieb sich die Stirn. Während er austrank, gelang es ihm, sich wieder auf das zu konzentrieren, was vor ihm lag. Sie würden bereits auf ihn warten. Er legte seinen Rucksack unter den Kopf, warf den Schlafsack über seinen Körper und schlief ein.

KAPITEL 2

Der Gesang der Vögel weckte sie zu einer Tageszeit, in der alles um sie herum noch die Farbe Grau zu haben schien. Lilli blinzelte verschlafen und entschied, noch liegen zu bleiben. Der kleine Wald war so hübsch und dieser Schlafplatz kaum zu übertreffen, sodass sie überlegte, ob sie nicht vielleicht bis morgen hier bleiben sollte. Ihr Körper hätte Zeit zum Ausruhen und sie könnte durch das Gehölz spazieren und sich verzaubern lassen. Wohin sie auch schaute, überall waren bizarre Figuren zu erkennen, die beim genaueren Hinsehen verformte Bäume waren, knorrige Wurzeln oder von Moos bewachsene Felsbrocken. Von manchen Zweigen hingen Flechten herab, die aussahen wie vergessene Schleier aus Lametta. Hüfthohe Farne bewegten sich im leichten Wind und wirkten gespenstig lebendig. Man wurde verleitet, nach Augen zu suchen, die vielleicht daraus hervorschauten.

Als eine Weile später die ersten Strahlen der aufgehenden Sonne den Morgendunst aufleuchten ließen, setzte Lilli sich mit überwältigtem Staunen aufrecht. Nichts konnte die Schönheit übertreffen, die der Natur gegeben war. Sie hätte am liebsten ihr Tagebuch aus dem Rucksack geholt und hineingemalt, was sie gerade sah. Und doch war dieser Moment zu kostbar, um sich davon abzuwenden. So holte sie ihr Brot hervor, Wurst und Käse und aß, während sich das Bild vor ihren Augen ständig wandelte und die Sonne langsam den östlichen Himmel hinaufkletterte.

Schließlich verließ sie ihren warmen Schlafplatz und wusch sich am nächsten Wasserlauf. Nachdem sie nun schon die dritte Nacht im Freien verbracht hatte – die

Nacht in der Scheune zählte sie dazu – begann sie, sich an die neuen Umstände zu gewöhnen. Mittlerweile empfand sie es nicht mehr als unangenehm, wenn sie sich mit kaltem Bergwasser wusch, und sie begann, seine Reinheit und Klarheit zu schätzen, wenn es ihren Durst löschte. Auch wenn ihre Muskeln immer noch schmerzten, so tat ihr die Bewegung doch gut. Sie war sich bewusst, dass sie ihren Körper seit Jahren nicht mehr so deutlich wahrgenommen hatte. Außerdem lenkte die Anstrengung sie von dem ab, weswegen sie hier war und worüber sie jetzt noch nicht nachdenken wollte. Ganz besonders überraschte sie die Entdeckung, dass sie, je länger sie unterwegs war, ein vages Gefühl von Freiheit verspürte. Sie erkannte darin das Gefühl wieder, das sie damals hatte, als sie das tat, was sie so leidenschaftlich liebte. Wäre da nicht die andere Sache, die sie so sehr bedrückte und bekümmerte, würden ihr vielleicht wieder die Flügel wachsen, die sie damals getragen hatten.

Sie zog ihr T-Shirt wieder über und lief barfuß zu der Stelle, wo sie gestern ihr anderes nach dem Waschen über einen Ast gehängt hatte. Es würde noch ein paar warme Sonnenstrahlen brauchen. Ein lautes Knacken ließ sie zusammenfahren. Lilli wandte sich erschrocken um und erstarrte. Keine fünf Meter von ihr entfernt stand ein Mann, gekleidet in dunkelgraue Stoffe und schwarze Stiefel. Sein Kopf war bedeckt von einer Art Turban, wobei eine Stoffbahn über den unteren Teil des Gesichts geschlungen war und Mund und Nase bedeckte. Schwarze Augen blickten sie kalt an. Flieh! Ihr Instinkt schrie. Doch sie war außerstande, sich zu rühren und starrte nur zurück. Mit einer Bewegung, die sie kaum wahrgenommen hatte, stand er plötzlich vor ihr und zischte etwas in einer Sprache, die sie nicht kannte. Ging er davon aus, dass sie ihn verstand? Und was wollte er?

Nichts Gutes, das konnte sie spüren. Er hatte sich breitbeinig vor ihr aufgebaut und sah sie verächtlich an, die Augen unter den schwarzen Augenbrauen zu Schlitzen verengt. Eine Aura von Fremdheit umgab ihn und es ging definitiv etwas Bedrohliches von ihm aus.

Innerhalb eines Atemzuges drehte er sich von Lilli weg und sprang lautlos mit weichen Bewegungen fort. Sekunden später sah sie ihn nicht mehr. Erst im letzten Moment hatte sie den Dolch gesehen, der seitlich in seinem Gürtel steckte und in der Sonne kurz aufblitzte.

Sie sank zu Boden. Das Herz schlug ihr bis zum Hals. Sie steckte ihre Hände unter die Achseln, um das Zittern zu kontrollieren. Atme, Lilli. Atme, befahl sie sich. Als sie wieder fähig war, sich zu bewegen wie sie selbst wollte, erhob sie sich aus ihrer kauernden Stellung und suchte den Wald nach allen Richtungen ab. Es regte sich nichts. Alles schien so friedlich, als wäre die Erscheinung von eben nicht wirklich gewesen. Nur das Beben ihres Körpers und die gezischten Laute, die immer noch nachklangen in ihren Ohren, zeugten davon, dass etwas passiert war.

Mit zitternden Knien ging sie die wenigen Schritte zu ihrem Schlafplatz und begann mit fahrigen Bewegungen, ihre Habseligkeiten zusammenzupacken. Hier würde sie nicht bleiben. Nicht länger als unbedingt nötig. Noch hatte er ihr nichts getan, aber er konnte jederzeit wiederkommen. Allein der Gedanke verursachte ihr Übelkeit. Sie schlüpfte in ihre Schuhe, ohne die verletzten Füße zu bemerken, holte das zum Trocknen aufgehängte Kleidungsstück und stopfte es in ihr Gepäck.

Ohne einen Blick zurückzuwerfen, verließ sie diese Stelle und lief auf den Wanderpfad. Die verzaubernde Schönheit des Waldes sah sie nicht mehr. Nur hier und da Bewegungen, wenn der säuselnde Wind durch das

Unterholz strich und die Pflanzen zum Schaukeln brachte. Dabei zermarterte sie sich das Gehirn auf der Suche nach dem Grund für diesen Besuch. Wer war dieser Mann gewesen? Hätte er sie umbringen wollen oder angreifen, so hätte er es in aller Ruhe tun können, ohne dass jemand ihn daran gehindert hätte. Niemand würde so schnell merken, wenn eine einsame Wanderin von der Bildfläche verschwand. Er hatte ausgesehen wie eine Figur aus Tausendundeiner Nacht, in weiche Pluderhosen und ein Hemd gehüllt. Im Gürtel ein Säbel oder was auch immer das für eine Waffe war. Sie dachte an die Darstellung der Mauren in den Mittelalterfilmen, die sie so gerne sah. Sie dachte aber auch, und das war nicht ganz so romantisch, an die vielen Nachrichtensendungen mit Bildern aus dem Nahen Osten und den Gruppen, die schwerbewaffnet Kriege führten und mit Bomben und Selbstmordanschlägen die Welt terrorisierten. Aber was würden die hier wollen?

Sie schob den Gedanken von sich und trat erleichtert aus dem Wald heraus. Von hier aus wand sich der Pfad durch riesige Felsbrocken hindurch, und sie musste sich mit den Händen abstützen, um höhere Absätze hinaufzuklettern. Irgendwann konnte sie den kleinen, verwunschenen Wald nur noch aus der Ferne erkennen. Sie hatte bis dahin in der ganzen Gegend keinen Menschen gesehen. Ihre innere Anspannung begann zu weichen, womit sich gleichzeitig die Schmerzen an ihren gepeinigten Füßen und den Schultern zurückmeldeten.

Bald darauf machte sie eine Pause an einer gut übersichtlichen Stelle. Niemand konnte sich hier nähern, ohne dass sie es merkte. Sie setzte ihr Gepäck ab und zog die Karte heraus. Am liebsten würde sie für die kommende Nacht eine der Vereinshütten aufsuchen, wenn es keine Hoffnung gab, den Hof heute noch zu erreichen.

Menschen hin oder her, sie musste sich nicht unterhalten, wenn sie nicht wollte. Aber sie hätte die Sicherheit, dass sie nicht noch einmal ein Erlebnis hatte wie heute Morgen. Sie beugte sich über die Karte und suchte ihren ungefähren Aufenthaltsort. Sie fand den Wald und die zwei kleineren Gipfel, die sie auf ihrem Weg laut Hinweisschildern seitlich hatte liegenlassen. Bei genauerem Studieren erkannte sie, dass es unmöglich war, heute noch zum Ferienhof zu kommen. So hatte sie keine andere Wahl, als noch einmal zu übernachten. Schweren Herzens verwarf sie schließlich das Ansteuern einer Hütte. Sie lagen alle zu weit ab von ihrem Weg. Lilli seufzte und blickte auf. So musste sie eben weiterlaufen soweit ihre Füße sie heute trugen und nach einer geeigneten Stelle suchen. Vor zwei Tagen war ihr das ja auch gelungen. Mit einem letzten Blick auf die Karte prägte sie sich die Namen der Orte ein, denen sie den Schildern entsprechend folgen musste. Dann packte sie die Karte weg, suchte nach den Haferkeksen und trank aus der Wasserflasche. Ihre Vorräte gingen langsam zur Neige, und schon jetzt freute sie sich darauf, auf dem Bernauer Hof frische Lebensmittel einzukaufen für die Tage auf der Berghütte.

Sie stemmte den Rucksack auf den Rücken und versuchte beim Losgehen, die Schreie ihrer geschundenen Füße zu ignorieren.

Leichtfüßig sprang er den Berg hinauf und achtete kaum auf die fünfköpfige Wandergruppe, die ihm dabei entgegenkam und auswich. Sie würden ihn zweifellos für einen der Bergläufer halten, die seit einigen Jahren immer häufiger im Gebirge unterwegs waren und deren Bestreben es war, innerhalb kürzester Zeit ein bestimmtes Ziel zu erreichen. Dazu gehörten meistens auch Gipfel, die im Laufschritt erklommen wurden, oft ohne jegliche Sicherung, was enorme Geschicklichkeit und Konzentration erforderte. Vielleicht gehörte er tatsächlich zu diesen Sportlern, denn so, wie er sich seit Jahren hier bewegte, war kein Unterschied festzustellen. Würde man allerdings nach der inneren Triebfeder dafür suchen, so läge genau hier der entscheidende Unterschied: Für die einen waren es Freizeitbeschäftigung und Sport, ihn dagegen trieb etwas anderes. Rache. Er versuchte, die aufkeimende Wut zu unterdrücken und doch war es genau diese, die ihn noch schneller den Anstieg hinauftrieb.

Er war seit dem ersten Tageslicht unterwegs und verweilte nur dann, wenn er an einem Wasserlauf seinen Durst stillen wollte. Die Sonne stand hoch am Himmel; es war ein ungewöhnlich klarer Tag mit beeindruckendem Fernblick. Auch hoch oben im Gebirge war es heute warm und er war froh, nur leichtes Gepäck bei sich zu haben. In wenigen Stunden hätte er die erste Etappe für heute erreicht. Dann lagen noch etwa fünf Stunden vor ihm. Er würde das Lager noch vor Dunkelheit erreichen.

Seit dem Losgehen heute früh spürte er überdeutlich das Amulett im Takt seiner Schritte an der Brust schaukeln. Er konnte sich nicht daran erinnern, dass es ihm jemals vorher aufgefallen war. So waren seine Gedanken immer wieder bei seiner Schwester, die alleine bei ihrer Mutter war und keine Ahnung hatte, wo er sich befand. Ob er noch lebte. Und bei seiner Mutter, deren Geist sich mehr und mehr zurückgezogen hatte und deren Seele seit vielen Jahren nur noch ein Schatten ihrer Selbst war. Ob sie immer noch die Frage plagte, wo er war und warum er gegangen war? Er hatte keine Erklärung gegeben. Er hatte die Frauen nur darum gebeten, niemals zu versuchen, ihn zu finden. Da er eine Aufgabe hatte und damit rechnen musste, dass er sterben würde. Das hatte er ihnen so nicht gesagt. Aber sie hatten gespürt, dass sie ihn gehen lassen mussten und hatten keine Fragen gestellt. Wenn seine Mutter vor ihm starb, so würde sie sehen, was er nun tat. Was für ein Mensch er war. Mitunter hatte er sich vorgestellt, sie wäre vielleicht stolz auf das, was ihr Sohn tat. Doch in seinem Herzen wusste er, dass sie von Rache nichts hielt. Diese weise Frau, die ihn und seine Schwester gelehrt hatte, was im Leben wirklich wichtig war. Doch das alles war vorher gewesen. Das, was geschehen war, hatte alles verändert. Hatte alles zerstört, was ihnen wichtig gewesen war. Mochte sein, dass seine Mutter, wenn sie könnte, ihm sagen würde, dass Verzeihen möglich war und Gewalt und Rache keine Lösung. Aber er war ein Mann. Vielleicht war das der ausschlaggebende Unterschied.

Er griff mit der Rechten nach dem Amulett, führte es kurz an den Mund und steckte es unter das T-Shirt. Ich bin bei euch, dachte er, auch wenn wir uns nicht wiedersehen werden.

Bei Dunkelheit musste er am Ziel sein. Er hoffte, dass das Wetter hielt und schickte einen prüfenden Blick zum westlichen Horizont. Leichter Dunst begann sich kaum erkennbar über die letzten Berggipfel zu wälzen.

Keuchend erreichte Lilli das Ende des steilen Aufstiegs und hatte von hier aus einen einzigartigen Ausblick auf mehrere Täler weit unter sich. Ehrfürchtig blickte sie über die unzähligen Gipfel und Bergketten, die ein Panorama boten, das einem den Atem verschlug. Schneebedeckte, schroffe Felsen weit über der Baumgrenze und alle Nuancen von Grau und Grün erschienen ihr greifbar nah. Selten hatte sie ein Anblick mehr beeindruckt.

Der Abstieg von hier oben würde nicht einfach sein. Ebenso steil wie es eben noch hinaufgegangen war, ging es nun hinab, wobei das obere Stück größtenteils aus Geröll bestand. Suchend sah sie sich um. Ein guter Wanderstock wäre jetzt sehr hilfreich und würde das Hinunterlaufen erleichtern. Doch ohne jeglichen Baumwuchs in dieser Höhe konnte sie nur hoffen, einen Stock zu finden, den jemand anders abgestellt und vergessen hatte. So wie sie ihren Stock am Tag zuvor unabsichtlich hatte liegenlassen. Doch hier oben lag keiner und so machte sie sich auf den beschwerlichen Weg hinunter, vorsichtig, um nicht auszurutschen. Ihr graute davor, später am Tag ihre Schuhe auszuziehen. Sie konnte gar nicht mehr sagen, wo genau es schmerzte. Es tat überall weh, an beiden Füßen. Und waren bis eben noch die Fersen mehr betroffen gewesen, so verlagerte sich nach den ersten Schritten bergab alles Leiden auf die Fußballen und Zehen.

„Ein bisschen noch, Lilli", spornte sie sich laut an und rutschte im selben Moment über einen lockeren Stein. Es zog ihr die Füße unter dem Körper weg und sie ging zu Boden. Auf dem Hintern rutschte sie mehrere Meter den steilen Abhang hinunter, wobei sie versuchte, mit den Füßen abzubremsen. Was ihr schließlich gelang. Erschrocken blieb sie sitzen, während um sie herum Steine und Erde wie kleine Lawinen den Steilhang hinabrollten.

Erleichtert atmete sie auf. „Glück gehabt!", keuchte sie und begann Staub und Erde von ihrer Jeans zu klopfen. Vorsichtig stand sie auf, was ihr mit dem Gewicht auf dem Rücken einige Schwierigkeiten bereitete, und betastete ihre Kehrseite. Der Po brannte ihr, die Hose jedoch schien heilgeblieben zu sein. Unentschlossen blieb sie stehen und suchte das vor ihr liegende Gelände ab. Wo würde der Weg sie hinführen und welches von den Tälern, die sie in der Ferne erkennen konnte, war jenes, in das sie gehen wollte? Ihr Blick fiel plötzlich auf eine Herde Gämse. Als sie aufmerksam die Gegend nach weiteren Tieren absuchte, sah sie durch Zufall eine kleine, von Felsen und dichten Sträuchern beinahe verborgene Hütte, die am Fuße einer steilaufragenden Felswand stand. Im ersten Moment war sie gar nicht sicher, ob es tatsächlich eine kleine Scheune war oder eher eine Ansammlung von altem Holz. Doch je länger sie hinsah, umso mehr war sie davon überzeugt, dass sie dort etwas vorfinden würde, wo sie die kommende Nacht verbringen konnte. Sie prägte sich die Formation der dahinterliegenden Felsen ein, um auf dem Weg dorthin einen Anhaltspunkt für die ungefähre Richtung zu haben. In ein oder zwei Stunden sollte sie es geschafft haben. Dann setzte sie langsam ihren Abstieg fort.

Das Auffinden dieser Stelle weit ab des Weges verlief weniger einfach, als sie erwartet hatte. Obwohl sie die Richtung einigermaßen kannte, deutete doch nichts auf einen Pfad hin, der sie dorthin führen würde. Der Schuppen oder was auch immer sie gesehen hatte, schien wie vom Erdboden verschluckt. Doch sie gab nicht auf, und als sie nach langem Suchen zwischen zwei Felsen hindurchtrat, lag das kleine Holzhaus plötzlich vor ihr.

„Hallo?", rief sie vorsichtshalber und lief einmal um das Gebäude herum.

Als sie vorsichtig die Klinke der rohgezimmerten Tür hinabdrückte, öffnete diese sich überraschend geräuschlos. Lilli spähte hinein und fand einen rechteckigen

Raum vor, der nur spärlich eingerichtet war. Auf der Stirnseite links von ihr befand sich ein kleiner gemauerter Kamin, an dessen Seite Feuerholz gestapelt war. Die beiden Fenster, die sich ihr gegenüber auf der talzugewandten Seite befanden, waren von außen durch Holzläden verschlossen und ließen nur dürftig das helle Tageslicht durchschimmern. Rechts von ihr stand an der Wand ein einfacher Holztisch, davor ein Stuhl. An der Decke hingen vereinzelt Haken, von denen zum Bund geschnürte Kräuter zum Trocknen baumelten. Ihr zartes Aroma erfüllte den Raum. Der Bretterboden schien sauber, und insgesamt machte dieser Unterschlupf einen unerwartet gepflegten, wenn auch unbenutzten Eindruck. Mit einem Seufzer ließ Lilli ihren Rucksack zu Boden fallen und band die Schlafsachen los.

Besser konnte man es nicht treffen, dachte sie froh. Außerdem lag diese Hütte so abseits der Pfade, dass kaum jemand den Weg hierher finden würde, wenn er nicht davon wusste. Wer auch immer das hier instand hielt: Er besaß ein wundervolles Versteck und würde wohl nicht ausgerechnet heute vorbeikommen.

Sie trat hinaus ins Licht und schirmte die Augen ab. Die Sonne war bereits auf dem Weg zu den Bergen am Horizont. Die jedoch waren kaum noch zu erkennen, da sich ein Schleier aus dickem Dunst vor sie gelegt hatte. Lilli setzte sich auf einen großen Stein in die Sonne und begann vorsichtig, Schuhe und Socken von den Füßen zu schälen. Als erstes würde sie zu dem kleinen Wasserfall gehen und ihre Füße kühlen. Sie könnte dort sogar duschen, überlegte sie und erschauerte bei dem Gedanken an das eiskalte Wasser. Außerdem würde sie sich ein richtiges Feuer machen. Trockene Äste lagen ausreichend herum, und da gab es ja noch das Holz in der Hütte. Ja gut, meldete sich ihr Gewissen, sie musste nicht an das gestapelte Holz gehen, wenn genügend davon überall zu finden war.

Schmerzgeplagt stöhnte sie auf, als sie nach dem linken auch den rechten Fuß befreite. Schon der Anblick der blutdurchtränkten Strümpfe verhieß nichts Gutes. Sie hielt den Atem an und pellte sie herunter. Das sah nicht gut aus! Blasen konnte sie keine mehr erkennen, stattdessen offene und blutig geriebene Stellen.

Sie erhob sich und tappte über das raue Gras hinüber zu dem Wasser, das von einem etwa drei Meter hohen Felsen hinunter zu Boden fiel und sich dann als kleiner Bach auf den Weg bergab machte. Sie japste nach Luft, als sie in das kühle Nass trat und die Kälte auf ihre Haut traf. Sekunden später spürte sie kein Brennen mehr. Duschen? Das hatte sie noch nicht entschieden.

Sie trat aus dem Wasser heraus, bevor ihre Füße ganz taub waren und sammelte umherliegende Äste und Holzreste. Kurze Zeit später prasselte ein stattliches Feuer vor der Hütte, während auf einem sonnenwarmen Stein ihre gewaschenen Socken zum Trocknen lagen. Mit einem nahezu heimeligen Gefühl ging Lilli in die kleine Hütte und packte ihren Rucksack aus. Ihre wenige Kleidung hängte sie über die Lehne des Stuhles und an einen der dicken Nägel, die in die Wand geschlagen waren. Alles andere legte sie auf den Tisch. Sie brauchte einen Überblick, was sie eventuell morgen im Tal würde einkaufen müssen für die nächsten Tage.

Schließlich bereitete sie ihr Bett vor und legte Isomatte und Schlafsack so, dass sie die Tür im Blick hatte. Hier könnte ich es aushalten, dachte sie und öffnete die Fenster, die aus einfachem Glas waren und hier und da einen Sprung hatten. Die Holzläden hatte sie bereits von außen zurückgeschlagen, sodass sich ihr nun ein Blick bot, der überwältigend schön war. Man konnte die Menschen erahnen, die weit unten in den Tälern wohnten. Es war ein erhabenes Gefühl, alleine in dieser ursprünglichen Einsamkeit zu sein. Und der Gedanke, dass kein Mensch wusste, wo sie war, vermittelte ihr ein Gefühl von Glück und Freiheit. Zumindest solange sie sich gegen die Tür in ihrem Herzen stemmte, hinter der sich der Schmerz verbarg.

Sie wandte sich ab und lief hinaus.

Er stieg über den Bergkamm und suchte gewohnheitsgemäß die Gegend nach der Anwesenheit anderer Menschen ab, bevor sein Blick zur Hütte schweifte. Tadamun. Es tat gut, hier zu sein. Dann erstarrte er. Wer in aller Welt machte dort ein Feuer, das über diese Entfernung ohne Anstrengung zu erkennen war? Sein erster Verdacht fiel auf Abdal. Dieser war, außer ihm selbst, der einzige der Truppe, der diesen Ort kannte. Vor langer Zeit hatten sie, überrascht von einem Schneesturm, Schutz suchen müssen, und es war nicht zu vermeiden gewesen, ihn hierher mitzunehmen. Es wäre typisch für ihn, zu handeln ohne nachzudenken, denn er war nicht unbedingt großzügig mit Verstand gesegnet. Schon mehr als nur einmal hatte es durch ihn Schwierigkeiten gegeben, und sie alle wussten, dass es nur eine Frage der Zeit war, bis er einmal zu wenig an mögliche Konsequenzen denken würde.

Aber was wollte er hier? War etwas vorgefallen und Hadi hatte Abdal auf die Suche nach ihm geschickt? Er begann den steilen Hang hinunterzulaufen und sah eine meterlange Schleifspur auf dem schwer begehbaren Untergrund. Auch heute hatte es hier also jemanden gelegt, wie so oft an dieser Stelle. Er lief im Laufschritt den

Berg hinab und auf den Ort zu, der sein sicherstes und unauffälligstes Versteck war. Je näher er kam, umso öfter verbarg er sich hinter Sträuchern oder Felsen. Noch wusste er nicht, ob es tatsächlich der Mann aus seiner Truppe war. Schließlich kauerte er sich hinter eine riesige Baumwurzel, die ein Sturm irgendwann einmal hier hergetragen hatte und die nun tot und verwittert zwischen Geröllbrocken lag. Er wartete.

Mittlerweile war er überzeugt davon, dass es sich nicht um Abdal handelte, der sich hier niedergelassen hatte. Wäre die Lage nicht so ernst gewesen, hätte Farid bei der Vorstellung schmunzeln müssen, dass sein Kamerad Socken zum Trocknen in die Sonne gelegt hatte.

So war er dann auch nicht allzu überrascht, als eine fremde Gestalt aus der Schutzhütte gelaufen kam und sich mit angezogenen Beinen vor das Feuer setzte. Sein Gehirn begann zu arbeiten. Er musste in die Hütte, bevor er auf seinen Trupp stieß. Doch es sah nicht danach aus, als würde diese Frau in der nächsten Zeit von hier verschwinden. Er fluchte leise.

Auf die Wandertouristen war in der Regel Verlass. Selten wichen sie von den ausgeschilderten Wegen ab, geschweige denn, dass sie sich irgendwo niederließen zum Übernachten. Damit hatte er nicht gerechnet. Wieder zischte er einen Fluch durch die Zähne. Er hatte keine Wahl. Er würde warten. Und sich notfalls etwas einfallen lassen.

Das Feuer war heruntergebrannt und ließ glühende Holzkohle zurück. Lilli stand auf und lief humpelnd zur Hütte, um ihr Kochgeschirr mit Wasser zu füllen. Sie stellte den kleinen Topf in die Glut und bereitete ihre

Mahlzeit vor. Viel war es nicht mehr und sie hätte einiges gegeben für eine stärkende, heiße Suppe oder einen dicken Eintopf. So blieben ihr immerhin der Kaffee und eine kleine Brotzeit. Sie musste für morgen früh noch einen Rest aufbewahren, deshalb würde ihr Abendessen nicht besonders üppig ausfallen. Mit den Fingern fuhr sie durch ihr struppiges Haar, zog dann ein Gummiband aus der Hosentasche und band sich einen Pferdeschwanz. Wenn sie morgen auf die Almhütte käme, so wollte sie als erstes unter dem Wasserkessel einheizen, um zu duschen und ihr Haar zu waschen. Sie war neugierig, ob sich viel verändert hatte dort oben. Britt hatte geschrieben, der Ort würde nicht mehr benutzt und somit ein wenig verwahrlosen. Nun, sie brauchte nicht viel. Raum für sich, Ruhe und Zeit. Zeit zum Nachdenken. Über die Zukunft.

Sie nahm den kleinen Topf von der Feuerstelle und löffelte Kaffeepulver hinein. Der Duft war betörend. Mit dem dampfenden Behälter in der Hand wandte sie sich dem weit untenliegenden Tal zu. Verborgen hinter hohen Bergriesen streckte die Dämmerung bereits ihre Finger danach aus und legte dunkle Schatten darüber.

Im Westen dagegen färbte die untergehende Sonne den Himmel in unendlich viele Töne von Orange und Rosa, und der Nebel, der sich immer mehr ausbreitete, flimmerte geheimnisvoll. Wie hypnotisiert trank sie bei dem Anblick ihren Kaffee, bis ein Geräusch sie in die Wirklichkeit zurückholte.

Erschrocken sah sie eine Person auf sich zukommen und erkannte gleichzeitig erleichtert, dass es nicht der sonderbare Fremde von heute Morgen war. Der Mann, der beim Näherkommen grüßend die Hand hob, trug eine khakifarbene Wanderhose und ein schwarzes T-Shirt. Er war hochgewachsen und sehr schlank. Sein Haar lag in dichten schwarzen Wellen um seinen Kopf und kringelte sich im Nacken zu schweißfeuchten Locken. Wie um alles in der Welt hatte er hierhergefunden?

Lilli wartete mit gemischten Gefühlen, bis der Fremde ein paar Meter vor ihr stehenblieb.

„Hallo", grüßte er freundlich. Dabei sah er sich aufmerksam um.

„Hallo", entgegnete sie und überlegte, was er hier wollte. Vielleicht sollte sie künftig ihr kleines Taschenmesser immer bei sich führen. Die Berge waren wohl nicht ganz so einsam, wie man gemeinhin vermutete.

„Ich habe von weitem das Feuer gesehen", begann er, „und da dachte ich, ich könnte vielleicht so lange bleiben, bis das Unwetter vorüber ist."

„Welches Unwetter?", fragte sie irritiert.

„Na das, das dort hinten heraufzieht." Er hatte die Augenbrauen hochgezogen und zeigte nach Westen.

Lilli war überrascht, wie schnell sich aus dem Nebel eine Wolkenwand gebildet hatte, die schon bedrohlich nahe war.

„Ich habe nicht vor zu bleiben", versicherte er schnell, als er ihren zweifelnden Blick sah. „Aber es wird gleich ziemlich ungemütlich, da bin ich hier oben ungern draußen unterwegs."

Seine Augen schimmerten dunkel, als er sie abwartend ansah.

„Ja", nickte sie schließlich ergeben. „Ist schon in Ordnung. Ich kann Sie ja kaum bei Unwetter fortschicken. Ich habe diese Hütte auch nur durch Zufall entdeckt und laufe morgen weiter."

„Vielen Dank." Er nahm einen bemerkenswert kleinen Rucksack vom Rücken.

„Wenn Sie möchten, lege ich noch Holz auf. Für heißes Wasser."

„Du."

„Wie bitte?"

„In den Bergen spricht man sich mit *du* an", erklärte er mit einem Lächeln. „Das macht es weniger kompliziert." Er streckte ihr die Hand hin.

„Mein Name ist Farid."

Statt ihm die Hand zu reichen, betrachtete sie seinen linken Arm, der vom Handgelenk aus bis unter das schwarze T-Shirt mit fremdartigen Mustern tätowiert war. Schließlich riss sie ihren Blick los und gab ihm die Hand.

„Ich heiße Lilli."

Aus der Ferne ertönte ein tiefes Grollen. Farid bückte sich nach ein paar von den Scheiten, die Lilli gesammelt hatte und warf sie auf die Glut, worauf Tausende Funken knisternd in den Himmel sprangen. Dann lief er hinüber zum Wasser und zog sich das T-Shirt über den Kopf. Sorgfältig wusch er sich Hände und Gesicht, bevor er das herabfallende Wasser auf Arme und Nacken rinnen ließ. Nachdem er das Shirt wieder angezogen hatte, nahm er einen Alubecher von seinem Gürtel und füllte ihn mit Wasser.

Währenddessen beobachtete Lilli diesen Mann, der so plötzlich hier erschienen war und sich bewegte, als wäre er in den Bergen zu Hause. Seine Bewegungen waren trotz seiner Größe fließend und sicher.

„Sind Sie – entschuldige – bist du oft in den Bergen unterwegs?", fragte sie, als er den Becher in das Feuer gestellt und seinen Rucksack geholt hatte. Er holte ein Stück dunkles Brot hervor, sah sie an und nickte dann.

„Von Zeit zu Zeit, ja."

„Es ist wunderschön hier", meinte Lilli. „Man hat das Gefühl, allein auf der Welt zu sein. Und frei. Frei von allem." Sie stand auf, räumte die Reste ihrer Mahlzeit zusammen und zögerte.

„Magst du ein Stück Salami zu deinem Brot? Käse habe ich keinen mehr." Sie reichte ihm das Bündel hinüber, aber mit einem Blick darauf winkte er ab.

„Danke, das Brot reicht mir." Er nahm den Becher aus dem Feuer, griff aus einem Lederbeutel ein paar Kräuter und warf sie hinein.

„Und du?", wollte er wissen, als sie humpelnd aus der Hütte kam und sich auf einen Stein setzte. „Du wanderst ganz allein?"

Sie nickte.

„Hast du ein bestimmtes Ziel?"

„Ja, das Dorf am Rand des Tales. Ich werde es morgen erreichen. Falls ich in meine Schuhe komme", fügte sie seufzend mit einem Blick auf ihre Füße hinzu.

Wieder donnerte es. Schwere Wolken hatten den Abendhimmel verfinstert und es war nur eine Frage der Zeit, bis der erste Tropfen fiel.

„Darf ich?" Er warf einen Blick auf die Verletzungen.

Sie sah ihn zweifelnd an. Wollte sie, dass ein Fremder ihre Füße betastete? Er stellte den Tee beiseite, erhob sich und kniete sich vor sie.

„Vielleicht kann ich dir helfen." Hilflos ließ sie es geschehen. Sie roch einen leisen Hauch von Minze und Schweiß, als er sich zu ihren Füßen hinunterbeugte und die wunden Stellen abtastete. Es überraschte sie, wie sanft die Berührung war. Sie betrachtete sein konzentriertes Gesicht und kam zu dem Schluss, dass er ungefähr so alt sein musste wie sie selbst. Feine Linien um seine Mundwinkel zeigten, dass das Leben nicht ohne Spuren an ihm vorübergegangen war.

„Ich habe eine Heilpaste im Rucksack, die müsste dir Linderung bringen", bemerkte er und ließ sie los. In diesem Augenblick öffnete der Himmel seine Schleusen und schickte nur Sekunden später Blitz und Donner hinterher.

Sie sprangen gleichzeitig auf, rafften alles zusammen und rannten in die Hütte. Lilli klappte mit fliegenden Händen die Läden vor die Fenster, bevor der plötzlich aufbrausende Wind den Regen hereintrieb und alles nass wurde. Inzwischen nahm Farid einen kleinen Gasbrenner aus seinem Gepäck, entzündete die Flamme und stellte einen kleinen Schirm darüber. Die Laterne erhellte zumindest notdürftig den einfachen Raum.

„Das ging schnell", stellte Lilli atemlos fest und rieb sich die nassen Arme.

„Meistens ist es ebenso schnell vorbei." Er ließ seinen Blick durch die Hütte gleiten. Als er die Schnapsflasche neben den anderen Dingen auf dem Tisch erblickte, zögerte er und warf ihr einen schnellen Seitenblick zu. Wieder blitzte es und fast gleichzeitig übertönte ein Donner das Prasseln des Regens. „Das Bergwetter hat seine Tücken", meinte er dann. „Man sollte es nie unterschätzen."

Die Gaslaterne ließ zuckende Schatten durch den Raum huschen und im Wind, der sich durch die Ritzen hindurch ins Haus mogelte, schaukelten die Kräuterbündel an der Decke sanft hin und her. Farid zeigte auf den einzigen Stuhl, über dessen Lehne ein Teil von Lillis Kleidung hing.

„Wenn du dich setzt, streiche ich dir von der Salbe auf die Wunden." Er suchte im Rucksack, zog schließlich einen kleinen Tiegel hervor und schraubte ihn auf.

Was hatte dieser Mann noch alles in seinem Gepäck, fragte sich Lilli und nahm gehorsam Platz. Als er behutsam die Paste verteilte, war sie für einen Moment versucht, die Augen zu schließen, was sie jedoch unterließ, um den Bewegungen seiner schmalen Hände zu folgen. Die dunklen Haare kräuselten sich in seinem braungebrannten Nacken, über den ein Lederband lief. Was daran hing, konnte sie nicht erkennen.

„Dein Name, Farid, woher kommt er?", fragte sie. Nicht nur, weil es sie wirklich interessierte, sondern auch, damit er nicht auf den Gedanken kam, sie würde seine Berührung an ihren Füßen als äußerst angenehm empfinden.

Er schwieg, und für einige Minuten war nur das laute Trommeln des Regens auf dem Dach zu hören. Noch bevor er den Tiegel wieder verschraubte und auf den Tisch stellte, verspürte sie Linderung.

„Du kannst dir damit auch das Gesicht eincremen."

Sie schnupperte daran. „Was ist das für eine Salbe? Ich spüre schon jetzt, dass sie gut tut."

„Sie enthält Johanniskraut, Kamille und Ringelblume."

„Und wo bekommt man sie? In der Apotheke?"

„Nein." Er lächelte zum ersten Mal richtig. „Ich habe sie selbst gemacht."

Wo hast du das gelernt, wollte sie ihn fragen und musste sich gestehen, dass dieser Mann sie mehr und mehr faszinierte. Doch sie traute sich nicht, ihm eine weitere persönliche Frage zu stellen, nachdem er auf die erste nicht geantwortet hatte.

Überrascht stellte sie fest, dass es ihr nichts ausmachen würde, wenn er über Nacht hier blieb. Obwohl er ein Fremder war, vertraute sie ihm. Seine Anwesenheit gab ihr ein Gefühl von Sicherheit, was sie selbst erstaunte. Bisher war das nur wenigen Menschen gelungen. Und Wolli schon gar nicht.

„Du kannst hier übernachten, wenn du möchtest. Es wäre für mich in Ordnung." Die Worte waren heraus, bevor sie es verhindern konnte. Er würde es hoffentlich so verstehen, wie sie es meinte und nicht verkehrt.

„Dann ist es ziemlich wahrscheinlich, dass ich bleibe", meinte er nach einer Weile. Er hatte sich auf den Holzboden gesetzt und seine langen Beine ausgestreckt. Seine Hände ruhten entspannt in seinem Schoß und nichts schien darauf hinzuweisen, dass diese Situation für ihn außergewöhnlich war.

„Meine Mutter gab mir den Namen", sagte er plötzlich leise, sodass sie es durch den prasselnden Regen nur mit Mühe verstehen konnte. „Sie stammt aus Ägypten."

Daher also die beinahe schwarzen Haare und die kieselgrauen Augen. Sein Gesicht lag unter einem dunklen Bartschatten, die Augenlider hatte er halb geschlossen.

„Hat sie dir beigebracht, wie man Salben selbst mischt?"

Er nickte ohne aufzublicken. „Sie war Ärztin." Bevor ein einziger Tag alles verändert hatte und sie nie wieder dieselbe war wie zuvor, fügte er im Stillen hinzu und presste schmerzhaft die Kiefer aufeinander.

Der Ausdruck in seinem Gesicht hinderte Lilli daran, weitere Fragen zu stellen. So schwiegen sie und hörten dem Regen zu, der jetzt sanfter fiel und die Stille im Raum langsam aber stetig wachsen ließ.

„Es gibt Zeiten, da ist es sicherer, auf den Wegen zu bleiben. Vor allem dann, wenn man alleine unterwegs ist." Mit diesen Worten stand Farid auf, entrollte seinen Schlafsack und legte ihn vor die Tür auf den Bretterboden. Lilli sah nachdenklich zu ihm hinüber. Sollte sie ihm von dem Fremden erzählen, den sie heute Morgen angetroffen hatte? Wusste er vielleicht, dass es jemanden gab, der die Vorliebe hatte, einsame Wanderer zu erschrecken?

„Ich bin zu lange auf Wegen gegangen, die man mir vorgeschrieben hat. Ich gehe da, wo ich möchte", entgegnete sie dann schroffer als sie gewollt hatte, und es tat ihr auf der Stelle leid, dass sie so zickig war. Er hatte es sicher nur gut gemeint. Sie legte sich vollständig angezogen auf ihre Isomatte und zog den Schlafsack über sich.

„Ich werde bei Tagesanbruch gehen. Falls wir uns nicht mehr sehen", er legte seinen Rucksack als Kissen auf seinen Schlafplatz, „dann wünsche ich dir, dass du das findest, wonach du suchst." Damit löschte er das Licht und legte sich auf den Schlafsack.

Lilli rollte sich zur Wand und genoss das Gefühl, in einer geschützten Hütte zu liegen mit einem Menschen, der so vor der Tür lag, dass jeder, der hineinwollte, über ihn fallen musste.

Bevor es ihr gelang, über seine Worte nachzudenken, war sie eingeschlafen.

Farid horchte auf Lillis tiefe, gleichmäßige Atemzüge. Als er sicher war, dass sie schlief, stand er geräuschlos auf und kniete sich vor der Feuerstelle auf den Boden. Mit seinem Taschenmesser löste er vorsichtig zwei Bretter aus dem Boden und griff nach dem Bündel, das in einem Hohlraum darunter lag. Als die Bretter wieder an ihrem Platz waren, verstaute er das Bündel in seinem Rucksack und legte sich nieder. Er wusste, dass er vor Sonnenaufgang aufwachen würde.

Diese dumme Frau, dachte er und betrachtete die dunkle Gestalt, die tief schlafend von Zeit zu Zeit einen

Seufzer ausstieß. Ihre Augen waren voll von Trauer und Leid. Ihm fiel die Schnapsflasche ein, die ungeöffnet auf dem Tisch stand. Das Schicksal war nicht immer leicht zu ertragen. Jeder ging anders damit um, das wusste er nur zu gut. Aber in Zeiten wie diesen sollte man sich als Frau nicht alleine in den Bergen aufhalten. Das Schicksal zu ertragen war eine Sache für sich, es herauszufordern dagegen nicht unbedingt die Lösung.

Als er vier Stunden später erwachte, zog er sich lautlos um, packte mit geübten Fingern sein Gepäck zusammen und verließ die Hütte.

KAPITEL 3

Lilli erwachte. Durch das Licht, das spärlich durch die Ritzen der Fensterläden fiel, erkannte sie, dass sie alleine war. Zu ihrer Überraschung empfand sie leichtes Bedauern. Er hatte seine Ankündigung wahr gemacht und war schon früh aufgebrochen. Sie stand auf und schlug die Läden zurück. Der Anblick verschlug ihr den Atem. Dicke Schwaden von Nebel lagen wie schützende Schleier über dem Boden der Berghänge und tief in den Tälern. Dazwischen ragten große Felsen und einige windgekrümmte Bäume heraus, die in ihrem Triumph von innen heraus zu schimmern schienen. Die Sonne, die bereits ein ganzes Stück den Himmel hinaufgewandert war, ließ das regennasse Grün der Bergalmen hell aufleuchten, während die Felsenlandschaften in dunklem Grau glänzten. Sie musste die Augen zusammenkneifen. Jeder Tropfen Feuchtigkeit spiegelte tausendfach goldenes Licht wider. Ihr Atem schickte weiße Wölkchen hinaus, die sich in der Wärme der Sonne sofort auflösten. Lilli streckte sich. Sie fühlte sich ausgeschlafen und erholt.

Heute würde sie ihr Ziel erreichen. So schön es hier auch war, sie konnte es kaum erwarten, sich auf den Weg zu machen. Und wenn sie endlich da war, ja dann … dann würde sie damit anfangen, zu überlegen, wie ihre Zukunft aussehen würde.

Sie rollte ihre Schlafsachen ineinander und griff nach dem Rucksack, um ihn wieder zu bepacken. Ihr Blick fiel auf den kleinen Tiegel, der immer noch auf dem Tisch stand. Wie freundlich von ihm, dachte sie und registrierte, dass ihre Füße kaum schmerzten. Sie setzte sich auf den Stuhl und roch an der Salbe.

Wäre er geblieben, wenn sie ihn nicht so unfreundlich angefahren hätte? Aber sie war es so satt, sich immer wieder sagen zu lassen, was sie zu tun hatte. Wohin hatte es sie gebracht? Sie wollte endlich, endlich ihre eigenen Entscheidungen treffen. Natürlich wusste sie, dass die Welt heute nirgendwo mehr wirklich sicher war. Man hörte und sah nur noch von Gewalt, Terror und Kriegen. Hier aber war es so friedlich, da wollte sie gerne glauben, dass es diese Dinge nicht gab. Und wenn es nur für die nächsten Tage war.

Vorsichtig tupfte sie von der duftenden Paste auf die wunden Stellen. Auch ihr Gesicht und den Sonnenbrand auf den Armen würde sie nachher damit eincremen. Dann öffnete sie die Tür und ging zu dem kleinen Wasserfall, wo sie sich das T-Shirt über den Kopf zog und sich wusch. Dabei dachte sie unwillkürlich an den sehnigen Körper von Farid, dessen braungebrannte Haut vom Wasser geglänzt hatte. An seinen Nacken, an den sich das Lederband schmiegte und an die dunklen Locken, die weich auf seine Schultern fielen. Ein schöner Mann, außergewöhnlich und charismatisch. Die Männer, die sie kannte, waren anders. Sie hätten alles dafür gegeben, so besonders zu sein wie dieser große Fremde. Und blieben doch ihr Leben lang Pilger auf der Suche nach sich selbst.

Kurze Zeit später schloss Lilli den Rucksack und verschnürte die Schlafrolle. Während sie die restlichen Haferkekse aß, sah sie sich aufmerksam in der Hütte um. Der Besitzer, wenn er irgendwann käme, würde keine Spuren finden, die ihm erzählten, dass hier jemand übernachtet hatte. Schließlich verriegelte sie die Läden vor den Fenstern und trat in das gleißende Licht des jungen Sommertages hinaus. Die Strahlen der Sonne hatten schon begonnen, den Dunst von den Wiesen zu lecken. Es würde nicht mehr lange dauern, bis von den luftigen Schleiern nichts mehr zu sehen war.

Als sie ein paar Schritte gegangen war, blieb sie noch einmal stehen und blickte zurück. Dieser Ort hatte ihr gefallen, und wären die Umstände andere als sie waren, so könnte sie sich durchaus vorstellen, einige Tage hier zu verbringen. Sie verabschiedete sich still von diesem verwunschenen Platz und lief in die Richtung, wo sie den regulären Wanderweg vermutete, dem sie bis ins Tal folgen würde.

Ihre Füße schmerzten wesentlich weniger als am Tag zuvor. Dank der Zauberpaste. Schön zu wissen, dass es gute Menschen gab, dachte sie. Bei allem Elend in ihrem Leben gab es sie. Ab heute würde auch Farid dazugehören. Britt, ihre Freundin, sowieso. Und dann war da noch Alfons, der Busfahrer. Der Gedanke an ihn öffnete die Tür in ihrem Herzen, die sie mit so viel Kraft versuchte verschlossen zu halten. Alfons, der ein Teil ihres Lebens war. Ihres alten Lebens. Sie konnte es nicht verhindern. Der Schmerz zerriss ihr das Herz und sie krümmte sich stöhnend zusammen.

„Nein", flehte sie leise. „Nicht jetzt. Bitte, jetzt noch nicht." Bilder schossen ihr in den Kopf, Bilder von ihren …

„Nein!", schrie sie zornig, richtete sich auf, straffte die Schultern und ging weiter. Sie durfte es nicht zulassen. Erst, wenn sie dort war. Um sich abzulenken, lief sie in hohem Tempo den Weg entlang, der noch feucht vom Regen war und ihre ganze Aufmerksamkeit forderte.

Sie fühlte sich um vierzehn Jahre zurückversetzt. Plötzlich war sie wieder die junge Frau von zwanzig Jahren, erfüllt von Träumen und der Überzeugung, die Welt sei dazu gemacht, sie ihr zu erfüllen. Durch diese Gässchen waren Britt und sie gelaufen, hatten ihre Vorräte aufgefüllt, wenn sie zur Neige gingen, hatten gelacht, die Menschen ausgelassen gegrüßt und dafür manch verständnisvolles Lächeln geerntet.

Jetzt ging sie als erwachsene Frau hier entlang und entdeckte, dass es die Bäckerei von damals noch immer gab. Auch der kleine Tante Emma-Laden war noch da, der nun zusätzlich eine Zweigstelle der Post war. Sie musste sich zusammenreißen, um nicht laut aufzujauchzen vor Freude und Begeisterung. Vor allem aber deshalb, weil sie trotz der letzten Jahre in der Lage war, all das zu empfinden.

Die Ladenklingel ertönte, als sie das kleine Geschäft betrat. Schmunzelnd stellte sie fest, dass sich hier nichts verändert hatte. Sogar die Glasbehälter mit den süßen Leckereien standen noch im Regal neben der Kasse. Ein wenig merkwürdig war es schon, nach den letzten Tagen der Stille wieder unter Menschen zu sein, doch es machte ihr nichts aus. Bald hatte die Einsamkeit sie wieder. Sie kaufte ein, was sie brauchte. Dazu gehörten ein paar Konserven, eine Tube Sonnencreme, ein paar Tütensuppen und zum Schluss – es war einfach ein Muss wegen der alten Zeiten – ein Tütchen voller Süßigkeiten, die sie selbst mit einer Greifzange aus den Gläsern nahm. Sie bezahlte und machte sich voller Vorfreude auf den Weg zum Bernauer Ferienhof.

Mit klopfendem Herzen trat sie ein paar Minuten später durch einen steinernen Torbogen in den großen Innenhof des Anwesens. Hier hatte sich einiges verändert. Die meisten der alten Nebengebäude und Scheunen waren umgebaut worden und boten jetzt Platz für wesentlich mehr Gäste als damals. Der liebevoll gestaltete Hof war nicht nur für Kinder ein Paradies. Jede Ferienwohnung hatte ihren eigenen Zugang mit einer buntlackierten Tür und dazugehörige Fenster, deren Klappläden in derselben Farbe gestrichen waren. Vor jedem Fenster standen wunderschöne und üppig bepflanzte Blumenkästen.

Im gepflasterten Innenhof standen Tische und Stühle, die zum gemütlichen Beisammensein einluden, mit bunten Sonnenschirmen. Eine große Spielecke mit Sandkasten und Spielgeräten befand sich an einer Längsseite, während gegenüber bemalte Holztüren darauf hinwiesen, welche Tiere dahinter darauf warteten, besucht und gestreichelt zu werden. Außer zu den Ponys ging es zum Kaninchenstall, zu den Ziegen und sogar zur Honigkammer.

Lilli stand stumm und staunte. Es musste ein Traum sein, mit Kindern hier Urlaub zu machen. Je länger sie jedoch den Hof betrachtete, umso mehr wich ihr Staunen einer Irritation, die sie sich anfangs nicht erklären konnte. Plötzlich aber wusste sie, was sie störte. Es war außergewöhnlich ruhig hier. Zu ruhig für die Ferienzeit.

Mit einem unguten Gefühl ging sie auf die Haustür der Wirtsleute zu, um zu klingeln, als aus einer der Stalltüren eine Frau trat mit einer Katze auf den Armen. Sie trug dunkelblaue Shorts, ein pinkfarbenes Top und an den Füßen grüne Gummistiefel.

„Ja, bitte?", fragte sie und setzte das grauweiß getigerte Tier auf den Boden. Sie war nur wenige Jahre älter als Lilli, von der Sonne gebräunt und trug das Haar zu einem Zopf geflochten.

„Hallo. Ich würde gerne Herrn oder Frau Bernau sprechen. Ich heiße Lilli. Lilli Glenzendorf."

„Tut mir leid", sagte die Frau bedauernd, kam näher und musterte Lilli neugierig. „Meine Eltern sind zurzeit nicht hier. Der Ferienhof ist geschlossen."

„Geschlossen?" Lilli begriff nicht und sah sich um. „Aber hier …" Es sah alles danach aus, als könnten jeden Moment Gäste herein- oder herausspazieren.

Die Frau winkte ab. „Nein, nicht richtig geschlossen", erklärte sie, während die Katze schnurrend um ihre Beine strich. „Mein Vater hatte vor acht Wochen einen Unfall mit dem Traktor, daher hat Mama viel mehr gearbeitet als gut für sie war." Sie machte eine ausladende Handbewegung. „Wir haben es zwar einigermaßen geschafft, aber es war für sie einfach zu viel. Die Gäste, die Tiere und der Hofladen, all das zu stemmen ist ziemlich heftig, auch wenn ich ihr dabei helfe. Als Papa zur Reha gekommen ist, ist sie mitgefahren. Deshalb haben wir allen Gästen für die kommenden sechs Wochen abgesagt."

Lilli taumelte und suchte nach einem Halt. Schließlich setzte sie sich auf den nächstbesten Stuhl. Sie sah sich wieder zur Hütte zurücklaufen, was sie heute niemals schaffen würde. Es ging fast nur bergauf und der Tag war schon eine Weile über den Mittag hinweg. Sie würde sich wieder einen Platz suchen müssen zum Übernachten und -

„Ist Ihnen nicht gut? Soll ich ein Glas Wasser holen? Hatten Sie gebucht und wir haben Sie nicht angerufen?"

Lilli schüttelte den Kopf.

„Nein, nichts von alldem", brachte sie heraus und sie spürte, wie etwas in ihr aufstieg. Nicht jetzt, betete sie. Bitte nicht jetzt weinen. Ich halte das aus, bis ich von hier fort und alleine bin.

„Kann ich Ihnen weiterhelfen?" Die Tochter der Gastleute setzte sich ihr gegenüber und warf sich den dunkelbraunen Zopf auf den Rücken.

„Keine Ahnung", sagte Lilli, als der Kloß wieder aus ihrem Hals verschwunden war. Dann begann sie zu erzählen. Von ihrem Urlaub vor vierzehn Jahren auf der hauseigenen Berghütte. Und davon, dass sie unbedingt eine Auszeit brauchte und all ihre Hoffnungen auf diesem Fleckchen Erde auf der Alm ruhten. Dass sie über die Berge gewandert war einzig mit diesem Ziel.

„Ich hätte anrufen sollen", schloss sie und erzählte nicht, dass sie mitten in der Nacht aufgebrochen war, ohne einen Gedanken daran zu verschwenden, ob es die Almhütte überhaupt noch gab.

„Ich kenne die Geschichte von euch Mädels. Damals habe ich es nur am Rande mitbekommen, denn ich war gerade mit meinem Freund zusammengezogen und nicht mehr so oft zu Hause. Meine Eltern erzählen heute noch ab und zu davon. Sie hatten viel Spaß mit euch." Die Frau lachte herzlich. „Ich bin übrigens Josefa." Mit diesen Worten stand sie auf. „Du bleibst jetzt erst einmal genau dort sitzen und ich hole uns etwas zum Essen." Mit schnellen Schritten verschwand sie im Haus. Lilli sah ihr nach und verfluchte ihre Sentimentalität. Schon wieder stiegen ihr Tränen in die Augen, diesmal aber wegen der Freundlichkeit der Frau. Sie erhob sich, nahm den Rucksack von den Schultern und streichelte die getigerte Katze, die sich neben ihren Stuhl gesetzt hatte. Nicht lange darauf erschien Josefa mit einem Tablett in den Händen. Das dunkle Brot, die Butter und der duftende Speck ließen Lilli das Wasser im Mund zusammenlaufen, und der hauseigene Apfelmost, den Josefa aus einem Krug in die Gläser goss, roch nach süßem Sommer.

„Es ist so", fing Josefa an, als sie kauend am Tisch saßen, „die alte Sennalm benutzen wir schon lange nicht mehr. Wahrscheinlich treiben dort unzählige Mäusefamilien ihr Unwesen. Ich habe keine Ahnung, ob die Wasserrohre noch in Ordnung sind, die von der Quelle aus ins Bad und in die Küche führen. Kann sein, dass die Klospülung nicht mehr funktioniert, ich kann mich an sowas erinnern. Der alte Herd ist noch dort, den kann man sicherlich befeuern. Ob allerdings der Abzug frei ist oder durch Vogelnester verstopft, müsste man kontrollieren."

Josefa leerte ihr Glas in einem Zug. Lilli spürte, dass sich kleine Fünkchen von Hoffnung zusammenschlossen und zu lodern begannen. Gleichzeitig merkte sie, dass sich ihr Gesichtsausdruck veränderte und sie Mühe hatte, ein entzücktes und erleichtertes Lächeln zu unterdrücken.

„Ich würde sagen", grinste jetzt auch Josefa, „wenn du willst, dann geh hinauf und sieh es dir an. Schlimmstenfalls kommst du morgen eben wieder herunter."

„Wirklich?" Lilli wäre am liebsten aufgesprungen und der Frau um den Hals gefallen.

„Warum nicht?" Josefa lachte, als sie Lilli auf dem Stuhl aufgeregt herumrutschen sah. „Wir können doch beide nichts dabei verlieren, oder?"

Jetzt sprang Lilli doch auf, und ganz entgegen ihrer eigentlichen Art umarmte sie Josefa.

„Danke", sagte sie erstickt, bevor sie sich wieder setzte. „Und du?", fragte sie dann. „Du versorgst in diesen sechs Wochen alleine den Hof und die Tiere? Ist das nicht sehr viel Arbeit für dich?"

„Schon", gab Josefa zu, „aber abends kommt mein Mann von der Arbeit und hilft mir mit den groben Sachen. Die Rinder sind mit dem Hirten auf der Alm. Die

Hauptarbeit ist der Hofladen, der jeden Tag einschließlich sonntags bis Mittag geöffnet hat. Deshalb war ich auch eben noch hier. Ich komme abends erst wieder und habe den Nachmittag für meine Dinge. Magst du was aus dem Laden mitnehmen? Ich habe nur leider kein Brot, da ich wirklich nicht zum Backen komme."

„Ja, sehr gerne!" Lilli hatte schon beschlossen, noch einmal in das kleine Geschäft zu gehen und freute sich, dass sie jetzt doch in den Genuss der hofeigenen Lebensmittel kam. So packte ihr Josefa kurze Zeit später Eier, Butter, Honig, Schinken und Käse in eine Tasche. Lilli bestand darauf zu bezahlen und verabschiedete sich mit dem Versprechen, wieder vorbeizuschauen, wenn sie ins Tal hinunterkam.

Sie ging den kurzen Weg zum Bäcker zurück und kaufte ein Brot. Und dann, endlich, machte sie sich auf den Weg zur einsamen Sennhütte. Die Tasche mit den Lebensmitteln baumelte neben Schlafrolle und Campinggeschirr am Rucksack.

„Ich komme", flüsterte sie.

Einige Zeit später, die Schatten begannen bereits lang zu werden, blieb sie keuchend stehen. Noch eine Biegung und sie müsste das Holzhaus sehen können. Dann noch ein kleines Stück durch den Nadelwald steil hinauf und sie hatte es geschafft. Sehr viel weiter wäre sie heute auch ganz sicher nicht mehr gekommen. Ihr Körper war müde und angestrengt und trotz der Vorfreude brachte sie es nicht fertig, ein schnelleres Tempo zu laufen.

Als sie schließlich um die letzte Kurve ging und aus dem Wald heraustrat, sah sie sofort die Hütte höher am Berg auf einem kleinen Plateau stehen, umgeben von weichen, tiefgrünen Almwiesen und Teilen eines alten

Zaunes. Hier und da standen windgekrümmte, alte Lärchen in kleinen Gruppen beisammen und wirkten ein wenig wie betagte Damen bei einem Gespräch über das Wetter. Hinter dem Holzhaus erhob sich auf einer Seite in sanften Wellen ein Berg, bewachsen mit Moos und Heide. Neben größeren Felsbrocken und vereinzelten, stark wettergebeugten Fichten plätscherten kleine Rinnsale hinunter, die immer wieder den schmalen Pfad durchkreuzten. Auf der anderen Seite des Gebäudes führte nicht weit entfernt ein steiler und steiniger Weg in engen Serpentinen den Berg hinauf bis zu einem Lärchenwald, der sich direkt an eine mächtige Felsenwand zu schmiegen schien.

Endlich stand Lilli vor der Bernauer Almhütte.

„Da bin ich!", sagte sie laut und überlegte, ob sie nun mit dem Haus oder mit sich selbst sprach. Vielleicht machte Einsamkeit einen Menschen eigen. Wer weiß. Sie ließ den Rucksack von den Schultern zu Boden gleiten und ließ ihn liegen. Das kleine Holzhaus selbst sah auf den ersten Blick nicht sehr viel anders aus als damals. Der einst eingezäunte Bereich war kniehoch zugewachsen und dort, wo ehemals ein Bretterzaun verhindern sollte, dass das Vieh herankam und den Vorplatz der Hütte beschmutzte, lagen verwitterte und zerbrochene Holzreste. Immerhin gab es den alten Holztrog noch, stellte sie erfreut fest. Das Wasser rann stetig aus einem kleinen Rohr, das aus der Erde kam, auf der einen Seite hinein und durch Überlaufen auf der anderen Seite wieder hinaus. Die Quelle war also noch nicht versiegt, staunte sie bei dem Gedanken, dass das Wasser an dieser Stelle seit Jahren ununterbrochen lief.

Sie trat an den Trog und tauchte die Hände hinein. Das Wasser war herrlich frisch und schmeckte köstlich.

Nachdem sie ihren Durst gestillt hatte, benetzte sie Gesicht und Arme und ging zum Haus. Mit dem Schlüssel, den Josefa ihr gegeben hatte, schloss sie auf und drückte gegen die Tür. Sie ließ sich nur schwer aufschieben und scheuerte geräuschvoll über den Boden. Drinnen war es dunkel und roch muffig nach Feuchtigkeit. Und nach etwas anderem. Lilli versuchte es zu benennen. Verlassen, ja. Es roch verlassen und einsam.

Sie öffnete die Fenster, entriegelte die Holzläden und stieß sie auf. Über das weit unten liegende Tal hinweg blickte sie auf den Gebirgszug gegenüber, dessen höchste Gipfel immer noch von Schnee bedeckt waren. Dann sah sie sich in der Hütte um. Die Essecke mit der bequemen Eckbank gab es noch, Stühle waren allerdings keine mehr da. Auch der uralte Ofen, auf dem man wie zu Omas Zeiten kochen konnte, war noch auf seinem Platz. Ein Traum für jeden, der Nostalgie liebte und den alten Zeiten nachtrauerte. Das dicke, schwarze Ofenrohr verschwand in der Wand in den Kamin hinein. Zwischen den Fenstern standen Regale, die bis zur Decke reichten. Damals waren hier nützliche Utensilien gelagert wie Kerzen, Werkzeuge, Handtücher und Klopapier. Außer ein paar alten Kerzen lag hier jetzt nichts mehr.

Sie trat in die Ecke mit dem steinernen Waschbecken und drehte den Wasserhahn auf. Nichts geschah. Dann öffnete sie ein paar Türen des betagten Küchenschrankes. Sie erinnerte sich noch gut an das schwere Steingutgeschirr, das Britt und sie benutzt hatten und an die schweren, schmiedeeisernen Pfannen und Töpfe.

Die einzigen Überbleibsel waren zwei alte Becher mit abgeplatzten Rändern, die es wohl nicht wert gewesen waren, mitzunehmen. Daneben stand eine kleine Pfanne, deren Holzgriff der Länge nach aufgerissen war. In beinahe allen Fächern waren zudem kleine, dunkle und längliche Krümel, die Lilli sofort den Mäusen zuschrieb. Sie seufzte. Die besseren Tage dieses Ortes lagen wohl schon lange zurück.

Neben dem Ausgang führte eine schmale Stiege nach oben. Als sie misstrauisch die alten Stufen beäugte, fiel ihr die kleine Nische ein, die neben dem gemauerten Kamin war und nicht nur eine Tür zum winzigen Bad, sondern noch eine weitere hatte, die in einen kleinen Raum führte. Dort hatte damals ein Bett gestanden und ein Kleiderschrank. Sie hatten ihre Rucksäcke hineingelegt und Vorräte gelagert. Sie trat in das dunkle Zimmerchen und öffnete auch hier Fenster und Läden. Das Bett gab es nicht mehr, dafür stand an der Stelle eine schmale, schmuddelige Couch, die nicht unbedingt einlud, sich darauf niederzulassen. Lilli setzte sich vorsichtig. Und beschloss daraufhin, sich doch in den oberen Stock zu wagen.

Mit Bedacht setzte sie ihre Füße auf die freiliegenden Stufen und trat dann kräftiger auf, um zu probieren, ob das Holz ihr Gewicht hielt. Zwei oder drei von ihnen ließ sie dabei lieber aus und betrat schließlich das Obergeschoss. Hier hatten sie vor vierzehn Jahren geschlafen. Durch ein kleines Dachfenster fiel das einzige Licht, und dieses nicht besonders üppig, da die Sonne bereits hinter dem hohen Hausberg versank und ihn zu einem gewaltigen Schatten werden ließ.

Der Raum unter den Dachschrägen lag voller Dinge, die man irgendwann nicht mehr gebrauchte und hier entsorgt und vergessen hatte. Sie entdeckte ein Stuhlbein und zog daran. Unter einer Staubwolke kam einer der Stühle hervor, die damals im Wohnraum gestanden hatten. Nur fehlte ihm ein Bein und die geflochtene Sitzfläche war zerrissen. Ähnlich wie dem Stuhl ging es den anderen Dingen, die hier beisammen lagen. Ein altes

Bett in Teilen, ein paar unbrauchbare Decken – voller Mäusenester, vermutete sie – sogar Stacheldraht und ausgediente Werkzeuge. Irgendwo lag eine zerfressene Matratze, die Lilli kurz anhob und angewidert fallenließ, was eine weitere muffige Staubwolke zur Folge hatte.

Vorsichtig stieg sie wieder hinab in den Wohnraum. Vielleicht war die alte Couch gar nicht so übel. Sie würde versuchen, das Ding hinüber in den Wohnraum zu schieben. Wenn es in diesen kleinen Raum hineingegangen war, musste es auch wieder hinausgehen. Aber heute nicht mehr. Sie war so müde. Den ganzen Tag hatte sie sich darauf gefreut, ein Feuer vor dem Haus zu machen und in die Nacht hinein zu gleiten mit dem Gefühl, endlich angekommen zu sein. Auch das würde bis zum nächsten Tag warten müssen.

Sie lief nach draußen, um ihren Rucksack zu holen, als ihre Augen wie magisch angezogen wurden von der Aussicht, die vor ihr lag. Die untergehende Sonne bedeckte den gegenüberliegenden Gebirgszug mit glutrotem Licht und ließ die Felsenriesen in berauschender Schönheit leuchten. Der klagende Ruf eines frühen Nachtvogels riss sie irgendwann von dem Panorama los, und als sie sich zur Hütte wandte, traf sie die einsame Melancholie des verlassenen Hauses mit voller Wucht.

„Ich bin ja da", tröstete sie leise das alte Gebäude, als sie in den schäbigen Wohnraum trat. Sie hatte ohne nachzudenken gesprochen und ohne Vorwarnung hatte sie das Bild ihrer Kinder vor sich, die sie mit genau diesen Worten immer dann tröstete, wenn sie traurig waren. „Ich bin ja da", wiederholte sie mit brechender Stimme und ihr wundes Herz begann zu schreien, während sie die Arme wie schützend um sich schlang. Sie hatte gewusst, dass dieser Augenblick kommen würde, doch sie hatte gehofft, dass es nicht schon heute Abend sein sollte. Lilli stellte den Rucksack in einer Ecke des kleinen Schlafraumes ab, legte sich mit vor Kummer gekrümmtem Körper auf das alte Sofa und ließ zu, dass sich die Tür öffnete zu dem Raum, den sie seit Tagen so fest verschlossen gehalten hatte.

KAPITEL 4

Zwei Wochen zuvor.

Sie rieb sich die schmerzende Stirn und überlegte, was sie geweckt hatte. Schlaftrunken blinzelte sie in das sonnendurchflutete Zimmer, dann hörte sie ein Wimmern und sprang entsetzt auf. Während sie durch den Raum hastete, sah sie nach der Uhr und stöhnte.

„Ich komme, ihr Süßen!", rief sie laut, und in diesem Moment ertönte auch schon ein zorniges Protestgeschrei aus dem Kinderzimmer. Lilli riss die Tür auf.

„Ich bin ja da", beschwichtigte sie leise und sah zuerst nach Marie, die wimmernd in ihrem Bettchen lag.

„Mama ist da, mein Schatz." Sanft strich sie ihrer Tochter über die Wange und wandte sich dann Gesa zu, die mit zornig gerötetem Gesichtchen in ihrem Bett stand und sie vorwurfsvoll anblickte. Tränen liefen Lilli über das Gesicht, als sie die Mädchen aus ihren Betten hob und an sich drückte. Noch nie hatte sie sich so gehasst wie in diesem Moment. Sie küsste die Kinder auf die verweinten Wangen und trug sie ins Wohnzimmer zur Couch, auf der sie bis vor ein paar Augenblicken gelegen hatte. Es war beinahe zehn Uhr.

Wie hatte ihr das passieren können? Die Antwort ergab sich von selbst, als sie auf den kleinen Tisch vor sich sah und die leeren Bierflaschen erblickte. Angeekelt wandte sie die Augen ab und sah aus dem Fenster. Dabei wiegte sie ihre Kinder und flüsterte ihnen beruhigend Koseworte zu. Das Pochen hinter ihrer Stirn versuchte sie zu ignorieren.

Sie mussten Hunger haben, ihre Babys. Außerdem brauchten sie beide ganz dringend eine frische Windel, wie fleckige Stellen an den Schlafanzügen bewiesen.

„Es tut mir so leid", wisperte sie und Gesa brüllte los, als würde sie ihre Mutter auffordern, endlich etwas zu tun. Mühsam erhob Lilli sich und nahm die Zwillinge auf die Arme. Zurück im Kinderzimmer setzte sie Marie in den Laufstall und war mit der schreienden Gesa auf dem Weg ins Badezimmer, als es an der Tür klingelte. Warum ausgerechnet jetzt, dachte Lilli schlechtgelaunt und immer noch sauer auf sich selbst. Sie würde jetzt niemandem die Tür öffnen. Zuerst musste sie die Kinder versorgen.

Wieder klingelte es, dann ein ungeduldiges Klopfen.

„Frau Glenzendorf", sagte eine hohe Frauenstimme energisch, „bitte öffnen Sie! Ich weiß, dass Sie zu Hause sind!"

„Hartnäckig!", zischte Lilli böse und sagte laut:

„Einen Moment, bitte!" Sie setzte die laut schreiende Gesa zu Marie in den Laufstall und fuhr sich durch die ungekämmten Haare. Wieso mussten die Menschen immer zu den unmöglichsten Zeiten kommen? Sie warf einen schnellen Blick durch den kleinen Spion an der Wohnungstür und sah eine ältere, sehr zierliche Frau davorstehen, die durch das Loch in der Tür zurückzustarren schien. Lilli öffnete die Tür einen Spalt.

„Ja?", fragte sie und versuchte, nicht auf das Geschrei aus der Wohnung hinter ihr zu hören.

„Frau Glenzendorf?"

Lilli nickte. Die Frau war ein wenig kleiner als sie und trug eine rahmenlose Brille.

„Guten Tag, mein Name ist Schubert. Ich arbeite für das Jugendamt und würde gerne einen Moment mit Ihnen sprechen."

Lilli erstarrte. Wieso ausgerechnet jetzt?

„Warum?"

„Nun", Frau Schubert erhob die Stimme, um das Kindergeschrei zu übertönen, „vielleicht sollten wir das lieber in der Wohnung besprechen." Sie kramte kurz in ihrer geräumigen Handtasche. „Hier ist mein Ausweis. Sie brauchen keine Angst zu haben, ich will Ihnen nichts Böses", ergänzte sie freundlich, als Lilli sich immer noch nicht rührte. Wortlos ließ diese den Besuch schließlich eintreten und schloss die Tür.

„Kümmern Sie sich ruhig um Ihr Kind", sagte die Frau lächelnd. „Es scheint Sie zu brauchen."

„Ich – ich wollte sie gerade wickeln."

„Natürlich, tun Sie das. Wir können miteinander sprechen, wenn Sie fertig sind. Ich warte gerne."

Lilli nickte und ging mit steifen Schritten ins Kinderzimmer. Als sie Gesa auf dem Arm hatte, verstummte diese und schmiegte sich an ihre Mutter. Dabei lutschte sie heftig an ihrem Daumen.

„Hallo, Kleines", sagte Frau Schubert mit weicher Stimme zu dem Kind. „Wie heißt du denn?"

„Das ist Gesa, die Ältere der Zwillinge", erklärte Lilli und legte das Mädchen auf den Wickeltisch über der Badewanne.

„Na", bemerkte die Frau vom Jugendamt und zwinkerte der Kleinen zu, „sie weiß auf jeden Fall, was sie will." Ihr Blick schweifte durchs Badezimmer. „Hätten Sie etwas dagegen, wenn ich mich in der Zeit ein wenig umsehe?"

Ja, wollte Lilli schreien und versuchte, nicht an die Flaschen im Wohnzimmer zu denken, an die wimmernde Marie, die im Laufstall lag, und an die Küche, wo sich seit Tagen der Abwasch stapelte.

„Nein", brachte sie stattdessen hervor und bemühte sich, nicht in Tränen auszubrechen.

Mit fahrigen Bewegungen wusch sie Gesa und zog ihr frische Kleidung an. Als sie das Mädchen in den Laufstall setzte und Marie herausnahm, stand Frau Schubert an der Tür und sah ihr zu.

„Das ist Marie", sagte Lilli und versuchte zu lächeln. Hoffentlich sah die Frau die großen blauen Augen der Kleinen, die sie voller Vertrauen und Erwartung anblickten. So strahlte doch kein Kind, wenn es ihm nicht gut ging, oder? Sie legte Marie auf die Wickelfläche und fuhr ihr zärtlich durch das weiche, helle Haar.

„Wie alt sind denn Gesa und Marie?", begann Frau Schubert das angekündigte Gespräch, als sie im Wohnzimmer auf dem einzigen Sessel Platz genommen hatte, während Lilli mit den Zwillingen auf der Couch saß und ihnen zuschaute, wie sie ihre Fläschchen in den Händen hielten und gierig tranken.

„Vierzehn Monate."

„Und der Vater? Lebt er auch hier?"

Lilli schüttelte den Kopf, der mittlerweile so sehr schmerzte, dass sie Mühe hatte, sich auf das Gespräch zu konzentrieren.

„Nein, er ist vor etwa sechs Monaten ausgezogen." Sie starrte auf den fleckigen Wohnzimmertisch. Die Flaschen hatte sie schnell weggeräumt. „Die Kinder waren ihm zu laut, er konnte das nicht aushalten. Er war mit allem hier überfordert", fügte sie hinzu.

„Und Sie?" Frau Schubert hatte ihre Brille abgenommen und beugte sich ein wenig auf ihrem Sessel vor. Unter anderen Umständen hätte Lilli sie wohl sympathisch gefunden. Doch die Ruhe und Freundlichkeit, die sie ausstrahlte, wirkten einschüchternd und beängstigend auf sie. „Sind Sie auch überfordert? Alleine. Mit Zwillingen. Es gibt Frauen, die schaffen es kaum mit einem Kind."

Lilli schnaubte. Was wusste die schon? Anstrengend war noch der mildere Ausdruck für all das, was sie Tag für Tag durchmachte. Trotzdem …

„Ich liebe meine Kinder und würde alles für sie tun, egal, wie anstrengend es ist", entgegnete sie dann.

„Ich sehe, dass Sie Ihre Mädchen lieben", sagte Frau Schubert mild. „Aber ich sehe auch die anderen Dinge." Dabei glitt ihr Blick über den Tisch zu Lilli und blieb an ihr hängen.

„Wissen Sie", begann Lilli und war sich bewusst, dass das, was sie nun sagte, so abgedroschen klang wie in einem schlechten Film, „das waren heute ganz unglückliche Umstände. So ist es eigentlich nicht."

„Es geht nicht um diesen Morgen, Frau Glenzendorf", erwiderte Frau Schubert nun etwas energischer. „Wissen Sie, weshalb ich hier bin?"

Bilder schossen Lilli durch den Kopf. Bilder der Personen, die in diesem Wohnblock aus Beton wohnten, in einer der unvorteilhafteren Gegenden am Rande der Stadt. Unter diesen Menschen war kaum jemand, von dem sie hätte behaupten können, er führte ein Leben ohne Probleme, ohne Widrigkeiten. Jeder hier hatte sein Päckchen zu tragen, der eine mehr, der andere weniger.

Da war die sechsköpfige Familie, die nur miteinander kommunizieren konnte, indem jeder jeden anschrie. Bei vier halbwüchsigen Kindern konnte das laut sein. Geldprobleme machten alles noch schwerer. Und die hatte jeder in diesem Haus. Da war die ältere, verbitterte Frau, die jeden angiftete, der ihr begegnete, auch, wenn man freundlich war. Dann gab es das Ehepaar, das so tat, als sei alles in Ordnung. Allerdings durfte man nicht genauer hinsehen, sonst erkannte man die dunklen Flecke an den Armen der Frau, manchmal auch im Gesicht. Jeder im Haus wusste, dass er sie schlug, doch keiner tat etwas. Und zwei Stockwerke über Lilli wohnte eine alleinstehende Frau, bei der Männer ein- und ausgingen und man irgendwann aufhörte zu zählen.

Auch Alfons wohnte im Haus, ein Stockwerk über ihr, ein ehemaliger Busfahrer, dem man wegen Alkoholmissbrauchs gekündigt hatte. Von ihm selbst wusste sie seit gestern Abend, dass er nicht immer Busfahrer gewesen war, sondern in besseren Zeiten als Lehrer gearbeitet hatte, bis ein schreckliches Unglück ihm seinen Sohn genommen hatte. Nun lebte er, wie wahrscheinlich fast alle hier, von Hartz IV. Er hatte sie sicher nicht angeschwärzt, er war immer sehr freundlich und der einzige Mensch im ganzen Haus, zu dem sie überhaupt eine Art von Kontakt hatte.

Jemand von den anderen. Möglichkeiten gab es viele. Vielleicht ertrug man das eigene Schicksal leichter, wenn man wusste, dass es anderen noch schlechter ging.

„Ich kann es mir denken", seufzte sie dann und sah auf. „Sicher hat sich jemand aus dem Haus beschwert wegen des Geschreis der Kinder. Wir wohnen alle eng zusammen, und die Wände sind dünn. Wer war es denn?"

„Namen kann ich Ihnen nicht nennen, das werden Sie verstehen. Ja, einer der Gründe war das viele Schreien der Zwillinge. Jemand machte sich Sorgen über ihr Wohlergehen."

Lilli gab Marie das Fläschchen wieder in die Hände und setzte sich aufrecht.

„Kinder schreien nun mal", verteidigte sie sich trotzig. „Sie sehen doch, dass es ihnen gut geht. Sie sind beide gesund."

„Hilft Ihnen jemand?", wollte die Frau nun wissen und öffnete ihre Handtasche. „Wenn nicht, dann könnten Sie um Hilfe bitten. Es gibt da Möglichkeiten. Hier ist meine Karte." Damit legte sie ein Visitenkärtchen auf den Tisch, darauf bedacht, den klebrigen Flecken auszuweichen.

„Ich schaffe das auch so", entgegnete Lilli erleichtert und brachte ein echtes Lächeln zustande.

„Ich hoffe es, Frau Glenzendorf. Melden Sie sich gegebenenfalls. Und sorgen Sie nicht nur für die Zwillinge, sondern auch für sich selbst."

Frau Schubert erhob sich und reichte ihr über dem Tisch die Hand. „Bleiben Sie bei den Kindern, ich finde alleine hinaus. Und, Frau Glenzendorf ...", sie stand im Raum und sah Lilli ernst an. „Rechnen Sie damit, dass ich wiederkomme. Ich muss mich davon überzeugen, dass Sie das alles hier", damit machte sie eine ausholende Handbewegung, „im Griff haben. Ich wünsche Ihnen alles Gute. Auf Wiedersehen."

Die Wohnungstür schlug zu, und sie war fort.

In der plötzlichen Stille spürte Lilli ihr Herz bis zum Hals klopfen. Durch das Rauschen in ihren Ohren hörte sie das zufriedene Schmatzen der beiden Kinder, die ihre Fläschchen ausgetrunken hatten und sie interessiert beobachteten. Fürs erste waren sie satt, aber bald würden sie nach etwas Festem zu essen verlangen. Sie setzte beide auf den Fußboden in die Ecke mit den Spielsachen und stellte sich vor den Spiegel im Flur. Sie wollte wissen, wen die Frau vom Jugendamt gesehen hatte, als sie sie so mitleidig betrachtete.

Eine Frau von bald vierunddreißig Jahren mit müden Augen und tiefen Ringen darunter blickte ihr entgegen. Das Blau, das bei den Mädchen so leuchtete, erschien ihr trüb und völlig ohne Ausdruck. Das rotblonde Haar hing fettig in formlosen Strähnen auf ihren Schultern und der Jogginganzug, in dem sie geschlafen hatte, war ausgebeult und verwaschen. Sie strich sich die Haare hinter die Ohren. Ihre blasse Haut schimmerte gräulich und war bar jeglicher Frische. Außerdem war sie ungewaschen, hatte noch keine Zähne geputzt und roch mit Sicherheit nach dem billigen Fusel von letzter Nacht.

Was hatte diese Frau gesagt? Sorgen Sie nicht nur für die Kinder, sondern auch für sich selbst. Ihr Spiegelbild verschwamm. Wie sollte sie für ihre Kinder sorgen, wenn sie nicht mal mit sich selbst zurechtkam? Vielleicht stimmte es. Vielleicht war sie unfähig.

Ein Geräusch aus dem Wohnzimmer verhinderte, dass sie in Tränen ausbrach. Die Zwillinge saßen friedlich auf ihrem Teppich und waren beschäftigt. Lilli sah sich aufmerksam um. Hier musste unbedingt mal geputzt werden, das war mehr als offensichtlich. Auf den Regalen lag der Staub von Wochen und auf dem Boden, wo kein Teppich war, spielten die Flusen miteinander Fangen. Hier und da stand benutztes Geschirr und die klebrigen Flecken auf dem Tisch stammten nicht nur von gestern Abend. Neben der Couch entdeckte sie zwei leere Bierflaschen.

Sie ging über den Flur in die Küche und ahnte nichts Gutes. War sie blind herumgelaufen in den letzten Monaten? In einer Schale lag vergammeltes Obst und der Mülleimer war so voll, dass der Deckel im rechten Winkel nach oben klappte. Verkrustetes Geschirr stapelte sich da, wo Platz war und sie musste beinahe würgen bei der Vorstellung, was hier alles so lebte, ohne dass man es sah.

Im Badezimmer sah es nicht besser aus. Sie nahm den Gestank des Windeleimers wahr und auch die schmutzige Babywäsche, die in der Badewanne lag mit Flecken, die sicher nicht alle von Spinat stammten.

Bestürzt schlug sie die Hände vors Gesicht und lief zurück ins Wohnzimmer, wo sie sich auf die Couch sinken ließ und lautlos weinte.

Wie? Wie hatte es soweit kommen können? Wie war sie an diesen Tiefpunkt ihres Lebens gelangt? Es hatte doch so vielversprechend angefangen. Sie hatte Pläne gehabt, Ziele. Wo hatte sie sie verloren? Wo hatte sie sich verloren? Und wann? Über die Antwort darauf brauchte sie nicht nachzudenken. Sie wusste sie schon lange. Sie war sich sogar sicher, dass sie es auf den Tag genau sagen konnte.

Grob wischte sie sich die Tränen aus dem Gesicht, während sie in ihr Schlafzimmer lief. Nacheinander zog sie die Schubladen der alten Holzkommode auf und kramte, bis sie fand, was sie suchte. Mit den Händen fuhr sie über das schöne, in Leder gebundene Buch und setzte sich damit im Schneidersitz zu den Kindern. Behutsam schlug sie den hinteren Buchdeckel auf. Eine wunderschöne Bleistiftzeichnung befand sich dort. Eine schlanke Frauengestalt, teilweise von einem Tuch verhüllt, auf einem Sockel, umfangen von Efeu und Rosen. Darunter die Worte: *Irgendwann mal ...* von ihr selbst geschrieben.

Wehmut durchfuhr Lilli. Ja, so hatte sie zeichnen können. In einem anderen Leben vor langer Zeit. Lange betrachtete sie das Bild, bis die ungeduldige Gesa versuchte, ihr das Buch aus der Hand zu nehmen und laut quäkte. Lilli schlug das Buch zu, stand auf und legte es in eines der oberen Regalfächer. Zuerst brauchten die Mädchen etwas zu essen. Das Tagebuch musste warten.

Als sie am frühen Abend am Wohnzimmerfenster stand und über die grauen Dächer der Stadt blickte, fuhr sie sich erschöpft mit den Händen durch die Haare und seufzte tief. Sie griff nach ihrem Kaffeebecher und sah sich um. Wie eine Verrückte war sie durch die Wohnung gefegt und hatte es immerhin so weit gebracht, dass es sauber aussah. Die Küche war am schlimmsten gewesen, und sie musste sich eingestehen, dass es sie erstaunte, dass Frau Schubert ihr heute Morgen nichts Schlimmeres gesagt oder angedroht hatte.

Sie würde wiederkommen und Lilli damit die Möglichkeit geben, zu zeigen, dass sie in der Lage war, ihren Kindern ein anständiges Zuhause zu bieten. Sie straffte die Schultern. So etwas wie gestern Abend durfte nie wieder passieren. Alfons, der Busfahrer, konnte gerne jederzeit zu ihr kommen zum Reden, aber sie würde, egal, wie schlecht es ihr gerade ging, keinen Schnaps mehr trinken. Den musste er in Zukunft oben in seiner Wohnung lassen.

Ja, sie hatten sich viel erzählt. Beiden hatte es gut getan, jemanden zum Reden zu haben. Nur, sich dabei zu vergessen und nach billigem Alkohol zu greifen, das war normalerweise überhaupt nicht ihr Ding. Sie hasste starken Alkohol und bekam immer schreckliche Kopfschmerzen davon. Sie durfte nicht daran denken, was hätte passieren können, wäre eines der Mädchen in der Nacht krank geworden. Dass sie hin und wieder abends ein Bier trank, um besser einschlafen zu können, war doch sicher nicht so schlimm. So konnte sie vermeiden, dass sie sich stundenlang in ihrem Bett von einer Seite auf die andere warf und ihr der Kopf schmerzte vom vielen Grübeln. Die Zeit würde Besserung bringen. So hoffte sie.

Sie brachte die leere Tasse in die Küche, toastete sich zwei Brote und bestrich sie mit Frischkäse. Mit einem Ohr horchte sie nach den Kindern, die seit einer halben Stunde schliefen, und trug ihr Essen ins Wohnzimmer.

Mit freudiger Erregung – so etwas hatte sie schon lange nicht mehr gespürt – holte sie das Tagebuch aus dem Regal und setzte sich auf das Sofa. Wieder berührte sie mit den Fingerspitzen das Leder.

Wie sehr hatte sie dieses Buch geliebt. Wie gerne hineingeschrieben. Mit fünfzehn Jahren hatte sie es von ihrem Geburtstagsgeld gekauft, weil es so wunderschön war und sich unter ihren Händen so herrlich weich angefühlt hatte. Anfangs hatte sie nur sporadisch hineingeschrieben, aber mit der Zeit war es wie ein guter Freund geworden. Sie schlug es auf und lächelte über ihre damals noch so kindliche Schrift.

Beim Blättern las sie hier und dort einen Absatz und bitter dachte sie, wie gut es doch war, dass man nicht wusste, was die Zukunft bringen würde. Dabei fiel ihr ein, dass sie das Buch aus einem bestimmten Grund hervorgeholt hatte. Ungeduldig blätterte sie weiter, bis sie das dick umrahmte Datum fand. Ein Montag im August 1998. Der Tag, an dem alles begann.

Liebes Tagebuch,

heute hat die Schule wieder begonnen, und seit heute bin ich in der 11. Klasse. Endlich Oberstufe!

Wir haben einen Neuen an der Schule, wohl zugezogen in den Ferien. Wolli heißt er. Eigentlich Wolfgang, aber er meint, noch nicht einmal seine Eltern hätten ihn jemals so genannt. Ich finde ihn richtig cool. Er sieht nicht nur gut aus, er ist auch total locker drauf und hat coole Sprüche auf Lager. Ich bin ziemlich sicher, dass es nicht lange dauern wird, bis alle Mädchen in ihn verknallt sind. Er ist bei mir im Deutschkurs, wenn ich Glück habe, auch noch in anderen. Das wird sich bis

Freitag zeigen. Britt wollte sich noch nicht zu ihm äu-
ßern. Aber auch sie wird seinem Charme nicht widerste-
hen können.

Wolli und Lilli, hört sich gut an, oder?

Bis bald, liebes Tagebuch, drücke mir mal die Dau-
men, deine Lilli

Seitdem tauchte sein Name immer wieder auf. Je mehr
Lilli las, umso weniger verstand sie, wie sie so dumm
und naiv hatte sein können. Eine Schwärmerei war ja zu
verzeihen, aber sie hatte damit nicht aufgehört und niemals gemerkt, wohin es sie führte. Wütend auf sich
selbst blätterte sie ein paar Seiten weiter.

Oktober 1998

Morgen werde ich 17! Darauf warte ich schon so
lange. Süße 17. Vielleicht gratuliert er mir ja zum Ge-
burtstag. Ach Wolli. Er ist so süß mit seinen blonden Lo-
cken. Und erst seine Augen: so blau wie der Himmel im
Sommer. Zum Dahinschmelzen. Ich schmelze jeden Tag
wieder. Aber leider, leider steht er nicht auf mich. Er
fährt voll auf Britt ab, aber die findet ihn einfach nur
blöd und angeberisch. Er macht sie total offensichtlich
an, aber sie ignoriert ihn völlig. Ich habe keine Ahnung,
ob sie es meinetwegen tut. Sie meint, er könnte in allen
Fächern richtig gut sein, wenn er nicht so faul wäre und
Bock auf die Schule hätte. Aber ich finde ihn ganz lustig.
Er bringt uns im Unterricht oft zum Lachen und sieht al-
les nicht so eng.

Ich denke, er wird mir gratulieren, schon um Britt zu
gefallen. Warten wir ab ...

Ein Tag später

Er hat mich geküsst, mitten auf den Mund! Als wir vor Englisch warteten, kam er zu mir und gratulierte mir. Wenn er merkt, dass er bei Britt keine Chance hat, verliebt er sich vielleicht in mich. Außerdem ist Britt genau das, was er nicht sein will: Sie ist gut in der Schule, hat berufliche Ziele und ist ein bisschen spießig. Das muss er ja gemerkt haben.

Von Mama und Papa habe ich tatsächlich ein Rennrad bekommen! Bin total happy. Außerdem einen wunderschönen Bildband über die Arbeiten von Michelangelo. Über ihn habe ich vor einiger Zeit eine Doku gesehen. Er fasziniert mich, vor allem seine Bildhauerei.

Mama und Papa führen mich heute Abend zum Essen aus!

Mit immer mehr Wut schlug Lilli die Seiten um. Sein Name tauchte immer wieder auf. Und je mehr sie las, umso weniger verstand sie sich selbst.

Im September 1999 hatte sie geschrieben:

So, ab jetzt zählt es fürs Abi. Ich hoffe, ich komme einigermaßen durch. Meine Noten sind nicht eben die besten und ich weiß selbst, dass ich mehr lernen müsste. Wolli hat vor den Sommerferien noch groß getönt, dass er keinen Bock hat auf Abi. Er ist nicht versetzt worden und wiederholt jetzt die 11. Klasse. Letzte Woche wurde er in der Raucherecke mit Alkohol erwischt. Wenn er nicht aufpasst, fliegt er von der Schule. Das wäre schrecklich, denn ohne ihn hätte ich keinen Bock mehr, dorthin zu gehen.

Seit den Ferien hat er eine Freundin. Wir kennen sie nicht, aber er erzählt es ständig. Trotzdem scharwenzelt er immer noch um Britt herum, als würde er die Hoffnung nicht aufgeben. Aber auch ich gebe nicht auf! Irgendwann merkt er, dass ich für ihn die Richtige bin. Britt meint, dass ich spinne und Wolli nicht gut wäre für mich. Aber ich weiß, dass ich gut wäre für ihn. Ich glaube, zusammen wären wir kein schlechtes Team.

Papa hat letztens gefragt, was ich denn nach dem Abi gerne machen würde. Studium oder Lehre? Studieren werde ich sicher nicht. Aber ich bin in Kunst richtig gut, vielleicht wird es etwas in dieser Richtung. Manchmal träume ich davon, aus Steinen Bilder zu hauen wie die großen Meister.

Aber bis dahin ist noch Zeit, und so lange will ich das Leben genießen!

Damals hatte sie entdeckt, wofür sie brannte. Was sie leidenschaftlich gerne machen wollte. Und sie erinnerte sich an … sie schlug weitere Seiten um und fand schließlich den Eintrag im Februar 2001.

Jetzt ist es passiert! Wolli ist von der Schule geflogen. Er wurde dabei erwischt, als er jüngeren Schülern Gras verkaufte. Wieso konnte er nicht aufpassen, der Vollidiot! Jetzt fährt er in den Pausen mit seinem Moped an der Schule vorbei und hupt wie ein Verrückter. Ach ja, mal sehen, ob ich es überlebe, wenn ich ihn nicht jeden Tag in der Schule sehe. Wir verstehen uns gut und lachen viel zusammen. Britt kann mich immer noch nicht verstehen. Aber ich liebe ihn nun mal und irgendwann … merkt er, dass er mich auch liebt.

So, Themawechsel:

Bald ist es soweit. Ende März sind Abi-Klausuren. Ich bin nur noch am Lernen. Und es gibt eine richtig gute Nachricht: Ich habe eine Zusage bekommen für meine Lehrstelle. Am 1. August fange ich meine Ausbildung zur Steinmetzin an. Ich freue mich sooo sehr darauf! Dinge kreieren aus Stein, das wird spannend. Ich habe schon ganz viele Ideen und Bilder im Kopf. Vielleicht mache ich mich sogar irgendwann selbstständig. Das wäre mein Traum!

Sie wusste noch genau, dass sie nach diesen Worten die letzte Seite des Buches aufgeschlagen und mit Bleistift eine grobe Skizze darauf gezeichnet hatte. Dann hatte es sie gepackt und sie arbeitete so lange, bis sie mit ihrem Werk zufrieden war.

Lilli blätterte bis zur Seite mit der Zeichnung und betrachtete sie eingehend. Ja, sie hatte Talent gehabt, damals. Mit der Spitze ihres Zeigefingers fuhr sie die Linien nach. Ja, sie hatte auch einen Traum gehabt. Damals. Der war jetzt futsch! Sie blickte auf und klappte das Buch mit einem lauten Schlag zu. Erst jetzt entdeckte sie den Teller mit den Broten und begann zu essen.

Sie würde wieder arbeiten gehen, sobald die Zwillinge in den Kindergarten gingen. Sie hatte es so satt, mit so wenig Geld zurechtkommen zu müssen. Falls sie in ihrem Beruf keine Anstellung fand, dann vielleicht irgendwo anders. Geld verdienen, unabhängig sein. Wie lange war das schon her?

Sie brauchte Pläne, um ihr Leben und die Zukunft wieder in den Griff zu bekommen. Und sie würde es irgendwie schaffen.

Energisch griff sie noch einmal nach dem Tagebuch. Sie hatte sich vorgenommen, die wichtigsten Stellen zu lesen, also musste sie sich dazu zwingen, auch wenn es wehtat. Sie suchte den letzten Eintrag, etwa in der Hälfte des Buches. Er war vom November 2001. Später hatte sie nie wieder Tagebuch geschrieben.

Das ist genau mein Ding! Die Ausbildung ist das Allerbeste, das ich je erlebt habe. Nie hätte ich gedacht, dass mir etwas so viel Freude macht! Mein Chef sagt, ich sei die beste Auszubildende, die er je hatte. Ich habe das Gefühl, der Stein erwacht unter meinen Händen zum Leben. Er spricht zu mir und sagt, wie er behandelt werden möchte und was in ihm steckt. Es ist Faszination ohne Ende! Heute Abend gehe ich mit einem meiner Kollegen essen. Er ist ausgelernter Steinmetz, ein sehr netter Kerl und heißt Christian. Er fragt schon eine ganze Weile danach.

Wolli habe ich schon ziemlich lange nicht mehr gesehen. Britt erzählte, dass er sich mit Gelegenheitsjobs durchschlägt und mit ein paar Leuten in einer WG wohnt. Sie studiert nun Jura und ist total happy.

Nur einige Tage später hatte Wolli vor ihrer Tür gestanden.

Der Wendepunkt. Die Kreuzung, an der sie sich für die falsche Richtung entschieden und sich verirrt hatte.

Ihr ganzer Körper schmerzte vor Reue. Sie warf das Buch auf den Tisch, schlang die Arme um ihren Oberkörper und ging ins Bett.

Es war knapp zwei Wochen später.

Sie legte gerade Wäsche zusammen, als es klingelte. Im Hintergrund spielte Kindermusik und die Mädchen krabbelten fröhlich umher.

Lilli lächelte. Vielleicht war es Frau Schubert, die nach ihr und den Kindern sehen wollte. Sie würde sehen, dass – ja, dass es funktionierte. Sie kam klar. Und öffnete die Tür.

„Hallo Liliane, meine Herzensdame! Ich wollte mal nachsehen, wie es meinen süßen Frauen geht! Hallo Gesa, hallo Marie! Papa ist da!"

Er stürmte an ihr vorbei in die Wohnung, während Lilli ihm fassungslos hinterher sah.

„Oh!", ertönte ein Ausruf aus dem Wohnzimmer. „Was ist denn hier passiert? Bist du zur Putzfee mutiert?" Er lachte über seinen Witz.

„Wolli", begann Lilli, als sie ins Wohnzimmer gehastet war, „ich möchte, dass du gehst."

„Ach Lilli", grinste er verschmitzt, „das willst du doch gar nicht wirklich. Dazu kenne ich dich zu gut."

Sie setzte zum Protest an, doch er kam ihr zuvor und streckte eine Hand nach ihr aus.

„Komm, Mädel, ihr seid doch meine Familie. Wir gehören zusammen."

Sie schlug seine Hand fort.

„Das fällt dir nach sechs Monaten wieder ein? Dass du eine Familie hast?"

„Naja", er lehnte sich lässig an die Wand und zeigte auf die Kinder, die am Couchtisch standen und begeistert kreischend die gefaltete Wäsche in alle Richtungen warfen. „Ist ja auch nicht so einfach bei dem ständigen Kindergeschrei. Tag und Nacht kaum noch Ruhe. Die Auszeit hat mir gut getan. Dir auch, wie es scheint. Die

Wohnung sieht gut aus. Und du auch, kleine Lilli." Er trat einen Schritt auf sie zu, doch sie wich zurück.

„Vergiss deine kleine Lilli", fauchte sie böse. „Ich komme alleine besser zurecht als mit dir."

„Bist du dir da sicher?" Er zog spöttisch die Mundwinkel nach oben. „Ich habe gehört, das Jugendamt war hier. Also muss ja was schiefgelaufen sein, seit ich weggegangen bin."

Sie sah ihn zum ersten Mal richtig an. Er sah immer noch gut aus, obwohl er viel zu dünn war und seine Augen lange nicht mehr den strahlenden Charme besaßen, der sie einst so bemerkenswert gemacht hatte. Aus dem hübschen blonden Jungen, in den sie sich vor so langer Zeit verliebt hatte, war ein Mann mittleren Alters geworden, der sich nicht bewusst war, dass die Zeit ihn verändert hatte. Er dachte noch immer, das Leben sei ein Spiel. Aber dass jedes Spiel seinen Einsatz forderte und ihm nichts mehr geblieben war von dem, was ihn einst so von den anderen unterschieden hatte, sah er nicht.

Und sie sah es erst jetzt. Plötzlich tat er ihr leid.

„Es ist schiefgegangen von dem Moment an, als du in mein Leben getreten bist, Wolli." Dann holte sie tief Luft. „Ja, das Jugendamt war hier. Ich behaupte nicht, dass es einfach ist mit den Zwillingen. Aber ich krieg es hin. Ohne dich."

„Es sind auch meine Kinder."

„Natürlich sind sie das. Wir können uns hin und wieder treffen, das ist kein Problem."

„Kein Problem, ja?" Er sah sie nun höhnisch an. „Und wo soll ich wohnen?"

„Wo hast du denn in den letzten Monaten gewohnt?"

„Mal hier, mal da. Was sich so ergab." Er wurde wieder sanfter.

„Ach komm, Lilli. Wir gehören zusammen. Ich kann nicht ohne dich und du nicht ohne mich. Das wusstest du schon lange vor mir."

„Ich habe mich geirrt", sagte sie schlicht und meinte es so. „Und jetzt geh bitte."

Seine Augen wurden kalt.

„Na gut", meinte er schließlich gleichgültig. „Dann gehe ich." Er wandte sich ohne einen Blick auf die Kinder zur Tür und drehte sich plötzlich wieder zu ihr.

„Hast du Geld?"

Sie hatte es vermutet. Das war der einzige Grund, weswegen er gekommen war.

„Woher denn, Wolli?"

„Keine Ahnung. Vielleicht von der Frau vom Jugendamt? Wirst du bezuschusst oder so was?"

„Ich lebe nach wie vor von dem bisschen, das ich vom Staat bekomme. Und dass das von vorne bis hinten nicht reicht, weißt du genauso wie ich."

„Naja", sein Tonfall war nun unangenehm, „damals hat es ja für uns vier irgendwie gereicht, oder? Und für drei brauchst du weniger, daher wirst du sicher was aufgespart haben. Sieh es als Entschädigung für mich, weil ich hier nicht mehr wohnen darf."

Lilli wurde beinahe schlecht. Sie kannte diese Stimmung nur zu gut.

„Es hat nie wirklich gereicht, das weißt du."

„Ich kenne dich. Und ich glaube dir nicht." Er verzog hässlich grinsend das Gesicht und lief in die Küche, bevor Lilli es verhindern konnte. Wütend begann er Schubladen zu durchwühlen. Dabei warf er die Dinge zu Boden, die ihn störten. Als er nichts fand, riss er der Reihe nach die Schranktüren auf und tastete hinter dem Geschirr. Zwei Gläser fielen heraus und zersplitterten auf dem Küchenboden.

Aus dem Wohnzimmer erklang sofort erschrockenes Schreien. Der Mann, den sie einst so unwiderstehlich fand, hastete ins Schlafzimmer und begann auch dort in den Schubladen und Schränken zu suchen. Resignierend zog Lilli sich zurück und lief ins Wohnzimmer, um die Kinder zu trösten. Er würde nichts finden.

Sie versuchte, Gesa mit ihrem Schnuller zu beruhigen, doch wie immer spuckte sie ihn würgend wieder aus und brüllte weiter. Marie hielt sich an ihrem Knie fest und sah sie mit großen Augen fragend an. Sie strich ihrer Tochter zärtlich über den weichen Haarschopf.

Wenn er weg war, würde sie in aller Ruhe alles wieder aufräumen und hoffen, dass er nie wiederkam. Sie hörte Schritte, dann stand er vor ihr.

„Wo hast du es versteckt?", wollte er zornig wissen und sah sich um.

„Wolli, ich …"

Er ging ans Regal und warf die Bücher auf die Erde, um dahinter zu sehen. Zwei der Tiere, die sie vor langer Zeit aus Ton gestaltet hatte, flogen hinterher und zerbrachen. Lilli sprang auf und setzte Gesa ab. Beide Kinder schrien nun erbärmlich.

„Warte!", rief sie. „Warte, ich hole es!"

Er nahm die Hand vom nächsten Tier und sah sie voller Triumph an.

„Na also", schnurrte er und sie musste sich zusammenreißen, um sich nicht vor seinen Füßen zu erbrechen.

Sie bückte sich und holte aus dem untersten Fach ihr altes Fotoalbum heraus, schlug es auf und reichte ihm die Scheine, die sie darin fand.

„Hau ab jetzt!", zischte sie und schob ihn in den Flur. Als er vor der Wohnungstür stand, steckte er die Scheine in die Jeans.

„Du warst immer diejenige, auf die ich mich verlassen konnte." Entweder konnte er gut schauspielern oder es war tatsächlich so etwas wie Bedauern, das sich in seinen Augen spiegelte. „Ich werde ab und zu kommen, um die Kinder zu sehen. Gib ihnen einen Kuss von mir."

Lilli schlug die Tür zu und sank mit dem Rücken an ihr entlang zu Boden. Sie zitterte am ganzen Körper. Er würde wiederkommen. Das glaubte sie ihm aufs Wort. Spätestens dann, wenn er wieder Geld brauchte. Sie stöhnte und begann zu weinen, den Kopf auf die angezogenen Knie gelegt. Sie hatte noch nie Angst gehabt, dass er sie schlug. Bis eben.

Irgendwo in der Wohnung weinten die Kinder. Sie hörte wie durch einen Nebel das zornige Schreien von Gesa sowie das schicksalsergebene Wimmern von Marie. Sie musste aufstehen. Sie musste sich um ihre Mädchen kümmern, die sicher genauso unter Schock standen wie sie selbst. Sie musste – einen Moment lang überlegte sie, ob sie Alfons anrufen sollte, damit sie nicht alleine war. Aber nein, er hatte seine eigenen Probleme. Vielleicht schlief er auch gerade seinen Rausch aus. Sie war allein. In einer halb verwüsteten Wohnung.

Plötzlich hörte sie ein entsetztes Schreien aus der Küche und fuhr auf. Die Scherben! Oh Gott! Sie rannte und sah Marie mit blutigen Händen inmitten der zersplitterten Gläser sitzen. Lilli schrie auf und riss ihre kleine Tochter an sich. Dann schrillte die Türglocke und ein lautes Klopfen dröhnte durch die Wohnung.

„Nicht schon wieder", stieß sie hervor und schrie: „Lass mich in Ruhe, du Scheißkerl!" Dabei betastete sie vorsichtig Maries Hände nach Splittern und wusste, dass sie auf der Stelle zum Arzt musste. Wieder klopfte es.

„Frau Glenzendorf! Bitte öffnen Sie sofort!"

Ihr blieb das Herz stehen. Oh nein, das konnte nicht sein. Das war alles nur ein schlechter Traum, ein ganz schlechter.

„Jetzt auf der Stelle, Frau Glenzendorf, sonst muss ich die Polizei holen!"

Sie musste öffnen. Schon wegen Marie. Diese brauchte sofort Hilfe.

Sie öffnete die Tür und sah die aufgebrachte Frau Schubert, die nach einem Blick auf Marie an Lilli vorbeistürmte und nach Gesa suchte. Diese saß inzwischen inmitten der Tonscherben und spielte mit ihnen. Als die Frau vom Jugendamt sah, dass es dem Kind gutging, nahm sie ihr Handy aus der Tasche und orderte einen Notarzt. Schließlich drückte sie die hilflos herumstehende Lilli auf das Sofa. Diese hatte noch keinen Ton hervorgebracht.

„Sie wissen, was ich tun muss?", fragte Frau Schubert eine knappe Stunde später. Die Frauen saßen im Wohnzimmer, während die Zwillinge erschöpft in ihren Betten schliefen. Der Notarzt hatte Maries Hände sorgfältig gesäubert und verbunden und sie nicht ins Krankenhaus bringen müssen.

Lilli reagierte nicht. In ihrem Kopf war nur Leere und sie konnte keinen klaren Gedanken fassen. Nur einfach sitzen und vor sich hinstarren. Mehr ging nicht.

„Frau Glenzendorf", begann Frau Schubert erneut und griff nach Lillis Arm. Lilli zuckte zusammen und sah auf.

„Ja?"

„Ich werde die Mädchen in Obhut nehmen müssen."

Lilli schluckte schmerzhaft. „Ja", antwortete sie tonlos und starrte wieder auf den Teppich. Währenddessen kann ich hier aufräumen, dachte sie und sah auf die Wäschestücke, die auf dem Boden verstreut herumlagen. Während die Frau vom Jugendamt telefonierte, kniete Lilli sich auf den Boden, sammelte einzelne Tonteile und legte sie auf einen Haufen zusammen. Genau so lag ihr Leben vor ihr: zerbrochen und in Stücken.

Sie registrierte Worte wie ‚Inobhutnahme‘ und ‚Pflegefamilie‘ und wurde sich nur nach und nach bewusst, was gerade geschah. Nachdem Frau Schubert ihr Telefon wieder weggesteckt hatte, erhob sie sich und kniete sich neben Lilli. Behutsam sprach sie mit ihr und bat sie schließlich, ein Formular zu unterschreiben. Mechanisch unterschrieb Lilli. Dann holte die Frau eine Liste aus ihrer Tasche, stellte Fragen zu den Zwillingen und machte sich Notizen.

„Wir werden jetzt eine Tasche packen für Gesa und Marie“, sagte sie dann sanft, aber bestimmt. „Legen Sie hinein, was für die Mädchen wichtig ist. Ein paar ihrer Spielsachen, ihre Lieblingskuscheltiere. Außerdem die Impfpässe und Hefte mit den Vorsorgeuntersuchungen.“

Während Lilli das Geforderte zusammensuchte, liefen ihr lautlos Tränen die Wangen hinab. Mit aller Macht versuchte sie, ihre Verzweiflung zu unterdrücken. Sie schluchzte auf. Vorübergehend, hatte Frau Schubert ihr versichert. Bis sich ihre allgemeine Situation gefestigt hatte und man davon ausgehen konnte, dass der Vater der Kinder keine Gefahr darstellte. Sie sagte sich, dass es vorerst die beste Lösung war, die Mädchen in eine geschützte Umgebung zu bringen.

„Ich schicke Ihnen jemanden, der Ihnen hilft.“ Die Frau lächelte sie freundlich an. „Wir haben sehr fähige Leute, die Sie dabei unterstützen können, dass wieder eine gewisse Normalität in Ihr Leben einkehrt.“

„Ich brauche keine Hilfe", entgegnete Lilli lauter als beabsichtigt. „Ich weiß, was für meine Kinder gut ist."

Frau Schubert drückte ihr beruhigend die Schulter, als es an der Tür klopfte. Eine junge, sehr hübsche Frau trat nach dem Öffnen ein. Ihre Haut war wie dunkle Bronze und ihre langen, beinahe schwarzen Haare lagen in einem dicken Zopf auf ihrem Rücken.

„Hallo", grüßte sie mit weicher Stimme und lächelte Lilli an. An ihrem linken Nasenflügel glitzerte eine kleine Perle und ihre großen Augen, umrahmt von langen, seidenen Wimpern, waren dunkel wie Kohle. Sie schien so jung. Sie konnte noch keine dreißig sein.

„Das ist Frau Mehra. Sie steht in enger Verbindung mit den Pflegeeltern und vergewissert sich regelmäßig, dass es den Kindern gut geht."

Frau Mehra reichte Lilli eine warme Hand und ergänzte: „Ich bin Anjuli, und ich gebe Ihnen meine Telefonnummer. Sie dürfen gerne anrufen und mich nach Ihren Kindern fragen."

„Ich habe Ihnen die Unterlagen auf den Tisch gelegt." Frau Schubert deutete zum Wohnzimmer. „Darin können Sie nachlesen, wenn Sie noch Fragen haben."

Dann suchte sie den Blickkontakt zu der jungen Frau, deren Strahlen in den Augen den dunklen Flur zu erhellen schien. Sie nickten sich zu.

Es war still in der kleinen Wohnung. Viel zu still. Lilli saß auf dem Fußboden im Kinderzimmer, rechts und links neben ihr die leeren Betten. An der Stelle, wo ihr Herz gebrochen war, klaffte ein tiefes Loch. Schwarz und unergründlich. Kopfüber sich hineinstürzen und für immer verschwinden.

Die Dämmerung tauchte alles in aschfahles Licht und würde bald der Finsternis weichen. Je dunkler es wurde, umso mehr würde sie selbst verschwinden. Mit der Dunkelheit würde sie sich endgültig auflösen. Morgen wäre sie nicht mehr da. Keiner würde sie vermissen. In ihr regte sich nichts bei diesem Gedanken. Sie fühlte sich hohl. Ihren Körper spürte sie nicht mehr. Er war taub vom stundenlangen Sitzen. Wann hatten sie ihr die Kinder genommen? Sie hatte kein Zeitgefühl. Heute? Gestern? Wann war Wolli aufgetaucht und hatte zerstört, was ihr noch geblieben war?

Wasser. Sie brauchte einen Schluck Wasser. Bei dem Versuch aufzustehen, trugen ihre gefühllosen Beine sie nicht und sie fiel auf die Knie. Schließlich zog sie sich an Maries Bett hoch und blieb einen Augenblick stehen, um Kontrolle über ihren Körper zu gewinnen. Dann wankte sie im Dunkeln in die Küche. Unter ihren Füßen knirschte Glas. Mariechen, dachte sie und ein trockener Schluchzer entfuhr ihrer Brust. Sie weinte nicht. Wunderte sich, warum sie nicht konnte.

In einen benutzten Kinderbecher ließ sie Leitungswasser laufen und trank es in einem Zug aus. Noch einmal füllte sie den Becher und leerte ihn erneut. Im Badezimmer wusch sie sich das Gesicht und sah in den Spiegel. Eine Fremde starrte ihr entgegen. Ein gespenstig lebloses Gesicht mit erloschenen Augen. Und jetzt? Eine stumme Frage an die Andere. Sie wartete vergebens auf eine Antwort.

Plötzlich verzerrte sich ihr Spiegelbild zu einer Fratze. Lilli wandte sich verstört ab. Ihr Blick fiel auf den Wickeltisch. Darüber bewegten sich die Schmetterlinge des Mobiles, das sie selbst gemacht hatte, bevor die Mädchen zur Welt kamen. Wie sollte sie das aushalten? Egal, wohin sie schaute, alles erinnerte sie an ihre Kinder. Sie schloss die Augen. Sie konnte sie riechen. Der Duft ihrer Babys traf sie bis ins Mark.

Dann ein leises Klopfen. Erschrocken knipste sie das Badezimmerlicht aus und trat in den dunklen Flur. Erneutes vorsichtiges Klopfen.

„Lilli!", rief eine freundliche, tiefe Stimme. „Lilli, bitte machen Sie auf, wenn Sie da sind!"

Sie zögerte, dann trat sie schleppend zur Tür und öffnete. Im Treppenhaus stand Alfons. Er musste eben nach Hause gekommen sein, denn er hatte seine braune Lederjacke an und war vom Treppensteigen außer Atem. In der Hand hielt er eine Stofftasche. Sein schütteres Haar, das er zurückgekämmt hatte, machte ihn älter als er war. Er war einer der freundlichsten Menschen, die sie kannte. Alfons musterte sie nun aufmerksam. Sie wusste, dass sie schrecklich aussah, doch es war ihr gleichgültig.

„Ich war den ganzen Tag über nicht da, und jetzt ist es schon sehr spät. Aber eben habe ich die Studentin aus dem fünften Stock getroffen. Sie hat mir erzählt, was passiert ist."

„Ja", murmelte sie. Was sollte sie auch sagen. Wahrscheinlich wussten es sowieso schon alle.

„Geht es Ihnen gut?" Er klang aufrichtig besorgt. Lilli sah ihn an ohne zu antworten.

„Tut mir leid", meinte er zerknirscht. „Das war eine ganz blöde Frage." Dann öffnete er die prallgefüllte Stofftasche. „Können Sie etwas gebrauchen hiervon? Ich war heute Nachmittag einkaufen. Brot? Vielleicht einen Joghurt oder ein bisschen Obst?" Er sah sie hoffnungsvoll an.

„Nein", sagte sie leise. „Aber danke."

„Kann ich helfen? Möchten Sie reden?"

Lilli schüttelte den Kopf.

„Dann gehe ich jetzt nach oben. Sie wissen, wo Sie mich finden, Lilli." Er zückte seine Geldbörse und reichte ihr eine Visitenkarte. „Darauf steht meine Telefonnummer, für den Fall, dass Sie vielleicht doch möchten, dass ich mal vorbeikomme." Er lächelte sie verlegen an und griff nach seiner Tasche.

„Es tut mir so leid", fügte er noch hinzu. „Ich weiß, dass Sie eine gute Mutter sind. Und wenn mir irgendwann Ihr Mann über den Weg läuft …"

„Er ist nicht mein Mann", erwiderte sie scharf.

„Ich weiß. Ich werde ihm sagen, was ich von ihm halte."

Mit diesen Worten wandte er sich zur Treppe.

„Alfons!", rief sie plötzlich und machte einen Schritt ins Treppenhaus. „Vielleicht könnte ich mir doch etwas aus der Tasche nehmen?"

Er hielt inne und sah sie fragend an. Dann trat er zu ihr und hielt ihr die Einkäufe entgegen. Zögerlich griff sie nach der Flasche, die herauslugte.

„Darf ich?" Sie konnte nicht verhindern, dass sie verschämt klang.

„Natürlich."

Sie war froh, weder in seinem gutmütigen Gesicht noch in seiner Stimme einen Vorwurf zu erkennen.

„Hören Sie, Lilli", er schaute sie voller Zuneigung an. „Ich kenne Sie nicht erst seit zwei Wochen und ich glaube, einen Menschen recht gut einschätzen zu können. Vielleicht sagen Sie jetzt, ich sei nicht in der Situation, die mich berechtigt, das zu sagen. Aber Sie sind noch jung und haben zwei bezaubernde Kinder. Und Sie sind stärker, als Sie vielleicht glauben. Wenn Sie hier vor mir stehen, so sehe ich einen Menschen mit großem Herzen und einem ebenso großen Verstand. Was Sie daraus machen, ist allein Ihre Sache."

Er war schon längst auf der Treppe nach oben verschwunden, da stand sie immer noch, mit der Flasche in den Händen und sah ihm hinterher. Erst, als das Licht im Treppenhaus erlosch, schloss sie die Tür und machte Licht in der Wohnung.

Sie saß im Schneidersitz auf der Couch und starrte auf die Schnapsflasche, die vor ihr auf dem Wohnzimmertisch stand. Es wäre so einfach. Vergessen. Aus Gewohnheit horchte sie schon wieder zum Kinderzimmer und erneut versetzte es ihr einen Schlag in den Magen, als ihr im selben Moment einfiel, dass es still bleiben würde. Wo waren sie – nein. Lilli schluckte schwer. Sie durfte nicht daran denken, sonst würde sie verrückt werden.

Wieder fixierte sie die Flasche. Die Worte des Busfahrers wirbelten durch ihren Kopf und setzten sich schließlich zu sinnvollen Sätzen zusammen. Herz. Verstand. Es war ihre Sache, was sie daraus machte. Ihr Blick tastete sich durch das Chaos des Raumes und blieb an ihrem Fotoalbum hängen.

Sie stand auf, holte es zu sich auf den Schoß und schlug es in der Mitte auf. Auf dem Foto stand sie strahlend Arm in Arm mit Wolli vor einem Zelt direkt neben einem See. Er betrachtete sie lachend, während sie gespannt auf das Klicken des Selbstauslösers wartete. Wie glücklich waren sie damals gewesen. Ja, sie hatten auch gute Zeiten miteinander gehabt. Es war im Moment kaum vorstellbar, aber diese Bilder bewiesen es. Sie überschlug ein paar Seiten. Hier hatten sie sich gegenseitig fotografiert, als sie dabei waren, eine Riesenwaffel mit unzähligen Eiskugeln zu essen. Ihnen war anschließend so übel gewesen, dass sie beide den restlichen Sommer über auf Eis verzichtet hatten.

Erst später war es schwierig geworden, als Wolli die Lust am Arbeiten verlor und kein Geld mehr verdiente. Sie ließ sich von ihm mit in den Sumpf ziehen und verlor schließlich ihre Anstellung. Wäre sie nicht schwanger geworden vor etwa zwei Jahren, hätte sie sich vermutlich über kurz oder lang von ihm getrennt. Vielleicht aber auch nicht. Resigniert schloss sie das Album und legte es neben sich auf das Sofa.

Es war ihre Sache, was sie daraus machte.

Ihr Herz war in Stücke gerissen. Sie fühlte sich wund, verletzt und verloren. Ihr Verstand sagte ihr, dass es möglich war, die Teile wieder zusammenzufügen, wenn sie auch keine Ahnung hatte, wie. Wieder zog die Flasche wie magisch ihren Blick an. Mit Schnaps nicht, entschied sie.

Sie erhob sich und ging mit schmerzenden Gliedern in die Küche. Aus dem Kühlschrank nahm sie ein Bier, öffnete es und gab dabei Acht, nicht in die Scherben zu treten. Anstatt sich besinnungslos zu trinken, würde sie beginnen, hier aufzuräumen. Dabei konnte sie überlegen, wie es jetzt weiterging. Sie nahm einen großen Schluck aus der Flasche und verzog das Gesicht. Es schmeckte unangenehm bitter.

Aus dem Badezimmer holte sie eine Kehrschaufel und fegte sorgfältig die Glasscherben auf. Mit zitternden Händen und einem nassen Tuch wischte sie die Blutflecken vom Fußboden auf und versuchte, dabei nicht zu denken. Schließlich räumte sie das Geschirr, das Wolli überall abgestellt hatte, wieder in die Schränke.

Als sie das Wohnzimmer betrat, blieb sie stehen. Egal wohin sie schaute, alles erinnerte sie an ihre Mädchen. Sie ließ sich auf den Spielteppich sinken und sah Marie vor sich, die geschickt die bunten Klötze übereinanderstapelte, während ihre Schwester den Turm mit einem Quietschen wieder zerstörte. Dann nahm sie die kleine Holzente auf Rädern in die Hand. Bei dem Anblick des

Schnabels, den Gesa oft voller Wonne mit ihren winzigen Zähnchen bearbeitet hatte und der jetzt entsprechend aussah, wäre sie in Tränen ausgebrochen, hätte sie welche gehabt. So presste sie die lädierte Ente an ihre Brust, wiegte sich hin und her und wimmerte.

Sie würde es nie schaffen. Sie war nicht einmal in der Lage, einen klaren Gedanken zu fassen. Vielleicht würde sie ihre Kinder niemals wiedersehen. Vielleicht war sie gar keine gute Mutter.

„Ich weiß, dass Sie eine gute Mutter sind", kamen ihr die Worte von Alfons in den Sinn. Eigentlich konnte sie ihm glauben, denn er war ein Mann voller Weisheit. Das Schicksal hatte ihm übel mitgespielt, und trotzdem war er ein freundlicher, ein guter Mensch geblieben. Er war immer darum bemüht, in den Menschen den wahren Kern zu erkennen, der meistens unter dem ganzen Gerümpel steckte, den das Leben darüber geworfen hatte. Zu einer harten Schale gewachsen.

Sie sah auf und betrachtete den nächtlichen Spätsommerhimmel, der voller Wolken hing und weder Mond noch Sterne preisgab.

„Ich bin eine gute Mutter", sagte sie nun laut zu sich selbst und stand auf. Mit schnellen Schritten holte sie eine große Wäschewanne aus dem Schlafzimmer und begann, alle Spielsachen der Mädchen hineinzulegen. Sie musste immer wieder Büchern und Wäschestücken, Teilen ihrer selbstgemachten Tonarbeiten und anderen Dingen ausweichen, die über dem Boden verstreut lagen. Alle Ecken suchte sie ab, hinter Schränken, in den Regalen und schließlich unter dem Sofa. Dann rollte sie den kleinen Spielteppich zusammen und trug alles ins Kinderzimmer.

Im Badezimmer griff sie nach Pflegemitteln, Windeln und herumliegenden Kleidungsstücken und legte alles auf die Wickelauflage, genauso das Schmetter-lingsmobile. Auch diese Dinge brachte sie in das Zim-mer der Mädchen. Auf dem Weg zurück ins Wohnzim-mer schnappte sie die Regenmäntelchen von der Garderobe und suchte aus der umherliegenden Wäsche unter dem Tisch die Sachen der Kinder heraus. Sie ver-staute alles im Kleiderschrank der Zwillinge. Plötzlich fiel ihr ein, dass sie noch nicht fertig war und stürmte in die Küche. Fläschchen, Trinkbecher und Lätzchen sowie die Hochstühle verschwanden. Nachdem sie kurz im Kinderzimmer stehengeblieben war und sich umgesehen hatte, ging sie auf den Flur hinaus und schloss die Tür. Atemlos lehnte sie sich mit der Stirn an das Holz.

„Wir schaffen das", flüsterte sie in Gedanken ihren Kindern zu. „Gebt mir ein bisschen Zeit."

Sie begann aufzuräumen. Außer den Tonfiguren, de-ren Scherben sie im Abfalleimer entsorgte, war nichts zu Bruch gegangen. Sie stellte die Bücher zurück und räumte alle Schubladen wieder ein. Die übriggebliebene Wäsche legte sie wieder zusammen und verstaute sie in ihrem Schlafzimmerschrank. Auch hier sortierte sie alles wieder in die Schubfächer. Ihr Radiowecker zeigte ihr, dass der neue Tag bereits begonnen hatte. Sie war völlig erschöpft, doch sie wusste, dass sie jetzt niemals Schlaf finden würde. So trottete sie zurück ins Wohnzimmer, im Flur horchend, ob – nein! Sie zwang sich auf die Couch, trank noch einen Schluck vom abgestandenen, bitteren Bier und lehnte sich zurück.

Auf dem Tisch lagen einige Blätter und ihr fiel ein, dass sie sie wohl oder übel lesen musste, auch wenn sich alles in ihr dagegen wehrte. Beide Frauen hatten ihre Kärtchen dazugelegt. Morgen, sagte sich Lilli, morgen würde sie sich darum kümmern.

Sie zog die Beine unter sich. Obwohl die Sommernacht warm war, fror sie. Kein Wunder, dachte sie bei sich. Ich bin körperlich, seelisch und geistig völlig am Ende. Der Magen tat ihr weh, was sie nicht weiter überraschte, da sie seit dem Frühstück nichts mehr gegessen hatte.

Sie beugte sich zum anderen Ende der Couch hinüber und zog an dem Zipfel der Decke, um sie über sich zu ziehen. Dabei stieß sie gegen das Fotoalbum, das auf dem Sofa lag. Es rutschte zu Boden. Gleichzeitig fiel aus der Decke ein Gegenstand, den sie auffing und anstarrte. Sie hätte laut schreien können. So würde ihr Leben jetzt aussehen, für die nächsten Monate. So, wie der Schnuller in ihrer Hand würden sie so viele andere Dinge immer wieder an ihre Kinder erinnern und lähmen. Sie durfte nicht daran denken, wie es wäre, andere Mütter mit Kindern zu sehen. Wenn es dann auch noch Zwillingsmädchen waren …

Sie hielt das nicht aus. Sie musste fort. Weg von allem hier. Wieder sprang sie auf, riss die Kinderzimmertür auf, legte den Schnuller irgendwo ab, schloss die Tür und ging zurück. Sie hob das aufgeschlagene Fotoalbum auf und sah einen weißen Umschlag, der zwischen den Seiten hervorschaute und beinahe herausfiel. Irritiert zog sie ihn heraus. Sie erkannte die Handschrift, mit der der Brief an sie adressiert war, und erinnerte sich an die Post, die sie kurz nach der Geburt ihrer Kinder von Britt bekommen hatte. Lilli setzte sich in die Decke gekuschelt auf das Sofa und holte die engbeschriebenen Blätter aus dem Kuvert. Sie hatte sie letztes Jahr überflogen und dann weggesteckt. Britt, ihre liebe und treue Freundin. Wäre Wolli nicht gewesen, wäre sie es vielleicht immer noch.

Sie rechnete nach. Kurz nachdem sie ihre Ausbildung begonnen hatte, war Wolli wieder in ihr Leben getreten und hatte Britt daraus verdrängt. Das war nun vierzehn Jahre her. Im Nachhinein war sie davon überzeugt, dass er es niemals wirklich weggesteckt hatte, dass Britt ihn von Anfang an verachtete. Und weil er sie nicht haben konnte, gönnte er sie auch Lilli nicht. Er hatte seine Methoden gehabt, das zu erreichen. Sie strich mit den Fingern über Britts Adresse auf der Rückseite des Umschlages und begann zu lesen.

Liebe Lilli

Ich habe mich so sehr über deine Zeilen gefreut und über das Bild von deinen süßen Mädchen. Ich gratuliere dir von ganzem Herzen und wünsche euch eine glückliche Zeit miteinander. Ich kann dir aus eigener Erfahrung sagen, dass es nicht immer leicht sein wird. Es wird Zeiten geben, da wünschst du dir alles andere, nur keine schreienden Kinder, und du träumst von niemals endenden Nächten im Tiefschlaf. Und doch würde man sie niemals mehr hergeben und alles für sie tun. Und du hast sie sogar im Doppelpack! Meine beiden sind drei Jahre auseinander.

Ach Lilli, ich weiß, ich sage es jedes Mal, wenn wir uns sprechen oder schreiben. Ich würde dich so gerne mal wiedersehen und denke oft daran, wie es denn wäre, wenn wir ganz einfach befreundet hätten bleiben können. Ich möchte ja gar nicht schon wieder damit anfangen, aber doch stelle ich mir ab und zu vor, du hättest einen anderen Mann als Wolli gefunden und wir könnten uns manchmal zu viert treffen.

Verzeih mir, ich weiß, dass es für dich immer nur ihn gab und verzeih, dass ich nie verstehen konnte, warum.

Ich wünsche dir so sehr, dass du glücklich bist und weiß doch ganz genau, dass dem nicht so ist. Das tut weh, liebste Freundin, denn wir sind uns trotz allem immer noch so nah. Seit unserem ersten Kindergartentag!

Aber solange Wolli an deiner Seite ist, werde ich dich nicht sehen – und deine kleinen Mädchen auch nicht. Wir wissen beide, weshalb. Vielleicht haben wir ja irgendwann mal die Möglichkeit, ein bisschen Zeit miteinander zu verbringen. Mütter- und Kinderwochenende oder so etwas. Klar, meine Kinder sind ein paar Jahre älter, aber ich bin sicher, Jenny hätte Spaß mit den Zwillingen. Manchmal kann ich es kaum glauben, dass sie schon acht ist. Und unser kleiner Marvin ist mit seinen fünf Jahren im allerschrecklichsten Flegelalter, sag ich dir.

Rob meint, Marvin sei genauso wie er selbst in dem Alter war. Aber dieser Mann ist immer noch im Flegelalter, also kann ich die Hoffnung auf Besserung bei seinem Sohn ja aufgeben. Natürlich liebe ich sie trotzdem alle und verzeihe ihnen (fast) alles. Ich habe dir ein Bild beigelegt. Die Kinder hast du ja noch nie gesehen und auch Rob ist ein bisschen älter geworden, wie du siehst. Das mit unserer Anwaltskanzlei läuft gut. Seit Marvin im Kindergarten ist, arbeite ich halbe Tage. Mit der Zeit wird es wieder mehr werden, wir freuen uns auf die Zeit.

Hast du übrigens letzten Sommer unseren Urlaubsgruß bekommen? Wir haben es doch tatsächlich geschafft und haben Urlaub gemacht auf unserem Bernauer Ferienhof. Lilli, wir waren auf unserem Hof!!! Weißt du noch? Das kannst du nicht vergessen haben! Das waren die drei schönsten Wochen meines Lebens und noch jetzt, meine Güte, dreizehn Jahre später, spüre ich dieses Glücksgefühl von damals, als wir beide nach dem Abi zusammen unterwegs waren.

Wir haben einfach gefragt, ob auf dem Ferienhof noch Platz ist für uns, und sie haben uns die Sennalm angeboten. Keinen Cent mussten wir zahlen, nur ein bisschen auf die Kühe achten. Die hätten bestimmt auch selbst auf sich aufgepasst. Und weißt du noch, wie entsetzt wir uns angesehen haben, als wir feststellten, dass es dort oben weder Strom noch fließendes Wasser gab? Eine Quelle, Holz und Feuerzeug, dazu ein paar Kerzen und eine Taschenlampe für nachts. Meine Güte, hatten wir Spaß. Und alle paar Tage sind wir drei Stunden runter zum Hof gelaufen und zurück, um uns mit Essen einzudecken. Lagerfeuer, Sternenhimmel, Ruhe, Einsamkeit und wir beide.

August und Edith sind immer noch sehr nett. Sie konnten sich sofort an uns erinnern und fragten nach dir. Stell dir mal vor, wir würden dort mit den Kindern zusammen Ferien machen. Wäre das nicht wunderschön?

Die Berghütte selbst sieht allerdings nicht mehr so toll aus. Ich bin einmal frühmorgens alleine hinaufgewandert, um in alten Zeiten zu schwelgen. Klar, die Hütte selbst steht noch, ist aber ziemlich heruntergekommen. Edith erzählte mir dann, sie würden sie seit langem nicht mehr benutzen, da ihre wenigen Kühe von einem Hirten aus dem Dorf mitgenommen werden auf andere Almen. So scheint unser kleines Paradies leider mit der Zeit zu verfallen.

Die Kinder und wir waren von den zwei Wochen auf dem Hof so begeistert, dass wir dort sicher wieder einmal Urlaub machen werden.

Dieses Jahr allerdings fliegen wir zu Robs Eltern nach New York. Vielleicht erinnerst du dich noch, dass Rob damals oft erzählte, es sei nicht immer lustig, Eltern zu haben, die am selben Tag geboren sind. Sie sind jetzt im Juni 60 Jahre alt geworden und machen eine ganz große Feier. Sie haben das Fest sinnvollerweise so gelegt, dass bei uns Ferien sind und wir daher vier Wochen für die USA einplanen konnten. Rob übt mit den Kindern fleißig seine Muttersprache, dabei sprechen die beiden wirklich sehr gut Englisch. Sie haben das Glück, zweisprachig aufzuwachsen.

Und jetzt, liebe Lilli, muss ich als deine hoffentlich immer noch beste Freundin doch noch ein Thema ansprechen, das dir nicht so behagen wird. Als ich vor einigen Wochen mit den Kindern für ein Wochenende zu Hause bei meinen Eltern war, trafen wir beim Spazierengehen deine Mutter. Sie hatte einen Hund dabei und erzählte, sie hätten ihn aus dem Tierheim geholt und er sei ganz lieb und gut erzogen. Das war er auch, meine Kinder waren sofort völlig vernarrt in Timmy.

Dann erzählte sie, der Hauptgrund sei, dass sie auf diese Weise etwas aus dem Haus herauskämen, denn sie würden viel grübeln und seien traurig. Lilli, sie wünschen sich nichts mehr, als dass du dich bei ihnen meldest und den Kontakt wieder aufnimmst. Vergiss nicht, dass du ihr einziges Kind bist und sie dich immer geliebt und umsorgt haben. Deine Mutter hat mir von dem Streit erzählt zwischen dir und deinem Vater. Ich kann ihn irgendwie ganz gut verstehen. Sie wären beide überglücklich, sagte sie, wenn sie dich endlich wieder mal in die Arme nehmen könnten. Nur, und das darfst du ihm nicht verübeln, möchte dein Vater nicht, dass du nur kommst, um nach Geld zu fragen.

Ehrlich gesagt ist es mir ein bisschen unangenehm, dir das so zu schreiben. Aber ich denke, dass wir uns lange genug kennen und uns immer noch nahe genug sind, um die Wahrheit auszusprechen. Deine Mama hat davon gesprochen, dass sie euch unterstützt haben, aber auch vergeblich darauf hofften, dass Wolli sich endlich *eine Arbeit sucht, um nicht immer nur von deinem Geld zu leben.*

Ach bitte Lilli – ich kann immer noch schmeicheln! – überdenke es noch einmal. Nichts ist so stark wie die Liebe der Eltern. Und nichts so tröstend.

Jetzt habe ich einen ziemlich langen Brief geschrieben. Ich habe mich aber auch so tierisch gefreut über deine Babynachricht, da war ich plötzlich übervoll von Dingen, die ich dir unbedingt sagen wollte. Ich würde mich natürlich unendlich freuen über einen Brief von dir. Ich möchte so vieles wissen, wie es dir geht, wie Gesa und Marie gedeihen und wie es dir in den letzten Jahren ergangen ist. Habt ihr eine neue Telefonnummer? Zwei oder drei Mal habe ich es probiert, aber es kam nie eine Verbindung zustande. Wäre er drangegangen, hätte ich einfach aufgelegt.

Ich werde die Hoffnung nicht aufgeben, dass wir uns wiedersehen. Und sollten wir alt und grau sein bis dahin, so wäre das auch egal.

Sei ganz herzlich umarmt, meine liebste Lilli, meine Gedanken sind oft bei dir.

Deine Britt

PS: Was macht eigentlich die schöne Minerva?

Lilli ließ den Brief auf ihren Schoß sinken. Sie war nie dazu gekommen, ihn zu beantworten. Sie betrachtete das beigelegte Foto. Rob hatte sich kaum verändert und war sichtlich glücklich zwischen seinen Kindern. Jenny erinnerte sie dabei sehr an eine ganz junge Britt aus Kindertagen. Die liebe Britt. Wäre sie doch jetzt hier. Ja, die schöne Minerva. Sie lief mit dem Brief in der Hand ins

Schlafzimmer und holte ihr Tagebuch hervor, das sie unter ihre Unterwäsche gelegt hatte. Sie schlug die letzte Seite auf und betrachtete die Frauengestalt, die sie so gerne irgendwann selbst aus Stein gehauen hätte. Britt und sie hatten sie, warum auch immer, die schöne Minerva getauft. Ein Traum, der immer einer geblieben war.

An ihr Bett gelehnt las sie den Brief wieder und wieder. Es fühlte sich beinahe an, als säße Britt hier und spräche mit ihr.

Und plötzlich wusste Lilli, was sie tun musste. Sie sprang auf und begann in der kleinen Wohnung auf und ab zu laufen, während sie fieberhaft überlegte. Im Flur riss sie den Kellerschlüssel vom Haken und rannte durchs Treppenhaus vier Stockwerke hinunter bis ins Kellergeschoss. Jeder hatte hier einen kleinen Kellerverschlag, der mit einem Vorhängeschloss gesichert war und ganz bestimmt keine wertvollen Dinge enthielt.

Sie öffnete das Schloss und zog die Holztür auf. Unter dem dürftigen Licht der uralten Kellerfunzel versuchte sie zu erkennen, in welcher Ecke sie suchen musste. Hinter dem Karton voller Oster- und Weihnachtsschmuck stand ein altes Regal, dorthin musste sie. Nachdem sie mehrere Kisten zur Seite geschoben hatte, nahm sie aus dem untersten Regalfach ihren alten Rucksack heraus. Auch Isomatte und Schlafsack fand sie nach kurzem Suchen. Aber irgendwo, überlegte sie, mussten auch die Schuhe noch sein. Sie schob und räumte und fand schließlich in einem Sack voller alter Schuhe ihre Wanderschuhe. Sie legte alles vor die Gittertür, verschloss diese, nahm die Sachen auf und eilte zurück nach oben. Ihr war bewusst, dass es mittlerweile nach zwei Uhr nachts war, und sie empfand die Ruhe des schlafenden Hauses als angenehm.

Sie schüttelte den blauen Rucksack auf dem kleinen Balkon vor dem Wohnzimmer aus, legte ihn auf das Bett und begann, aus dem Schrank Kleidungsstücke herauszulegen. Sie kramte in ihrem Gedächtnis, holte, was ihr wichtig erschien und sah schließlich den Stapel neben dem Rucksack liegen, der mit Sicherheit niemals hineinpassen würde. Sie sortierte aus, was sie gleich am Körper tragen würde und fing an zu packen. Aus dem Bad holte sie die allernötigsten Dinge. Auch ein Päckchen Aspirin nahm sie aus dem Schränkchen.

In der Küche füllte sie eine Plastikflasche mit Leitungswasser, zog verschiedene Schubladen auf und fand zwei Schokoriegel. Dazu legte sie eine Rolle Haferkekse, diejenigen, die die Zwill – nein, nicht jetzt. Schließlich schnitt sie ein paar Brotscheiben ab und bestrich sie mit Butter. Noch zwei Äpfel und das Stück Salami. Die restlichen Lebensmittel aus dem Kühlschrank steckte sie in eine Plastiktüte.

Bevor sie den prallgefüllten Rucksack schloss, legte sie Britts Brief in ihr Tagebuch, außerdem die Visitenkarten von Alfons und den beiden Frauen und stopfte es mit Mühe noch hinein. Dann richtete sie sich auf und streckte ihre schmerzenden Glieder. Vielleicht sollte sie versuchen, ein paar Stunden zu schlafen, überlegte sie mit einem Blick auf das Bett, das noch verlockender ausgesehen hätte, wäre es nicht übersät von Kleidung und Gepäck.

Schnell wandte sie sich ab, zog sich aus und stellte sich im Bad unter die heiße Dusche. Nach dem Abtrocknen schlüpfte sie in ihre Lieblingsjeans, zog ein leichtes T-Shirt an und band sich ihren Fleecepulli um die Hüfte. Als sie mit den Füßen in die Wanderschuhe stieg und sie zuschnürte, durchfuhr sie ein wohliger Schauer. Es war, als hätten sie all die Jahre darauf gewartet. Und wenn

Lilli bis zu diesem Moment noch an ihrem Verstand gezweifelt hatte, so wusste sie jetzt, dass sie genau das Richtige tat.

Mittlerweile konnte sie es kaum noch erwarten. Sie musste weg! Sie musste raus hier!

Sie rollte die Isomatte um den Schlafsack und verschnürte das Bündel mit geschickten Fingern am Rucksack. Daneben baumelte das leichte Campingkochgeschirr. Jetzt erst ging sie in die Küche, bückte sich unter den Esstisch und löste eine Klarsichthülle, die sie mit Klebeband darunter befestigt hatte. Sie nahm die Sparbücher der Zwillinge heraus, außerdem die 250 Euro, die darin lagen. Die Scheine steckte sie in ihr Portemonnaie, die Sparbücher in einen Umschlag. Auf einen Zettel schrieb sie:

Lieber Alfons,
ich bitte Sie darum, für eine Weile die Sparbücher an sich zu nehmen. Die Tüte mit den Lebensmitteln habe ich vor Ihre Tür gestellt, denn ich gehe für eine Weile fort. Ich weiß, dass Sie mich verstehen und im Moment sind Sie der einzige Mensch, dem ich vertraue.
Ich lege auch den Wohnungsschlüssel hinein. Ich weiß nicht, ob mein ehemaliger Lebensgefährte noch einmal hier auftauchen wird. Falls es ihm gelingen sollte, in die Wohnung zu gelangen, so wird er dort nichts finden, was für ihn interessant wäre. Ich habe kein Handy dabei, aber dafür Ihr Visitenkärtchen. Sorgen Sie sich nicht um mich, ich komme ganz sicher wieder.
Herzliche Grüße, Ihre Liliane Glenzendorf

Sie faltete das Blatt zusammen und steckte es zu den Sparbüchern. Nachdem sie ihre Windjacke angezogen und die Geldbörse in eine Seitentasche des Rucksacks gesteckt hatte, öffnete sie die Tür des Kinderzimmers und sah sich um. Sie nahm aus Gesas Bettchen das Moltontuch heraus und drückte es an ihr Gesicht. Auch das von Marie nahm sie an sich und sog ihren Duft tief ein.

„Ich komme wieder", sagte sie mit spröde klingender Stimme, da sie seit Stunden nicht mehr gesprochen hatte und legte die Tücher über einen Stuhl. „Ich verspreche es. Und dann hole ich euch zurück!" Leise schloss sie die Tür.

Ein letztes Mal schaute sie ins Wohnzimmer, wo immer noch die unberührte Schnapsflasche auf dem Tisch stand. Sie zögerte kurz bevor sie den Rucksack wieder öffnete. Dann griff sie nach der Flasche und stopfte sie mit aller Kraft zwischen ihre Kleidungsstücke und andere Sachen. Hier ging jetzt gar nichts mehr. Sie schloss den Rucksack, was ihr einige Schwierigkeiten bereitete und schwang ihn mit einem Ächzen auf ihren Rücken. Der Bauchgurt lag eng an, als sie die Schnallen schloss. Sie nahm die Stofftasche mit dem Proviant an sich und die Tüte für Alfons. Alle Lichter waren aus. Die Tür fiel ins Schloss. Den Schlüssel legte sie zu den anderen Dingen in den Umschlag und klebte ihn zu. Mit angestrengtem Keuchen und schmerzenden Beinen lief sie ein Stockwerk nach oben und stellte die Tüte ab. Runter ging es besser. Der Briefkasten klapperte laut in der nächtlichen Stille, als sie den Umschlag hineinwarf.
Endlich zog sie die Haustür hinter sich ins Schloss. Am östlichen Horizont kündete ein Silberstreif bereits den neuen Tag an.

KAPITEL 5

In der Ferne ertönte der Schrei eines Bussards und Farid wusste, dass sie ihn entdeckt hatten. Behände sprang er die Felsen hinauf. Gewohnheitsgemäß blieb er immer wieder stehen und suchte mit abgeschirmten Augen die Gebirgslandschaft ab. Seit Stunden hatte er keinen Menschen mehr gesehen, doch er musste zu jeder Zeit davon überzeugt sein, dass er selbst nicht gesehen wurde. Unterhalb einer der schroffen Gipfel erblickte er eine große Herde von Steinböcken, die in aller Gelassenheit an den kargen Berggräsern knabberten und nur von Zeit zu Zeit ihren Kopf hoben, um nach Gefahr zu sehen.

„Hakim!"

Vor ihm war, obwohl er mit ihm gerechnet hatte, ein Mann wie aus dem Nichts aufgetaucht. Auch er war in graue Stoffe gekleidet und legte ihm nun die rechte Hand auf die Schulter. In seinen blauen Augen lag Freude.

„Kalil." Der Name stand im direkten Gegensatz zu dem sehr europäischen Äußeren des Mannes. Die rotbraunen Haare und hellen Augen ließen vermuten, dass er keine direkten Vorfahren aus dem Nahen Osten hatte, und da er fließend und ohne Akzent Deutsch sprach, ging Farid davon aus, dass Kalil ebenso Deutscher war wie er selbst. Er legte auch seine Rechte auf die Schulter des Anderen.

„Haben sie dir heute die erste Wache gegeben?"

„Nein", entgegnete Kalil, „ich habe mich freiwillig dazu gemeldet. Wir haben doch mit dir gerechnet, da wollte ich derjenige sein, der dich empfängt. Und erschreckt!", lachte er und stieß Farid freundschaftlich in die Seite.

„Du bist spät. Wir dachten, du kämst schon gestern Abend."

Farid blickte an Kalil vorbei. Zwei weitere Männer kamen die Felsen hinuntergeklettert. Auch sie trugen ihre Uniformen aus grauem Stoff und hatten zudem ihren Kopf bedeckt.

„Da bist du ja", begrüßte ihn ein untersetzter Mann mit dunkler Haut, dessen Gesicht kaum zu erkennen war durch den schwarzen Vollbart. Dichte Brauen überschatteten die Augen und vermittelten der ganzen Erscheinung eine ungezügelte Wildheit. Er war der Anführer der Truppe und nannte sich Hadi. Man konnte davon ausgehen, dass keiner der Männer hier seinen richtigen Namen preisgegeben hatte.

„Hadi", sagte Farid jetzt und neigte leicht den Kopf.

„Du bist spät dran. Sag mir, was hat dich aufgehalten?" Bestimmend berührte Hadi seinen Arm und scheuchte den Mann, der ihn begleitet hatte, mit einer herrischen Bewegung zur Seite.

„Du weißt, Hadi, es läuft nicht immer so, wie man es geplant hat", erklärte Farid nun dem Mann, dessen Berater er war. „Oft sind es Kleinigkeiten, die einen an dem hindern, was zu tun ist."

Hadi nickte. Dann deutete er hinauf zu den Felsen. „Lass uns oben reden. Gut, dass du wieder da bist, Hakim. Tarek!", rief er dem Mann zu, der abwartend an der Seite stand. „Geh und mach uns einen Tee!"

Nachdem Tarek an ihnen vorübergegangen war, liefen sie hintereinander den schmalen, in Fels gehauenen Pfad hinauf. Die letzten Meter mussten sie klettern und gelangten schließlich an den Fuß einer massiven Felswand. Die Fläche davor bestand hauptsächlich aus Geröll und vereinzelten Gräsern, die tapfer dem rauen Gebirgsklima standhielten. Größere Steinquader waren gezielt um eine Feuerstelle platziert worden und bildeten einen ungefähren Kreis. Unweit dieses Platzes lagen im Schutz einiger Felsvorsprünge Äste und Zweige als Brennmaterial. Es war Tareks Aufgabe, dafür zu sorgen, dass immer ausreichend davon vorhanden war. Ebenso hatte er sich um die Verpflegung der Truppe zu kümmern und war nun damit beschäftigt, Tee zu kochen.

Als Farid den Kreis der Sieben betrat, sprang ein Mann auf, der im Schneidersitz auf dem Boden gesessen und geschnitzt hatte. Er neigte grüßend den Kopf. „Hakim."

„Hallo Matt", grüßte er zurück und setzte sich auf den Steinquader zu Hadis Rechten. Nachdem sie ihren Tee getrunken und einige Belanglosigkeiten ausgetauscht hatten, schwiegen sie für kurze Zeit. Tarek und Matt hatten sich erwartungsvoll zu ihnen gesetzt, während Kalil seinen Posten als Wache wieder aufgenommen hatte.

„Hast du auf dem Weg hierher Abdal gesehen?", wollte Hadi wissen. Überrascht hob Farid die Augenbrauen.

„Er ist noch nicht zurück?"

„Nein." Der Anführer spuckte in die kalte Feuerstelle. Sein Gewehr, das er vor sich auf den Boden gelegt hatte, reflektierte das Licht der Sonne. „Wieso kann er nicht einmal das tun, was man ihm sagt?" Es klang verächtlich und bestätigte einmal mehr Farids Vermutung, dass Abdal gefährlich mit dem Feuer spielte, indem er immer wieder Befehle missachtete oder zumindest nicht so ausführte, wie aufgetragen. Jemand wie er war eine Gefahr für das ganze Unternehmen.

„Verurteile ihn erst dann, wenn du weißt, wieso er sich verspätet", versuchte Farid zu beschwichtigen und griff nach einem Stück Brot, das Tarek herumreichte.

„Hakim, mein weiser Berater, wie immer", schmunzelte Hadi, wobei seine Augen kalt blieben. „Ich habe John losgeschickt, um nach ihm zu suchen. Zwei Tage sind keine Kleinigkeit. Auch, wenn du", damit wandte er sich wohlwollend Farid zu, „immer wieder versuchst, mich Geduld zu lehren. Aus dem Grund bin ich der Hadi und du meine rechte Hand. So, und nun erzähle!"

„Der Auftrag ist erfolgreich durchgeführt. Wir bekommen das Material rechtzeitig, wobei ich den Ort der Übergabe noch nicht festlegen wollte. Nicht, dass dasselbe geschieht wie letztes Mal."

Hadi nickte. „Und wann wird das sein?"

„In vier Tagen."

„In vier Tagen", wiederholte Hadi und zupfte nachdenklich an seinem Bart. „Und das Geld?"

„Ist sicher", antwortete Farid. „Deshalb kam ich später als erwartet. Eine Gruppe von Wanderern rastete für die Nacht an einer Stelle, die ungünstig lag."

„Verstehe."

Wieder ertönte der täuschend echte Schrei des Raubvogels.

„Das wird John sein!", rief Matt und sprang auf.

„Hast du allgemein erhöhte Sicherheitsmaßnahmen festgestellt?", wollte Hadi wissen und schob mit der Fußspitze sein Gewehr zu sich heran. Farid nickte bedächtig mit dem Kopf.

„In der Stadt, ja. Wir werden absolut unauffällig vorgehen müssen. Sie rechnen im Moment mit allem. Auf dem Land und in kleineren Orten ist mir nichts aufgefallen."

Sie hörten Stimmen, die sich näherten.

„Augen, wie der Himmel, sag ich dir! Dagegen sind Kalils blass wie ein Wasserfall im Winter. Jeder Mann wäre schwach geworden!" Gleich darauf erschien Abdal, der immer noch redete, während John mit ausdrucksloser Miene hinter ihm lief, zwei erlegte Kaninchen über der Schulter. Er reichte sie Tarek.

„Hadi! Hakim!" Zur Begrüßung neigten sie den Kopf und setzten sich zu den Männern in den Kreis. Sie konnten Abdals verzücktes Grinsen sehen, als er das Tuch vor seinem Gesicht entfernte und hungrig nach dem Brot griff, das ihnen gereicht wurde.

Hadi setzte sich aufrecht und wandte sich ihm zu.

„Wieso so spät, Abdal?"

„Ich bin aufgehalten worden, verehrter Hadi!" Um Aufmerksamkeit heischend blickte er in die Runde. Er war ein kleiner, sehr lebhafter Mann von etwa fünfzig Jahren, der sich gerne reden hörte.

„So?"

„Die Information, die ich einholen sollte, habe ich." Dabei kramte er in seiner Gürteltasche und zog ein Stück Papier mit Notizen hervor. „Hier sind Namen und Adressen. Diese Personen können wir bei Bedarf kontaktieren, wenn es soweit ist."

Hadi nahm den Zettel entgegen, warf einen kurzen Blick darauf und steckte ihn ein. Abwartend schwieg er.

„Ja", begann Abdal nun, „und dann, auf dem Weg zurück, entdeckte ich eine Frau. Allein unterwegs mit Gepäck." Seine Augen leuchteten lüstern. „Ich folgte ihr, um ihr zu zeigen, dass sie abseits von den Wegen nichts zu suchen hat."

Nun hatte er in der Tat die ungeteilte Aufmerksamkeit der Männer. Hadis Augen waren zu Schlitzen geworden. „Ach ja?", fragte er scharf.

„Ich lagerte nicht weit weg von der Stelle, an der sie übernachtete und beobachtete sie. Männer, ich sage euch: eine Haut wie Elfenbein und Haare wie flüssiger

Honig. In diesem Moment wusste ich, weshalb ich als Mann auf diese Welt kommen wollte!"

Farid spürte Übelkeit aufsteigen.

„Weiter!", befahl Hadi, als Abdal sich grinsend in der allgemeinen Beachtung sonnte. Das passierte ihm sonst nur selten.

„Ich habe ihr dann morgens einen Denkzettel verpasst, damit sie verschwindet und nicht noch einmal auf die Idee kommt, irgendwo da draußen zu übernachten. Wozu haben die denn all die Hütten gebaut? Soll sie doch dort hingehen!"

„Sie hat dich gesehen?" Die Stimme des Anführers klang wie ein Peitschenknall.

„Ja, sie hat mich gesehen und war schockiert. Klar, ich hatte mein Gesicht bedeckt, das hat ihr noch mehr Angst gemacht. Innerhalb von ein paar Minuten war sie verschwunden."

Farid schloss die Augen. Zwei Dinge wusste er nun. Erstens hatte Abdal soeben sein eigenes Todesurteil verkündet. Das war so sicher wie die Tatsache, dass auch morgen die Sonne wieder aufgehen würde. Außerdem wusste er jetzt den Grund, weshalb die Frau ihn so bereitwillig bei sich in der Hütte hatte schlafen lassen. Im Vergleich zu Abdal war er sicher das kleinere Übel gewesen. Sie hatte sich bedroht gefühlt und hatte es trotzdem vorgezogen, weiterhin in der Wildnis zu schlafen, anstatt an einen Ort zu gehen, der voller Menschen und daher sicher war. Weshalb sie wohl hier war? Nicht zu ihrem Vergnügen, das hatte er sich schon gedacht.

Er warf einen Seitenblick auf Hadi. In dessen Gesicht arbeitete es, während die anderen Männer der Runde sich betreten ansahen. Farid ahnte, was kommen würde und hoffte gleichzeitig, dass er sich irrte. Ihr Anführer bückte sich nach seinem Gewehr und entfernte sich einige Schritte.

„Beschreibe die Frau", sagte er plötzlich mit samtweicher Stimme, den Rücken zu ihnen gewandt. Abdal gab mit blitzenden Augen eine beeindruckend genaue Beschreibung von Größe, Ausrüstung, Alter, Figur und Aussehen.

„In welche Richtung ist sie gegangen?"

Auch das konnte er angeben.

„Wie lange arbeiten wir schon zusammen?" Keiner antwortete auf diese rein rhetorische Frage. Mit andächtigen Bewegungen legte der Anführer sein Gewehr auf einen Felsen und wandte sich wieder den Männern zu.

„Eine unserer ersten Regeln ist welche?" Die Kälte seiner Stimme stand im direkten Gegensatz zu den Felsen um sie herum, die, aufgeheizt durch die Sonne, intensive Wärme abstrahlten.

„Hadi", begann Farid, doch der Mann hob sofort eine Hand zum Schweigen.

„Für Gnade ist jetzt nicht der Moment", sagte Hadi ruhig und nacheinander breiteten sich zuerst Verstehen, dann Entsetzen auf Abdals Gesicht aus.

„Hadi – ich …"

„Schweig!" Der Anführer blickte die Männer der Reihe nach an.

„Seit drei Jahren planen wir gemeinsam verschiedene Dinge. Jeder von uns hat seine Aufgaben. Wir müssen uns aufeinander verlassen können und haben Regeln. Wer aus der Reihe tritt, gefährdet unsere Mission und muss mit den Konsequenzen rechnen. So war die Vereinbarung." Die Atmosphäre wurde unbehaglich. Jeder wusste, dass heute das geschehen würde, was lange überfällig war.

Mit einer schnellen Bewegung trat der untersetzte und gnadenlose Anführer an Abdal heran, hatte dabei den Dolch aus seinem Gürtel gezogen und fuhr ihm mit der Klinge über die Kehle. Der kleine, dunkelhäutige Mann gab ein gurgelndes Geräusch von sich und brach auf der Stelle zusammen, die Augen noch immer geweitet vor ungläubigem Entsetzen.

Als wäre nichts geschehen, setzte Hadi sich in den Kreis zurück und begann zu sprechen.

„Wir müssen sie finden. Wenn diese Frau gesehen hat, wie dieser Dummkopf hier gekleidet war, wird sie es nicht für sich behalten und in kürzester Zeit wissen zu viele Bescheid über unsere Anwesenheit. Tarek bleibt hier. Jeder von uns anderen sucht einen festgelegten Bereich ab. Seit gestern gegen Mittag ist sie unterwegs, sehr weit kann sie also nicht gekommen sein. Hakim", er wandte sich zu Farid, „in vier Tagen erfährst du den Ort der Übergabe. Das heißt", sprach er jetzt zu allen, „in spätestens fünf Tagen treffen wir uns wieder hier. Und dann ist die Frau tot. Hakim, du sagst jedem von uns, in welcher Richtung und bis wohin er suchen soll. Tarek", blaffte er dann und deutete auf den Toten, der in seinem Blut lag, „du räumst die Schweinerei weg und machst uns etwas zu essen, bevor wir aufbrechen. Drei Jahre lang", mit diesen Worten spie er auf den Leichnam, „drei Jahre lang hat er uns Probleme gemacht. Es wurde Zeit, dass es ein Ende hat."

Hadi nahm sein Gewehr an sich und verschwand hinter dem Felsvorsprung, der den Eingang zu ihrem geheimen Versteck verbarg. Die Männer tuschelten noch einen Moment miteinander, während Tarek seiner undankbaren Aufgabe nachging, dann gingen auch sie durch den schmalen Durchgang in die geräumige Höhle, um zusammenzupacken, was sie für ihr Unternehmen brauchten. Als Farid auf seiner Schlafmatte kniete und Notizen auf einen Zettel schrieb, überlegte er fieberhaft. Er musste derjenige sein, der sie fand. Und er musste sie verstecken, sonst war sie tot. Sie war für ihn nicht nur irgendeine Fremde, sondern ein Mensch, der ihm für eine Nacht Gastfreundschaft gewährt hatte. Sie hätte das nicht tun müssen, auch wenn er jetzt ihr Motiv kannte. Trotzdem hätte sie ihn fortschicken können, und er hätte gehen müssen.

Sie jetzt sterben zu lassen, passte nicht zu seiner Auffassung von Ehre. Damit hatte er nun eine Verantwortung. Und das war ein Problem, auf das er gerne verzichtet hätte. Wenn der Tod ein Gesicht bekam, wurde es schwierig.

„Nun?", fragte eine Stimme neben ihm.

„Ich bin gleich soweit, Hadi." Hastig ergänzte er noch etwas auf dem Papier, erhob sich und reichte es dem Truppenführer. In diesem Moment trat Kalil in das Gewölbe.

„Ich habe es eben erfahren", sagte er stirnrunzelnd, als er neben Farid stand, der jetzt sein Gepäck sammelte. „Abdal ist – er war ein Vollidiot. Wir haben es kommen sehen, oder?" Er sah Farid düster an, bevor er fragte: „Gehen wir zusammen?"

Wären die Umstände andere, so wären Kalil und er vielleicht Freunde, dachte Farid nicht zum ersten Mal. So aber war jeder sich selbst der Nächste, was vieles einfacher machte – wie man soeben gesehen hatte. Nein, Freundschaft konnte es hier nicht geben. Er schüttelte den Kopf.

„Nein, das macht wenig Sinn. Wir müssen in allen Tälern suchen und teilweise wieder die Berge hinaufgehen. Wir können mehr Fläche abdecken, wenn jeder für sich geht." Und dafür sorge ich, ergänzte er im Stillen.

Zwei Stunden später waren die Männer unterwegs, jeder für sich ein Todeskommando, auf der Suche nach der Frau, deren Name sich anhörte wie eine Blume. Lilie.

Und sie waren alle mehr als motiviert. In den letzten Monaten während der Planung des Anschlags waren sie allzu oft dazu verdonnert gewesen, zusammenzusitzen und über Theorien zu sprechen. Nun aber gab es endlich einen Auftrag auszuführen. Sie hatten sich wie Verhungernde darauf gestürzt, überzeugt davon, die Frau zu finden und die Aufgabe zur vollsten Zufriedenheit des Truppenführers zu erledigen. Suchen! Ja, das konnten sie! Und sie würden die Gegend bis zum letzten Winkel durchkämmen und die Frau finden, wenn sie dort war.

Farid hatte sich in Erinnerung gerufen, in welche Richtung sie gedeutet hatte. Ihr Ziel war nicht wirklich weit entfernt gewesen, und so hatte er entschieden, dass er selbst den engsten Radius übernehmen würde. Er spielte mit dem Feuer, das war ihm bewusst. Seine Mutter wäre stolz auf ihn, wenn sie noch zu einer Empfindung fähig wäre. Ein ehrenhafter Mann zu sein, das hatte sie ihm beigebracht, seit er denken konnte. Aber da sie seit vielen Jahren nicht mehr sie selbst war, würde sie es niemals erfahren.

Er lief abseits des Hauptweges ins Tal hinab und ließ immer wieder seine Augen prüfend über das Gelände streichen. Er betete zu Allah, dass seine Vermutung richtig war.

Lilli schlug die Augen auf. Um sie herum war schwarze Nacht, und nicht das Geringste war zu erkennen. Die Brust schmerzte ihr vom vielen Weinen, ihr Hals war wund, die Augen fühlten sich geschwollen an und heiß.

Die Erinnerung hatte sie übermannt und sie jeden einzelnen Augenblick dieser beiden schrecklichsten Tage ihres Lebens noch einmal erleben lassen. Ihr Herz fühlte sich an wie ein großes, klaffendes Loch und brannte vor Leere und Selbstvorwürfen. Und doch hatte sie das Gefühl, dass sie wieder atmen konnte, wenn sie an ihre Kinder dachte. Natürlich litt sie und hatte immer noch das Bedürfnis, laut zu schreien vor Qual, aber es schnürte ihr nicht mehr die Luft ab.

Benommen setzte sie sich auf und versuchte sich zu orientieren. Sie tastete nach einem Lichtschalter neben der Tür, bis ihr einfiel, dass es ja hier oben nach wie vor keinen Strom gab. So stand sie auf und suchte in der völligen Finsternis nach ihrem Rucksack. Es dauerte eine ganze Weile, doch dann hatte sie endlich die Streichhölzer gefunden und zündete eines davon an. Gespenstig flackerte die kleine Flamme auf und erweckte auf der Stelle Hunderte von Schatten in dem kleinen Raum zum Leben. Lilli unterdrückte einen Schauder und lief, die Hand schützend um das Licht gelegt, langsam in den Wohnraum hinüber, um nach einer Kerze zu suchen. Nachdem sie das dritte Streichholz angezündet hatte, brannte ein kleiner Kerzenstummel, den sie mit Wachs auf den Tisch klebte.

Die Arme um sich geschlungen, sah sie sich um. Sie würde hier einiges tun müssen, wenn sie ein paar Tage bleiben wollte. Sie freute sich darauf, denn mit ihren Händen zu arbeiten hatte ihr schon immer gefallen. Es verschaffte ihr auf beruhigende Art Zufriedenheit und lenkte zudem den Geist ab. Aber vorher musste sie andere Dinge erledigen.

Sie wollte ihr altes Leben hinter sich lassen, und dazu musste sie den Menschen daraus verbannen, durch den sie dort hingekommen war, wo sie sich nun befand. Zuerst aber würde sie das tun, was ihr am allerwichtigsten erschien: sich nach ihren Töchtern erkundigen und Frau Schubert erzählen, wo sie war und weshalb sie sich bis heute nicht gemeldet hatte. Und einen Brief wollte sie schreiben. An ihre Freundin Britt, die es nicht verdient hatte, dass sie nicht antwortete. Und deren Brief, nunmehr fast ein Jahr alt, ihr zum Rettungsanker geworden war.

Lilli straffte die Schultern und öffnete die Tür nach draußen. Der Himmel über ihrem Kopf war übersät von unzähligen glitzernden Sternen, die so nah schienen, als bräuchte sie nur die Hände danach auszustrecken, um sie zu berühren. Die Luft war frisch und roch nach Feuchtigkeit, Holz und Bergwiesen. Der zunehmende Mond war halbvoll und befand sich schon weit im Westen. Es war so still, als wäre die Zeit einfach stehengeblieben und alles wie durch Zauber in einen ewigen Schlaf gefallen. Und doch würde in wenigen Stunden Leben einkehren in das Tal, das dort unten noch schlummerte. Und die Menschen würden wie seit ewigen Zeiten ihrem Tagwerk nachgehen.

Lilli ging zurück in die Hütte, schloss die Tür hinter sich und zündete weitere Kerzenstummel an, die sie im Raum verteilte. Aus ihrem Rucksack holte sie ihr schönes, in Leder gebundenes Tagebuch, außerdem einen Kugelschreiber und setzte sich auf die Eckbank an den Küchentisch. Beim Licht der Kerzen begann sie zu schreiben.

Liebe Britt,

könntest du mich jetzt nur sehen! Ich kann es selbst noch kaum fassen, aber ich sitze tatsächlich mitten in der Nacht bei Kerzenlicht auf unserer Alm. Du hast Recht gehabt. Die Hütte ist mittlerweile schon recht schäbig, aber trotzdem ist sie für mich zur Zuflucht geworden. Ich möchte gar nicht erst anfangen, dir groß zu erklären, weswegen ich hier gelandet – bessergesagt gestrandet bin. Nur ganz kurz: Irgendwie ist mein Leben in der letzten Zeit (eher wohl in den letzten Jahren) außer Kontrolle geraten. Die Mädchen sind seit Montag bei einer Pflegefamilie untergebracht. Und ich bin abgehauen, weil ich es zu Hause nicht ausgehalten habe ohne sie. Durch Zufall war mir dein Brief in die Hände gefallen, und da wusste ich, dass ich hierher kommen musste.

Ich denke, ich kann es schaffen, ein normales Leben zu führen. Aber eines, in dem Wolli keine Rolle spielen wird. Durch ihn ist es letzten Montag passiert. Das mit dem Jugendamt. Mittlerweile weiß ich gar nicht mehr, was ich jemals an ihm gefunden habe. Ich weiß, Britt, was du jetzt sagen möchtest. Und ich gebe dir vollkommen Recht. Vielleicht musste ich selbst darauf kommen.

Sobald ich einige Dinge geregelt habe, werde ich zu meinen Eltern fahren. Ich hoffe, zusammen mit den Zwillingen. Und ich möchte auch dich unbedingt wiedersehen. Ich werde mich bei dir melden, ganz fest versprochen.

Die Schönheit und die Ruhe der Berge tun mir gut und lenken mich ab. Genauso natürlich die Bewegung. Ich bin am Mittwochmorgen in Oberstdorf losgelaufen, mit meinem alten Rucksack und den Wanderschuhen von damals. Mir tut immer noch alles weh und meine Füße waren schrecklich wund. Ich habe einiges erlebt auf dem

Weg hierher. Das werde ich dir alles erzählen, wenn wir uns sehen.

Ich schicke dir ganz herzliche Grüße von ‚unserer Alm' und wünschte, du wärest hier bei mir, meine liebste Freundin. Und nochmal vielen Dank für deinen Brief, den ich leider jetzt erst beantworte.

Deine Freundin Lilli

PS: Mir über ‚die schöne Minerva' Gedanken zu machen, soweit bin ich leider noch nicht. Irgendwann vielleicht. Es würde mir sicher viel Freude machen, wieder als Steinmetzin oder Bildhauerin zu arbeiten.

Lilli las den Brief noch einmal durch und riss dann die Seite aus dem Tagebuch heraus. Sie würde bei Anbruch des Tages ins Tal laufen und den Brief zur Post bringen. Die aber nicht geöffnet ist, da wir Sonntag haben, wandte ihre innere Stimme sofort ein. Dann würde sie ihn eben bei Josefa abgeben, die würde ihn sicher Montag frankieren lassen.

Sie begann zu überlegen, was sie brauchte, um die nötigsten Dinge zu reparieren. Bevor sie ins Tal ging, musste sie sich umsehen und feststellen, was wirklich nicht in Ordnung war. Wie zum Beispiel der Wasserhahn der Küche, der von der Quelle gespeist wurde und kein Wasser spendete. In dem kleinen Badezimmer war sie noch gar nicht gewesen. Sie nahm ihre leere Wasserflasche und ging vors Haus an den Viehtrog. Dort füllte sie unter dem fließenden Wasser den Behälter auf und wusch sich das Gesicht. Die Kälte des Wassers tat ihrer Haut gut, daher zögerte sie nicht lange und zog sich im Schutz der Dunkelheit aus, um ihren Körper zu waschen.

Den Staub, den Schweiß und den Schmutz der vergangenen Tage spülte sie von sich ab, obwohl sie dabei erbärmlich fror.

Als ein heller Streifen hinter den Bergen erschien und einen neuen Tag ankündete, hatte Lilli sich nicht nur die Haare gewaschen, sondern auch ihr T-Shirt und die benutzten Slips. Sie hingen nun säuberlich über ein Stück stehengebliebenen Zaunes und warteten auf den warmen Sommertag.

Während die Sonne ihre ersten Strahlen über die Berge schickte, war sie bereits unterwegs ins Tal, das unter einer dicken Decke aus Watte zu liegen schien.

„Alles in Ordnung mit dir?", fragte Josefa besorgt, als Lilli mit rotgeweinten Augen aus dem Büro zurückkam und in den Hofladen trat. Lilli schluchzte auf und putzte sich die Nase.

„Ja, geht schon", meinte sie schniefend mit immer noch belegter Stimme. „Es ist nur – es war eben wieder so nah. Aber es geht ihnen gut." Wieder wischte sie sich mit dem Handrücken Tränen aus dem Gesicht. Sie war froh, dass Frau Schubert überhaupt ans Telefon gegangen war an einem Sonntagmorgen. Das hätte sie nicht tun müssen, doch sie hatte seit Tagen darauf gewartet, dass Lilli sich meldete.

„Danke, dass ich telefonieren durfte", sagte sie schließlich und steckte das Papiertaschentuch in die Jeans.

„Gerne doch. Hast du den Brief auf den Schreibtisch gelegt? Dann vergesse ich ihn morgen früh nicht."

Lilli nickte. „Das ist wirklich lieb von dir. So brauche ich morgen nicht noch mal ins Tal zu kommen."

Josefa lachte vergnügt. „Naja, eine Hand wäscht die andere, oder? Wenn ich das Werkzeug sehe, das du mitnimmst, um dort droben Ordnung zu schaffen, dann ist ein Gang zum Lädchen nur eine kleine Gegenleistung. Meine Eltern hatten schon lange vor, die Sennhütte wieder in Schuss zu bringen. Aber die Zeit lässt es einfach nicht zu."

„Was haben sie denn vor damit?" Lilli sah dorthin, wo hinter dem Nebel versteckt der Berg lag und sowieso unsichtbar von hier unten, die kleine einsame Sennalm.

„Ach, es kommen immer wieder Anfragen, ob wir außer auf dem Ferienhof auch etwas auf dem Berg haben, das wir vermieten. Abseits vom Trubel, ohne Strom, somit kein Radio und kein Fernsehen. Viele Menschen, besonders die Kinder, können sich das gar nicht mehr vorstellen. Aber es scheint einen gewissen Reiz zu haben, es einmal auszuprobieren."

„Das glaube ich", bestätigte Lilli, die sich sehr gut vorstellen konnte, mit den Mädchen irgendwann einmal dort oben Urlaub zu machen. Sie begann, die Werkzeuge in ihren leeren Rucksack zu packen, darunter Hammer, Nägel, eine Rohrzange, Kordeln und weiteres. Auch Kerzen hatte Josefa ihr dazu gelegt und einige weitere Vorräte.

„Wird das nicht zu schwer?", fragte die Frau mit dem langen Pferdeschwanz nun skeptisch und hob den Rucksack an.

„Wird schon gehen. Es tut mir gut, mich körperlich anzustrengen."

„Wie du meinst." Josefa schien nicht ganz überzeugt, sah sie jedoch aufmunternd an. Sie hatten sich vom ersten Moment an gemocht und es tat Lilli gut, sich mit jemandem unbefangen zu unterhalten. Sie hatte Josefa nicht alles erzählt, was passiert war, doch zumindest so viel, dass sie im Groben im Bild war. Aber sie hatte Lilli keinen Augenblick das Gefühl gegeben, dass sie sie dafür verurteilte, dass es so weit gekommen war. Allein dafür war Lilli ihr unendlich dankbar. Sie legte die Wurstkonserven auf das Werkzeug, das Paket Mehl und die Milch und ließ sich den Rucksack von Josefa auf den Rücken heben, die dabei laut ächzte.

„Das ist jetzt nicht wirklich dein Ernst, oder?"

Jetzt musste Lilli lachen. „Doch, ganz ehrlich. Ich schaffe das!"

Josefa schüttelte den Kopf.

„Die erste Zeit lasse ich dich in Ruhe, damit du eine Weile ganz für dich alleine bist. Aber vielleicht besuche ich dich dann irgendwann, wenn ich hier mal loskomme. Ich war ewig nicht mehr auf dem Berg."

„Das wäre schön." Lilli umarmte sie. „Ich würde mich wirklich darüber freuen. Ich danke dir. Für alles."

„Und ich wünsche dir eine gute Zeit da droben. Bei den Kobolden und Bergtrollen." Sie hob die Hand, als Lilli sich zum Gehen umwandte und rief ihr hinterher:

„Ich bin sicher, dass alles wieder in Ordnung kommt!"

Lilli drehte sich noch einmal zu ihr. „Ja, so langsam glaube ich, dass das möglich ist."

Der anfangs breite Fußweg lag, wie das ganze Tal, immer noch unter dichtem Nebel und glänzte dunkel vor Feuchtigkeit. Beim Hinunterlaufen vor ein paar Stunden war es abenteuerlich gewesen, aus der sonnenüberfluteten Bergwelt in diesen weißen, flauschigen Teppich einzutauchen. Nun lief sie bergauf und wartete darauf, dass sie wieder aus dem Nebel herauskam.

Trotz der Last auf ihrem Rücken fühlte sie sich befreiter als vor einigen Stunden, als sie den Weg hinunter gelaufen war. Die Mädchen waren bei einem Ehepaar untergebracht, das zwei Töchter im Kindergartenalter hatte. Sie waren liebevoll aufgenommen worden. Es war nicht das erste Mal, dass das Ehepaar Pflegekinder hatte. Maries Händchen verheilten gut und auch sonst schienen die Kinder recht gut mit der Situation zurechtzukommen. Sie aßen und schliefen ohne Probleme und waren sehr angetan von dem Golden Retriever der Familie, der an Kleinkinder gewöhnt war und geduldig alles über sich ergehen ließ. Da Frau Schuberts Kollegin Anjuli in engem Kontakt zu der Familie stand, durfte Lilli diese jederzeit anrufen und nach ihren Kindern fragen. Eine Adresse wollte sie Lilli aber nicht nennen.

Der Nebel lichtete sich und kurz darauf ließ Lilli die dicke Decke aus Wolken unter sich liegen. Blauer Himmel und gleißend helle Sonne empfingen sie und waren ihre Begleiter, bis sie schließlich außer Atem und einmal mehr mit schmerzenden Schultern bei der Almhütte ankam.

Auf das, was nun kommen würde, hatte sie sich seit Stunden gefreut. Beinahe gutgelaunt stellte sie den Rucksack an die Wand des Hauses und blickte sich um. Dann begann sie, alles alte, zerbrochene und umherliegende Holz zu sammeln, um es auf einen großen Haufen zu werfen. Irgendwann fing sie an, das Wort *Scheiterhaufen* zu murmeln, wenn sie ein Brett oder einen Ast dazu warf. Es dauerte nicht lange, da schrie es bei jedem Stück laut heraus, und es war ihr vollkommen egal, dass sie dabei ganz bestimmt aussah wie jemand, in dessen Oberstübchen ein paar Möbel fehlten.

Mit den Streichhölzern entfachte sie unter dem Stoß ein Feuer und beobachtete, wie sich die Flammen nach oben fraßen. Bald darauf knisterte es laut, dunkler Rauch malte eine Säule in den Himmel und die Flammen schlugen hoch.

Jetzt ist der Moment gekommen, frohlockte Lilli und rannte ins Haus. Sie nahm ihr Tagebuch vom Tisch, stürmte wieder hinaus und legte es auf den Boden. Dann begann sie zu blättern und riss schließlich eine Seite heraus.

„Für dich", sagte sie, knüllte das Blatt zusammen und warf es ins Feuer. Das Stück Papier brannte lichterloh. Sie riss das nächste Blatt heraus, warf es auf die Flammen und sagte lauter: „Hier, für dich!"

So ging es weiter. Blatt für Blatt wurde von den Flammen in Ruß und Asche verwandelt und stob in kleinen, schwarzen Teilchen mit der Hitze empor.

„Für dich, Scheißkerl!", schrie Lilli nun jedes Mal, bis jede Seite, die den Namen ihres Exfreundes getragen hatte, vernichtet war und sich in Nichts aufgelöst hatte. Es kam der Moment, da hielt sie triumphierend den letzten Eintrag in der Hand und schwenkte ihn langsam über dem Feuer hin und her. Schwer atmend ließ sie die Flammen an dem Papier lecken und hielt es so lange fest, bis es beinahe verkohlt war.

„Nie wieder", sagte sie dabei leise. „Nie wieder wirst du eine wichtige Rolle in meinem Leben spielen. Das schwöre ich bei meinem Leben."

Erschöpft, aber zufrieden sammelte sie weiteres Holz und warf es auf das Feuer. Schließlich setzte sie sich auf einen großen Stein abseits der Hitze und sah zu, wie die Scheite verbrannten und der Stoß mit der Zeit in sich zusammenfiel. Sie zog Schuhe und Strümpfe aus, zog die Knie unter das Kinn und schlang die Arme darum. Sie fühlte sich gut. Leicht. Befreit.

Die Sonne schien auf ihre nackten Schultern und wärmte ihr den Rücken. Bald war Mittag. Sie genoss das

Sitzen auf dem warmen Stein und das Nichtstun. Für kurze Zeit nur, sagte sie sich, dann werde ich mit den Reparaturen beginnen. Zuerst werde ich nachsehen, ob der Kamin frei ist. Dann kann ich zumindest den alten Ofen einheizen.

Nach einer Weile rutschte sie vom Stein hinunter und lehnte ihren Rücken daran. Nur einen Moment wollte sie die Augen schließen, bevor sie aufstand. Dann würde sie etwas essen, vielleicht auf der Glut noch Wasser abkochen für einen Kaffee …

Er durfte nicht länger warten. Sie würde sich erschrecken, das wusste er, aber er musste sie fortbringen. Je schneller, umso besser. Er hatte nicht lange suchen müssen, dazu kannte er die Gegend zu gut. In dem Moment, als er die Rauchsäule gesehen hatte, wusste er, wo er suchen musste. Und dann hatte er sie entdeckt. Er hatte nicht vorgehabt, sie aus seinem Versteck heraus zu beobachten. Dann aber hatte er nicht anders gekonnt, als fasziniert dabei zuzusehen, wie sie einer Furie gleich Blätter in die Flammen warf und einen wahren Hexentanz dabei aufführte. Die Frau mit den Haaren wie flüssiger Honig schrie wütende Worte, und er wollte der Letzte sein, der sie dabei störte.

Als er sie das erste Mal getroffen hatte, war sie ungewöhnlich still gewesen. Doch jetzt wusste er, dass sie ungezügeltes Temperament besaß, hervorgerufen durch eine Wut, deren Grund er nicht kannte. Ihren Worten nach zu schließen, ging es um einen Mann. Es bestätigte seine Ahnung, dass sie von etwas getrieben wurde. Und das war ganz sicher nicht die Aussicht auf ein paar schöne Wandertage in den Bergen.

Farid erhob sich aus seinem Versteck. Er musste in Kauf nehmen, dass sie annehmen würde, Abdal hätte sie erneut aufgespürt. Das musste er ihr zumuten, zu ihrem Besten.

Er würde sie nach Tadamun bringen. Das war die einzige Möglichkeit, denn sie würden sie nicht in der Richtung suchen, aus der sie gekommen war. Das Versteck war gut. Nur Abdal hatte es gekannt, was nun wie eine Ironie des Schicksals schien. Denn dieser war nicht nur tot, sondern auch der Grund, weshalb Farid die Frau überhaupt verbergen musste. Sie würde dort zumindest vorläufig sicher sein.

Es wurde kompliziert. Es war nicht mehr lange bis zum Tag Ultimo, wie sie ihn nannten, und er brauchte unbedingt einen Kopf, der frei war von allem. Eine Frau war dabei nicht vorgesehen.

Leise trat er auf den Platz vor der Hütte, wo die Feuerreste noch schwelten. Die Frau, deren Name Lilli war, schlief fest an einen Stein gelehnt. Sie hatte ihre Jeans bis zu den Knien hochgekrempelt und trug weder Schuhe noch Strümpfe. Das pastellgrüne Trägertop betonte ihre helle Haut, wobei die Schultern immer noch leicht gerötet waren von den Spuren, die der Rucksack hinterlassen hatte.

Farid hatte sich die lange Stoffbahn um den Kopf und die untere Gesichtshälfte geschlungen, knapp unterhalb der Augen. Ohne ein Geräusch zu machen, nahm er ihren Rucksack mit in den Wohnraum, packte heraus, was sie nicht brauchen würde und steckte anschließend alles hinein, was offensichtlich zu ihr gehörte. Mit einem Blick zum Fenster hinaus überzeugte er sich immer wieder davon, dass sie noch schlief. Als er auch Schlafrolle und Lebensmittel verstaut hatte, nahm er alle Kerzen mit, die er im Raum finden konnte. Vor der Hütte entdeckte er das in Leder gebundene Buch, aus dem sie die Seiten gerissen und verbrannt hatte, packte es ein und ergriff außerdem – und dabei versuchte er, nicht nachzudenken – das T-Shirt und die Unterwäsche, die zum Trocknen hingen. Als er sich den vollgepackten Rucksack auf den Rücken geschwungen hatte, musste er sich unausweichlich der weit unangenehmeren Aufgabe stellen.

Er ging langsam auf sie zu, als sie die Augen aufschlug.

Mit einem Satz war sie auf den Beinen. Von einer Sekunde auf die andere war nur noch fassungsloses Entsetzen in ihr. Schon wieder schrie jede Faser ihres Körpers nach Flucht. Sie sah sich hektisch um und musste feststellen, dass sie ohne Schuhe nicht weit kommen würde.

„Bleib, wo du bist!", schrie sie und sah sich nach einer brauchbaren Waffe um. „Und wag es nicht, mich anzufassen!"

Es musste derselbe Mann sein wie jener vor zwei Tagen, der sie im Wald erschreckt und bedroht hatte. Er war genauso gekleidet und hatte das Tuch um den Kopf gebunden, so dass nur seine zu Schlitzen verengten Augen zu sehen waren. Ihr wurde übel bei dem Gedanken, dass er sie während der ganzen Zeit verfolgt hatte, und plötzlich wurde sie sich schrecklich deutlich ihrer Hilflosigkeit bewusst.

Der Mann war stehengeblieben und hob seine Hände, die Handflächen ihr zugewandt, als wollte er zeigen, dass er ihr nicht gefährlich werden würde.

Dann entdeckte sie ihren Rucksack, den er auf seinem Rücken trug. Wut kroch in ihr empor. Blitzschnell bückte sie sich nach einem Stein und warf ihn in seine Richtung. Er wich geschickt aus und trat einen Schritt auf sie zu.

„Gib mir sofort meinen Rucksack und hau ab!" Sie bückte sich erneut. Er war bei ihr, bevor sie eine Bewegung wahrgenommen hatte, entwand ihr den Stein und hielt sie fest.

„Du musst fort von hier", sagte er heiser und bemerkenswert ruhig, wobei das Tuch seine Stimme dämpfte. Sie war überrascht, als sie sein akzentfreies Deutsch vernahm und hörte auf, sich zu wehren.

„Zieh deine Schuhe an!" Mit diesem Befehl ließ er sie los und ging ein paar Schritte zurück. Trotzig schüttelte sie den Kopf.

„Gar nichts werde ich! Ich bleibe hier." Sie stand breitbeinig und barfuß vor ihm und hatte die Arme vor dem Körper verschränkt. Ein Träger des Tops war ihr von den Schultern gerutscht, aber das kümmerte sie nicht. Hätte der Mann ihr etwas antun wollen, wäre es sicher schon passiert. So aber stand er abwartend vor ihr, seine Haltung beinahe entschuldigend.

„Ich bleibe ganz bestimmt hier", bekräftigte sie. „Ich lasse mir nicht mein Leben lang Befehle geben von Männern, die denken, sie könnten über mich bestimmen."

Ihr Herz schlug wie rasend, als sie seine Reaktion abwartete.

„Du wirst sterben, wenn ich dich nicht wegbringe von hier." Er sprach leise und eindringlich und trat erneut einen Schritt vor. Sie wich zurück und musterte ihn argwöhnisch. Auch wenn er ihr bisher nichts getan hatte, so konnte er trotzdem ein kranker Psychopath sein. Und doch: Es war nicht der Mann aus dem Wald. Dieser hier war größer und sehr schlank. Sie spürte Wut, ja. Weil er so plötzlich aufgetaucht war. Aber sie fühlte sich nicht bedroht wie damals. Irgendetwas an seiner Erscheinung kam ihr bekannt vor. Er war genauso gekleidet wie der andere, trug ebenfalls schwarze Lederstiefel, erinnerte sie aber vage an jemanden. Was kaum sein konnte, dachte sie und besann sich auf das, was er eben gesagt hatte.

„Wieso sterben?", fragte sie nun doch verunsichert und suchte mit den Augen die nähere Umgebung ab. Weshalb sollte ihr hier Gefahr drohen?

„Hast du in den vergangenen Tagen im Gebirge einen Mann getroffen, der so gekleidet war wie ich?"

Sie nickte langsam und erstaunt. Wie konnte er das wissen?

„Er ist der Grund, weshalb nach dir gesucht wird. Wenn sie dich finden, wirst du dir wünschen, du wärest nie hier herauf gekommen. Sie sind grausam, glaub mir. Und jetzt bitte, komm mit mir. Ich bringe dich an einen sicheren Ort."

„Und wer bitte soll das sein, sie? Und warum willst du mich vor ihnen schützen? Weshalb soll ich dir glauben?" Das waren längst nicht alle Fragen, die ihr sofort einfielen, aber sie spürte eine gewisse Dringlichkeit, die von dem Fremden ausging und begann zu befürchten, dass etwas Wahres an der Sache sein konnte. Doch sollte sie einfach so mit einem wildfremden Mann gehen? Sie war hin- und hergerissen.

„Diese Fragen kann ich dir leider nicht beantworten. Es gibt Dinge, von denen man besser nichts weiß. Und jetzt beeil dich, wenn dir dein Leben lieb ist. Die Zeit läuft uns davon."

Sie verstand nicht viel von dem, was er ihr erzählte. Trotzdem war sie bereit, ihm zu glauben und begann, Strümpfe und Schuhe anzuziehen.

„Und du?" Sie sah ihn fragend an. „Du wirst mich nicht umbringen?" Ihr Blick glitt zu dem Dolch, der in seinem Gürtel steckte.

„Hätte ich es tun wollen, wäre es längst geschehen."

Sie musste ihm Recht geben. Er hätte ihr mühelos im Schlaf die Kehle aufschlitzen können.

„Schnell jetzt, wir haben nicht viel Zeit!" Damit wandte er sich um und erwartete von ihr, dass sie ihm folgte.

Die Situation kam ihr plötzlich so absurd vor, dass sie das Gefühl hatte, etwas schrecklich Banales tun zu müssen, um sich zu beweisen, dass sie tatsächlich wach war und mit beiden Füßen auf dem Boden stand. Sie holte einen Schlüssel aus ihrer Jeans, murmelte: „Ich muss erst abschließen", und verschloss die Tür der Hütte. Dann sah sie sich suchend um.

„Meine …", begann sie, doch er winkte ungeduldig ab.

„Alles im Rucksack", sagte er knapp und lief auf den schmalen Pfad, der weiter oben am Berg in einen Lärchenwald führte. Sie spürte, dass sie errötete bei der Vorstellung, dass der Fremde ihre Slips im Gepäck verstaut hatte. Doch schnell musste sie ihre Aufmerksamkeit auf den Weg lenken, der steinig und steil den Berg hinauf führte. Die Bewegungen des Mannes in Grau waren flüssig und mühelos, als würde er den Boden kaum berühren, und Lilli hatte ihre Not, sein Tempo mitzuhalten. Sobald sie schnaufend stehenblieb, um zu Atem zu kommen, war er bereits aufgrund der Farbe seiner Kleidung mit der Umgebung verschmolzen und es gab Augenblicke, da dachte sie, er war verschwunden. Ihre Gedanken flogen und sie fragte sich immer wieder, was hier gerade geschah. So etwas sah man in Filmen, der Phantasie menschlicher Gehirne entsprungen. Was sie soeben erlebte, konnte nicht wirklich sein. Doch ihre schmerzende, atemlose Brust und die brennenden Oberschenkel belehrten sie eines Besseren. Als sie stolperte und auf die

Knie fiel, war der Mann sofort bei ihr. Trotz des schweren Rucksacks war kein Laut der Anstrengung von ihm zu hören.

„Alles in Ordnung?" Sein Gesicht war immer noch hinter Stoff verborgen.

Lilli nickte, hätte jedoch am liebsten laut gerufen, dass gar nichts in Ordnung war. Dass ihre Welt sich gerade auflöste und sie das Gefühl hatte, in einem falschen Leben aufgewacht zu sein, nachdem sie vor dem Feuer eingeschlafen war. Doch dazu fehlte ihr die Luft.

Irgendwann traten sie aus dem Wald heraus und standen vor einem mächtigen Bergmassiv. Sie hatte diesen steilen Felsen schon oft gesehen, von weitem, hätte aber niemals gedacht, dass man so schnell dorthin gelangen konnte.

„Hier geht's nicht weiter", keuchte sie und ließ sich erschöpft zu Boden sinken. Er reichte ihr die Wasserflasche und setzte sich im Schneidersitz dazu, das Gesicht im Schatten.

„Wir werden hinauf müssen", meinte er kurz und sah nach dem Stand der Sonne.

„Da rauf?" Ungläubig musterte sie das raue Gestein, das uneinnehmbar wie eine Festung vor ihr aufragte.

„Vergiss es! Das kann ich nicht."

„Ich kenne den Weg."

Lilli beäugte den Berg erneut. Das konnte nur ein schlechter Witz sein.

„Können wir nicht außen herum gehen?"

Der Mann griff in seinen Beutel am Gürtel und holte eine Handvoll Nüsse hervor. Er reichte ihr einige und steckte sich selbst welche in den Mund, ohne sein Gesicht dabei zu entblößen. Während sie kaute, regte sich irgendwo verborgen erneut eine Erinnerung. Sie konnte nicht genau benennen weshalb und schob das Gefühl in ihrem Kopf hin und her, bis sie plötzlich erkannte, was es war. Ein paar Tage zuvor hatte sie ebenfalls mit einem Fremden zusammengesessen. Auch dieser Mann hatte in einen Beutel gegriffen. Damals waren es Kräuter gewesen, die er in seinen Tee gegeben hatte.

„Wir müssen los", sagte der Fremde jetzt. Auf ihre Frage hatte er nicht geantwortet.

Daraus schloss sie, dass sie keinen Weg um den Berg herum nehmen würden. Lilli nahm noch einen Schluck Wasser, bevor sie die Flasche an den Rucksack steckte. Vielleicht sollte sie fortlaufen, überlegte sie. Denn es machte keinen großen Unterschied, ob sie von irgendwelchen graugewandeten Männern umgebracht wurde oder auf dem Weg über diesen Berg von den Felsen stürzte. Ihre Beine waren von dem Spurt hier hinauf müde und schwer und würden sie bestimmt nicht mehr weit tragen. Sie hatte keine Ahnung, wie sie das schaffen sollte und spürte, dass Hilflosigkeit und Verzweiflung sie zu übermannen drohten.

„Wohin bringst du mich?", fragte sie leise und hörte selbst, wie dünn ihre Stimme klang. Sie hatte Angst. Nicht nur vor diesem Aufstieg. Sie war nicht hergekommen, um zu sterben. Sie wollte gar nicht sterben, dachte sie und hatte ihre Mädchen vor Augen, denen sie versprochen hatte, zurückzukehren.

Eine Hand legte sich auf ihren Arm. Sie blickte auf, und zum ersten Mal sah der Mann sie an, ohne seine Augen zu verbergen. Sie waren von dunklem Grau.

„Ich bringe dich zu einem Ort, einem Versteck, an dem du sicher bist. Hab keine Angst, ich helfe dir beim Klettern."

Dann blickte er an dem Felsmassiv empor und setzte hinzu: „Du wirst sehen, es ist nicht so schlimm, wie es scheint." Während er die Worte sprach, löste er das dünne Seil, das er zusätzlich am Rucksack verschnürt hatte und begann mit geschickten Bewegungen Knoten zu schlingen. Sie wusste nicht warum, aber sie vertraute ihm. Wenn er sagte, sie würde das können, so würde sie es versuchen. Er schlang ihr ein Ende des Seiles um die Hüfte, das andere schnürte er sich selbst um. Als er den Rucksack wieder auf den Schultern hatte, erklärte er: „Wir steigen ganz langsam hinauf, ich voran. Schau, wohin ich meine Füße setze und wo ich mich mit den Händen festhalte. Du kannst nicht abstürzen, ich halte dich. Das Seil ist nicht besonders dick, aber ausreichend stark."

Ihre Knie zitterten, als sie zu klettern begann. Anfangs achtete sie genau auf jede seiner Bewegungen. Bald darauf aber gewann sie an Sicherheit und suchte selbst nach geeigneten Stellen, um sich festzuhalten und die Füße zu setzen. Der Mann stieg langsam auf und machte Pausen, um ihr die Möglichkeit zum Verschnaufen zu geben. Solange sie nicht hinuntersah, kam sie zurecht, doch es fiel ihr zunehmend schwer, die Höhe zu ignorieren.

„Konzentriere dich auf den Stein und versuche, ihn unter deinen Fingern zu spüren", hörte sie ihn sagen. Du bist gut, dachte sie. Doch sie versuchte es. Stein unter ihren Fingern, das kannte sie. Sie fing an, im Stillen mit den Felsen zu sprechen, so wie sie es getan hatte vor langer, langer Zeit, als sie mit Steinen arbeitete.

Du und ich, schickte sie dem Berg zu, wir sind uns näher, als du denkst. Steine sind mein Beruf. Nein, korrigierte sie sich, sie sind meine Berufung. Sie kletterte das Gestein hinauf, fand sicheren Halt an den scharfen Kanten und konnte kaum glauben, dass sie begann, Gefallen daran zu finden. Der Mann war ihr immer ein paar Meter voraus und schien sich ihrem Tempo anzupassen.

Sie spürte die Muskeln ihrer Arme und genoss es, sich Stück für Stück hinaufzuarbeiten, während der Fels unter ihren Händen zu einem Teil von ihr verschmolz. Wie lange hatte sie es nicht mehr gespürt? Die Verbundenheit zu diesem Material. Ihre Herzen schlugen im gleichen Rhythmus und je höher sie kam, umso weniger Angst hatte sie. Der Schweiß lief ihr über das Gesicht und alle Muskeln ihres Körpers brannten. Trotzdem hatte sie nicht das geringste Bedürfnis aufzuhören. Sie war überrascht, als sie sich auf einen weiteren Absatz hinaufzog und entdeckte, dass ab hier eine enge Scharte das Massiv spaltete. Als hätten geheimnisvolle Wesen sie gehauen, damit man die andere Seite des Berges erreichen konnte.

Als Lilli sicher auf dem ebenen Felsvorsprung stand, setzte sich der Mann und stellte Brot, Käse und Wasser bereit. Mit zitternden Muskeln und vor Anstrengung geröteten Wangen setzte Lilli sich dazu und griff nach der Flasche. Sie hatte nicht einmal mehr die Kraft, das Seil von sich zu lösen.

„Das war gut." Der Fremde sah sie dabei nicht an. Sein Blick glitt über das überwältigende Panorama, das sich ihnen von hier aus bot.

„Es hat sogar Spaß gemacht", gab sie zu. Sie untersuchte ihre schmerzenden Fingerspitzen, konnte aber außer ein paar abgebrochenen Fingernägeln nichts entdecken. Hungrig aß sie Brot und Käse. Je länger sie saß, umso mehr spürte sie die Erschöpfung in ihrem ganzen Körper. Sie konnte sich kaum vorstellen, diesen Weg heute noch in ähnlicher Form fortzusetzen.

„Es ist nicht mehr weit. Dann schlagen wir unser Nachtlager auf."

Als hätte er ihre Gedanken gelesen, dachte sie. Sie musste einen sehr müden Eindruck machen. Gleichzeitig erkannte sie jedoch, dass die Sonne schon weit in den

Westen gesunken war. Hier oben übernachten? Mit einem fremden Mann, der ihr nicht einmal sein Gesicht zeigte? Sie lehnte sich an das harte Gestein hinter ihr. Vielleicht würde sie doch noch aus diesem Traum aufwachen. Und wenn nicht?

„Ich heiße Lilli", sagte sie nach einer Weile. Wenn sie schon zu einer Art von Zweckgemeinschaft werden mussten, dann sollten sie sich wenigstens mit Namen ansprechen können. Doch der Mann antwortete nicht. Er sah sie nur an, mit Augen, die nichts verrieten von dem, was in ihm vorgehen mochte.

„Wie viele von euch gibt es denn hier oben?", versuchte sie es erneut. „Und was macht ihr hier so? Ist das eine Art Kriegsspiel für erwachsene Männer? Heute sind wir mal Terroristen oder so etwas?"

Seine Augen flackerten für einen Augenblick, bevor er wegsah. Dann sagte er leise, mehr zu sich selbst als zu ihr:

„Glaub mir, es ist besser, wenn ich dir keine dieser Fragen beantworte."

Er saß, ebenfalls angelehnt, ihr gegenüber und hatte die Füße breitbeinig vor sich gestellt. Die hochgerutschte Hose gab den Blick frei auf ein kleines Stück dunkelbehaarte Beine. Er war ein Mensch wie sie und verbrachte seine Tage mit Gleichgesinnten vermummt im Gebirge. Aber aus welchem Grund? Lilli rätselte. Wo waren ihre Familien? Oder hatten sie keine? Brachten sie tatsächlich Menschen um? Wurden sie gesucht?

Er stand auf und räumte das Essen weg. Als auch Lilli sich erhoben hatte, trat er zu ihr und nahm ihr das Seil von der Hüfte. In dem Moment, als er sich zu ihr hinunterbeugte, roch sie das zarte Minzaroma, das ihn umgab. „Farid", sagte sie ohne nachzudenken.

Er reagierte in keiner Weise, nahm das Seil an sich und befestigte es am Rucksack. Nachdem er diesen auf die Schultern genommen hatte, wandte er sich zu ihr. Seine grauen Augen bestätigten, was sie plötzlich gewusst hatte. Doch er entgegnete nur:

„Manchmal ist es besser, nicht zu viel zu wissen."

Als er sich in Bewegung setzte und sie ihm schweigend folgte, konnte sie nicht begreifen, dass sie erst jetzt erkannt hatte, wer dieser Mann war. Jede seiner Bewegungen schien ihr vertraut, obwohl sie nur wenige Stunden miteinander verbracht hatten. Doch schon dort, in dieser versteckten Hütte, hatte es sie erstaunt, mit welcher Leichtigkeit er sich bewegte. Wie sehr er mit seiner Umwelt eins war. Sie hatte ihn für einen einfachen Wanderer gehalten. Jetzt überlegte sie, ob er nicht genau gewusst hatte, dass sie dort gewesen war. Er schien nicht der Mann zu sein, der etwas dem Zufall überließ.

Je weiter sie sich durch die schmale Spalte in den Berg hineinbegaben, umso schattiger und feuchter wurde das Gestein. Ab und zu warnte er sie vor rutschigen Stellen, bis sie schließlich einen großen, überhängenden Felsen erreichten, der ein paar Meter abseits des Steiges lag. Unterhalb des Vorsprungs wölbte sich eine höhlenartige Vertiefung etwa drei Meter in den Berg hinein, sodass diese Stelle ideal war, um vor Wind und Regen Schutz zu finden. Farid setzte den Rucksack ab.

„Hier bleiben wir. Such dir einen Platz für die Nacht." Er sprang wieder auf den Pfad.

„Wo …", begann Lilli.

„Ich bin gleich wieder da", unterbrach er sie. „Ich sehe mich nur kurz um. Außerdem", damit deutete er in die Richtung, in die er gehen wollte, „ist dort um die Ecke ein Wasserbecken. Falls du welches brauchst."

Schon war er nicht mehr zu sehen und Lilli inspizierte den kleinen Hohlraum, der ihr Schlafplatz sein würde. Sie schnürte ihre Schlafrolle los und entrollte sie an einer Stelle, die einigermaßen zum Schlafen geeignet schien. Als sie ihren Pulli übergezogen und die Hosenbeine der Jeans hinuntergerollt hatte, ging sie den Pfad wieder einige Meter zurück. Sie musste sich dringend erleichtern. Es gab hier unzählige Verstecke zwischen den Felsen. Sie fragte sich, ob überhaupt jemand außer Farid diesen Durchgang kannte. Hier gefunden zu werden, schien unmöglich.

Vorsichtig kletterte sie auf den Pfad zurück, als er plötzlich vor ihr stand und sie erschrocken zusammenzuckte. Hart griff er nach ihrem Arm.

„Tu das nie wieder!" Sein Kopf war nun unbedeckt und er war offensichtlich zornig. „Ich habe dich nicht hergebracht, damit du aus Unachtsamkeit in eine Felsspalte stürzt!"

„Ich wollte nur …"

„Nicht alleine! Nicht hier oben!" Damit ließ er sie los.

„Ich musste mal!", fauchte sie aufgebracht. „Glaubst du, ich finde das alles lustig? Ich bin hergekommen, weil ich alleine sein und meine Ruhe haben wollte! Ich habe meine eigenen Probleme und brauche keinen …", sie suchte nach Worten, „… keinen Möchtegernkrieger, der mir erzählt, dass ich sterben soll und der mich irgendwo hinbringt, wo ich nicht sein will!"

Sie stand mit zornig geballten Fäusten vor ihm und war trotz ihrer Wut den Tränen nahe.

„Ich weiß", sagte er plötzlich unerwartet sanft. „Es tut mir leid."

Sie sahen einander an. Sein Haar lag in feuchten Locken um seinen Kopf und seine Augen waren von Müdigkeit gezeichnet.

„Wer bist du?" Sie hatte sich wieder gefasst und die Frage flüsternd gestellt.

Er hob resignierend die Schultern. Vielleicht hatte sie das Recht darauf, zumindest einen Teil der Wahrheit zu erfahren. Er konnte verstehen, dass sie wütend war. Und dass sie selbst wahrscheinlich genügend Probleme hatte, hatte er vermutet. Wieder verfluchte er Abdal, den armen Teufel, der sie beide in diese Situation gebracht hatte.

In ihren Augen stand immer noch die Frage.

„Na gut, Lilli", fing er an und ging voran zum Lagerplatz. „Ich erzähle dir, was du wissen willst."

Sie hörte zum ersten Mal ihren Namen aus seinem Mund und musste feststellen, dass es ihr gefiel. Sie setzten sich gegenüber, Lilli auf ihre einigermaßen weiche Bettstelle, Farid auf den blanken Stein. Er saß im Schneidersitz und hatte die Hände lässig auf die Knie gelegt.

„Ich gehöre zu einer Gruppe von Männern, die sich ‚Der Kreis der Sieben' nennt. Weshalb wir im Gebirge sind und was wir tun, brauchst du nicht zu wissen. Nur, dass wir im Verborgenen agieren und es uns nicht erlaubt ist, uns zu zeigen. Das ist eine der wichtigsten Regeln. Der Mann, den du gesehen hast und der dir drohte, hieß Abdal. Er kam in den Kreis und prahlte voller Stolz damit, dass er dich beobachtet und dir schließlich einen Schreck eingejagt hat, damit du verschwindest. Doch bei uns sind Regeln einzuhalten. Eine weitere heißt: Wir haben uns unverzüglich, wenn unsere Aufgabe erledigt ist, im Kreis der Sieben einzufinden. Wer es nicht tut, braucht einen ernstzunehmenden Grund dafür. Nun, Abdal kam zu spät, und der Grund dafür warst du."

Lilli runzelte die Stirn. Abdal hieß der Mensch.

„Er hat mir Angst gemacht und etwas in einer Sprache gesagt, die ich nicht verstand."

„Er sprach Arabisch. Und er ist tot."

„Tot?" Lilli sah ihn bestürzt an.

„Hadi, unser Anführer, ist ein harter Mann. Wer die Regeln bricht, ist eine Gefahr für den Kreis."

„Und wird bestraft, indem er getötet wird", ergänzte sie und ein Schauder durchlief ihren Körper.

„Das ist noch nicht alles."

„Nein?" Eine unangenehme Ahnung beschlich sie.

Farid sah ihr an, dass sie zu verstehen begann und fuhr leise fort. „Da du jetzt weißt, dass es uns gibt, gab er den Befehl, dich zu suchen und …"

Er beendete den Satz nicht und sein Blick war auf die steinerne Wand hinter ihr gerichtet. Lilli schlang ihre Arme um sich. Sie versuchte, das Beben ihres Körpers zu unterdrücken.

„Und warum tötest du mich nicht?"

Die Frage traf ihn wie ein Schlag ins Gesicht. Er hatte niemals auch nur eine Sekunde daran gedacht, aber das konnte sie nicht wissen. Ihre Augen, die in der Sonne leuchteten wie der Sommerhimmel selbst, waren nun dunkel wie zwei Saphire.

„Erstens töte ich nicht, wenn es die Möglichkeit gibt, es zu vermeiden. Zweitens hast du mir Gastfreundschaft gewährt und einen Platz für die Nacht angeboten, was du, ganz sicher als Frau, nicht hättest tun müssen. Jeder hätte das verstanden."

Sie musterte ihn mit neuem Interesse.

„Seid ihr alle Muslime? In der Gruppe?" Vielleicht bewegte sie sich auf dünnem Eis mit ihrer Frage. Doch er hatte von sich aus angefangen, zu erzählen. Den Moment sollte sie ausnutzen und es zumindest versuchen.

„Ich gehe davon aus, dass nicht alle von uns zu Allah beten. Aber jeder gibt es vor. Wir wissen nicht viel voneinander und bei dem, was wir tun, rückt der Glaube immer wieder in den Hintergrund."

„Und du?", fragte sie ihn nach einer Weile. „Ist Allah dein Gott?"

Sie kannte einige Menschen mit muslimischem Glauben. Auch im Haus, wo sie wohnte, lebten welche. Sie konnte keinen wirklichen Unterschied feststellen zwischen Moslems und Nichtmoslems. Sie sah, dass Farid sie aufmerksam beobachtete.

„Nein." Seine Stimme klang eigenartig bitter, als er weitersprach. „Meine Mutter ist Muslima, mein Vater war Christ. Es hat funktioniert. Ich musste mich nie für eine Seite entscheiden. Es ist derselbe Gott."

„Dann bist du", sie überlegte kurz, „so etwas wie ein Wanderer zwischen den Kulturen. Oder ein Krieger zwischen den Welten. Das ist sicher nicht immer einfach." Sie warf ihm einen schnellen Seitenblick zu, ob er nicht gekränkt war.

Sie hatte ins Schwarze getroffen, stellte er überrascht fest. Besser hätte er nicht formulieren können, wie er sein Leben lang empfunden hatte. Vielleicht unbegründet, und doch hatte er nie wirklich zu einer Seite gehört.

„So in etwa, ja", sagte er dann. Sie hatte ihn heute schon so oft überrascht. Und beeindruckt. Das gelang nicht mehr vielen Menschen.

Seit sie die Augen geöffnet und er innerhalb von Sekunden ihre Welt auf den Kopf gedreht hatte, schlug sie sich erstaunlich gut. Sie war eine Kämpferin. Er dachte an die Klettertour über die Felsen. Nach anfänglicher Überwindung der Angst war sie die steile Wand hinaufgeklettert, als hätte sie in ihrem Gedächtnis nur abrufen müssen, wie es ging. Sie hatte instinktiv gewusst, wo ihre Hände Halt fanden, wo sie ihre Füße setzen musste. Ihr Körper hatte kämpfen müssen, doch sie hatte es ihm wie selbstverständlich abverlangt. Er bewunderte sie dafür.

Ihm wäre lieber gewesen, sie hätte ihn nicht erkannt. Es wäre für sie beide besser. Aber wie er das hätte erreichen sollen, wusste er nicht. Sie hatte scharfsinnig beobachtet, früher oder später wäre es passiert.

„Wir müssen morgen frühzeitig los. Wir sollten uns bald zum Schlafen legen." Er stand auf und nahm eine Handvoll Nüsse aus dem Beutel. Lillis Gesicht lag schon tief im Schatten der Höhle.

„Ich würde gerne zum Wasser gehen."

Er nickte. „Ich bleibe solange hier unten."

Also hatte sie ein paar Minuten für sich. Sie ergriff die Wasserflasche und lief das kurze Stück den Pfad hinauf. Gleich um die nächste Biegung war zwischen den Felsen ein kleiner Wasserspeicher, in den sie sich ohne Mühe hätte hineinstellen können. Er war nicht besonders tief. Sie schätzte, das Wasser würde ihr bis zur Hüfte reichen, dennoch wusch sie sich nur Hände und Gesicht. Die Luft wurde kühl und die Müdigkeit ließ sie zusätzlich frösteln. Sie freute sich auf ihr Lager unter dem Felsen und würde auf der Stelle einschlafen.

„Wo schläfst du?", fragte Lilli, als sie zurück kam und zu ihrem Schlafplatz ging, um sich darauf niederzulassen. Er stand immer noch vor der Höhle, knabberte an den Nüssen und machte keine Anstalten, sich einen Platz zu suchen.

„Ich komme auch hinein."

„Und worauf schläfst du? Doch nicht auf dem Stein?"

In der Dämmerung erkannte sie ein angedeutetes Lächeln auf seinem Gesicht. „Es wäre nicht das erste Mal,

Lilli. Mach dir keine Gedanken und ruh dich aus. Morgen wird es anstrengend."

Sie schlüpfte in den Schlafsack und rollte sich auf der Isomatte zusammen. Doch trotz Erschöpfung und Müdigkeit wollte der Schlaf nicht kommen. In ihrem Kopf tanzten immer noch Gedanken, die darauf warteten, zu einem Ende gebracht zu werden. Was ihr aber nicht gelang. Nach einer Weile öffnete sie die Augen wieder und sah Farid vor dem Eingang sitzen, aufrecht und dunkel.

„Farid?"

„Hm?"

„Du wirst ihnen erzählen müssen, dass du mich gefunden und – umgebracht hast. Sonst suchen sie mich weiter."

„Stimmt."

„Und? Was wirst du erzählen?"

Er wandte den Kopf zur Seite, als er sprach. „Das soll mein Problem sein, nicht deins."

Sie setzte sich auf. „Es ist aber auch meines. Schließlich soll ich sterben."

„Lilli, schlaf jetzt. Darüber denke ich nach, wenn es soweit ist."

„Was ist, wenn sie merken, dass du lügst?" Kälte griff nach ihrem Herzen, als ihr bewusst wurde, dass er sein Leben riskierte, um das ihre zu retten. Sein Rücken, den sie reglos und so verletzlich vor sich sah, hob sich dunkel vor dem Höhleneingang ab. Seine Einsamkeit berührte sie. Sie hatte wenigstens ihre Kinder, Britt, ihre Eltern. Auch Alfons bedeutete sie etwas. Sie hatte Probleme, ja, aber die würde sie in den Griff bekommen.

Farid dagegen war ein einsamer Krieger, der für etwas kämpfte, was nur Gott allein wusste.

Leise stand sie auf und setzte sich neben ihn. Sie wollte ihm damit zeigen, dass er nicht ganz allein war und dass sie wusste, was er für sie auf sich nahm.

Die Wärme seines Körpers strahlte auf sie ab, und am liebsten wäre sie so nah an ihn herangerutscht, dass sie sich berührten. So aber zog sie die Knie unters Kinn und bewegte sich nicht.

Er roch den Duft ihrer Haare und ihrer Haut, die trotz der Dunkelheit hell schimmerte. Sie war ihm so nah, dass er sie atmen hörte, so gleichmäßig, als würde sie gleich einschlafen. Es wurde zunehmend komplizierter. Dass er selbst irgendwann sterben würde wegen dem, was er tat, war von vornherein klar gewesen. Er hatte es so entschieden, vor Jahren. Nun aber musste er verhindern, dass er sie mit hineinzog. Und das wurde von Stunde zu Stunde weniger möglich. Er stöhnte innerlich auf.

Mit einer kleinen Bewegung sank ihr Kopf an seine Schulter. Er drehte sich ein wenig zur Seite und hätte mit dem Mund ihre Schläfe berühren können. Wenn er wollte. Aber davon war er weit entfernt. Oder? Wenn er ehrlich war, musste er sich eingestehen, dass er nichts sehnlicher wollte als genau das.

Er war ein Mann und sie war eine schöne Frau. Mit Reizen, von welchen sie selbst vielleicht gar nichts wusste. Wie lange war es her, dass er eine Frau begehrt hatte? Vier Jahre? Sechs Jahre? Er hatte bei Frauen gelegen, doch er konnte sich an kaum eine von ihnen genauer erinnern. Er hatte alles hintangestellt wegen der Sache. Seiner Sache. Seiner Rache.

War es das wert? Vater, rief er im Stillen und sah vor sich dessen sanftes, freundliches Gesicht. Ist es das wirklich wert? Ich wollte es immer, aber was ist mit dir? Ist es richtig, was ich tu?

Diese Gedanken hatte er nie gehabt. Warum jetzt?

Lillis Kopf rutschte auf seine Brust und er fing sie auf. Als er sie auf ihr Lager legte und zudeckte, rührte sie sich nicht.

Endlich legte auch er sich hin und schlief ein.

KAPITEL 6

Sie waren kurz nach Tagesanbruch aufgestanden und hatten sich nach einem schnellen Frühstück auf den Weg gemacht. Lilli hatte gut geschlafen und fühlte sich ausgeruht. Ihre Muskeln schmerzten, aber daran war sie seit Tagen gewöhnt und empfand es nicht als dramatisch.

Eher beschäftigte sie der Gedanke, wie sie gestern Abend auf ihren Schlafplatz gekommen war, denn daran konnte sie sich nicht erinnern.

Außerdem schien ihr Farid seltsam distanziert. In ihrer Erinnerung wiederholte sie das Gespräch vom vorigen Abend. Hatte sie etwas gesagt, das ihn verletzt hatte? Sicher dachte er auch über seine Situation nach. Ohne sie hätte er jetzt nicht dieses Problem, nämlich sie und könnte sich auf was auch immer konzentrieren. Er müsste nicht durch die Gegend laufen, um sie in Sicherheit zu bringen.

Wohin brachte er sie wohl? War es ein Ort, an dem sie gemeinsam bleiben würden? Oder würde er sie absetzen und dann seiner Wege gehen? Das schien ihr am ehesten wahrscheinlich, denn was sollte er dort? Zu essen hatte sie für ein paar Tage und Wasser war in der Regel zu finden. Und doch musste sie ihm erklären, dass sie irgendwann wieder gehen musste. Die Kinder warteten auf sie. Sie schluckte schwer und ihre Augen schwammen plötzlich in Tränen. Worauf lief das alles hinaus?

Sie stieß beinahe mit ihrem Begleiter zusammen, der stehengeblieben war und zum Himmel hinauf schaute. Als sie seinem Blick folgte, stellte sie überrascht fest, dass die Sonne hinter einer dicken Wolkendecke verschwunden war. Das Gedankenkarussell in ihrem Kopf hatte ihre ganze Aufmerksamkeit gefordert, und sie hatte nicht einmal bemerkt, dass das Wetter sich verändert hatte. Der schmale, steinige Pfad, dem sie seit Verlassen der engen Bergscharte folgten, führte steil hinab und wäre bei Nässe sicher gefährlich rutschig.

„Wie lange gehen wir noch?"

Er drehte sich zu ihr um. „Brauchst du eine Pause?"

Sie schüttelte den Kopf und nahm einen Schluck aus ihrer Wasserflasche. Wie sollte sie ihm sagen, dass sie sich wünschte, so schnell wie möglich am Ziel zu sein, damit er ungestört seiner Sache nachgehen konnte? Sie wollte keine Last sein. Für niemanden, schon gar nicht für ihn.

Farid sah sie prüfend an. Das Tuch hatte er um seinen Kopf geschlungen, das Gesicht freigelassen. Seine Wangen waren unrasiert, der Ausdruck seiner Augen schwer zu deuten.

„Wirklich, es ist alles in Ordnung", bekräftigte sie und steckte die Flasche an ihren Platz zurück. „Weiter geht's!" Damit ging sie an ihm vorbei und stieg den schmalen Weg hinab. Er sollte nicht glauben, dass sie jammerte oder schwächelte.

Ihr rotblonder Pferdeschwanz wippte im Takt ihrer Schritte wie ein Pendel von links nach rechts und zurück. Wiederholt ertappte er sich dabei, dass er wie hypnotisiert hinstarrte und rief sich zur Ordnung. Es war schlimm genug, dass er letzte Nacht kaum geschlafen hatte. Ihre helle Haut, die er zu gerne berührt hätte, war ihm nicht aus dem Sinn gegangen. Ebenso wenig der zarte Ansatz ihrer Haare oberhalb der Schläfe. Er hatte sich ausgemalt, wie es sich unter seinen Fingern anfühlen würde, sie dort zu berühren.

Wieder mahnte er sich zur Vernunft. Wenn er nicht achtgab, würde genau das passieren, was er mit aller

Macht verhindern wollte. Dass die Sorge um jemanden in den Vordergrund trat und ihn dazu verleiten würde, Fehler zu machen. Das konnte er sich nicht leisten.

In ein paar Stunden würden sie Tadamun erreichen. Da war sie sicher für die nächsten Tage. Er selbst würde morgen fortgehen. Er musste sich am Mittwoch dringend mit Yassin treffen. Die Zeit lief ab, es blieben nicht mehr viele Tage bis Ultimo. Und vorher durfte nicht das Geringste schiefgehen.

Laute Raubvogelschreie ertönten plötzlich über ihnen. Lilli war stehengeblieben und er lief, unaufmerksam, wie er es niemals hätte sein dürfen, mit voller Wucht in sie hinein. Er packte sie fest bei den Schultern und verhinderte damit, dass sie zu Boden ging. Dabei fluchte er laut wegen seiner Unaufmerksamkeit.

Als Lilli wieder festen Stand hatte, ließ er sie los.

„Tut mir leid! Bist du in Ordnung?"

„Ja", meinte sie nur und rieb sich die Schultern, bevor sie wieder fasziniert nach dem Vogel sah, der weit über ihnen seine Kreise zog.

„Weißt du, was das für ein Vogel ist?"

Er antwortete, ohne zum Himmel zu schauen. „Ein Adler."

„Ein Adler", wiederholte sie voller Ehrfurcht. „Ich habe noch nie einen Adler gesehen."

Er folgte ihrem Blick. „Es ist ein Adlermädchen. Die Weibchen sind ein ganzes Stück größer als ihre männlichen Kollegen", erklärte er und stand dabei so dicht hinter Lilli, dass sein warmer Atem in ihrem Nacken ihr eine Gänsehaut bereitete. Sie rührte sich nicht und betrachtete weiter den Vogel, der über ihnen segelte.

„Sie hört sich so traurig an." Sie musste an den Schrei des Nachtvogels denken, als sie vor der Bernauer Almhütte gestanden hatte. Er hatte so unsagbar traurig geklungen, dass es die Mauer gesprengt hatte, hinter der ihr ganzer Kummer verborgen gewesen war. Ihr Hals wurde ihr eng, als das Adlerweibchen erneut schrie. Die Schönheit des Tieres berührte sie und sie fragte sich, ob es Einsamkeit war, die den Ruf so traurig und verzweifelt klingen ließ. Rief der Vogel nach seinem Gefährten? Nach seinen Kindern?

Bevor Lilli es verhindern konnte, liefen ihr die Tränen über die Wangen. Ein lauter Schluchzer befreite sich aus ihrer Brust. Dann fühlte sie Farids Hände auf ihren Schultern. Sanft drehte er sie zu sich herum und zog sie an sich.

Er hielt sie in den Armen und ließ sie weinen. Ihr Schmerz berührte ihn und er wünschte, er könnte ihn lindern. Aber er wusste ja nicht einmal, um was sie so sehr trauerte. Ihr Körper bebte und ihre Hände krallten sich in seine Arme. Nach einer Weile wurde sie ruhiger. Schließlich löste sie sich verlegen aus seiner Umarmung und fuhr sich mit den Händen über das Gesicht.

„Das wollte ich nicht", entschuldigte sie sich beschämt mit wackeliger Stimme. „Es tut mir leid. Entschuldige bitte."

„Es gibt nichts zu entschuldigen", erwiderte er mit weicher Stimme. „Du hast jedes Recht darauf, traurig und verzweifelt zu sein." Er lächelte und sein Gesicht, das den ganzen Tag dunkel und verschlossen gewesen war, erhellte sich, während seine Augen voller Mitgefühl waren.

„Du kommst her und suchst Einsamkeit, um über deine Sorgen nachzudenken. Das waren gestern deine Worte. Und dann komme ich und katapultiere dich in eine Welt, in die du nicht hineingehörst und die dir außerdem Angst macht. Man kann nur ein gewisses Maß an Kummer ertragen."

Lilli legte ihre Hände auf die heißen Wangen und schüttelte dabei den Kopf. „Ich denke, es ist umgekehrt. Dein Leben ist schon kompliziert genug, und dann tauche ich auf und mache es dir noch schwerer. Ohne mich müsstest du nicht tagelang herumwandern und deinen Job vernachlässigen. Außerdem bringst du dich meinetwegen in Lebensgefahr."

Jetzt war es an ihm, den Kopf zu schütteln.

„Setz dich!", forderte er sie auf und zeigte auf die Steine, die zuhauf vorhanden waren. Er setzte sich neben sie, nahm den Rucksack von den Schultern und holte etwas zu essen heraus.

„Nein, so ist es nicht. Ich bange nicht erst jetzt um mein Leben, denn das ist seit Jahren in Gefahr. Aber das war damals meine eigene Entscheidung. Ich habe Angst um deines und das vieler anderer. Mehr kann ich dir nicht erklären." Er schnitt mit seinem Taschenmesser zwei Stücke vom Käse ab und riss Brotstücke vom Laib. Während sie kauten, hörten sie den Adler wieder rufen, diesmal von weiter Ferne.

„Nach was oder nach wem ruft er? Sucht er seine Kinder oder seinen Partner?", wollte Lilli wissen und suchte vergeblich den Himmel ab.

„Nein, da muss ich dich enttäuschen."

„Sondern?"

„Er steckt sein Revier ab. Jedes Adlerpaar beansprucht ein großes Revier für sich und tut das entsprechend laut kund. Du siehst, es ist wesentlich weniger romantisch, als du denkst." Farid schmunzelte.

„Ich musste an meine Kinder denken. Und wie sehr ich sie vermisse“, sagte Lilli leise und fühlte schon wieder die verdammten Tränen in die Augen steigen.

Sie hat Kinder, dachte er betroffen. Natürlich, wieso sollte sie auch keine haben? Allerdings hatte er Angst vor ihrer Antwort auf die Frage, die er nun stellen musste.

„Wo sind deine Kinder?“

Sie schloss die Augen und schüttelte langsam den Kopf. „Wenn ich darüber rede, zerreißt es mich.“

„Manchmal ist reden besser als alles andere, Lilli.“

„Sagt der, der nur das Allernötigste von sich erzählt“, warf Lilli ihm bitter entgegen.

„Ja, du hast Recht.“ Er packte ein und stand auf. „Lass uns gehen. Es ist nicht mehr weit bis Tadamun.“

Erneut liefen sie schweigend hintereinander, doch es war anders als vorher. Er hatte sie gehalten und getröstet, als es ihr schlecht ging. Sie hatte mit ihren Tränen seine Brust nassgeweint. Sie hatte seinen Körper gespürt, seinen Geruch eingeatmet. Hitze durchströmte sie, als sie daran dachte. Er lief nun wieder vor ihr. Sie betrachtete seinen Nacken mit dem Lederband und den weichen, dunklen Haaren und überlegte, wie es sich anfühlen würde, wenn sie ihre Hand darauf legte. Seine Haut wäre warm und weich.

Lilli, du spinnst, schalt sie sich. Eben hast du noch vor lauter Tränen kaum reden können, und jetzt begehrst du einen Mann, den du erstens kaum kennst und zweitens nach ein paar Tagen nie wieder sehen wirst. Außerdem kämpfte er für oder gegen etwas und führte ein Leben, das sie sich noch nicht einmal vorstellen konnte. Und dann war da noch die Tatsache, dass er bereit war zu sterben, wenn es sein musste.

Wieder sah sie auf seine großgewachsene Gestalt. Sie wollte nicht, dass er starb. Weder für sie noch für andere. Ihre Gedanken schweiften ab. Zu anderen Menschen, die absichtlich starben und Massen Unschuldiger mit in den Tod rissen. Selbstmordattentäter, Terroristen. Es gab viele Dinge, die man nicht verstehen konnte.

Vielleicht wollte sie gar nicht so genau wissen, wer Farid wirklich war.

Zwei Stunden später etwa liefen sie zwischen einigen großen Felsen hindurch und standen plötzlich, ohne dass Lilli vorher irgendetwas gesehen hatte, vor einem kleinen Holzhaus, das ihr sofort bekannt erschien. Farid beobachtete sie aufmerksam.

Schlagartig wurde ihr bewusst, wo sie waren. Sie sah ihn ungläubig an.

„Das ist das Versteck?"

„Ja", bestätigte er amüsiert. „Das ist meine Hütte."

Er legte den Rucksack ab und öffnete die unverschlossene Tür. „Ich habe sie aus einem alten Holzschuppen hergerichtet, der zusammengefallen war."

„Dann ..." Sie sah immer noch verblüfft aus, als könnte sie es nicht fassen. „Dann habe ich dir in deinem eigenen Haus einen Platz zum Übernachten angeboten?"

Er grinste jetzt breit und sah dabei sehr jungenhaft aus. „Ja. Ich fand es auch sehr – sagen wir – originell."

Als er die Holzläden zurückschlug, begann es zu nieseln.

„Komm rein", lud er sie ein. Sie stand immer noch wie angewurzelt, ging dann aber hinter ihm her ins Haus. Er kniete bereits vor dem Kamin und zerrte zwei Bretter aus dem Fußboden heraus.

„Ich könnte dir einen Kaffee anbieten", sagte er heiter und zog den kleinen Gaskocher aus der Mulde. „Ich koche das Wasser und du hast, wie ich weiß, das Kaffeepulver." Lilli nickte und trat an ihn heran, um in das Loch hineinzusehen.

„Ein geheimes Fach?"

„Viel mehr noch, aber das zeige ich dir später. Wir essen etwas Richtiges und richten unsere Sachen, danach reden wir über verschiedene Dinge."

Sie konnte nicht sagen, ob das gut klang oder nicht. Der erste Teil des Satzes war recht vielversprechend, doch über etwas reden hieß, Dingen eine Wichtigkeit geben, auf die sie sicher gerne verzichten würde. Aber natürlich wusste sie, dass es sein musste.

Sie öffnete den Rucksack und packte alles auf den Tisch. Ihre Kleider hängte sie über die Lehne des Stuhles und an die Wandhaken. Plötzlich hatte sie ein absurdes Déjà-vu, das bei näherer Betrachtung ja keineswegs absurd war. Es war nur wenige Tage her, da hatte sie genau dasselbe getan hier in diesem Häuschen. Das Leben spielte manchmal seltsame Spiele. Und sie waren die Figuren, die auf dem Brett umhergeschoben wurden.

Das Wasser kochte und Lilli füllte Kaffeepulver in die Becher. Dann nahm sie aus dem Lebensmittelvorrat Speck und Eier, die allein beim Anblick ihren Magen hungrig knurren ließen. Sie reichte sie Farid, der bereits wieder mit dem Kocher hantierte.

„Du isst wohl kein Schweinefleisch, oder?"

„Selten", gab er zurück und schnitt kleine Stücke vom Speck ab. „Aber hin und wieder habe ich nichts dagegen einzuwenden. Heute zum Beispiel." Er sah sie vergnügt an. „Ich bin so hungrig, ich könnte ein ganzes Schwein aufessen!"

Bald darauf war der leichte Kräuterduft aus dem Raum verschwunden und ihre Nasen waren erfüllt von dem

Geruch nach Kaffee, gebratenem Speck und Eiern. Lilli war sich ziemlich sicher, dass ihr noch niemals etwas so gut geschmeckt hatte und wischte kurze Zeit später ihren Teller mit dem letzten Stück Brot aus.

Sie saßen nebeneinander an die Wand gelehnt und hatten die Becher in den Händen, als sie zu sprechen begann. Ihre Stimme war leise und darum bemüht, fest zu bleiben.

„Ich war ziemlich jung, als ich mich in einen Jungen verliebte, der neu zu uns an die Schule kam. Er wollte mich nicht, aber ich war sicher, dass er irgendwann bemerken würde, dass er mich liebte. Und so habe ich gewartet. Jahrelang. Der Moment kam, da stand er tatsächlich vor meiner Tür und sagte, er könne ohne mich nicht leben. Er mochte mich, aber wirklich geliebt hat er mich nie. Um es kurz zu machen: Wir waren dreizehn Jahre zusammen. Aber es lief schief. Natürlich habe ich gemerkt, dass vieles anders hätte sein müssen. Aber ich war dumm und naiv. Wohl auch einfach zu feige und zu schwach, um ihn zu verlassen. Dann wurde ich schwanger und bekam Zwillinge. Nicht lange darauf hat er uns verlassen.

Ich gebe nicht ihm die Schuld. Ich ganz allein habe mein Leben verpatzt. Er aber hat mir bereitwillig dabei geholfen. Das einzige, was mir wirklich jemals gelungen ist, sind meine beiden Mädchen. Und die hat mir das Jugendamt genommen, weil ich nicht fähig war, mich richtig um sie zu kümmern. Ich bin im Sumpf versunken und war dabei, sie mitzunehmen." Lilli trank den kalten Kaffee aus und stellte den Becher mit einem lauten Geräusch neben sich ab.

Eine Weile schwiegen sie. Bis Farid sprach.

„Aber es geht ihnen gut. Und wenn du weißt, in welche Richtung dein Weg weitergeht, dann holst du dir deine Kinder wieder zurück."

„Deshalb bin ich hier", flüsterte sie und ignorierte hartnäckig das klaffende Loch in ihrer Brust. „Ich muss nachdenken. Aber ich bin noch nicht weit gekommen damit."

Farid stand auf und stellte die Becher auf den Tisch. Dann stellte er sich an das geöffnete Fenster und sah lange Zeit schweigend hinaus. Es regnete und eine frühe Dämmerung zog auf.

„Man ist jung und denkt, das Leben verläuft nach einem Plan", fing er an und fuhr dabei mit einer Hand über seinen Nacken. „Aber das tut es nicht. Und da Plan A nicht funktioniert, liegt plötzlich Plan B auf dem Tisch und man hofft, dass der nun der Richtige ist. Doch auch er hält Dinge bereit, mit denen man nicht gerechnet hat. Die man außerdem nicht will oder ablehnt. Trotzdem wird man ihm folgen, da man nicht weiß, ob Plan C nicht noch schlimmer ist. Dabei könnte der vielleicht der Richtige sein. Oft fehlt es auch nur an Mut, eine Entscheidung zu treffen."

Lilli hatte sich neben ihn gestellt. Sie berührte ihn nicht, doch es tröstete sie, ihn so nah bei sich zu wissen.

„Mein Plan B läuft gerade ziemlich chaotisch", meinte sie lakonisch und sah ihn von der Seite an. In seinen Augen schimmerte der dunkelgraue Himmel. Ihr Bauch zog sich zusammen vor Verlangen, ihn zu küssen und sie wandte sich schnell von ihm ab.

„Du bist stark, Lilli. Du wirst es schaffen." Er drehte sich zu ihr und betrachtete sie, als sie den Kopf schüttelte.

„Stark? Ich? Nein, das war ich noch nie."

„Dann bist du es in den letzten Tagen geworden. Die meisten anderen Frauen wären schon Gott weiß wie oft hysterisch geworden, wenn sie das erlebt hätten, was du hinter dir hast. Glaub mir."

Sie überlegte. Nun ja, vielleicht stimmte es sogar, dass sie sich ein wenig verändert hatte. Die Situation war ja gerade recht außergewöhnlich. Vielleicht veränderte man sich dadurch, ohne dass man es merkte.

Farid stieß sich vom Fenster ab und begann, sein graues Hemd aufzuknöpfen. „Ich bin gleich wieder hier", sagte er, als er in dem dunklen T-Shirt, das er darunter trug, zur Tür ging und nach draußen verschwand. Lilli seufzte. Auch sie würde gleich an den Wasserfall gehen und sich waschen. Sie zog den Pulli über den Kopf und suchte ihr kleines Handtuch heraus. Trotz des Regens war die Temperatur angenehm mild, als sie vor die Hütte trat und verstohlen zu dem Mann blickte, der sich unbekleidet unter das herabfallende Wasser gestellt hatte. Schnell lief sie zur anderen Seite des Häuschens und ließ ihre Augen über die nassgeregneten Felsen und die Almen weit oben am Berg wandern. Mittlerweile verschmolz am Horizont das dunkle Grau der Berge mit dem des Himmels.

Hier würde sie also bleiben, eingebettet zwischen den eng umherstehenden Felsen als Schutz gegen Fremde, die ihr nach dem Leben trachteten.

Wie aus dem Nichts stand plötzlich Farid vor ihr, barfuß und nur in seinen grauen Hosen. Haare und Oberkörper glänzten feucht, die dunklen Zeichen auf seinem Arm hoben sich überdeutlich hervor. Er hatte das Gesicht rasiert und an seinem Hals baumelte das Amulett, ein heller Stein in der Form einer Träne, kunstvoll in Lederknoten geflochten.

„Ich bleibe in der Hütte, während du am Wasser bist", betonte er und ging hinein, die schwarzen Lederstiefel und sein T-Shirt in der Hand.

Lilli ging hinüber und kleidete sich langsam aus. Mit Erleichterung stellte sie fest, dass die Dämmerung schon weit fortgeschritten war. Sorgfältig legte sie ihre Sachen auf einen Stapel. In ihrer Nacktheit fühlte sie sich schrecklich verletzlich und suchte immer wieder die Umgebung nach verborgenen Augen ab. Allmählich aber verschwand ihre Angst und schließlich stand sie unter dem Strahl des Wasserfalls, der weit weniger kalt war als erwartet.

Als sie wieder in die Hütte trat, hatte Farid Kerzen angezündet.

„Ich zeige dir etwas", sagte er, als er sie hörte und winkte sie zu sich. Mit immer noch bloßem Oberkörper hockte er vor den herausgenommenen Fußbodenbrettern. Sie kniete sich zu ihm, und er begann an zwei weiteren Brettern zu zerren.

„Ich werde nicht die ganze Zeit hier sein, daher musst du dich schützen können, wenn etwas Unvorhergesehenes geschieht. Falls du irgendetwas bemerkst, das dir nicht geheuer ist", fing er an zu erklären und entfernte das Holz, „dann kannst du dich hier unten verstecken."

Lilli starrte entgeistert in das tiefe Loch hinab, das sich vor ihr auftat.

„Wie bitte?", brachte sie heraus und sah ihn entsetzt an.

„Ich weiß", sagte er lahm, „es ist nicht ganz ideal, aber es könnte Leben retten. Dein Leben, Lilli."

Vielleicht wurde ihr erst jetzt wirklich bewusst, dass das alles kein Spiel war, sondern bitterer Ernst. Sie schluckte schwer an dem Klumpen in ihrem Hals.

„Passe ich da rein?"

Er versuchte ein aufmunterndes Lächeln und nickte. „Sogar ich passe hinein."

Sie sah ihn skeptisch an. „Musstest du schon mal – ich meine, war es schon mal nötig, dass du ...?"

„Nein", gab er zu. „Aber ich wäre auf der Stelle dort unten, wenn es nötig wäre." Er deckte die Bretter wieder darüber. „Und hier", er deutete auf die kleinere Vertiefung daneben, „sind Werkzeuge und einige Vorräte. Außerdem Gaskartuschen für den Campingkocher und ein paar andere Sachen."

Lilli nickte. „Gibt es einen Schlüssel für die Tür?"

Er stand auf und reichte ihr die Hand, um ihr aufzuhelfen. Seine Augen blitzten belustigt auf.

„Was?", fragte sie mürrisch und verstand nicht, was daran unterhaltsam sein sollte.

„Du meinst, die verschlossene Tür einer einsamen Hütte mitten in den Bergen würde jemanden aufhalten, der hineinmöchte?" Er strich ihr zärtlich mit dem Handrücken über die Wange. „Ach Lilli", meinte er dann nur. Er lief zur Tür und griff unter die Dachschräge. „Hier ist er." Damit legte er den Schlüssel auf den Tisch und zog ein frisches T-Shirt an. Aus dem Geheimfach, vermutete sie.

Sie richteten ihre Schlafplätze ein wie beim letzten Mal. Er saß an die Tür gelehnt ihr gegenüber. Zwischen ihnen brannten zwei Kerzenstummel, die warmes Licht in den Raum warfen und Schatten tanzen ließen.

„Ich gehe morgen Nachmittag fort."

Sie hatte es erwartet. Er hatte sie in Sicherheit gebracht, sie musste ihm dankbar sein. Trotzdem durchfuhr es sie unbehaglich.

„Ich treffe mich am Mittwoch mit jemandem", fuhr er erklärend fort. „Am Donnerstag werde ich nur kurz hier herkommen, da ich beim Kreis der Sieben erwartet werde." Was dann sein wird, weiß ich selbst auch noch nicht, dachte er bei sich.

„Das ist kein Problem." Lilli versuchte unbefangen zu klingen. „Es hat mir hier schon letztes Mal gut gefallen. Und hätte ich nicht ein bestimmtes Ziel gehabt von Anfang an, wäre ich vielleicht sogar geblieben. In deiner Hütte", setzte sie noch hinzu. Dann fiel ihr etwas ein. „Wie nennst du diesen Platz? Du hattest einen Namen dafür."

Dunkle Schatten huschten über sein Gesicht, und nicht zum ersten Mal fragte sie sich, welche Geheimnisse er mit sich trug.

„Tadamun", sagte er schließlich und sein Zungenschlag klang fremd dabei. „Ich nenne diesen Ort Tadamun. Das ist arabisch und heißt so viel wie Verbundenheit."

„Verbundenheit", wiederholte sie leise und dann: „Tadamun. Das hört sich schön an. Ein wenig traurig."

Er atmete tief ein. „Ich habe den Ort so genannt, weil ich mich hier meinem Vater nah fühle."

„Er lebt nicht mehr?" Aufgrund einiger seiner Bemerkungen hatte sie es vermutet.

„Er starb, als ich fünfzehn war."

Wie schrecklich. So früh den Vater zu verlieren musste schlimm sein. „Es tut mir leid." Was sollte sie auch sagen?

„Es ist lange her." Sein Gesicht war verschlossen, aber er griff instinktiv nach dem Anhänger, der an seiner Brust lag.

„Tadamun", wisperte sie und horchte dem fremdartigen Klang nach. „Es ist ein wunderschönes Wort und passt an diesen Ort."

Er sah zu ihr hinüber. Schon wieder überraschte sie ihn. Genau dasselbe empfand auch er immer wieder. Die Beschreibung passte zu diesem Ort. Verbundenheit. Zu den Verstorbenen. Zur Natur. Zum Leben. Hier konnte er wenigstens ein klein wenig von dem Frieden finden, den es in seinem Herzen nicht mehr gab.

Lilli saß im Schneidersitz auf ihrer Isomatte und hatte die Hände auf die Knie gelegt. Ihre Augen waren starr auf die Kerzen gerichtet und spiegelten die Flammen wieder. Sie glich einer Statue, die Haut ihrer Arme hell schimmernd. Ihr Haar, das durch die Feuchtigkeit dunkler wirkte, als es war, lag in weichen Wellen auf ihren Schultern. Er hätte viel darum gegeben, nicht fortzumüssen. Noch eine Weile hier zu bleiben. Bei ihr. Das Leben erschien ihm mit ihr so normal. So einfach. Und seine Sehnsucht nach einem normalen und einfachen Leben war unermesslich groß. Doch darüber sollte er keinen Gedanken verschwenden, da es unmöglich war. Vielleicht war sie auch froh, bald wieder alleine zu sein. Sie hatte noch einen weiten Weg vor sich und genug damit zu tun, darüber nachzudenken, wie es bei ihr weiterging.

Ob sie ahnte, dass er gerne bei ihr bleiben würde? Sie in die Arme nehmen, trösten und ihr versichern, dass alles gut werden würde? Ob sie ahnte, dass er den Mann umbringen könnte, der ihr das angetan und sie ausgenutzt hatte, bis sie am Ende fast alles verlor, was ihr etwas bedeutete? Männer, die sich so verhielten, ohne jegliches Ehrgefühl, bedauerte und verachtete er.

Erst jetzt bemerkte er, dass ihre Augen aufmerksam auf ihm ruhten und er überlegte, ob sie in seinem Gesicht hatte lesen können.

„Lass uns schlafen", sagte er und zog den Schlafsack über sich.

„Gute Nacht", gähnte Lilli, schlüpfte aus ihrer Jeans, blies die Kerzen aus und rollte sich in ihrem Schlafsack auf die Seite. Sie versuchte, nicht an das dunkle Versteck zu denken, das unter dem Bretterboden verborgen war. Es passte nicht zu Tadamun. Überhaupt nicht.

Lilli erwachte und drehte sich seufzend auf die andere Seite. Sie schlief nun zwar seit Tagen auf hartem Untergrund – und das gar nicht so schlecht, fand sie – dennoch taten ihr morgens vom harten Liegen die Hüftknochen weh. Helles Licht schien ihr ins Gesicht. Sie schlug die Augen auf und sah sofort, dass er gegangen war. Sein Schlafplatz war geräumt, sein graues Hemd hing nicht mehr am Haken und auch von den schwarzen Stiefeln war nichts zu sehen. Es war wie beim letzten Mal. Er war verschwunden. Ohne ein Wort. Ohne Abschied.

Ein merkwürdiges Gefühl der Verlassenheit stieg in ihr auf. Sie hätte ihm gerne noch gesagt, dass sie hoffte, er würde gesund zurückkehren. „Danke", hatte sie sagen wollen, dafür, dass er seine Pläne über den Haufen geworfen hatte, um sie in Sicherheit zu bringen. Dass sie wusste, dass ihm dieser Ort viel bedeutete und es nicht selbstverständlich war, dass sie hier bleiben durfte.

Sie erhob sich und zog ihre Jeans an. Neben dem Gaskocher stand ihre volle Wasserflasche. Sie füllte Wasser in den Topf und entzündete die Flamme darunter. Sie würde in aller Ruhe einen Kaffee trinken und dann überlegen, wie sie den Tag nutzen konnte.

Plötzlich flog die Tür auf und Farid stand mitten im Raum.

„Ich freu mich auf einen Tee!", rief er fröhlich. Dabei hängte er zwei tote Vögel an einen Wandhaken.

„Was ist?", fragte er, als Lilli abwechselnd auf ihn und die Vögel blickte.

„Ich – ich dachte, du …", stotterte sie und schwieg dann. Er schloss die Tür und sah sie prüfend an.

„Du dachtest, ich sei fortgegangen? Ohne ein Wort?" Lilli nickte beschämt.

„Nun ja, ich bin noch da und ich habe Hunger!" Er klang leicht gekränkt, vielleicht aber bildete sie sich das auch nur ein. Sie fühlte sich auf einmal merkwürdig beschwingt und Heiterkeit machte sich in ihr breit.

„Ich war auf der Jagd. Du hast jetzt Fleisch für die nächsten Tage. Mit deinem anderen Proviant zusammen dürfte es reichen." Geräuschvoll stellte er seinen Becher auf den Tisch und holte einen Bund getrockneter Minze von der Decke. Lilli nahm ihm die Kräuter aus der Hand und stieß ihn sanft zur Seite.

„Lass mich das machen."

Nach dem Frühstück zeigte ihr Farid, wie man einen Vogel rupfte. Sie saßen unter einem blankgeputzten Himmel auf dem Platz vor der Hütte nebeneinander, jeder ein Huhn auf dem Schoß. Es kostete Lilli Überwindung, dem toten Tier die Federn auszureißen, und er lachte sie aus.

„Eine Frau, die zwei Kinder auf einmal zur Welt gebracht hat, wird ja wohl ein Steinhuhn rupfen und ausnehmen können. Einen Supermarkt habe ich auf die Schnelle leider nicht finden können", feixte er. Sie griff etwas beherzter zu.

„Du kannst heute Abend, wenn es dunkel ist, den Kamin befeuern und die Vögel kochen. Oder du nimmst den Kocher, wie es dir lieber ist."

„Brauchst du ihn nicht?" Lilli warf ihm einen Blick von der Seite zu. Er schüttelte den Kopf.

„Ich laufe nach Oberstdorf und fahre von dort aus nach München. Da gibt es andere Möglichkeiten, sich satt zu essen."

So weit fort musste er. Sie starrte auf das zunehmend kahler werdende Huhn in ihrem Schoß. Dann betrachtete sie ihn argwöhnisch. „Wie willst du morgen schon in München sein? Ich bin von Oberstdorf bis hierher drei Tage gelaufen."

Er musste grinsen. „Es könnte daran liegen, dass ich schneller laufe als du. In Oberstdorf steht mein Auto. Bis Mittag dürfte ich dort sein."

Diese Worte bewirkten, dass Lilli aus einer Parallelwelt auftauchte in die wirkliche, reale. Natürlich, wieso sollte er nicht Auto fahren? Jeder fuhr Auto. Nur passte diese Vorstellung überhaupt nicht in das Szenario der letzten Tage, in diese ursprüngliche Welt und Wildheit des Gebirges. Wo sie die Tageszeit nicht nach der Uhr, sondern nach dem Stand der Sonne maßen. Wo man sich abends nicht in ein weiches Bett legte, sondern auf ein Lager, das aus einer Matte und einer Decke bestand. Wo man Vögel rupfte, um sie zu kochen und satt zu werden, anstatt mit einem Einkaufswagen die Gänge eines prallgefüllten Supermarktes abzulaufen und Waren aus dem Regal zu nehmen.

„Lilli", begann Farid plötzlich ernst und legte das fertige Huhn zur Seite. Sie sah ihn abwartend an, die Hände auf dem Vogel ruhend. „Ich werde im Laufe des Donnerstages zurückkehren. Ich muss aber sofort weiter, wenn ich mich umgezogen habe und werde nicht viel Zeit haben. Wenn alles wie geplant läuft, werde ich Freitag wieder nach Tadamun kommen. Für den Fall aber, dass etwas schief geht", dabei betrachtete er sehr interessiert das Huhn auf Lillis Schoß, „solltest du wissen, was du tun musst."

Sie öffnete den Mund, doch er kam ihr zuvor. „Mein Leben ist nicht ohne Risiko, es gehört dazu wie mein tägliches Essen, Lilli."

Sie nickte und klappte den Mund wieder zu.

„Falls ich also Freitag bis zum Abend nicht zurück sein werde, dann möchte ich, dass du von hier fortgehst. Du nimmst denselben Weg nach Oberstdorf, den du hergelaufen bist. Da wird dich niemand suchen. Ich gebe dir eine Adresse und eine Telefonnummer. Dort rufst du an."

Lilli konnte nichts sagen. Sie wollte das alles nicht hören.

„Du nimmst auf jeden Fall ein öffentliches Telefon, hörst du?", sprach Farid eindringlich weiter. „Kein Handy, es ist sicherer so."

„Wen soll ich denn anrufen?", fragte sie mit enger Kehle.

„Der Mann heißt Yassin. Ihn treffe ich morgen. Ich vertraue ihm. Du sagst ihm, dass ich nicht zurückgekommen bin. Er wird dir helfen und dich nach Hause bringen."

Ich will aber, dass du zurückkommst, wollte sie schreien.

Farid fuhr fort. „Du sagst am Telefon, du hast den Mondstein. Dann wird er wissen, wer du bist und mit dir etwas verabreden. Falls er einen Namen möchte, sag ihm, Farid el Hakim schickt dich."

Farid el Hakim. Ihr Verstand drehte und betrachtete diesen Namen von allen Seiten.

„Bist du Arzt?" Diese Frage rutschte ihr heraus, bevor sie es verhindern konnte.

„Nicht wirklich", gab er zurück. „Es ist eine Art Deckname. Im Kreis der Sieben bin ich der Hakim, da ich einige Semester Medizin studiert habe und mich ganz gut auskenne, wenn es um Verletzungen geht."

Lilli nickte. Ihr schwirrte der Kopf. Es waren nicht nur all diese Dinge, die sie erfahren hatte. All das setzte auch voraus, dass er nicht wiederkommen würde. Dass er …

Farid nahm das unvollendete Huhn von ihrem Schoß und rupfte es mit wenigen Handgriffen fertig. Dann stand er auf und entfernte sich mit beiden Vögeln von der Hütte, schlitzte sie mit seinem Messer auf und entnahm die Innereien. Er warf sie weit fort – Tiere würden sich darüber freuen. Als er mit blutigen Händen an ihr vorüberlief, um das Fleisch zu waschen, war Lilli aufgestanden und folgte ihm mit den Augen.

Farid presste die Zähne aufeinander, dass es schmerzte. Was sollte er ihr sagen? Dass er nicht fortgehen wollte? Dass er das Gefühl hatte, zu Hause zu sein, hier in Tadamun, seit sie bei ihm war? Es fühlte sich so richtig an. Irgendwie.

Er hielt das Fleisch unter das fließende Wasser. Alles hatte sich verändert. Seit Jahren hatte er nicht darüber nachgedacht, dass er sterben könnte. Weil er wusste, dass er sterben würde. Jetzt aber wollte er leben. Nur konnte er nicht mehr zurück. Zu viele Menschenleben hingen von ihm ab. Er sollte sich auf den Weg machen, bevor er schwach wurde. Er hatte den Ausdruck in ihren Augen gesehen. Sie war traurig, hatte Angst. Natürlich. Wer hätte keine Angst in dieser Lage?

Er nahm die Vögel und lief zum Haus. Sie stand an einen nahen Felsen gelehnt und hatte die Hände flach auf dem Stein liegen, als würde sie Halt suchen. Ihre Augen lagen auf seinem Gesicht. Sie wusste, dass er jetzt gehen würde.

Mit geschickten Fingern knüpfte er die Hühner an den Beinen zusammen und hängte sie außerhalb der Hütte in den Schatten. Dann verschwand er im Haus, zog seine Stiefel und die graue Kleidung aus. Dem verborgenen Fach entnahm er ein Bündel Klamotten und legte die Uniform und die Stiefel dafür hinein. Lilli stand am Eingang und beobachtete, wie er in die olivfarbene Hose schlüpfte, die er damals getragen hatte, als sie sich das erste Mal trafen. Dann streifte er ein schwarzes T-Shirt über. Als er seine Wanderschuhe zugeschnürt hatte, packte er seinen Rucksack. Sie achtete nicht darauf, was er hineinsteckte. Sie sah nur ihn, das Spiel seiner sehnigen Muskeln, die Bewegungen der schwarzen Tattoos auf seinem Arm, das Amulett, das so nah an seinem Herzen lag.

„Der Mondstein", sagte sie mehr zu sich selbst, aber er hatte sie gehört.

„Ja", nickte er, als er auf sie zutrat. „Das ist ein Mondstein."

„Hat er eine Bedeutung?" Sie betrachtete den milchig weißen Stein, der etwa so groß war wie ein Daumennagel und leicht bläulich schimmerte.

„Ja, das hat er. Er ist mein Geburtsstein. Ich erzähle dir davon, wenn ich wieder zurück bin."

„Okay." Sie hoffte, dass es dazu kommen würde. Er schwang sich den kleinen Rucksack auf den Rücken, griff nach einem Zettel, der auf dem Tisch lag und reichte ihn ihr.

„Der sollte nicht in die falschen Hände geraten. Am besten wäre es, du würdest die Nummer auswendig lernen und das Papier verbrennen." Lilli nickte gehorsam.

„Kein Feuer über Tag, Lilli, weder in noch außerhalb der Hütte. Bei Dunkelheit den Kamin anzünden ist in

Ordnung. Du sollst nicht frieren und man weiß nie, wie schnell sich das Wetter hier oben ändert."

Wieder nickte sie und folgte ihm nach draußen. Er legte ihr eine Hand auf die Wange.

„Allah sei mit dir." Als er sich zum Gehen wenden wollte, sagte Lilli: „Ich will, dass du wiederkommst, Farid el Hakim!" Seine anthrazitfarbenen Augen ruhten für einen Moment auf ihren blauen. Er trat dicht an sie heran.

„Ich werde wiederkommen. Ich verspreche es dir."

Dann beugte er sich zu ihr hinunter und berührte mit seinen Lippen ihren Mund, sanft wie der Flügelschlag eines Schmetterlings. Bevor sie richtig verstand, was geschehen war, war er verschwunden. Sie schloss die Augen, auf ihren Lippen noch die Erinnerung dieses zarten Kusses. In der Luft, die sie umgab, der leichte Duft von Minze. Sie hätte schreien mögen. Geh nicht! Bleib bei mir! Küss mich und höre niemals damit auf!

Sie wusste nicht, wie lange sie dort gestanden hatte. Irgendwann ging sie langsam zur Hütte zurück. Nach Tadamun. Mit sich, ihren Gedanken und ihren Ängsten, zu denen sich nun auch die Sorge um Farid gesellte.

KAPITEL 7

Das große Fastfood-Restaurant im Münchner Hauptbahnhof war voll von Menschen, die sich essend und lärmend um die Tische tummelten.

Ein großer, schlanker Mann lief durch die Reihen und sah sich suchend um. Er war dunkelhaarig und glattrasiert und trug zu seiner schwarzen Jeans ein dunkelgrünes T-Shirt. In den Händen trug er ein Tablett, beladen mit Kaffee und verschiedenen Burgern. Als seine Augen am Rande des Raumes entdeckten, wen er gesucht hatte, bahnte er sich seinen Weg dorthin und setzte sich schließlich zu einem Mann, der bereits einen großen Becher in den Händen hielt. Er war von eher kleiner Statur, trug einen dunkelblonden, sauber gestutzten Bart und war in Jeans und Hemd gekleidet. Auf der Nase hatte er eine schwarzgerahmte runde Brille. Er sah den Ankommenden aus hellbraunen Augen erfreut an und streckte ihm eine Hand entgegen.

Kurze Zeit später stand neben ihnen das leergegessene Tablett, in den Händen hielten beide ihren Kaffeebecher. Ein Brettspiel lag zwischen ihnen, und während sie abwechselnd würfelten und runde Spielsteine in Weiß oder Schwarz verschoben, unterhielten sie sich leise, lachten hin und wieder und schienen sich zu amüsieren. Niemandem fiel auf, dass jeder von ihnen sich von Zeit zu Zeit verstohlen umblickte.

„Wann treffen wir uns am Montag und wo?", fragte Yassin leise und legte seine Brille auf den Tisch, bevor er würfelte. Während er scheinbar überlegte und seine schwarzen Figuren betrachtete, nahm Farid die Würfel in die linke Hand. Mit der Rechten nahm er den Kugelschreiber, der vor ihm lag und skizzierte etwas auf eine

160

billige, weiße Serviette, die er vom Tablett genommen hatte.

„16 Uhr, Starnberger See, am Wasserpark. Dies ist der hintere der Parkplätze. Hier", er tippte mit der Spitze des Kulis auf einen Punkt, „befindet sich eine Reihe von Parkbuchten, direkt an einer Hecke, etwas abseits gelegen. Dort treffen wir uns." Sein Gesichtsausdruck war betont ausdruckslos, während er sprach. Yassin warf einen flüchtigen Blick auf die Skizze und nickte unmerklich. „Gut", meinte er dann. „Es sind Ferien, wir werden nicht auffallen." Er bewegte endlich zwei schwarze Steine auf dem Spielfeld und Farid würfelte. Er lachte und zögerte nicht lange, bevor er seine Figuren bewegte. Dann griff er nach der Serviette und zupfte sie in winzige Stücke.

„Wer kommt außer dir? Oder bist du alleine?" Yassin nahm einen Schluck Kaffee und sah sich nach einer lauten Gruppe Jugendlicher um, die eben das Lokal betraten.

„Wenn es läuft, wie ich es vorgesehen habe, wird Kalil bei mir sein."

„Der Rothaarige?"

Farid nickte. Yassin kannte jeden Einzelnen des Kreises der Sieben.

„Sei nur vorsichtig, mein Freund", warnte er Farid jetzt und seine Stimme klang besorgt. „Irgendwann werden sie wissen, wo sie die Lücke suchen müssen. Und dann hast du ein Problem." Er warf die Würfel.

„Ich habe bereits ein Problem", murmelte Farid und trank ebenfalls einen Schluck. Sein Begleiter sah ihn fragend an und starrte dann auf das Spielbrett.

„Eine Frau ist bei mir im Versteck. Abdal hat Scheiße gebaut und dafür schon mit dem Leben bezahlt. Jetzt wird sie von den Sieben gesucht und ich schütze sie vor ihnen."

„Wow!", machte Yassin entgeistert und sah ihn für einen Moment entsetzt an, bevor er sich wieder unter Kontrolle hatte. „Verdammt! Und jetzt?"

Farid rieb sich die Nasenwurzel und seufzte. „Ich lasse sie erst mal dort, bis es vorüber ist. Das wird für alle am besten sein. Falls etwas daneben gehen sollte, wird sie sich bei dir melden."

Der bärtige Mann nickte ergeben. „Ist in Ordnung. Wie romantisch, die Beschützte wird zur Botin deines Schicksals." Er grinste schief.

Von dieser Seite hatte Farid es noch gar nicht betrachtet. Yassin hatte Recht. So würde er gleich wissen, dass etwas Unvorhergesehenes geschehen war. Farid trank den restlichen Kaffee aus und begann, die Spielfiguren zusammenzuschieben. Er hatte vor Stunden beschlossen, nicht zu fragen. Jetzt tat er es trotzdem.

„Warst du in Berlin?"

Yassin nickte. „Es scheint ihr etwas besser zu gehen. Ich habe sie mit deiner Schwester im Park spazieren sehen."

„Und Esmée?" Wie immer, wenn er an seine Schwester dachte, durchströmte ihn ein Gefühl von Trauer, Schuld und Ohnmacht. Seine wunderschöne, temperamentvolle Schwester, die ein besseres Leben verdient hatte als das, das sie nun führte. Wut kroch langsam ihn ihm empor und breitete sich aus wie ein Nebel, der jede noch so verborgene Stelle erreichte. Wie so oft, wenn ihm bewusst wurde, was aus seiner Familie geworden war.

„Es ist nicht einfach für deine Schwester", erzählte Yassin und seine Stimme wurde ungewohnt weich. „Sie arbeitet viel und kümmert sich trotzdem Tag und Nacht um eure Mutter. Aber sie ist stark." Er griff nach seiner Brille und putzte die Gläser mit dem Stoff seines Hemdes.

Farid verzog das Gesicht.

„Du wolltest es wissen, mein Freund", bemerkte Yassin ernst und setzte die runden Gläser wieder auf. „Und ich bin immer nur in deinem Auftrag in Berlin, um nach ihnen zu sehen."

„Ich weiß", sagte Farid gequält. „Ich will es ja auch so, weil ich wissen muss, wie es ihnen geht. Ich denke nur in der letzten Zeit zu viel nach."

Yassin musterte ihn prüfend. „Setz die Sache nicht aufs Spiel, Hakim", bat er ihn stirnrunzelnd und legte ihm eine Hand auf den Arm. Farid schüttelte den Kopf.

„Keine Sorge. Hast du die Adresse der Werkstatt?"

Yassin nannte eine Adresse am Rande der Münchner Innenstadt und schob einen Schlüssel über den Tisch. Farid ergriff ihn und steckte ihn in seine Jeans.

„In Ordnung. Nach der Übergabe werden John und Matt sich dort einfinden und zu basteln anfangen. Ist es ausreichend Material?"

Yassin nickte kurz.

„Gut", meinte Farid. „Vor Mittwochabend werden sie nicht fertig sein. Bis dahin werden sie im Haus bleiben."

„Und du?", wollte der andere wissen.

„Ich bin in Oberstdorf in meiner Wohnung und überarbeite die Pläne, die ich jetzt gleich aus dem Netz hole." Dann lehnte sich Farid zu ihm über den Tisch.

„Wann ist der Zugriff des SEK geplant?", fragte er kaum hörbar und hatte eine Hand vor den Mund gelegt.

„Voraussichtlich Dienstagfrüh. Ich treffe mich jetzt mit dem Einsatzleiter", gab Yassin ebenso leise zurück und warf einen Blick auf seine Uhr. „Sieh zu, dass du nicht vor Ort bist. Wir möchten dich nicht verlieren." Sie sahen sich an und begannen einzupacken.

„Wir bewegen uns auf einem sehr schmalen Grat", raunte Yassin.

„Das ist mir durchaus bewusst. Und es gibt in meinem Leben niemanden, dem ich so vertraue wie dir. Ein Wort von dir und ich bin tot."

Yassin sah ihn lange und ernst an. Dann nickte er bedächtig. „Ich weiß. Und dasselbe gilt umgekehrt. In einer Welt wie der unseren, in der es nichts gibt außer Misstrauen und Gewalt, fällt das nicht leicht. Und doch tut es gut, zu wissen, dass es noch so etwas wie Vertrauen gibt, neben allem anderen."

Sie liefen zusammen vor das Bahnhofsgelände. Dann umarmten sie sich kurz und trennten sich. Während Yassin sich beeilen musste, um rechtzeitig zu einer Besprechung des Spezialeinsatzkommandos von München zu kommen, suchte Farid das Internetcafé am Bahnhofsplatz auf und setzte sich, soweit abseits des Trubels wie möglich, an einen freien Rechner.

Einige Stunden später saß er wieder im Wagen. Den Computerausdruck von mehreren Seiten hatte er im Zwischenraum der Beifahrertür versteckt. Der Verkehr floss reibungslos und die Anspannung der letzten Stunden begann langsam von ihm abzufallen. Die Nacht brach bereits herein. Er war hundemüde und hätte sich gerne zwei oder drei Stunden auf einen Parkplatz gestellt und die Augen geschlossen. In Oberstdorf würde er sich ein paar Stunden aufs Ohr legen, bevor er wieder ins Gebirge lief.

Der Kuss. Schon wieder dachte er an ihren Mund. So warm. So weich. Und daran, wie sie ihn angesehen hatte mit den sanften, blauen Augen. Augen voller Versprechen, als sie ihn gebeten hatte, zu ihr zurückzukehren. Er wagte kaum, darüber nachzudenken. Dinge, die unmöglich waren, sollte man sich nicht zu deutlich ausmalen. Und doch ertappte er sich immer wieder dabei. Zu ihr zurückkehren war das einzige, was er wollte. Sie hatte eine Sehnsucht in ihm geweckt. Nach etwas, das er vor langer Zeit gekannt hatte. Das, was jeder Mensch brauchte und niemals aufgeben sollte. Sie hatte ihm gezeigt, wie schön es war, nicht alleine zu sein. Vielleicht war es von ihr nicht beabsichtigt, doch sie gab ihm die Geborgenheit, nach der er sich schon so lange sehnte. Im Verborgenen.

Er begann, diesen Weg voller Einsamkeit, den er selbst gewählt hatte, in Frage zu stellen. Das Opfer war groß. Er sah Lilli vor sich, ihre Haare wie glänzende Seide auf den Schultern, voller Vertrauen, das er nicht verdiente. Wie leicht konnte sie durch ihn in ernste Gefahr geraten. Konnte? Nein. Er fluchte laut. Sie war in Gefahr und deswegen musste er so schnell wie möglich wieder nach Tadamun. Und doch würde sein erster Weg zum Kreis der Sieben sein. Yassin hatte Recht. Er durfte kein Risiko eingehen. Nächste Woche wurde es ernst. Wäre er vernünftig, würde er sie auf der Stelle fortbringen von hier. Doch egal, wie er es drehte, die Zeit würde nicht mehr reichen.

Und was kam danach? Nein, rief er sich zur Ordnung. Er hatte in ihrem Leben nichts verloren. Sie hatte Familie. Kinder. Freunde. Sie machte gerade eine schreckliche Zeit durch, aber sie würde es schaffen. Die Liebe zu ihren Kindern machte sie stark. Sie war eine Kämpferin. Sie war die Löwin und nicht das Lamm. Vielleicht wusste sie das nur noch nicht.

Es war ein sonderbares Gefühl, so alleine zu sein an diesem Ort, der sich anfühlte, als läge er irgendwo am Rande der Welt. Einsam und vergessen. Die einzigen Geräusche, die Lilli tagsüber hörte, waren das Fiepen der Murmeltiere, die es hier zuhauf geben musste und hin und wieder der Ruf des Adlers. Ein Murmeltier hatte sie immer noch nicht gesehen, doch den Adler sah sie über sich seine Kreise ziehen. Der große, dunkelbraun gefiederte Vogel segelte majestätisch über die Berghänge und schien jede Bewegung wahrzunehmen, die sich in seinem Umfeld abspielte.

Lilli saß nicht weit von der Hütte an den großen Stein gelehnt, den die Gewalten der Natur über Jahrtausende rundgeschliffen hatten, den Kopf in den Nacken gelegt und beobachtete ihn. Stolz sprach aus jeder anmutigen Bewegung des Tieres, als wäre es sich seiner königlichen Erscheinung bewusst.

Als der Adler verschwunden war, kam die Stille zurück. Während der vorigen Nacht, der ersten, die sie alleine in Tadamun verbracht hatte, war ihr diese tiefschwarze Stille bedrohlich erschienen. Lange hatte sie wachgelegen und auf jedes Geräusch gehört, das die vollkommene Ruhe gestört hatte. Und jedes Mal war sie zusammengezuckt aus Angst, jemand würde außerhalb des Hauses herumschleichen. Doch irgendwann, der Tag hatte schon silbergraue Dämmerung vorausgeschickt, war sie eingeschlafen und erst aufgewacht, als die Sonne schon weit oben am Himmel stand.

Nun, da sich die Gespenster der Nacht in Nichts aufgelöst hatten, war ihr die Einsamkeit willkommen. Es war zugegebenermaßen nicht ganz das Gleiche, als wäre sie auf der Almhütte des Ferienhofes geblieben. Allein die Umstände waren recht, nun ja, speziell. Aber es gab

166

hier andere Dinge, die sie zu schätzen wusste. Er würde wiederkommen. Farid, dessen Kuss immer noch auf ihren Lippen brannte, obwohl er sie kaum berührt hatte. Sie strich mit den Fingerkuppen leicht über ihren Mund und lächelte. „Farid", sagte sie und horchte dem Klang seines Namens nach. Morgen Nachmittag würde sie ihn wiedersehen. Und er würde sofort wieder gehen müssen.

Was war mit ihr passiert? Seit sie sechzehn Jahre alt gewesen war, hatte sie ein und denselben Mann geliebt und sich niemals vorstellen können, dass in ihrem Leben ein anderer als dieser eine Rolle spielen würde. Doch nun war da dieser Fremde, der ihr in kurzer Zeit so vertraut war, als würde sie ihn seit langem kennen. Dabei umgaben ihn Geheimnisse, von denen sie nichts wusste. Die ihm Schatten übers Gesicht jagten, wenn er nicht ahnte, dass sie ihn beobachtete. Vielleicht war es besser, wenn sie die Gründe dafür niemals erfuhr. Und doch war ihr egal, was es war. Es würde nichts daran ändern, dass ihr Herz schneller zu klopfen begann, sobald sie an ihn dachte.

Alles an diesem Ort erinnerte sie an ihn. Die Kräuter, die er zum Trocknen aufgehängt hatte und deren Aroma, das die Nase kitzelte, sobald man den Raum betrat. Das Holz, das er säuberlich gestapelt hatte. Die erlegten Hühner, die sie noch gestern in leicht gesalzenem Wasser gekocht hatte. Sogar der Platz vor der Tür, den er beide Male als Schlafplatz gewählt hatte, fiel ihr durch seine Leere auf.

Doch es gab auch anderes, das diesen Ort für sie so unerwartet wertvoll machte. Sie spürte, dass mit ihr etwas geschah. Es schien eine Energie zu geben, die sich auf sie übertrug und sie anspornte, aktiv zu sein. Sie brauchte einen Neuanfang in ihrem Leben und musste hinter sich lassen, was sie seit Jahren daran hinderte, so zu leben, wie sie es sich einst ausgemalt hatte. Sie würde von der Stadt wegziehen. Vielleicht irgendwo aufs Land, in eine kleine Wohnung. Sie brauchte nicht viel, und für die Mädchen wäre es auf dem Land sicher auch schöner. Freiheit, Luft zum Atmen, Natur. Sie selbst würde sich bewerben auf freie Stellen, auch wenn es keine Traumjobs wären. Sie würde, sobald sie aus dieser grotesken Situation heraus käme, ihre Eltern besuchen. Dort war etwas gut zu machen, und Lilli konnte den Augenblick kaum erwarten, sie in die Arme zu schließen. Sie würde sie um Verzeihung bitten für den Kummer, den sie ihnen gemacht hatte. Ach, was hatte sie alles vor!

Und welche Rolle würde er dabei spielen? Sie passte definitiv nicht in sein Leben, also sollte sie nicht erhoffen, was nicht sein konnte. Was sollte ein Mann wie er mit einer Frau wie ihr? Mit zwei Kindern. Sie schluckte. Die Vorstellung war verlockend. Der Kuss. Eine Hoffnung, so zerbrechlich sie auch war.

Lilli trank den letzten Rest des kalten Kaffees aus und ging zum Wasser, um den Becher zu spülen. Am Himmel war keine Wolke zu sehen und die Sonne brannte ungewohnt heiß für Ende August. Sie hielt ihre Arme unter das kalte Wasser und benetzte sich das Gesicht. Dann sah sie nach der Kleidung, die sie gestern gewaschen und zum Trocknen hingelegt hatte. Darunter war auch Farids graue Uniform.

Sie hatte das geheime Fach geöffnet und sich einen Überblick verschafft, was dort an brauchbaren Dingen zu finden war. Dabei hatte sie außer den fünf kleinen Gaskartuschen auch Kerzen gefunden, Streichhölzer, verschiedene Konserven mit Fleisch, Fisch und Eintöpfen und diverses Werkzeug. Außerdem waren dort die grauen Klamotten gewesen, einige T-Shirts neben einer dunklen Jeans, einem Fleecepulli und einer dicken Bergjacke.

Zu guter Letzt hatte sie ein kleines Gerät entdeckt, von dem sie nicht genau wusste, was es war. Sie tippte auf einen Generator, da zwei Kanister voller Benzin danebenstanden. Bis auf die Kleidung hatte sie alles wieder in das Versteck geräumt. Dann hatte sie sich vor das Haus gesetzt und die Stoffe nach Rissen untersucht. Aber – und das überraschte sie keineswegs – sie fand nichts, was sie hätte ausbessern können und hatte daher alles Getragene zum Wasserfall gebracht und gewaschen. Sie hoffte, es würde ihm recht sein. So hatte sie das Gefühl, sie konnte etwas für ihn tun und gleichzeitig ihre Hände beschäftigen.

Nachdem sie die getrockneten Sachen weggeräumt hatte, fiel ihr Blick auf das Tagebuch. Sie musste schmunzeln bei der Erinnerung, dass sie, einer Inquisitorin gleich, die beschriebenen Blätter dem Feuer übergeben hatte. Es hatte ihrem Schmerz Erleichterung verschafft und dafür gesorgt, dass der Ärger über Wolli, vor allem aber die Wut auf sich selbst, nicht mehr ganz so schwer wog. Alles war noch da, würde es wohl auch bleiben, da es ein Teil von ihr und ihrem Leben war. Aber sie konnte einen Haken daran machen und es hinter sich lassen. Vor allem dann, wenn sie ihre Kinder wieder bei sich hatte.

Nun nahm sie das Buch mit nach draußen in die Sonne und schlug die letzte Seite auf. Ihre schöne Minerva blickte ihr entgegen. Ein leicht entrückter Ausdruck auf dem Gesicht, als käme sie eben aus einer anderen Welt und wollte von Dingen erzählen, die man hier nicht einmal erahnte. Von Geheimnissen und Magie.

Ein viel zu lang verborgener Wunsch meldete sich zu Wort. Die Sehnsucht nach einer Leidenschaft, die sie einst verspürt und die sie so sehr ausgefüllt hatte, dass sie manchmal zu platzen glaubte. Wie hatte sie es geliebt, mit ihren Händen den Stein zu berühren, zu liebkosen, zu formen mit Hilfe von Werkzeugen. In ihrer Erinnerung entstanden Bilder von Dingen, die sie selbst schon erschaffen hatte. Sie wusste, alles war noch da, sie würde es auch heute noch können. Sie musste es nur wiederfinden. In sich selbst.

Lilli schlug das Buch zu und brachte es ins Haus zurück. Im Kamin legte sie Holzscheite zurecht, die sie später nur würde anzünden müssen, um ein behagliches Feuer zu entfachen. Dann begann sie, auf dem Tisch, der mittlerweile wieder frei und als Tisch nutzbar war, Mehl und Salz miteinander zu vermischen. Von den Kräutern an der Decke zupfte sie kleine Zweige ab und zerbröselte sie über dem Gemisch. In dem Regal, das sie provisorisch mit Hilfe der Werkzeuge aus verschiedenen Ästen zusammengeschreinert hatte, suchte sie nach brauchbaren Dingen und griff nach Speck und Käse. Sie würfelte beides mit ihrem Taschenmesser. Mit Wasser knetete sie die Mischung zu einem geschmeidigen Teig, teilte ihn schließlich in zwei Portionen und gab den Käse zum einen, den Speck zum anderen Teil dazu. Bald darauf hatte sie zwei große, flache Fladen geformt und ließ sie ruhen, bis sie sie später auf dem Kaminrost backen würde. Sie hatte keine Ahnung, ob es funktionierte, aber es schien ihr zumindest eine sinnvolle Beschäftigung.

Als sie aufgeräumt und alles gesäubert hatte, steckte sie ihr Taschenmesser in die Jeans und ging nach draußen. Sie entfernte sich nicht allzu weit von der Hütte und schaute sich immer wieder aufmerksam nach allen Seiten um, soweit sie blicken konnte. Es gefiel ihr, sich zwischen den Felsen zu bewegen, zu klettern und Hindernissen auszuweichen. Vor ein paar Tagen – sie hatte irgendwann zu zählen aufgehört – war sie schwerfällig auf den Wegen gelaufen, weit entfernt von Leichtfüßigkeit. Jetzt aber hatte sie den Eindruck, dass ihr Körper sich verändert hatte. Sie bewegte sich gewandter, sicherer. Er gehorchte ihr. Sie war nie gertenschlank gewesen, so wie Britt, die sie früher manchmal deswegen beneidet hatte. Und nach den Kindern hatte sich ihre Figur zudem verändert. Und doch gefiel sie sich plötzlich besser. Vielleicht lag es auch an ihrer Haut, die einen leichten Bronzeton angenommen hatte, nachdem die Überbleibsel des Sonnenbrandes verschwunden waren.

Zwischen zwei Felsen, die sie um Manneshöhe überragten, blieb sie stehen und sah in die Täler hinunter, die in verschiedenen Richtungen lagen. Heute wusste sie, in welchem von ihnen der Bernauer Hof war. Sie war sich sicher, dass sie nur drei oder vier Stunden brauchen würde, um zu Josefa zu kommen. Beim ersten Mal war sie sicher sechs Stunden gelaufen. Lilli drehte sich nach dem mächtigen Gebirgszug um, über den sie mit Farid gekommen war. Es war ein langer Umweg gewesen, den sie beide gemacht hatten. Aber dort hatte sie ganz sicher kein Mensch vermutet.

Hätte mir jemand vor ein paar Wochen erzählt, dass ich da hinüber müsste, ich hätte ihn für verrückt erklärt und ausgelacht, dachte sie gutgelaunt. Sie wandte sich zum Gehen, als sie stolperte und sich mit den Händen abfing. Ein Stück eines alten Baumes oder Astes lag vor ihren Füßen. Sie wollte schon weitergehen, als sie plötzlich eine Idee hatte und sich nach dem Holzstück bückte. In der Größe einer Konservendose würde es sich sicher bearbeiten lassen. Sie hatte an diesem Ort nicht die Möglichkeit, Stein zu bearbeiten, aber warum sollte sie es nicht einmal mit Holz versuchen?

Das Taschenmesser in ihrer Hosentasche fühlte sich verheißungsvoll an, und Lilli sprang voller Vorfreude über Felsen und Gestrüpp zum Holzhaus zurück. Sie würde sich zu beschäftigen wissen bis morgen Nachmittag.

Farid stand auf dem Bergkamm. Bevor er die Umgebung wie gewohnt nach Menschen absuchte, sah er nach Tadamun, dem Ort, an den er so oft gedacht hatte in den letzten Tagen. Es regte sich nichts, was ihn gleichermaßen beruhigte wie auch besorgte. Er hoffte, es war alles wie es sein sollte.

Erst jetzt ließ er seinen Blick aufmerksam über das Gelände schweifen. Er würde jede Bewegung oder Veränderung wahrnehmen. Die vergangenen Jahre hatten ihn zum Experten gemacht. Schließlich lief er im Laufschritt den steilen Abhang hinab und versuchte, nicht darüber nachzudenken, dass er keine zehn Minuten Zeit hatte, bevor er weiterziehen musste. Es dauerte nicht lange, bis er sich durch das unwegsame Areal durchgearbeitet hatte und nun hinter einem Felsen verborgen die Hütte in Augenschein nahm. Von Lilli hatte er bisher noch nichts gesehen, doch die Tür zum Haus stand auf und er vermutete sie drinnen.

Kurz vor dem Eingang rief er sie leise.

„Lilli!"

Dann trat er ein. Sie war nicht hier und alarmiert sah er sich um. Nichts deutete darauf hin, dass sie Hals über Kopf hatte fliehen müssen, alles war ordentlich. Er entdeckte in einer Ecke des Raumes ein kleines Regal, geschickt zusammengebaut aus vier Ästen als Eckbalken und flachen Holzscheiten als Ablageflächen. Anstatt die einzelnen Teile mit Hammer und Nagel miteinander zu verbinden, die im Versteck lagen, hatte Lilli Kordel benutzt. Im Regal waren die Vorräte gestapelt und auf dem Tisch lag etwas, abgedeckt mit einem Tuch. Er hob einen Zipfel des Stoffes an und sah zwei flache Brote darunter liegen, die so herrlich dufteten, dass sein Magen auf der Stelle zu knurren anfing. Außerdem standen zwei aus Holz geschnitzte Becher daneben. Er nahm einen davon in die Hand und betrachtete ihn von allen Seiten. Ein Kunstwerk, von ihrer Hand gemacht.

Völlig unerwartet spürte er plötzlich einen heißen Knoten in der Magengegend, der Wärme in jeden Winkel seines Körpers schickte. Er gönnte sich für einen winzigen Moment die Vorstellung, dass sein Leben so aussehen könnte, hätte er nicht ein anderes gewählt. Heimkommen. Es fühlte sich unbeschreiblich schön an und war zumindest für den Augenblick wahr.

Mit einer ungeduldigen Geste wischte er diese Vision weg. Dafür war jetzt keine Zeit. Wo war Lilli?

Er trat vor die Hütte und achtete auf jede Regung seines Umfeldes. Nichts. Neben der Feuerstelle, die zum letzten Mal gebrannt hatte, als sie zum ersten Mal zusammengetroffen waren, fand er kleine Holzraspel, die beim Schnitzen heruntergefallen waren.

Farid lief zur Hütte zurück, riss sich seine Klamotten vom Leib und öffnete das Fach. Als er seine graue Uniform gewaschen vorfand, schüttelte er ungläubig den Kopf. Schnell schlüpfte er hinein und band sich den Gürtel um die Hüfte, bevor er in die schwarzen Stiefel stieg.

„Hallo Farid", erklang ihre Stimme von der Tür. Als wäre es die natürlichste Sache der Welt stand sie dort, gekleidet in Top und Shorts, barfuß. In den Händen hielt sie ein großes Stück einer alten Baumwurzel. Ihre Augen sahen ihn in einer Intensität an, die sein Herz zum Stolpern brachte.

„Lilli!" Mit einem Schritt stand er vor ihr und packte sie bei den Schultern. „Meine Güte, ich wollte dich gerade suchen!"

„Es ist alles gut." Sie lächelte, in ihren Augen glänzte Freude. Wie schön sie war. Wie gut sie hierher passte. Wie gut sie zu ihm passte.

„Ich habe den ganzen Tag schon auf dich gewartet und war nur kurz weg, um diese Wurzel hier zu holen. Ich habe sie gestern gefunden." Sie hob ihm den Klotz ein Stück entgegen. Er trat zurück. Er war so froh, sie unversehrt vor sich zu sehen, dass er nicht wusste, was er sagen sollte.

„Sieh mal", sie legte das Stück Holz auf dem Boden ab und ging zum Tisch hinüber. Mit den Bechern in der Hand fuhr sie fort: „Ich habe angefangen zu schnitzen. Ich musste irgendetwas tun, sonst wäre ich verrückt geworden." Sie zögerte und fügte hinzu: „Ich bin sehr froh, dass du zurück bist."

Wieso nur musste er sofort wieder gehen? Farid schluckte einen Fluch hinunter und unterdrückte das Bedürfnis, sie an sich zu ziehen und zu küssen.

„Lilli, ich habe nicht viel Zeit", knirschte er stattdessen und steckte vorsichtshalber die Hände in die Hosentaschen. „Es gäbe nichts Schöneres, als mich jetzt mit dir an den Tisch zu setzen und von dem Brot zu essen, das du gebacken hast. Aber …"

„Ich weiß", unterbrach Lilli ihn leise. „Du musst zum Kreis der Sieben. Aber du kommst doch wieder?"

„Morgen, ja." Er war sicher, dass sie in seinen Augen lesen konnte wie in einem Buch und sah schnell zum

Fenster hinaus. Sie einmal berühren. Nur ganz kurz. Sich davon überzeugen, dass es sie tatsächlich gab und sie hier auf ihn wartete. Doch er wagte es nicht, da er nicht wusste, ob er dann noch die Kraft hatte zu gehen.

„Kannst du pfeifen wie ein Murmeltier?", fragte Lilli plötzlich fröhlich und ihre Augen blitzten.

„Wie bitte?" Verblüfft sah er sie an und die Schwermut, die eben noch von ihm Besitz ergreifen wollte, war schlagartig verschwunden.

„Du könntest fiepen wie ein Murmeltier, wenn du auf dem Weg nach hier bist. Dann weiß ich, dass du kommst und bin hier."

„Du solltest dich gar nicht erst entfernen", entgegnete er scharf, musste aber wider Willen lachen.

„Mir passiert schon nichts."

„Bis morgen, Lilli. Und denke daran, was zu tun ist, wenn ich nicht zurückkomme." Sie wurde ernst und nickte.

„Ich weiß es."

Er zögerte. Dann trat er aus der Tür und war verschwunden. Sie starrte auf die Stelle, an der er gestanden hatte. Sie war so froh gewesen, ihn zu sehen, gesund und voller Kraft. Er hatte müde und blass ausgesehen und sie bezweifelte, dass er dort, wohin er jetzt unterwegs war, zur Ruhe kommen würde. Seine Augen hatten ihr verraten, dass er gerne geblieben wäre. Ihr Herz sagte ihr, dass sie ihn mit offenen Armen empfangen hätte. Doch er musste tun, was nötig war und sie hoffte, dass die betonte Fröhlichkeit, die sie gezeigt, aber nicht empfunden hatte, ihm helfen würde. Sie bückte sich nach der mächtigen Wurzel und trug sie hinaus.

Er blickte auf in der Hoffnung, Wolken zu entdecken. Dann sah er auf seine Uhr.

Du lieber Himmel! Würde die Sonne denn niemals so zu brennen aufhören? Außerdem hätte er laut Auskunft der Frau im Dorf schon längst diese Hütte erreichen müssen.

Seine Jeansjacke hatte er sich um die Hüfte gebunden, sein schwarzes T-Shirt mit dem neongrünen Aufdruck klebte ihm am Körper. Er konnte sich riechen und überlegte, weshalb er ein Deo benutzte, das nichts mehr taugte, sobald man wirklich ins Schwitzen kam. Außerdem hätte er alles gegeben für einen Schluck Wasser. Er schluckte schwer bei dem Gedanken daran. Die Berge, so hatte er immer gehört, waren voller Wasserfälle, voller Bachläufe und Quellen, die überall aus den Felsen sprudelten. Jetzt aber, wo er mal hier war, konnte er weit und breit nichts davon sehen. Von Minute zu Minute klebte ihm die Zunge mehr am Gaumen.

Vielleicht hätte er im Dorf doch ein Wasser trinken sollen anstatt der großen Cola. Alles, was sein Körper an Flüssigkeit besessen hatte, war auf seine Kleidung gewechselt.

Er blieb stehen und blickte zurück. Von irgendwo dort unten war er hergekommen. Etwa zwei Stunden, hatte die alte Frau gesagt, würde er brauchen. Ihr Blick hatte kurz seine Schuhe gestreift, dann hatte sie hinzugefügt:

„Seien Sie froh, dass es heute trocken ist, junger Mann. Sonst wäre die Strecke in diesen Schuhen sicher kein Vergnügen."

Mittlerweile war er seit über drei Stunden unterwegs und zu dem Schluss gekommen, dass seine Sneakers auch bei trockenem Wetter kein Vergnügen waren.

Nicht nur, dass er jeden Stein unter den Füßen spürte, auch wenn er noch so klein war. Durch das ständige Bergauf- und Bergabgehen rutschte er außerdem unangenehm auf der Sohle umher. Unterhalb der Knöchel war die Haut deshalb schon wundgerieben. Vielleicht hätte er doch Socken anziehen sollen. Aber er fand Socken nun mal schrecklich uncool zu Sneakers. Und cool zu sein in allen Lebenslagen war sein Markenzeichen, seit er denken konnte.

Er setzte sich für einen Moment auf einen alten Baumstamm und suchte die Gegend nach einer Behausung ab. Er musste sie finden – und das so schnell wie möglich. Jetzt fing sein Magen zu allem Überfluss noch zu knurren an. Schweiß rann ihm von der Stirn in die Augen. Es begann unbequem zu werden. Er wischte sich mit dem Unterarm über die Stirn und erhob sich. Länger rasten war nicht. Er hatte etwas zu erledigen.

„Ich komme, meine Süße. Ich komme und dann wird alles gut", sagte er und stöhnte leise, als er seine schmerzenden Füße bewegte. Wasser, was würde er jetzt für einen Schluck davon geben.

Schritt für Schritt kämpfte er sich den steilen Anstieg hinauf. Dass ihm die Jeansjacke von den Hüften gerutscht war und neben dem Baumstamm einen blauen Farbfleck zwischen all dem Grün, Braun und Grau der Berge hinterließ, bemerkte er nicht.

Wo ist nur diese verdammte Hütte, fluchte er vor sich hin und sank neben dem Weg auf das raue Gras, das überall dort wuchs, wo keine Steine lagen. Ihm war schwindelig und übel. Wieso lief hier denn keiner, den er nach dem Weg fragen konnte? Oder nach einem Schluck Wasser. Ein kleiner Schluck nur, der würde ihm erst mal reichen. Obwohl er das Gefühl hatte, keine Flasche könnte groß genug sein, um seine Gier danach zu stillen. Hunger hatte er schon lange nicht mehr. Der Durst aber höhlte ihn aus und ließ ihn an nichts anderes mehr denken als an Wasser. Noch dazu hatte sein Kopf angefangen zu schmerzen.

Die Sonne war endlich hinter einem Berg verschwunden, was ihm allerdings verdeutlichte, dass sie irgendwann auch vollends untergehen würde. Ein wenig beunruhigte ihn das. Sein Körper brannte. Nicht nur innerlich vor Mangel an Wasser. Auch seine Haut war heiß und trocken. Schweiß hatte er schon lange nicht mehr, auch sein T-Shirt war getrocknet. Er legte sein Gesicht erschöpft auf die Handflächen. Vorsichtig, wegen der Verletzung am Auge. Hatte er Fieber? So heiß war das Gesicht. Vielleicht war es auch ein Sonnenbrand. Außerdem war er müde. Ganz grauenhaft müde. Seine Augenlider waren so schwer, dass sie ihm ständig zufallen wollten und er sich zwingen musste, sie offen zu halten.

Es tut mir leid, dachte er und sah das Gesicht der Frau vor sich, die er um Verzeihung bitten und nach Hause holen wollte. Vielleicht war das eine Art von Buße, die ihm auferlegt wurde für das, was er getan hatte. Die Reue plagte ihn seit Tagen. Sie fraß an ihm. Er hatte es verdient, dass der Weg zu ihr so steinig und beschwerlich war. Er wollte ihr so viel sagen. So schnell wie möglich. Was war er für ein Idiot gewesen! Vielleicht war es noch nicht zu spät. Sie hatte ihn immer geliebt. Sie war die einzige, die ihm immer alles verziehen hatte. Die zu ihm gehalten hatte, jederzeit. Er durfte sie nicht verlieren. Sie war sein Halt in diesem Leben. Nur hatte er das nie wirklich erkannt. Und er hatte sich so oft wie das

178

größte Arschloch der Welt benommen. Als er sie das letzte Mal gesehen hatte …

Plötzlich hörte er etwas und hob den Kopf. Ein Rauschen! Da war Wasser, er hörte es ganz deutlich. Wieso erst jetzt? Es musste die ganze Zeit da gewesen sein. Mühsam stand er auf und hätte beinahe das Gleichgewicht verloren. Er blieb ein paar Sekunden schwankend stehen und blinzelte. Seine Augen fühlten sich an, als wären Sandkörner drinnen und er hatte den Eindruck, dass seine Sicht leicht verschwommen war. Er versuchte sich zu orientieren. Aus welcher Richtung kam das Geräusch?

Dort, hinter dieser Erhebung in etwa dreißig Meter Entfernung, schien tatsächlich Wasser zu fließen. Konzentriert setzte er einen Fuß vor den anderen und lief vom Weg hinunter, die Anhöhe hinauf. Es war nicht mehr weit, und er brauchte es jetzt unbedingt. In seiner Vorstellung schöpfte er das Wasser mit vollen Händen und ließ es durch die ausgedörrte Kehle rinnen. Er hörte ein merkwürdiges, rasselndes Keuchen und sah sich suchend um. Irgendwann entschied er, dass es sein eigenes gewesen sein musste.

Noch ein paar Schritte, dann würde er hinter dem sanften Hügel das rauschende Wasser sehen. Endlich war er oben und – sah ein Geröllfeld vor sich liegen, das wie ein breiter Strom vom Berg zu fließen schien. Er schrie auf vor Zorn.

Das Wasser, es musste darunter versteckt sein. Er meinte immer noch, es zu hören. Das Rauschen in seinen Ohren war noch da. Und er war sicher, er konnte es riechen. Es floss ganz bestimmt unter den Steinen.

Ich schaffe das, ermutigte er sich und bot alle verbliebenen Kräfte auf, um seine Füße zu heben und den Hügel hinab zu gehen. Der erste Stein jedoch, der im Weg lag, brachte ihn zum Straucheln und er fiel der Länge nach in ein raues, struppiges Gebüsch. Wieder sah er das Gesicht der Frau vor sich, die sanften blauen Augen, die ihn so entsetzt und ungläubig angesehen hatten. Er musste sie finden. Er würde sich nur ein wenig ausruhen. Es war so wichtig, was er ihr zu sagen hatte. Er kannte sie schon so lange und hatte es noch niemals gesagt. Auch dann nicht, als sie ihm zwei wunderschöne Kinder geschenkt hatte.

Seine Augen fielen zu. In seinem Mund schien statt seiner Zunge ein Stück trockenes Leder zu sein und er musste einen Würgereiz unterdrücken. Er war so unendlich müde und sein Kopf schien bersten zu wollen. Nur ganz kurz ausruhen. Dann würde sicher auch sein rechter Knöchel nicht mehr so schmerzen.

Dann würde er sie finden und ihr sagen, dass er sie liebte.

KAPITEL 8

Der Bussard schrie. Sie hatten ihn entdeckt. Farid kletterte die letzten Felsen hinauf und wurde von Matt in Empfang genommen.

„Hakim! Du machst den Kreis komplett, alle sind bereits hier."

„Hallo Matt."

„Bringst du gute Nachrichten?" Matt hatte die Augenbrauen gehoben, seine braunen Augen erwartungsvoll auf Farid gerichtet. Der winkte ab.

„Wir reden oben."

Der Ratskreis war voller Männer, als Farid ihn betrat. John nickte ihm zu, während Kalil seine rechte Faust kurz an sein Herz legte und ihn ernst ansah. Hadi erhob sich von seinem Platz und trat auf ihn zu.

„Hakim, ich grüße dich. Wir warten schon voller Spannung auf deinen Bericht." Er winkte nach Tarek.

„Hadi." Farid verneigte sich leicht und setzte sich zur Rechten des Hauptmanns. Als Tarek das Tablett mit Tee und Brot reichte, griffen alle zu und Farid musterte den Fremden, der sich auf die linke Seite von Hadi gesetzt hatte und eine Zigarette in der Hand hielt. Er war mittelgroß, sein Körper wirkte sehnig und wendig. Er trug einen dünnen Oberlippenbart, der dunkel an beiden Seiten des schmalen Mundes hinabführte und sich mit einem mächtigen, spitz zulaufenden Kinnbart vereinte. Das Auffälligste in seinem hageren und sonnengebräunten Gesicht war eine große, gebogene Nase, die an das Gesicht eines Raubvogels denken ließ. Seine Augen, die die Farbe von Bernstein hatten und unter schweren Lidern beinah verborgen lagen, musterten die Männer der Reihe nach mit scharfem Blick. Die Kälte darin und die Züge seines Gesichts ließen keinen Zweifel daran, dass dieser Mann nicht viel von Nächstenliebe hielt und es gewohnt war, Befehle zu geben.

Nach einem kurzen und höflichen Austausch von einigen Worten begann Hadi die Besprechung.

„Sieben sollt ihr sein, so lautet unser Grundsatz. Nun, da Abdal nicht mehr unter uns weilt, habe ich dafür gesorgt, dass sein Platz nicht unbesetzt bleibt. Die Sieben ist uns heilig. Und zu siebt werden wir sein, wenn wir in einer Woche ein Zeichen setzen."

„So soll es sein!", zischte der Neue voller Verachtung und spuckte in die Feuerstelle, bevor er seine Zigarette wieder zwischen die schmalen Lippen schob. Hadi legte ihm die linke Hand auf die Schulter.

„Das ist der Fuchs. Man kennt ihn nur unter diesem Namen. Er war noch bis vor kurzem in einem der Ausbildungslager und hat sich schon vor einiger Zeit für den Kreis der Sieben beworben. Nun macht er ihn vollkommen."

„Keiner ist vollkommen, außer Allah", stellte der Fuchs klar und blickte mit eisigen Augen in die Runde.

„So ist es", bestätigte der Anführer, bevor er sagte: „Fuchs, möchtest du etwas ergänzen?"

Der Neue stand auf und fixierte erneut jeden Einzelnen der Männer mit ausdrucksloser Miene. Er stand breitbeinig und hatte beide Hände um ein Maschinengewehr geschlossen, das auf seinem Schoß gelegen hatte. Ein sehr gefährlicher Mann, dachte Farid und Unbehagen machte sich in ihm breit.

„Mich interessiert brennend", begann der Fuchs, „wie der Kreis der Sieben arbeitet. Ich kenne die Geschichte dieser Truppe. Daher mein Interesse. Die Vermutung liegt nah, dass es eine Lücke gibt. Es muss nicht sein, aber genau das werde ich feststellen. Mein Erfolg beim Aufspüren spricht für mich, das sei nebenbei bemerkt."

Der Fuchs setzte sich wieder und die Männer begannen, miteinander zu tuscheln.

„Vielleicht war es Abdal", meinte John, dessen Deutsch einen starken englischen Akzent hatte. „Durch ihn sind wir in den letzten Jahren regelmäßig in Schwierigkeiten geraten."

„Nein, nicht Abdal", warf Farid ein, weil er wusste, dass er sich an dem Gespräch beteiligen musste. „Er war nur dumm."

„Zu dumm, um dafür in Frage zu kommen", bestätigte Hadi. Auch er sah nun der Reihe nach seine Männer an, als könnte er sich nicht vorstellen, dass einer von ihnen ein Verräter war.

„Es gibt meistens einen, der ein doppeltes Spiel spielt", konstatierte der Fuchs, lehnte sich zurück und schlug die Beine übereinander. „Das habe ich schon oft erlebt. Und es kommt immer der Moment, in dem er entdeckt wird. Jeder von uns sollte die Augen offen halten."

„Hör auf, die Männer der Truppe gegeneinander aufzuhetzen, Fuchs", zischte Hadi verärgert. „Das brauchen wir so kurz vor Ultimo nicht. Mach du deinen Job und lass die Männer ihren tun." Dann wandte er sich Farid zu. „Wir erwarten deinen Bericht, Hakim. Die Frau wurde von niemandem aufgespürt, wie vom Erdboden verschluckt."

Farid nickte und sah nun seinerseits in die Runde der Kameraden. „Ich habe in der Tat Neuigkeiten!" Sechs Augenpaare sahen ihn erwartungsvoll und neugierig an.

„Ich habe sie gefunden, knapp oberhalb der Schlucht, die südöstlich des nächsten Tales in den Berg hineinführt. Sie war im Klettersteig, als ich sie entdeckte. Nachdem sie mich gesehen hatte, wollte sie fliehen.

Wahrscheinlich dachte sie, Abdal habe sie wieder aufgespürt. Sie stürzte dabei ab und fiel zwanzig Meter in die Tiefe. So hat sich unser Problem beinahe von selbst erledigt." Er verschränkte die Arme und lehnte sich betont selbstgefällig zurück.

Anerkennendes Nicken der Männer. Nur der Fuchs beobachtete ihn scharf.

„War sie wirklich tot?"

„So tot, wie man nur sein kann. Ich bin hinuntergeklettert und habe es selbst festgestellt."

„Er ist unser Hakim", bemerkte Kalil. „Wenn er sagt, sie ist tot, dann ist sie es."

Beifällig berührte Hadi Farids Arm. „Gut gemacht, Hakim. Und nun erzähl. Wie war es in der Stadt?"

Farid setzte sich wieder aufrecht und griff in die Hosentasche. „Alles ist nach Plan verlaufen. Hier", er zeigte den Schlüssel, „ist der Schlüssel zu Standort Alpha. Matt und John, ihr seid am Montag um 17.30 Uhr dort. Wir", damit wies er mit dem Kinn zu Kalil, „holen das Material und bringen es euch. Die Übergabe ist um 16 Uhr am Starnberger See. Ich habe mich außerdem ins Netz gehackt und die Pläne ausgedruckt. Die werde ich in meiner Wohnung in Oberstdorf überarbeiten."

„Die Übergabe macht wer?" Der Fuchs hatte die Stirn gerunzelt und er machte den Eindruck, als überlegte er, ob ihm der Plan gefiel.

„Ich nehme Kalil mit." Dieser nickte einverstanden.

„Sie sind ein eingespieltes Team", bestätigte der Anführer, während der Fuchs skeptisch den Kopf hin und her bewegte.

„Ich denke", sagte er schließlich leise, aber deutlich, „wir sollten die ganze Planung nicht nur einem einzigen Mann überlassen."

Hadi sah ihn grimmig an. „Der Hakim ist meine rechte Hand und zudem mein Vertrauter. Seine Pläne sind immer perfekt durchdacht. Noch bin ich der Truppenführer. Vergiss das nicht, Fuchs!"

„Natürlich, Hadi." Der Mann beugte demütig den Kopf, sprach dann aber weiter. „Ich werde deine Entscheidung nicht in Frage stellen. Trotzdem schadet es nicht, das System hin und wieder ein wenig zu verändern. Denn", damit wandte er sich direkt an Farid und fixierte ihn mit schmalen Augen, „ist nicht auch schon mal etwas danebengegangen?"

„Das hatte seine Gründe", entgegnete Farid schneidend. „Diese waren immer plausibel und von keinem von uns zu beeinflussen. Wir haben danach oft genug darüber gesprochen."

Der Fuchs musterte ihn ungerührt. „Davon gehe ich aus. Wie auch immer. Ich denke, dass auch du, Hadi, damit einverstanden sein wirst, dass wir den Plan komplett so übernehmen, wie der Hakim es vorgeschlagen hat, bis auf eine Kleinigkeit."

Der Hauptmann der Truppe hatte die Lippen zusammengepresst. Dann hob er zu sprechen an, doch Farid war schneller.

„Du hast Recht, Fuchs. Dagegen ist nichts einzuwenden. Wir wollen miteinander arbeiten und nicht gegeneinander, dazu ist die Sache zu wichtig. Was schlägst du also vor?"

„Ich selbst werde dich zur Übergabe begleiten. Dann sehe ich mir auch die Kontaktperson an." Er warf einen schnellen Blick auf den Truppenführer.

Der stand auf und ging ein paar Schritte. Die Verärgerung stand ihm ins Gesicht geschrieben, als er zu sprechen anfing, die Stirn gerunzelt.

„Die Entscheidung treffe letztendlich immer noch ich, aber da es wichtig ist, dass innerhalb des Kreises der Sieben Einigkeit herrscht, bin ich damit einverstanden. Uns bleibt nicht mehr viel Zeit und wir brauchen nicht noch zusätzliche Komplikationen." Er setzte sich wieder, ohne den Fuchs zu beachten. „Gut, also Materialübergabe am Montag an Hakim und den Fuchs. Matt und John warten an Standort Alpha. Adresse?"

Farid nannte Straße und Hausnummer und beschrieb das Mehrfamilienhaus.

„In der Nacht von Mittwoch auf Donnerstag", fuhr Hadi fort, „sind die Sprengsätze fertig. Ihr beiden", damit deutete er auf Matt und John, „räumt die Wohnung, ohne Spuren zu hinterlassen, während Kalil und der Fuchs die Bomben Donnerstagfrüh an die verabredeten Standorte bringen. Soweit einverstanden?" Er blickte mit spöttisch erhobenen Brauen zum Fuchs. Der nickte.

„Ihr zündet sie um 13 Uhr. In dem Chaos, das darauf folgt, stürmen der Hakim, Tarek und ich die Kommandozentrale und der Hakim übernimmt den Hauptrechner des Stellwerks. Hakim, wo ist der Grundriss des Bahnhofs?"

Seinem Rucksack entnahm Farid ein zusammengefaltetes Blatt, worauf sich der Plan befand.

„Lasst uns jetzt die besten Orte für die Detonationen heraussuchen", forderte der Anführer sie auf. „Wichtig ist, dass wir so unauffällig wie möglich in die Zentrale kommen." Er warf einen prüfenden Blick auf Farid. „Wieviel Zeit wirst du brauchen?"

Farid überlegte kurz. „Zehn bis fünfzehn Minuten schätze ich."

„Die Streckenpläne?"

„Sind in Oberstdorf. Ab morgen werde ich dort sein und sie mir genau ansehen." Farid hatte so laut gesprochen, dass der Fuchs, der sich mit den anderen über den Plan des Bahnhofs beugte, ihn gehört haben musste.

„Fuchs!", rief er ihn schließlich. „Bist du damit einverstanden, dass wir getrennt nach Starnberg fahren? Oder bestehst du darauf, dass ich dich von Oberstdorf aus im Wagen mitnehme?"

„Ist gut", knurrte der Bärtige mit dem scharfen Profil.

„Dann treffen wir uns um 15.30 Uhr auf dem Parkplatz am See, wie beschrieben. Ich fahre einen schwarzen Volvo Kombi, älteres Baujahr." Er nannte ihm das Kennzeichen.

„Allah möge unser Vorhaben gelingen lassen, um den Ungläubigen den nächsten Denkzettel zu verpassen!", rief Hadi.

Die untergehende Sonne streckte ihre blutroten Finger aus und malte Purpur auf die Gipfel der Berge.

Er hatte es eilig und war entsprechend schnell unterwegs. Das Lammfleisch, das Tarek zum Frühstück gereicht hatte, hatte er verschlungen, ohne es zu schmecken, und dazu eine Tasse Tee getrunken. Sobald wie möglich hatte er seine Habseligkeiten zusammengerafft und sich verabschiedet.

„Montag, 15.30 Uhr!", hatte er dem Fuchs zugerufen, dann den Männern einen Gruß zugewinkt und Hadi die Hand gedrückt. Über den Kopf ihres Anführers hinweg hatte er Kalils Augen bemerkt, die nachdenklich auf ihn gerichtet waren. Sie hatten sich zugenickt, dann war Farid verschwunden.

Jetzt lief er abseits der Wege, die noch im kühlen Schatten des frühen Tages lagen. Nicht mehr lange, dann war er bei ihr in Tadamun. Nur kurz flogen seine Gedanken zu dem Neuen zurück, dessen Erscheinen ihm wieder mal verdeutlicht hatte, wie gefährlich das Leben war, das er führte. Doch was auch immer kommende Woche passieren würde: Die nächsten Tage konnte ihm keiner nehmen. Er hatte Lilli vor den anderen für tot erklärt. Sie hatten genau wissen wollen, wie es sich abgespielt hatte, und in seinem Kopf waren Bilder entstanden, die ihn während der ganzen Nacht gequält hatten. Er hatte sie abstürzen sehen, vor seinen Augen. Und sterben. Er hatte ihren letzten Atemzug erlebt, was ihm das Herz herausgerissen hatte. Farid musste sich selbst immer wieder versichern, dass sich dies nur in seiner Phantasie abspielte. Um die Bedürfnisse dieser Männer um ihn herum zu befriedigen, die nach Blut und Gewalt gierten.

Er würde sie sicher und wohlbehalten vorfinden. Und nächste Woche – darüber wollte er jetzt nicht nachdenken. Aber er brauchte sich nichts vorzumachen. Nächste Woche war sie fort. Und er alleine.

Farid blieb stehen und betrachtete die Berghänge und Felsen. Die Morgensonne berührte bereits die Spitzen der Gipfel. Die Stille war berauschend und der Friede, der beinahe spürbar aus der Erde herauf in seinen Körper strömte, passte zu nichts von alldem, was in ihm vorging. Und doch war dieses Gefühl einfach unwiderstehlich und so verführerisch, dass er sich liebend gerne davon hätte einlullen lassen.

Mit einem Fluch schüttelte er diese Empfindung ab und setzte sich wieder in Bewegung. Er war nur wenige Schritte gelaufen, als er in einiger Entfernung etwas erblickte und sich sofort hinter einem Stein verbarg. Zuerst dachte er, es war ein vergessener Rucksack oder liegengebliebene Kleidung. Doch als er sich vorsichtig näherte, erkannte er eine menschliche Gestalt, die reglos und in unnatürlicher Haltung auf einer kleinen Erhebung abseits des Weges lag. Gekleidet war die Person in Jeans und T-Shirt. Farid schlug sich das Tuch vor das Gesicht und lief zu dem Mann. Er kniete sich an dessen Seite nieder, hob seine Augenlider an und tastete dann nach seiner Halsschlagader. Ein leises, schwaches Pochen überzeugte ihn davon, dass der Verletzte noch lebte.

„Hallo!", rief er gedämpft und klopfte ihm leicht auf die Wange. Die Augen des Mannes lagen tief in ihren Höhlen, sein Gesicht sah grau und krank aus. Farid nahm seinen Rucksack von den Schultern und griff nach der Wasserflasche. Wieder klopfte er dem Verletzten auf die Wangen, diesmal etwas fester.

„Hallo! Sie müssen etwas trinken!" Er hob den Kopf des Mannes leicht an und ließ ein paar Tropfen zwischen dessen Lippen rinnen. Der Mann stöhnte. Farid flößte ihm wieder etwas Wasser ein. So, wie er lag, musste er gestürzt sein. Äußere Verletzungen konnte Farid nicht feststellen, außer am linken Auge, das eine leicht violette Färbung aufwies, wie nach einer Schlägerei. Unterhalb der Augenbraue war ein kleiner Schnitt.

Wieder stöhnte der Mann und stammelte unverständliche Worte. „Du musst trinken", befahl Farid ihm und hielt ihm die Flasche an die Lippen. Der Mann nahm einen Schluck und öffnete benommen die Augen.

„Ich muss sie finden", wisperte er kraftlos und kaum verständlich und schloss erneut die Augen. „Ich muss …"

„Du musst jetzt gar nichts, mein Freund. Trink. Immer nur kleine Schlucke. Dann sehen wir weiter." Der Mann mochte in seinem Alter sein. Er hatte kurzgeschnittenes blondes Haar und war sehr hager. So, wie er gekleidet war, sah es nicht danach aus, als wäre er öfter in den Bergen unterwegs.

„Wo ist dein Rucksack?", fragte Farid ihn, worauf der Mann vorsichtig den Kopf schüttelte. „Hab keinen", stammelte er und ächzte, als er versuchte, sich zu bewegen.

„Mein Fuß", jammerte er dann. „Und mein Kopf."

„Du bist ohne Wasser unterwegs?"

„Ich wollte nur – oh Scheiße, ist mir schlecht." Er würgte, brachte aber nichts heraus. Dann musterte er Farid. „Wer ...?"

„Tut nichts zur Sache", unterbrach Farid ihn. Er beugte sich hinunter und betastete behutsam den Knöchel. „Ist nichts Schlimmes, leicht geprellt wahrscheinlich."

Der Mann versuchte, sich aufzusetzen und würgte erneut. „Ich muss ihr doch sagen, dass ...", begann er wieder mit dünner und heiserer Stimme und brach erschöpft ab. Farid rang mit sich. Für einen Moment zog er in Erwägung, den Verletzten einfach sich selbst zu überlassen und sich nicht noch mehr Probleme aufzuhalsen. Er könnte ihm seine Wasserflasche überlassen.

Aber er war Arzt. Wenn nicht auf dem Papier, so doch in seinem Herzen. Er hatte sich dem Leben verschrieben, nicht dem Tod. Farid seufzte und betrachtete den Fremden. In seinem linken Ohr steckte ein kleiner Silberring. Sein Gesicht war braungebrannt und bildete zu dem hellen Haar einen bemerkenswerten Kontrast. Die hellblauen Augen waren immer noch leicht getrübt und das Leben darin noch nicht gänzlich zurückgekehrt. Seine Füße steckten barfuß in braunen Lederschuhen, die eher für einen Stadtbummel geeignet waren als für eine Wanderung in den Bergen. Er fragte sich, ob dieser Mann die Berge jemals vorher gesehen hatte.

Schließlich erhob er sich und räumte die Flasche wieder in den Rucksack. Der Verletzte war nicht groß. Also sicher nicht besonders schwer. Farid seufzte erneut. Es gab kein Argument, das überzeugend genug war, um ihn hierzulassen. Er zog den Mann, der mit glasigem Blick vor sich hinstarrte, vorsichtig hinauf in den Stand und legte sich dessen Arm um die Schulter. Sie mussten versuchen, auf diese Weise den Berg hinauf zu kommen. Auch wenn der Verletzte wahrscheinlich kaum etwas davon mitbekam: Solange er es schaffte, einen Fuß vor den anderen zu setzen, brauchte Farid ihn nicht zu tragen. Mühsam setzten sie sich in Bewegung.

Lilli saß an das Holz der Hütte gelehnt und beobachtete, wie sich die Sonne Stück für Stück über die entfernten Berge schob, um ihr gleißendes Licht wie eine Welle Wasser über das Land auszugießen. Innerhalb der letzten Tage hatte sich der herannahende Herbst zu Wort gemeldet und die Nächte merklich kühler werden lassen. Tau lag in kleinen Perlen auf den Gräsern und funkelte im Sonnenlicht wie unzählige Diamanten.

Eine Märchenwelt, dachte Lilli, in der Zwerge über Nacht Edelsteine über die Hänge streuten und die Sonne sie am Morgen wieder aufsammelte. Während das Morgenlicht so hell war, dass sie die Augen zusammenkneifen musste, huschten hinter ihrer Stirn dunkle Wolken hin und her. Sie hatte von ihren Kindern geträumt und war mit tränennassem Gesicht aufgewacht. Mit wehem Herzen hatte sie versucht, zurückzurechnen, wann sie sie das letzte Mal gesehen hatte.

Die Tage, die sie in den Bergen verbracht hatte, schienen ineinander zu verschmelzen und es war ihr kaum möglich, sie auseinanderzuhalten. Zuerst war so viel passiert. Seit sie aber in Tadamun war, schien die Zeit stillzustehen. Manchmal musste sie sich zwicken, um sich selbst davon zu überzeugen, dass sie sich nicht mitten in einem Traum befand.

Alles schien ineinanderzufließen und darauf zu warten, dass sie es mit spitzen Fingern sortierte: Das ist Wirklichkeit, dies ist Traum. Sie begann darüber nachzudenken, was sie auf welche Seite legen würde, hätte sie die Wahl.

Sie sah die Zwillinge über die Alm laufen, barfuß, ihre Ärmchen nach vorne ausgestreckt, um das Gleichgewicht zu halten. Sie selbst saß vor der Hütte, so wie jetzt. Hinter ihr jedoch war jemand, der sie mit den Armen umschlang und ihr das Gefühl gab, dass alles so war, wie es sein sollte. Über ihnen rief der Adler und zog seine weiten Kreise, von der Luft getragen, die Schwanzfedern breit gefächert. Die Sonne schien auf sie herab und Lilli wusste, dass sie noch niemals in ihrem Leben so glücklich gewesen war wie in diesem Moment.

Ein Murmeltier fiepte und sie wachte auf. Verzweifelt versuchte sie, in den Traum zurückzukehren, der sie immer noch erfüllte mit etwas, wonach sie sich ihr Leben lang gesehnt hatte. Doch er wurde immer weniger greifbar und rann ihr wie Wasser durch die Finger, bis er nur noch eine vage Erinnerung war. Benommen öffnete sie die Augen und grub die nackten Zehen in die Erde.

Wieder fiepte das Murmeltier und mit einem Satz war Lilli auf den Beinen.

Das Signal! Farid!

Sie lief ihm ein Stück entgegen, in der Erwartung, er würde gleich hinter einem der vielen mannshohen Felsen auftauchen. Dann sah sie ihn. Hochgewachsen in seiner grauen Uniform, das Gesicht verdeckt und einen Menschen auf den Armen.

„Eine Isomatte", stieß Farid atemlos hervor, sobald er in Hörweite war und Lilli eilte in die Hütte. Sie legte die Matte vor das Haus in den Schatten und Farid legte keuchend seine Last ab.

„Wer ist …“, begann Lilli und brach ab. „Oh mein Gott!“, rief sie dann und starrte entgeistert erst auf den Verletzten, dann zu Farid. „Warum – wo hast du …?“

Der Mann auf dem Boden bewegte sich und stammelte unzusammenhängende Worte.

„Was ist?“, fragte Farid und ahnte bereits im selben Moment, um wen es sich hier handelte. Der Ausdruck in ihrem Gesicht ließ kaum einen Zweifel daran.

„Wolli“, sagte Lilli leise und ließ sich neben dem Mann auf den Boden sinken. Ihre Hand strich über seine unrasierte Wange. „Was ist passiert? Wo hast du ihn gefunden?“ Aber Farid war schon in der Hütte verschwunden. Während sie auf ihn wartete, betrachtete sie mit gemischten Gefühlen das erschöpfte Gesicht ihres Exfreundes.

„Auf dem Weg hierher habe ich ihn liegen sehen“, erklärte Farid kurz darauf, als er in Jeans und T-Shirt gekleidet wieder heraus kam.

„Was ist mit ihm?“ Wieder strich ihre Hand sanft über das Gesicht des Schlafenden. Farid kniete sich neben sie und tastete nach dem Puls des Liegenden.

„Er scheint nicht ernsthaft verletzt oder krank zu sein. Wassermangel, schätze ich. Alle Symptome sprechen dafür. Eine harmlose Prellung vielleicht noch am Fuß. Ansonsten scheint ihm nichts zu fehlen.“ Er hätte es ahnen müssen, schon nach den ersten Worten des Fremden. „Ich denke, er hat dich gesucht“, fügte er leise hinzu und sah die Frau an, die ihm so wichtig geworden war in den letzten Tagen. Ihr Haar fiel wie ein Vorhang hinab, als sie sich zu dem Mann beugte, der der Vater ihrer Kinder war.

Farid erhob sich und versuchte, nicht auf ihre Hände zu starren, die immer wieder zärtlich über die Bartstoppeln strichen, doch er konnte sich nicht davon lösen und blieb bewegungslos stehen.

Plötzlich schlug der am Boden Liegende die Augen auf.

„Lilli! Gott sei Dank! Ich habe dich gefunden", seufzte er. „Jetzt wird alles gut."

„Gib ihm zu trinken." Farid reichte Lilli das Wasser. „Aber immer nur ein bisschen. Wenn ihm nicht mehr übel ist, kann er auch ein Stück Brot essen."

Lilli nahm die Flasche entgegen. Als ihre Finger sich berührten, sah sie auf und für Sekunden verfingen sich ihre Blicke. Bedauern sprach aus ihren Augen. Bedauern wegen was? überlegte er. Dass die Beziehung zu diesem Mann nicht funktioniert hatte? Oder darüber, was hätte sein können, wären sie alleine geblieben? Er vermied, diesen Gedanken weiterzuspinnen und beobachtete stattdessen, wie sie dem Mann fürsorglich Wasser einflößte.

„Lilli", begann dieser nun, wobei seine Stimme schon kräftiger war, „ich bin gekommen, um dich um Verzeihung zu bitten. Komm mit mir nach Hause. Bitte."

Es klang flehend und Farid musste sich abwenden. Er ging zum Wasserfall, um sich Schweiß und Schmutz abzuwaschen und nicht zuhören zu müssen.

„Nein, Wolli", hörte er Lilli noch laut und bestimmt sagen. „Hör zu, wir werden jetzt nicht reden. Ich hole dir etwas zum Essen, dann legst du dich in die Hütte und ruhst dich aus. Später werden wir uns unterhalten." Sie lief ins Haus und kam mit einem Stück Brot wieder heraus.

„Mein Fuß schmerzt", stöhnte Wolli, als er sich vorsichtig aufsetzte und das Brot entgegennahm.

„Er hat gesagt, du bist nicht ernsthaft verletzt. Dein Fuß ist nur geprellt, also nichts Wildes", beruhigte Lilli ihn und ihre Augen suchten Farid, der mit freiem Oberkörper am Wasserfall stand. Die dunklen Zeichen auf seinem Arm glitzerten von Wasser und Sonne. Der Mondstein, dessen Bedeutung sie noch immer nicht kannte, lag auf seiner Brust. Sie wollte ihn noch so viel fragen und hatte das unbestimmte Gefühl, dass die Zeit ihr davonlief.

„Lilli, hörst du mir überhaupt zu?" Wolli tippte sachte an ihren Arm.

„Ja?", fragte sie verwirrt. „Was ist?"

„Dies hier ist nicht die Berghütte von dir und Britt, oder?"

Sie schüttelte den Kopf, wobei sie an ihm vorbeischaute, irgendwo ins Nichts.

„Was ist es dann?", bohrte er weiter. „Wo sind wir hier und wieso ist er bei dir?" Er machte eine Kopfbewegung zum Wasserfall hinüber. Endlich wandte sich Lilli ihm zu.

„Wie bist du denn darauf gekommen, dass ich auf die Almhütte gehe?", wich sie seiner Frage aus. Außerdem interessierte es sie wirklich, wie er auf diesen Gedanken gekommen war. Wolli zuckte die Achseln.

„Nun ja, nachdem der Busfahrer nicht mit mir reden wollte", dabei griff er unwillkürlich an sein blaues Auge, „habe ich bei Britt angerufen. Ich dachte, du wärst vielleicht bei ihr. Sie hat sofort aufgelegt, als ich mich gemeldet habe."

„Was ja wohl kein Wunder ist", warf Lilli ein, worauf der Mann neben ihr nickte. „Ich weiß, Lilli. Ich musste fast sechsunddreißig Jahre alt werden, bis ich erkannte, was für ein Scheißkerl ich mein Leben lang war. Diese Selbsterkenntnis ist nicht besonders wertvoll für mein

Ego. Und ich versuche gerade herauszufinden, ob in mir etwas mehr steckt als das, was ich bisher offenbart habe."

Da sie sich dazu nicht äußerte, erzählte er weiter.

„Ich hätte mich bei Britt entschuldigt, aber wie gesagt, sie wollte gar nicht erst mit mir sprechen. Später habe ich es noch einmal probiert, da hatte ich ihren Sohn dran. Ich habe ihn gefragt, ob du dort bist, und er konnte noch verneinen, bevor Britt ihm den Hörer aus der Hand nahm und auflegte. Wenigstens wusste ich dann, dass du nicht bei ihr bist."

Lilli überlegte, ob Britt da ihren Brief schon gelesen hatte.

„Irgendwann fiel mir die Hütte ein", fuhr Wolli fort. „Du hast früher so oft davon gesprochen, wie schön es dort war und dass du irgendwann mal wieder hinmöchtest. Da wusste ich auf einmal, wo ich dich suchen musste. Entweder würde ich dich hier finden oder nirgendwo. Ich habe mich dann, ohne viel zu überlegen, in die Bahn gesetzt und den Ferienhof gesucht, als ich im Dorf angekommen war. Aber dort war kein Mensch. Es sah alles wie ausgestorben aus. Ich hab dann eine alte Frau gefragt, wo die Almhütte von dem Hof liegt. Sie hat es mir erklärt."

Lilli atmete erleichtert auf. Sie hatte schon befürchtet, dass er Josefa getroffen hatte. Es wäre schrecklich gewesen, wenn diese ihm verraten hätte, dass Lilli sich auf der Alm befand.

„Und dann bist du losgelaufen und hast den richtigen Abzweig verpasst", beendete sie Wollis Geschichte.

„So war es wohl. Und ja, du hast Recht, wenn du mir jetzt sagst, ich sei unorganisiert und leichtsinnig, ohne Vorbereitung und entsprechender Ausrüstung auf einen Berg zu gehen. Aber ich dachte, ich frage nach der Hütte, laufe hin und nehme dich mit hinunter. Hab ja nicht geahnt, dass man stundenlang auf einsamen Wegen unterwegs ist."

„Du kannst froh sein, dass du gefunden wurdest", entgegnete sie statt eines Vorwurfs.

„Ich bin ihm auch dankbar", gab er zu. „Ich war mir sicher, ich müsste sterben und hatte ziemlich wirre Träume. Wie im Delirium. Ich träumte von einem Araber, der mir Wasser eingeflößt hat. Zumindest so ähnlich. Völlig irre!"

„Ja, da hast du wirklich verworren geträumt. Die täglichen Nachrichten lassen uns wohl nicht unberührt", sagte Lilli ruhig und erhob sich. „Steh jetzt auf. Wir bringen die Matte hinein und du legst dich für ein paar Stunden zum Schlafen hin. Später sehen wir weiter."

Als die Sonne hoch am Himmel stand, saß Lilli auf ihrem Lieblingsplatz an den großen Stein gelehnt und schnitzte an einem Teller aus Holz. Farid dagegen lief ruhelos umher, sammelte Holzscheite und beschäftigte sich mit Dingen, die Lilli nicht benennen konnte.

Seit Wolli eingeschlafen war, hatten sie kein Wort miteinander gesprochen. Das ein oder andere Mal, wenn Farid an ihr vorbei lief, erhaschte sie einen Blick von ihm, den sie nicht deuten konnte. Hoffte er, dass sie mit Wolli gehen würde? Sie könnte es ihm nicht einmal verübeln. Durch sie war sein ganzes Leben durcheinandergeraten, ohne sie wäre er jetzt ganz sicher nicht hier und würde sich mit fahrigen Fingern sinnlose Arbeiten suchen. Sie seufzte. Wäre die ganze Situation nicht so grotesk, hätte sie lachen müssen.

Sie befand sich mit zwei Männern zusammen auf engstem Raum, von denen einer all das verkörperte, was sie hinter sich lassen wollte. Wenn sie dagegen den großen, dunkelhaarigen Mann mit der sonnengebräunten Haut betrachtete, breitete sich ein Flattern in ihrem Bauch aus, das so vielversprechend war wie ein neuer Tag, den die Sonne mit einem Kuss zum Leben erweckte. Aus diesem Grund musste sie keinen Moment darüber nachdenken, ob sie mit Wolli mitging. Es wäre, als wenn sie ihre Zukunft aufgeben würde. Auch wenn es keine Zukunft mit Farid gab, so ging es doch um sie selbst. Allein die Vorstellung, mit Wolli Zeit zu verbringen und dafür Farid auf Tadamun zurückzulassen, war ihr zuwider. Sie würde das hier durchstehen. Mit ihm zusammen.

Als sie hinter sich Schritte hörte, wusste sie, dass Wolli aufgewacht war. Farid bewegte sich geräuschlos trotz seiner Größe und wäre vor ihr aufgetaucht, ohne dass sie ihn hätte kommen hören. Sie sehnte sich nach seiner Nähe. Seiner samtweichen Stimme, wenn er entspannt und nicht ganz so verschlossen war. Sie wollte mit ihm alleine sein. Die sanfte Berührung seiner Lippen beim Abschied …

„Ach, Lilli", sagte der andere Mann jetzt leise und ließ sich neben sie sinken. „Da finde ich dich mitten im Gebirge in der Wildnis mit einem Fremden, der aussieht, als dürfte man ihm nicht über den Weg trauen."

Du bist hier der Fremde, wollte sie schreien, während ihr gleichzeitig klar wurde, dass sie noch niemals jemandem so vertraut hatte wie Farid. Sie würde ihm ihr Leben anvertrauen. Nein, sie hatte genau das bereits getan.

Wolli musste in ihrem Gesicht gelesen haben. „Ich kann verstehen, dass es dir beschissen ging durch mich. Und dass du weg wolltest." Reue spiegelte sich in seiner Miene, als er fortfuhr. „Lilli, es tut mir alles so leid. Ich wollte nie, dass es soweit kommt. Letztes Mal …", er seufzte und sah ihr in die Augen. „Ich möchte dich dafür um Verzeihung bitten. Ich meine es ernst, ich schwöre es." Sie konnte an seinen Augen erkennen, dass er meinte, was er sagte. Vielleicht war er noch niemals so ehrlich zu ihr gewesen wie jetzt.

„Komm zurück zu mir. Lass uns eine richtige Familie sein. Ich tu alles dafür, dass es gutgeht."

Er hatte die Hände fest ineinander verschränkt, als hätte er Angst, dass er sie sonst berühren würde. Seine hellblauen Augen waren voller Hoffnung.

Farid lief an ihnen vorbei in die Hütte. Sein Blick wie schwarzer Stein. Es war, als zog eine dunkle Wolke an ihnen vorüber und ein Schauder lief über Lillis Rücken.

„Wer ist er?", fragte Wolli, der ihrem Blick gefolgt war.

„Keine Ahnung", antwortete sie. „Ich kenne ihn kaum." Sie musste noch nicht einmal lügen, dachte sie traurig.

„Und dann schläfst du in seiner Hütte?" Wolli sah sie ungläubig an. Sie zuckte betont gleichgültig mit den Achseln.

„Du hast dich verändert", stellte er fest als sie schwieg. „Du bewegst dich anders. Dein Blick ist anders. Du bist anders. Und du siehst dabei aus, als würdest du dich gut fühlen."

Lilli sprach immer noch nicht. Sie musterte ihn lange und überlegte verwundert, wohin ihre ganzen Gefühle für ihn verschwunden waren. Sie hatten sie seit ihrer Jugend begleitet, sie aber nie wirklich glücklich gemacht.

„Was ist mit deinem Auge passiert?" Sie deutete auf das Veilchen, das sein linkes Auge zierte. Er sah betreten zur Seite. „Ich habe dir doch erzählt, dass der Busfahrer nicht mit mir reden wollte, als ich ihn fragte, wo du bist."

„Alfons?" Wider Willen musste Lilli lachen. „Alfons hat dir eine reingehauen?"

Wolli nickte. „Ich hab ziemlich schnell kapiert, dass ich Scheiße gebaut habe. Ich wollte zu dir und mich entschuldigen. Aber du hast nicht aufgemacht. Deshalb bin ich die Treppe hochgelaufen und hab bei ihm geklingelt. Ich weiß schon lange, dass er auf dich steht."

„Er steht nicht auf mich", korrigierte Lilli ihn ungehalten. „Wir verstehen uns gut, das ist alles."

„Wie auch immer", sprach Wolli weiter, „als ich ihn nach dir fragte, schlug er mir eine rein und meinte, ich solle abhauen und mich nie wieder blicken lassen. Tür zu und das war's."

„Der gute Alfons." Lilli stellte sich den freundlichen Busfahrer dabei vor, wie er Wolli einen Faustschlag verpasste. Das war völlig gegen seine Natur.

„Nun", gluckste sie erheitert, als sie Wollis blaues Auge prüfend betrachtete, „er hat zumindest gut getroffen."

Farid stand in der Hütte und starrte zum Fenster hinaus. Er konnte es kaum ertragen, sie so vertraut miteinander zu sehen. Natürlich, sie hatten Jahre gemeinsam verbracht. Waren Frau und Mann gewesen. Hatten gemeinsame Kinder und waren eine Familie.

Farid floh zur Tür hinaus, bevor er etwas zu Bruch schlug und lief zwischen den Felsen hindurch vom Haus weg. In seinem Kopf begannen Bilder zu entstehen von einem blonden Mann, der verdurstet aufgefunden wurde, weil niemand ihn rechtzeitig entdeckt hatte. Was, wenn er ihn nicht mitgenommen hätte?

Doch dann zwang er sich zur Vernunft. Wo sollte das hinführen? Er rief sich ins Gedächtnis, wieso er hier war. In sein Leben passte keine Frau. Daher sollte ihn auch keine Eifersucht plagen. Besser wäre, er würde sich für Lilli freuen. Dem Mann tat es wirklich leid, was er getan hatte. Dass er hergekommen war und sie gesucht hatte, um sie um Verzeihung zu bitten, war ihm hoch anzurechnen. Ja, er sollte sich für die Frau mit der elfenbeinfarbenen Haut freuen. Mit den weichen, warmen Lippen, die er endlich richtig küssen wollte. Mit den saphirblauen Augen, in die er eintauchen wollte, bis er auf Grund kam. Mit den Händen, die so geschickt bei der Arbeit waren und doch so sanft über Haut strichen.

Farid schrie zornig auf und schlug mit der flachen Hand gegen den verwitterten Stamm eines abgestorbenen Baumes, als er daran vorbeilief.

„Was hältst du davon?" Wolli kniete vor ihr, voller Erwartung.

„Ich kann nicht."

„Ach komm, Lilli. Bitte!" Er machte den Eindruck eines Kindes, das sein Spielzeug verloren hatte und nicht verstehen konnte, dass es für immer fort war. „Du bist das Beste, was mir in meinem ganzen Leben passiert ist. Ich will dich nicht verlieren."

Sie sah ihn an und spürte: Sie war frei! Endlich frei! Das einzige, was sie für ihn empfand, war Mitleid. Sie wusste, wie er sich fühlte, weil sie selbst jahrelang so empfunden hatte. Nicht wiedergeliebt und alleine.

„Wolli", fing sie endlich zu sprechen an. „Es ist vorbei. Ich liebe dich nicht mehr. Ich konnte mir bis vor kurzem gar nicht vorstellen, dass das möglich ist. Aber ich denke, ich liebe dich schon lange nicht mehr. Davon abgesehen bist du nicht das Beste, was mir in meinem Leben passiert ist, um deine Worte zu gebrauchen."

Fassungslos starrte er sie an und öffnete den Mund, um etwas zu erwidern. Als ihm nichts Sinnvolles einfiel, nickte er und erhob sich. Er ging ein paar Schritte auf und ab, wobei er leicht hinkte. Lilli war ebenfalls aufgestanden, als er wieder zu ihr trat.

„Liebst du ihn?" Er deutete in die Richtung, in die Farid verschwunden war. „Ich sehe, wie er dich ansieht. Als ob er dich verschlingen möchte. Als ob du ihm gehörst. Ist es so? Gehörst du schon ihm?"

Als Lilli nicht antwortete, hob er resignierend die Schultern. „Ok, ist jetzt auch egal", stieß er schließlich hervor. „Tut mir leid, ich wollte nicht laut werden."

„Ich glaube dir." Sie zögerte, als wollte sie noch etwas hinzusetzen.

„Du willst, dass ich gehe, oder?"

Lilli nickte. „Ja, das wäre wohl am besten."

„Ich glaube auch. Sonst bringt er mich doch noch um." Sein Kopf zuckte zur Hütte. „War nur Spaß, Lilli", grinste er, als sie etwas erwidern wollte.

„Komm uns besuchen, wenn die Kinder wieder bei mir sind. Sie sollen wissen, wer ihr Vater ist."

„Versprochen, das werde ich." Er blickte stirnrunzelnd über das unwegsame Gelände. „Gibt es hier denn keinen Weg? Ich möchte nicht schon wieder so enden wie gestern. Und dass er mich noch einmal retten würde, darauf würde ich nicht wetten."

„Ich bringe dich bis zum Weg. Diesem folgst du immer nur bergab." Lilli lief an den Wasserfall und füllte die Flasche auf. „Hier." Sie reichte sie ihm und schlüpfte schnell in Socken und Wanderschuhe, um ihn wegzubringen von Tadamun.

KAPITEL 9

Er stürmte in die Hütte und knallte ein ausgenommenes Kaninchen auf den Tisch.

Suchend sah er sich um. Tadamun schien verlassen, auch vor dem Haus hatte er niemanden gesehen. Mit einem schnellen Blick vergewisserte sich Farid, dass Lillis Kleidung noch am Wandhaken hing und der Rucksack neben ihrem Schlafplatz lag.

Mit dem erlegten Tier in der Hand lief er wieder hinaus, setzte sich in die Nähe des Wassers auf den Boden und begann, den Kadaver zu enthäuten. Mit exakten Schnitten seines Messers schlitzte er das Fell an Läufen und Unterbauch auf und löste langsam die Haut von den Muskeln.

Das Jagen hatte ihn beruhigt und mit einer gewissen Befriedigung erfüllt. Die Konzentration und Ruhe, die dazu erforderlich waren, ließen nicht zu, dass die Gedanken im Kopf umherwirbelten und hatten seinen Geist beruhigt. Zumindest ein wenig. Nun jedoch fanden sie sich nach und nach wieder ein. Dazu gesellten sich weitere.

Er dachte über das nach, was in ein paar Tagen geschehen würde. Eine Ahnung stieg plötzlich in ihm auf, die er nicht genau zu deuten wusste. Ein vages Gefühl, dass etwas nicht so sein würde, wie es sein sollte. Zum ersten Mal hatte er in dieser Art empfunden, als er den Neuen kennengelernt hatte. Den Fuchs. Hing es mit ihm zusammen?

Irritiert von etwas, das nicht greifbar schien, blickte Farid von seiner Arbeit auf und wollte gewohnheitsgemäß an seinen Talisman greifen, um ihn an die Lippen zu führen. Der Anblick seiner blutigen Hände ließ ihn jedoch innehalten. Es waren die Hände eines Mörders.

Er starrte sie reglos an, bis sein Blick verschwamm und seine Augen schmerzten.

Er musste an seinen Vater denken. An dessen Hände, geschickt und liebevoll, erfüllt von der Leidenschaft zu seinem Beruf. Der Liebe zu seiner Familie. Sah er, was aus seinem Sohn geworden war? In der Tiefe seines Herzens wusste Farid schon lange, dass sein Vater es nicht gutheißen würde. Trotzdem war er immer davon überzeugt gewesen, dass er im Andenken an seinen Vater handelte. Doch jetzt traf ihn die Gewissheit wie ein Schlag ins Gesicht. Er tat es ausschließlich für sich selbst.

Weil er immer noch nicht vergeben konnte.

Von einem Augenblick auf den anderen stellte er alles in Frage. Wer war er? Wie würde er irgendwann vor seinen Schöpfer treten? Was brachte er mit aus seinem Leben? Hände, an denen Blut klebte. Vielleicht zählte dann nicht, dass es das Blut von Mördern war. Denn es war auch das von Söhnen, Vätern und Brüdern.

Farid strich über seinen linken Unterarm. Rache. Sie brannte wie ein Feuer, das ihn von innen zerfraß. Nach so vielen Jahren noch. Aber er war nicht in der Lage, es zu löschen. Es würde ihn verbrennen, bis er daran zugrunde ging. Die leise Ahnung, die sich in seinen Geist geschlichen und wie ein Parasit festgesetzt hatte, erzählte ihm flüsternd, dass ihm nicht mehr viel Zeit blieb. Er hatte sein Schicksal vor langer Zeit besiegelt, im vollen Bewusstsein, dass dieser Moment kommen würde. Es hatte ihn mit Stolz erfüllt. Damals. Doch jetzt, da der Tod leise, beinahe schüchtern anklopfte, würde er am liebsten leugnen, dass er von dieser Verabredung wusste.

Ein Schatten fiel über ihn und als er aufsah, stand Lilli vor ihm. Er hatte sie nicht kommen hören, unterdrückte einen Fluch wegen seiner Zerstreutheit und stand auf.

Sie warf einen kurzen Blick auf seine Hände, sah ihm dann in die Augen. Ihre Miene, bis eben noch heiter, wurde ernst. Plötzlich legte sie ihre Hände auf seine unrasierten Wangen, stellte sich auf die Zehenspitzen und legte für die Dauer eines Wimpernschlages ihren Mund auf seine zusammengepressten Lippen.

Bevor er richtig wahrgenommen hatte, was geschehen war, hatte sie sich bereits von ihm abgewandt und ihre Schnitzarbeit geholt. Sie setzte sich neben ihren Stein in die Sonne und begann zu arbeiten.

Die Berührung seines Mundes brannte noch auf ihren Lippen. Es war ihr als das einzig Sinnvolle erschienen, als sie ihn gesehen hatte. Seine Augen, die in Verzweiflung ertranken, dunkel und wild. Sie hatten sie gleichermaßen erschreckt wie fasziniert. Es war so wenig, was sie von ihm wusste. Sie kannte die Schatten nicht, die in ihm wohnten, aber sie konnte versuchen, sie für einen Moment zu verscheuchen.

Vielleicht war es ihr gelungen, denn Farid lief ans Wasser und wusch sich das Blut von Händen und Armen. Aus der Hütte holte er einen der Töpfe, setzte sich neben sie auf den Boden und fing an, das Fleisch des Kaninchens von den Knochen zu lösen.

Sie arbeiteten schweigend, während die Schatten immer länger wurden und die Farbe des Himmels sich von dunklem Blau nahezu unmerklich in zarte Rottöne verwandelte.

„Du hättest mit ihm gehen können", sagte Farid nach langer Zeit mit leiser Stimme, ohne den Blick von seiner Arbeit zu lösen.

„Ja, hätte ich", gab sie ebenso leise zurück. Als sie nicht weitersprach, erhob sich der Mann neben ihr und trug das Fleisch weg. Lilli ließ ihre Hände im Schoß ruhen und sah ihm nach, als er in der Hütte verschwand.

Nach einer Weile stand sie auf und trat neben das Haus, von wo aus sie über die Täler blicken konnte. Sie betrachtete die Gipfel der östlichen Bergkette, die im Licht der sinkenden Sonne aussahen wie in Blut getaucht.

Wieder Blut, dachte Lilli und überlegte, ob es wirklich so etwas wie böse Omen gab. Ohne dass sie sein Kommen bemerkt hatte, war Farid neben sie getreten, so nah, dass sie die Wärme fühlte, die sein Körper ausstrahlte.

Ich glaube, dachte sie, er könnte auch zwanzig Meter von mir entfernt sein, und ich würde seine Nähe spüren. Alles in ihr sehnte sich danach, den Mann zu umschlingen, seine Haut zu spüren, seinen Mund zu küssen. Sie klemmte sich die Hände unter die Achseln und hoffte, dass er ihren lauten Herzschlag nicht hörte.

Plötzlich lag sein Mund auf ihrem. Die Welt um sie herum versank, weil nichts mehr eine Bedeutung hatte außer seinen Lippen, seinen Händen, die ihr das Haar aus dem Gesicht strichen und seinem Nacken, der sich unendlich weich und verletzlich anfühlte unter ihren Fingern. Als er mit der Zunge ihre Lippen öffnete, entfuhr ihr ein Seufzer und sie fuhr ihm mit den Händen durchs Haar. Sie wollte keinen sanften Kuss. Diesmal nicht. Sie wollte ihn spüren, schmecken. Sie wollte ihn nie wieder loslassen. Und doch blieb sein Kuss zurückhaltend und vorsichtig, als wollte er nicht zulassen, dass Leidenschaft ihm die Sinne raubte.

Irgendwann lösten sie ihre Lippen voneinander und sahen sich an. Lillis Körper brannte vor Verlangen und sie hörte, dass sich in ihr eigenes Keuchen das seine mischte. Doch er sah sie nur weiterhin an, während sie das feste Schlagen seines Herzens an ihrer Brust spürte. Sie zog seinen Kopf zu sich und küsste seine Augen, die dunkel und tief waren und sie hinabzogen wie ein Strudel, wenn sie hineinblickte.

Schließlich nahm er ihre Hand und führte sie auf die Rückseite des Hauses, wo sie sich gegen das Holz gelehnt hinsetzten, die brennenden Berge vor Augen.

Ich habe es gewusst, dachte Lilli triumphierend. Seine Haut war warm und weich, seine Hände so zärtlich und sanft. Tränen traten ihr in die Augen, als sie sich wünschte, dieser Kuss hätte nie geendet. Sie hätte gerne noch so viel mehr von ihm. Und wusste doch, dass jede gemeinsame Sekunde ein Geschenk war.

Nicht nachdenken, sagte sie sich. Nur sitzen und den Augenblick auskosten. Er bewegte die Finger, die sich um ihre geschlungen hatten. Sie hob die freie Hand und strich über die Zeichen auf seinem linken Unterarm. Mit den Fingern fuhr sie die Linien nach und sah, dass seine Augen ihnen folgten. Sie traute sich nicht, den Blick zu heben, da sie ihn wieder küssen würde, wenn sie in seine Augen sah. Sie wollte ihm so viel geben, dass es wehtat. Sie wollte ihm Heimat sein, um den verlorenen Ausdruck zu bannen, der sich in seine Augen stahl, wenn er dachte, sie sähe es nicht. Doch sie strich nur weiter über die Zeichen auf seinem Arm.

„Mittwoch wird es vorbei sein", sagte Farid plötzlich mit rauer Stimme. „Dann bist du in Sicherheit und brauchst dich nicht mehr zu verbergen."

Lillis Magen zog sich schmerzhaft zusammen, wurde zu einem harten Klumpen, der nicht zu ihr zu gehören schien.

„Und was ist mit dir?" Sie nahm die Hand von seinem Arm. Er schüttelte leicht den Kopf.

„Ich weiß es nicht. Ich weiß es nie. Aber irgendwie geht es weiter."

Was zerfrisst dich so? wollte sie ihn fragen. Was macht dich so traurig?

„Ich will mein altes Leben nicht mehr", sagte sie leise und sah nun doch auf. In seinem Gesicht spiegelte sich schwarze Melancholie. Sie sprach weiter.

„Ich bin auf der Flucht gewesen vor meinem alten Leben und wollte hier nach Lösungen suchen. Für einen Neuanfang. Ich dachte – vielleicht …?" Sie brach ab und kniete sich vor ihn, wobei sie ihm erst zögerlich, dann aber fest in die Augen sah. Farid sah sie betroffen an und schluckte, als er zu verstehen begann.

„Du könntest dir vorstellen, mit mir zu leben?" Er hob seine Hand und strich ihr unendlich sanft das Haar aus dem Gesicht. In seinen Augen flackerte ein Lächeln.

Lilli nickte zaghaft.

„Aber du kennst mich kaum und weißt nichts von mir." Seine Stimme war ein ungläubiges Flüstern.

„Was ich von dir kenne und weiß, reicht mir", sagte sie kaum hörbar und Farid musste sich zusammenreißen, damit seine Gefühle ihn nicht übermannten und er sie an sich riss.

„Das ist für mich eine große Ehre, schöne Zahra. Und wären die Umstände andere, so würde ich nichts mehr wollen als das."

„Dann lass uns einen Weg finden", wisperte sie. Das Abendlicht zauberte goldene Sprenkel in das tiefe Blau ihrer Augen, die voller Versprechen waren von all dem, wonach er sich so schmerzlich sehnte.

„Ich habe mich vor langer Zeit für einen Weg entschieden", stieß er hervor, „und muss ihn bis zum Ende gehen."

„Man muss nichts tun, wenn man es nicht unbedingt will", stellte Lilli sanft richtig und umfasste seine Hände.

„So einfach ist das nicht", widersprach Farid. Er betrachtete die schwarzen Zeichen auf seinem Arm. „Vor vielen Jahren habe ich mir diesen Weg auf den Arm schreiben lassen, damit ich ihn niemals vergesse."

Lilli starrte auf die Zeichen, die mit einem Male eine ganz neue Bedeutung bekamen. „Arabisch?"

Er nickte.

Sie strich über das kürzeste Zeichen. „Sagst du mir, was es bedeutet?"

„Feuer", sagte er knapp, während seine Augen nach einem Punkt in der Ferne suchten.

„Und dieses hier?" Ihre Finger berührten ein Zeichen weiter oben am Arm.

„Kraft", antwortete Farid ohne hinzusehen. Sie fuhr über ein langes Zeichen, das vom Ellenbogen bis zur Schulter hinauf reichte.

„Ewige Verbundenheit", erklärte er, wobei seine Stimme nicht ganz fest war.

„Gerechtigkeit", übersetzte er das nächste Schriftzeichen.

Das Letzte befand sich auf der Innenseite des Handgelenks, dort, wo knapp unter der Haut das Blut pulsierte. Lilli drehte Farids Hand so, dass sie sanft ihre Finger daraufflegen konnte. Als er nichts sagte, drückte sie ihre Lippen auf die Stelle, wo die Haut durchscheinend und weich war. Dann setzte sie sich wieder neben ihn und zog die Beine an den Körper.

„Rache", sagte er nach langem Schweigen.

Sie betrachtete sein Profil, die markanten Züge, das kräftige Kinn und die schmale, sanft gebogene Nase. Sein Gesicht war ausdruckslos, doch sie spürte den Aufruhr hinter seiner Stirn. Als wollte er verbergen, was in ihm vorging, hatte er die Augen geschlossen.

„Es hat mit deinem Vater zu tun, nicht wahr?" Ihre Stimme war nur ein Hauch, aus Furcht, was er erzählen würde, falls er sich dazu entschließen konnte. Als er schwieg, nahm sie seine Hand und berührte ein weiteres Mal mit ihren Lippen die Stelle, an der dieses Wort eingeprägt war, das so schwer trug.

„Ich weiß nicht, was passiert ist", sagte sie ruhig, „aber lass nicht zu, dass die Rache dich zerfrisst."

„Sie verbrennt mich seit Jahren." Bitterkeit tropfte von den Worten, die er mehr zu sich selbst zu sprechen schien als zu ihr. „Verbundenheit zu meinem Vater, für die Ewigkeit. Gerechtigkeit, die ihm widerfahren wird, durch mich. Rache, der ich mein Leben mit allen Konsequenzen verschrieben habe. Das Feuer, das mich treibt, das nie erlöschen wird. Die Kraft, dass ich es durchhalte. Bis zum Schluss."

Ein Frösteln durchfuhr Lilli, als sie sich das Elend vorstellte, das in ihm herrschen musste.

„Das ist es nicht wert, Farid. Nichts ist es wert, dass man sein Leben für etwas hingibt, was von ganz anderer Stelle aus bestimmt ist. Deine Eltern haben dir das Leben geschenkt. Sie hätten niemals gewollt, dass du es auf diese Weise vertust. Ich bin mir sicher. Ich bin selbst Mutter. Wie auch immer mein Leben verlaufen wird, ich möchte, dass meine Kinder glücklich werden. Jede Minute, in der sie es nicht sind, wird mich traurig machen." Sie hoffte, dass sie Recht hatte. Sie wusste nichts von ihm und hatte dennoch das Gefühl, dass sein Schmerz und seine Wut zu einem Teil von ihr wurden.

Die Sonne war untergegangen. Es war die graublaue Zeit zwischen Tag und Nacht, in der Schatten zum Leben erweckt wurden und sich in die Herzen der Menschen stahlen.

„Hilf mir", hörte sie ihn so leise sagen, dass sie zuerst dachte, der Abendwind hätte ihr einen Streich gespielt. „Hilf mir, Lilli. Lösche das Feuer, das mich verbrennt."

Sie erhob sich, zog ihn an den Händen auf und führte ihn in die Hütte. Nachdem sie die Tür verschlossen und eine Kerze angezündet hatte, zog sie ihm das T-Shirt über den Kopf, bevor sie aus ihrem eigenen schlüpfte. Sie stellte sich hinter ihn, strich mit den Fingern über seinen Rücken, seine Schultern und berührte ihn mit den Lippen an diesen Stellen. Mit den Händen griff sie an seine Hüften und spürte, dass er erbebte. Dann küsste sie ihn zwischen die Schulterblätter, schmeckte getrockneten Schweiß und biss ihn sanft in die Schulter. Er stöhnte auf, blieb aber reglos stehen. Sein Atmen und das Klopfen seines Herzens klangen wie Musik in ihren Ohren, als sie um ihn herumging und vor ihm stehenblieb.

Die Augen hatte er geschlossen, zwischen seinen Lippen schimmerte ein schmaler Spalt weißer Zähne. Lilli griff in sein Haar und ließ ihre Hände über seinen Nacken gleiten bis nach vorn zur Brust. Dunkle Haare kringelten sich dort, an denen sie vorsichtig mit den Lippen zupfte, bevor sie ihn küsste. Als er wieder stöhnte, fasste sie erneut in sein Haar und zog seinen Kopf zu sich herunter. Sie hatte kaum den Mund auf seine Lippen gelegt, als er plötzlich aufkeuchte und sie fest mit seinen Armen umschlang.

Er küsste sie. Nicht sanft und vorsichtig wie noch vorhin, sondern hart und fordernd. Ihre Zähne schlugen aneinander, während ihre Zungen zueinanderfanden. Lilli zog ihn zu ihrem Schlafplatz und sank mit ihm hinab. Sie wollte ihn so sehr, dass sie am liebsten laut geschrien hätte. Sein Körper verriet ihr, dass er ebenso fühlte wie sie. Seine Lippen berührten ihren Hals, ihre Augen, ihren Mund.

„Zahra", wisperte er mit rauer Stimme an ihrem Ohr, „ich habe mich so danach verzehrt." Als er sie an sich presste, vermischte sich ihr eigenes Stöhnen mit seinem, und plötzlich lag sein Mund auf ihrer nackten Brust. Sie japste nach Luft und bog sich ihm entgegen. Sie hatte das Gefühl, sterben zu müssen und wusste gleichzeitig, dass sie noch lange nicht fertig gekostet hatte von dem Mann, der bei ihr lag.

Als sie den Knopf seiner Jeans öffnete, um ihn aus der Enge zu befreien, meinte er vergehen zu müssen. Er atmete den Duft ihrer Haare ein, die wie ein Schleier über ihn fielen und drückte sein Gesicht an die weiche Haut ihres Halses. Mit aller Macht versuchte er zu verhindern, dass sein Verstand fortgeschwemmt wurde von dem Verlangen und der Sehnsucht, sich in ihr zu verlieren.

Sie streifte ihre Shorts ab und er betrachtete ihre Haut, die im Schein der Kerze schimmerte wie heller Samt. Als sie an seiner Jeans zerrte, hielt er für einen Moment ihre Hände fest und strich ihr das Haar aus dem Gesicht.

„Willst du wirklich, Lilli?", fragte er mit einer Stimme, die nicht ganz fest war und heiser vor Begehren. Ihre Augen schienen beinahe violett, und mit den Lippen an seinem Mund sagte sie: „Ich wollte noch niemals etwas so sehr."

Er meinte, das Herz müsste ihm aus der Brust springen, als er sich von der Jeans befreit hatte und Lilli ihre Beine um ihn schlang. Sein Verlangen stieg ins Unermessliche, dabei wollte er, dass es ewig dauerte und niemals aufhörte. Er küsste ihre Arme, ihre Brüste, ihren Bauch. Sein Körper stand unter einer solchen Spannung, dass er es nicht mehr auszuhalten glaubte. Keine Sekunde länger konnte er – da zog sie ihn plötzlich auf sich und bot sich ihm an, indem sie die Beine für ihn öffnete und sich ihm entgegen hob.

„Komm zu mir", wisperte sie und sah ihn an, während er in sie hineinsank, ihren Schoß ausfüllte und nie wieder irgendwo anders sein wollte. Sie nahm ihn mit einem lauten Keuchen in sich auf und umschlang ihn mit den Beinen. Sie wollte ihn so sehr und ihr Schoß brannte vor Lust, dass es ihr den Verstand raubte.

„Lilli", flüsterte er erstickt, während er sich in ihr bewegte. Seine Hände hatten ihren Kopf umschlungen, streichelten ihr Haar, ihre Augen, ihre Wangen. Er begann sie zu erobern, keuchend und hart, gleichzeitig hatte er Angst, ihr weh zu tun. Doch sie presste ihn an sich und grub die Hände in sein Haar. „Ich will es so."

Tränen rannen ihr aus den Augen, vor Glück, dass das Leben ihr diesen Moment schenkte. Sie war sich sicher, dass in diesem Augenblick alles so war, wie es sein musste, als hätte sie all die Jahre genau darauf gewartet. Alles würde gut werden. Das wusste sie jetzt.

Als Farid den Höhepunkt seiner Lust erreichte und sich in ihr verströmte, löste sich ein Schrei aus seiner Brust und er konnte nicht sagen, ob es sein oder ihr Schluchzer war, der sich darunter mischte. Alles tat ihm weh. Sein Körper, der nach monatelanger Enthaltsamkeit an keine Erleichterung mehr gewöhnt war. Sein Herz, das zu zerreißen drohte, weil er wusste, was kommen würde, wenn er wieder klar denken und handeln konnte. Und schließlich sein Geist, der – jahrelang getrieben von Hass und Rache – versuchte, sich davon zu befreien und sich dennoch verraten fühlte. Ihm war, als wäre er in Tausende Teile zersprungen, die sich nun nach und nach neu sortierten, jedoch Schwierigkeiten damit hatten, den richtigen Platz zu finden.

Er lag bei Lilli, so nah, dass ihre Körper nahezu miteinander verschmolzen. Er hatte ihr sicher wehgetan. Etwas hatte ihn getrieben, sein Verstand hatte nicht mehr gehorcht und er war nicht mehr Herr seiner Sinne gewesen.

„Zahra", sagte er gepresst und sah auf. Ihre Augen trafen auf seine und ein leises Lächeln umspielte ihren Mund, als sie ihn sanft auf die Stirn küsste.

„Farid el Hakim. Sag nichts, bitte. Ich möchte für einen winzigen, geschenkten Augenblick glauben, dass es immer so bleiben kann."

Er nahm ihre Hand und führte sie an seine Lippen. Als sie sich einige Zeit später noch einmal liebten, geschah es langsam und voller Zärtlichkeit. Eng umschlungen und glücklich fielen sie schließlich in einen erschöpften Schlaf.

Als Lilli aufwachte, war es die Leere an ihrer Seite, die ihr zuerst auffiel. Ohne die Augen zu öffnen blieb sie liegen und empfing den neuen Tag mit all ihren Sinnen. So wie sie ihn, Farid, letzte Nacht empfangen hatte. Ein warmes Gefühl durchströmte sie bei der Erinnerung.

Der Duft von Minze lag im Raum und sie vermutete, dass Farid bereits Tee gekocht hatte. Helles Licht drang durch ihre geschlossenen Lider, was bedeutete, dass auch heute die Sonne am blauen Himmel stand. Wie passend. Sie räkelte sich behaglich, wobei ihrer Brust ein wohliges Grunzen entfuhr, und spürte entzückt die Nachwehen der Nacht. Ihre Lippen brannten an den Stellen, wo er sie in ungezügelter Leidenschaft gebissen hatte. Ihr Schoß fühlte sich heiß und wund an, als würde das Feuer noch immer in ihr lodern.

Falls Farid im Raum war, so machte er nicht das leiseste Geräusch. Sie seufzte laut und schlug die Augen auf. Da saß er, direkt ihr gegenüber an die Wand gelehnt, mit seinem Becher in der Hand und betrachtete sie. Er trug Jeans und T-Shirt. Das Mondsteinamulett lag auf seiner Brust und Lilli sah auf seine schmalen Hände, die vor ein paar Stunden auf ihrem Körper gelegen und unfassbar schöne Dinge mit ihr gemacht hatten.

Sie wusste, dass ihr Gesicht mit der Sonne um die Wette strahlte und war kein bisschen verlegen darum. Wenn es nach ihr ginge, würden sie sofort da weitermachen, wo sie in der Nacht aufgehört hatten. Sie wollte ihn auf der Stelle wieder empfangen, ihm Heimat sein. Ihre Herzen beieinander wissen. Die Verzweiflung war aus seinen Augen gewichen. Was auch immer die Zukunft bringen würde, es war richtig gewesen.

Farid stand auf und trat zu ihr. „Komm", sagte er mit einem Lächeln in den Augen und hielt ihr die Hand hin, um sie hinaufzuziehen. „Bevor sich die Murmeltiere über unser Frühstück hermachen."

Als ihre Hände sich berührten, begann Lillis Körper erneut zu beben. Sie hätte ihn so gerne an sich gezogen, ihr Gesicht an die weichen Haare in seinem Nacken geschmiegt und seinen Duft eingeatmet, um ihn niemals zu vergessen. Stattdessen ließ sie sich von ihm ein paar Meter von der Hütte wegführen, wo er auf Steinen und Gräsern zum Frühstück gedeckt hatte.

Lillis Magen fing wie auf Befehl zu knurren an, und ihr fiel ein, dass sie nichts mehr gegessen hatten, seit Wolli gegangen war. Sie aßen Brot mit Käse, Speck und Eiern, sprachen nur das Nötigste dabei, konnten aber die Augen kaum voneinander lassen. Lilli betrachtete die dunklen Zeichen auf seinem Arm, die so viel über ihn erzählten, nun, da sie die Bedeutung kannte.

Trotzdem erschien es ihr, auch wenn es nicht möglich war, dass die Schriftzüge heute Morgen nicht ganz so intensiv hervortraten wie sonst. Sie sah, dass er ihrem Blick gefolgt war und registrierte, dass der Ausdruck seiner Miene sich leicht verfinsterte. Nein, dachte sie mit leisem Bedauern, es war noch nicht vorbei. Das war auch nicht zu erwarten. Das, was er sich auf die Haut hatte einprägen lassen, bestimmte sein Leben. Schon viel zu lange.

Nach dem Essen bat Farid sie mitzukommen und sie setzten sich nebeneinander vor die Wand des kleinen Hauses, mit Blick zum Tal und auf das großartige Panorama der östlichen Berge, über denen sich die Sonne gerade erhob.

Ihre Körper berührten sich, so nah saßen sie beieinander. Farid nahm ihre Hand, küsste sie in die Handfläche und umschloss sie mit seinen beiden Händen. Sein Blick war in die Ferne gerichtet, als er leise zu sprechen begann.

„Ich kann dir nichts versprechen, Lilli. Ich würde es gerne tun, aber ich kann nicht."

Sie schwieg. Eine Hoffnung, an die sie nicht wirklich geglaubt hatte, keimte in ihr auf und schmerzte zugleich aus Angst, dass sie vergebens war.

„Ich kann mir zum ersten Mal seit Jahren vorstellen, dass das Leben noch etwas anderes für mich bereithält. Ich wage kaum, es laut auszusprechen. Nur habe ich etwas angefangen und muss es auch zu Ende bringen. Dieses eine Mal noch."

Sie drückte seine Hand. „Ich kann warten."

„Ja, das weiß ich. Aber was ist, wenn ich nicht wiederkomme?"

Angst griff wie eine Klammer nach Lillis Brust. „Ist das denn wirklich möglich?", stieß sie unter Mühe hervor.

„Die Chancen stehen fünfzig zu fünfzig, denke ich", antwortete er emotionslos und vermied es, der Ahnung, die in ihm wohnte, zu viel Gewichtung zu geben.

„Oh mein Gott", keuchte sie auf. Zärtlich strich sie mit ihren Händen über seinen Arm und versuchte, sich nicht vorzustellen, was wäre, wenn …

„Ich habe keine Angst davor, weißt du", sagte er jetzt schlicht. „Ich habe immer gewusst, dass irgendwann der Tag kommen wird. Ich wollte es so und es war in Ordnung."

„Hör auf!", schluchzte Lilli. „Hör bitte auf!"

„Nein, süße Zahra. Ich will, dass du mich verstehst."

„Wie kann ich dich verstehen? Was habt ihr Männer immer nur mit dem Tod? Entweder ihr mordet oder ihr lasst euch ermorden!", schleuderte sie ihm unter Tränen wütend entgegen.

„Ich morde auch." Seine Stimme war ruhig, beinahe sachlich.

„Was?" Sie hatte es zwar geahnt, aber es so ungeschönt und direkt aus seinem Mund zu hören, erschütterte sie dennoch. Plötzlich überschwemmte sie eine tiefe Traurigkeit. „Warum sind Männer und Frauen in dieser Hinsicht nur so verschieden?" Farid sah sie von der Seite an, Unsicherheit im Blick.

„Wir schenken Leben und ihr nehmt es. Ist das nicht sonderbar? So war es schon immer. Und wahrscheinlich wird es auch weiterhin so sein." Sie fuhr mit dem Handrücken über ihr tränennasses Gesicht. Farid wandte sich zu ihr und hob die Hand, ließ sie jedoch wieder sinken aus Angst, sie wollte nicht berührt werden. Von einem Mörder. Er würde sie verstehen.

In Lilli tobte ein Sturm. Er hatte es ausgesprochen. Doch änderte es etwas? Sie hatte ihn gern. Nein, sie musste ehrlich sein. Sie liebte ihn schon längst. Was wäre, wenn er tatsächlich Leben nahm? Sie mochte es sich nicht vorstellen und doch wusste sie, dass es die Wahrheit war. Er würde sie nicht belügen. Genauso sicher aber wusste sie, dass sie ihn trotzdem liebte. Ihn immer noch mit allen Sinnen begehrte und ihn auf der Stelle wollte.

Fünfzig zu fünfzig, hatte er gesagt. Entweder die anderen oder er. Dann doch lieber die anderen, entschied sie und war entsetzt über sich selbst. Machte sie dieser Gedanke nicht ebenso zur Mörderin? Sie wollte diesen Mann, so wie er war. Die dunkle Seite gehörte zu ihm. Sie wollte den Grund für diese finstere Verzweiflung wissen, wollte ihn verstehen. Warum ging er so weit, dass er den Tod freiwillig in Kauf nahm?

Sie starrte auf ihre Hände, die sich schmerzhaft in ihre Oberschenkel krallten. Farids Körper strahlte fiebrige Wärme aus und als sie aufblickte, schaute er sie abwartend an, als würde er damit rechnen, dass sie aufstehen und gehen würde.

Lilli zog die Knie unters Kinn und schlang die Arme um ihre Beine. Sie riss sich von seinen Augen los und legte den Kopf an das warme Holz der Hütte.

„Frag mich." Seine Stimme war leise aber fest. „Ich werde dir antworten, wenn ich kann."

Überrascht sah sie ihn an. Es war so viel, was sie wissen wollte. Wenn sie aber die falschen Fragen stellte, würde er sich wieder verschließen. Sie überlegte.

„Warum nennst du mich Zahra?" Diese Frage war harmlos, lag ihr aber brennend auf dem Herzen. Seine Augen blitzten kurz auf und ein kleines Lächeln erhellte seine Züge.

„Das Wort Zahra stammt aus der Sprache meiner Mutter und heißt übersetzt Blume. Es ist ein Kosewort und passt zu dir. Zu deinem Namen, Lilie."

„Es klingt schön, wenn du mich so nennst." Ihre leise Befürchtung, dass es der Name einer Frau war, die ihm einst etwas bedeutet hatte, löste sich in Nichts auf und sie wünschte sich, er würde ihn jetzt zu ihr sagen, mit der Leidenschaft von letzter Nacht.

„Sonst noch etwas?", unterbrach er ihre Gedanken und ihr wurde warm unter seinem aufmerksamen Blick. Sie hoffte, er konnte keine Gedanken lesen.

„Wo wohnst du? Ich meine", korrigierte sie sich, „woher kommst du? Wo hast du als Kind gelebt?"

„In Berlin."

„Hast du dort auch Medizin studiert?"

„Ja. Sechs Semester. Dann habe ich abgebrochen."

„Warum?" Er wäre ein begnadeter Arzt, davon war sie überzeugt. Sie dachte an seine Hände, die sie bereits bei ihrer ersten Begegnung fasziniert hatten, als er ihre Füße behandelte. Dann dachte sie an die vielen kleinen Feuer, die sie auf ihrer Haut entfacht hatten, ein paar Stunden zuvor. Ihre Wangen wurden heiß, als sie daran dachte und ihr Unterleib zog sich schmerzhaft zusammen vor Sehnsucht.

„Medizin zu studieren war immer mein Traum gewesen. Aber ich erkannte, dass ein Informatikstudium besser zu dem Weg passen würde, für den ich mich entschieden hatte."

„Du wärst ein toller Arzt, Farid. Hast du es nie bereut?"

„Nein, das nicht. Aber es vergeht kaum ein Tag, an dem ich nicht denke, dass ich gerne Arzt wäre. Die Berufung dazu liegt seit Generationen in unserer Familie.

Meine Mutter war Ärztin, ihre Eltern ebenfalls, und so geht es weit zurück."

Seine Ehrlichkeit berührte sie. Und warf ebenso unzählige neue Fragen auf. Was hatte er nur auf sich genommen? Und weshalb? Sie würde ihn nicht nach seinem Vater fragen, denn dort lag der Ursprung all dessen, was ihn zu dem Menschen machte, der er war. Es musste so sein. Sie spürte es.

„Ist deine Mutter keine Ärztin mehr?", wagte sie dann zu fragen.

„Nein", gab er zurück und presste unbewusst seine Kiefer aufeinander.

Lilli hob die Hand und malte sachte die Schriftzeichen auf seinem Unterarm nach. Er schloss die Augen.

„Seit wann hast du sie?", fragte sie leise, ließ ihre Hand in seine gleiten und verflocht ihre Finger ineinander.

„Seit dem Tag, als ich achtzehn wurde. Da konnte man es mir nicht mehr verweigern."

„Und wie lange haben sie es dir verweigert?"

Farid warf ihr einen Seitenblick zu. „Etwa zwei Jahre lang habe ich sämtliche Tattoo-Studios von Berlin immer wieder aufgesucht. Ich habe genervt und gedroht, und es ist ihnen im Nachhinein hoch anzurechnen, dass sie sich geweigert haben."

Sie drückte seine Hand. Mit sechzehn Jahren solche Qualen leiden zu müssen, getrieben zu sein von Gefühlen, die man vielleicht noch nicht einmal wirklich verstand. Wie schrecklich.

Als sie schwieg, sah er sie fragend an.

Ihr Blick fiel auf den Anhänger um seinen Hals. Sie hob die Hand und berührte ihn.

„Welche Bedeutung hat er, dein Geburtsstein?"

Farid legte seine Hand auf ihre.

„Der Mondstein ist der Geburtsstein des Monats, in dem ich geboren wurde. Juni. Mein Vater hat ihn für mich geschliffen, als ich zur Welt gekommen bin. Wenn man die Gabe hat, in die Zukunft zu sehen, so wird sie durch den Stein verstärkt. So heißt es. Er gibt Ahnungen und Träumen eine neue Bedeutung."

Lilli betrachtete den milchig weißen Stein voller Ehrfurcht. „Gibt es das wirklich?" Dann sah sie in seine Augen und flüsterte: „Hast du es schon einmal erlebt?"

Er sah an ihr vorbei, seine Augen zu Schlitzen verengt, und fixierte einen Punkt in der Ferne. Dann zuckte er die Schultern.

„Schwer zu sagen", meinte er vage. Sein Gesicht verriet nichts.

Sie sah auf und suchte seinen Blick. Sie hatte das sichere Gefühl, dass er mehr dazu hätte sagen können. Ahnte er tatsächlich etwas von dem, was passieren würde? Bei ihm konnte sie sich das zweite Gesicht besser vorstellen als bei allen anderen Menschen, die sie kannte. Ihr fröstelte.

„Keine Frage mehr", sagte sie schließlich und dachte dabei an jene, die sie ihm nicht stellen durfte. Schmerzlich dachte sie an den Anfang ihres Gespräches. Er würde ihr eine gemeinsame Zukunft versprechen, wenn er könnte. Er wollte es genauso wie sie. Ihr Herz würde so gerne singen vor Hoffnung, vor Liebe, vor Freude. Doch die Angst erstickte alles im Keim. Nein, nicht alles. Nicht die Liebe.

Farid sah ihr in die Augen. Eine Frage stand darin, während er ihr das Haar aus dem Gesicht strich. Dann senkte er den Mund auf ihren, langsam, als würde er ihr bis zuletzt die Entscheidung überlassen, ob sie ihn immer noch wollte. Als sie ihre Lippen für ihn öffnete, zog er sie mit einer Bewegung auf seinen Schoß und presste sie an sich. Sie fasste in sein Haar und meinte, die Sinne müssten ihr schwinden, als sie spürte, wie sehr er sie begehrte. Mit einer Bewegung zog sie ihm das T-Shirt über den Kopf und ließ ihren Mund über seine Brust gleiten, was er mit einem Aufkeuchen beantwortete. Nachdem sie die restliche Kleidung von ihren Körpern gezerrt hatten, setzten sie sich gegenseitig mit Mund und Händen in Flammen, sodass sie meinten, vor Lust und Verlangen vergehen zu müssen. Als er sie schließlich nahm und erneut zu seiner Frau machte, rief er ihren Namen in ihr Haar. Kurze Zeit später fand er sich unter ihr wieder, als wäre sie eine Amazone, die ihn bis zum Rande des Universums ritt und ihn mitnahm auf den höchsten und süßesten Gipfel der Ekstase, den ein Mensch erreichen konnte.

Sie lagen nebeneinander, die Haut feucht und der Herzschlag noch nicht zur Ruhe gekommen, als Farid mit einem Finger zärtlich Muster auf ihrem Bauch zu malen begann, den Kopf auf ihrer Brust.

„Die Eltern meiner Mutter sind noch vor deren Geburt von Ägypten nach Deutschland gekommen. Sie waren Muslime, aber für ihre Zeit eher modern eingestellt und der Meinung, verschiedene Religionen können durchaus miteinander auskommen, wenn man ein gewisses Maß an Toleranz besitzt. So kam meine Mutter in Berlin zur Welt, als Tochter eines Ärzte-Ehepaares, und wuchs behütet, aber recht freigeistig auf. Für sie stand früh fest, dass auch sie Ärztin werden wollte. Während ihres Studiums in Berlin lernte sie Jakob kennen. Meinen Vater."

Gedankenverloren griff Farid nach dem Anhänger an dem Lederband.

„Er war befreundet mit einem ihrer Kommilitonen und sie verliebten sich auf den ersten Blick ineinander.

Er war Edelsteinschleifer und arbeitete bei einem kleinen Juwelier in der Stadt. Nach kürzester Zeit wussten sie, dass sie ihr Leben miteinander verbringen wollten, was natürlich nicht einfach war. Wie auch immer, vier Jahre später heirateten sie. Nur standesamtlich natürlich. Das war 1980. Meine Mutter war bis dahin noch nie in Ägypten gewesen und es war ihr Traum, irgendwann mit meinem Vater dorthin zu reisen, um die Heimat ihrer Eltern und ihre eigenen Wurzeln kennenzulernen. Sie verschoben es immer wieder und beschlossen, als ihre beiden Kinder nicht mehr ganz so jung waren, eine Familienreise zu machen. Als es dann soweit war, hatte meine Schwester die Windpocken. Wir flogen also nicht. Nach den Sommerferien aber entschieden meine Eltern, für zwei Wochen alleine nach Ägypten zu reisen. Wir Kinder blieben bei den Großeltern."

Als er schwieg, fuhr Lilli ihm mit den Fingern durch den dunklen Haarschopf und wusste schon, dass sie das Ende der Geschichte nicht wirklich hören wollte. Sie strich über seinen warmen Nacken, über das Lederband, das sich daran schmiegte und ließ die Hand dort liegen.

„Am 18. September 1997 sprengten islamistische Terroristen vor einem Museum in Kairo einen Bus in die Luft. Meine Mutter stand noch davor, während mein Vater bereits drinnen war."

„Oh mein Gott", wisperte Lilli erschüttert in sein Haar und meinte, die Qual zu fühlen, die ihn heute noch zerriss. Sie legte ihre Wange an seinen Kopf und weinte lautlos. Daher die Wut. Der Zorn. Der Durst nach Rache.

Sie begann, den Kampf zu verstehen, der in ihm tobte. Ebenso fing sie an zu ahnen, was er tat und wollte es mit aller Macht verhindern.

„Meine Mutter überlebte schwerverletzt", fuhr Farid kurze Zeit später fort. „Als sie einige Wochen später zurückkam, war sie nicht mehr dieselbe. Ihre Praxis musste geschlossen werden und sie lebte in einer Klinik, in der sie rund um die Uhr betreut wurde. Ihr Körper hatte sich erholt, aber ihr Geist hat sich seitdem zurückgezogen und sie hat mehrmals versucht, sich das Leben zu nehmen. Esmée, meine Schwester, war damals neun Jahre alt. Ich war fünfzehn. Wir waren mit einem Mal so gut wie Vollwaisen, hatten aber glücklicherweise unsere Großeltern von beiden Seiten. Sie kümmerten sich um uns. Was sicherlich keine dankbare Aufgabe war. Zumindest nicht, was mich anging. Ich erspare dir Details aus meiner Jugend."

Lilli strich ihm mechanisch die wirren Locken aus dem Gesicht.

„Wo ist deine Mutter jetzt?", fragte sie schließlich und küsste ihn auf die Schläfe.

Farid stieß bitter die Luft durch die Nase aus. „Esmée hatte einst Träume. Sie konnte sich ebenso wie Papa für Edelsteine begeistern und lernte denselben Beruf." Das Wort Papa aus seinem Mund zu hören, rührte Lilli zutiefst. Wie schnell konnte man doch vergessen, zu schätzen, was man besaß. Papa. Vor ihren Augen erschien das sorgenvolle Gesicht des Mannes, der ihr Vater war.

„Sie kann wunderschönen Schmuck entwerfen und anfertigen", erzählte Farid. „Sie hat begnadete Hände."

Wie du, dachte Lilli und nahm seine Hand, um sie an ihre Wange zu legen.

„Aber sie konnte nie vergessen, dass wir ihretwegen nicht zur geplanten Zeit reisen konnten. Je älter sie wurde, umso mehr belastete sie das. Heute arbeitet sie für eine große Schmuckfirma in der Produktion. Sie schleift immer noch Steine, aber es ist lange nicht das, was sie wirklich machen wollte. Mutter lebt bei ihr, wobei Esmée sie morgens fortbringt und nach Feierabend wieder nach Hause holt. Sie ist jetzt siebenundzwanzig Jahre alt und hat vom Leben noch nichts gehabt. Außer einem Bruder, der seit Jahren mit seiner Rache beschäftigt ist und sie im Stich gelassen hat. Seit ich vor sechs Jahren fortgegangen bin, weiß sie nicht einmal, ob ich noch lebe. Ich habe den Kontakt abgebrochen."

Den letzten Satz hatte er mit schwankender Stimme hervorgebracht.

„Aber warum?", rief Lilli bestürzt.

„Hast du eine Ahnung, was ich tue, Lilli?"

Gänsehaut breitete sich auf ihrem Körper aus, als sie erschauderte.

„Ich bin mitten unter Mördern und versuche zu verhindern, dass sie morden. Im Namen von Allah, so behaupten sie. Wenn ich irgendwann auffliege und sie herausfinden, dass es Menschen gibt, die zu mir gehören und die mir etwas bedeuten, können sie mich zu allem zwingen. Und meine Familie wäre in tödlicher Gefahr. Glaub mir, sie haben weder Gewissen noch Moral und sie töten, ohne auch nur mit der Wimper zu zucken."

Lilli schluckte. Ihr schwirrte der Kopf. Einiges von alldem hatte sie bereits vermutet. Und doch klang es, nachdem Farid es ausgesprochen hatte, unendlich grausam, aber auch unwirklich. Als wäre dieser Ort, Tadamun, ein Ort von Frieden, wo so etwas nicht passieren konnte. Doch jetzt, da sich die vielen Puzzleteilchen zu einem Ganzen zusammengesetzt hatten, erkannte sie den Abgrund, vor dem Farid sich befand. Er tat sich nun auch zu ihren Füßen auf und sie musste an sich halten, um nicht laut aufzuschreien.

Farid löste sich von ihr und begann sich anzuziehen. Mit fahrigen Bewegungen schlüpfte Lilli in T-Shirt und Shorts.

„Wann soll es passieren?", stieß sie endlich hervor, da sie das Gefühl hatte, sonst ersticken zu müssen. Er trat zu ihr und hob ihr Kinn an, sodass sie ihn ansehen musste.

„Süße Zahra", er küsste sie sanft auf den Mund. „Das darf ich dir nicht sagen. Heute ist Samstag. Ich werde morgen Abend fortgehen und voraussichtlich am Mittwoch wieder hier sein, wenn …", er brach ab und schwieg.

„Wenn alles gut geht", ergänzte sie bitter und traurig den Satz. Er nickte und drückte ihren Kopf an seine Brust. Sein Herz schlug laut und so stark, dass sie es an ihrer Wange spürte. Insgeheim flehte sie es an, niemals damit aufzuhören.

„Ich habe Angst um dich", sagte sie erstickt und hielt ihn fest umschlungen, während sie die Augen schloss und versuchte, sich nichts von dem vorzustellen, was passieren mochte.

„Ich habe auch Angst, Lilli. Zum ersten Mal habe ich Angst." Er sprach in ihr Haar und sog ihren Geruch tief in sich auf. Schließlich löste sie sich aus seiner Umarmung.

„Danke, dass du es mir erzählt hast."

„Ich möchte, dass du weißt, wieso ich so lebe. Was mich dazu treibt." Er sprach ruhig und gefasst, als hätten sich die Wogen auf seiner Seele wieder geglättet. Lilli aber wusste jetzt, dass es Disziplin war, die er jahrelang geübt und so perfektioniert hatte, dass man ihm nicht anmerken konnte, was in ihm vorging. Sonst hätte er nicht bis heute überlebt. Traurig sah sie ihn an.

„Ich würde dir so gerne helfen und weiß doch, dass ich es nicht kann." Ihre Stimme klang spröde. Farid nahm ihre Hände und legte sie an seine Brust.

„Lilli", entgegnete er leidenschaftlich und mit Nachdruck, „sag das nicht. Du hast ja keine Ahnung, wie sehr du mir hilfst. Du hast mir gezeigt, dass es Wichtigeres gibt, als das Leben der Gewalt zu verschreiben. Dass ich noch etwas anderes empfinden kann als nur Hass. Durch dich weiß ich, dass ich noch lebe. Wirklich lebe. Und dass das Leben vielleicht doch noch etwas für mich bereithält, wofür es sich zu leben lohnt. Dich nämlich." Er küsste ihre Augen. „Ich würde nicht fortgehen, wenn es nicht sein müsste. Aber dieses eine Mal muss ich noch gehen. Die Zahnräder haben sich schon in Bewegung gesetzt. Bisher ging es immer gut, und so Allah oder Gott will, wird es auch diesmal so sein."

Er presste ihre Hände an seinen Mund und schloss die Augen. Eine dunkle Wolke huschte über sein Gesicht, aber Lilli hörte ihm so gebannt zu, dass sie sie kaum wahrnahm. Dann umfasste er ihren Kopf und ließ seinen Blick in das tiefe Blau ihrer Augen sinken.

„Ich werde zu dir zurückkommen, wenn es vorüber ist. Wenn du mich wirklich willst."

„Ja", hauchte sie kaum hörbar und wollte noch etwas hinzusetzen, als ganz in der Nähe ein Raubvogel einen lauten, langgezogenen Schrei ausstieß.

Während Farid zu Stein erstarrte, hob Lilli den Blick suchend zum Himmel.

„Verflucht!", zischte er durch die Zähne, ergriff im selben Moment Lillis Ellenbogen und zog sie energisch mit sich in die Hütte.

„Was …?", begann sie überrascht, doch Farids Miene ließ sie schweigen.

„Bleib in der Hütte, bis ich wieder da bin!"

Mit diesen Worten zog er hastig seine Schuhe an und sah sich dabei suchend um. Er schnappte sein Messer vom Tisch und steckte es in die Hosentasche. Dann packte er sie bei den Schultern.

„Warte hier. Kein Schritt nach draußen!"

Sie nickte ergeben und blieb reglos auf der Stelle stehen. Er war schon zur Tür hinaus, als sie sich vorsichtig ans Fenster stellte und hinausspähte. Dort war nur einsame Natur. Vertraut und friedlich. Sonst nichts.

Farid schlug bewusst einen großen Bogen, bevor er in die Richtung lief, aus der der Schrei des Bussards gekommen war. Er wusste, dass es Kalil war. Wieso in aller Welt war er hier? Und was wollte er?

Wenn auch kein Mann aus dem Kreis der Sieben einem anderen wirklich vertraute, so wäre doch Kalil derjenige gewesen, den er sich als Freund gewünscht hätte. Insgeheim vermutete Farid sogar, dass Kalil ahnte, dass er nicht der war, für den er sich ausgab. Trotzdem war Vertrauen in ihrer Situation nicht angebracht und barg zu viele Gefahren.

Dann sah er den rothaarigen Kameraden aus der Truppe abseits des Hauptweges den Berg hinaufgehen. Er war in seine Uniform gekleidet und blickte sich suchend um.

„Kalil!", rief Farid und lief auf ihn zu. Sie begrüßten einander wie gewohnt und legten sich gegenseitig die rechte Hand auf die Schulter. Während Farid den Mann mit schmalen Augen argwöhnisch musterte, sah dieser ihn mit einer Miene an, in der sich Erleichterung abzeichnete.

„Hakim. Gut, dass ich dich gefunden habe."

Farid blieb vorsichtig.

„Wieso suchst du mich hier? Ich bin offiziell in Oberstdorf."

„Ja", entgegnete der Mann mit den hellen Augen ernst, „genau darum geht es. Lass uns einen Platz zum Reden suchen."

Farid lief mit leichten Schritten ein paar Meter den Berg hinauf und bog hinter einem Felsvorsprung scharf nach links ab. Dort setzten sie sich auf den Boden.

„Der Fuchs", begann Kalil leise. „Er traut dir nicht und schürt das Feuer gegen dich."

Farid nickte verstehend. Er hatte es schon geahnt, als er die Truppe gestern früh verlassen hatte. „Er heißt nicht umsonst ‚der Fuchs'. Den Namen hätte man ihm nicht gegeben, wenn er sich nicht bewährt hätte."

„Natürlich, das weiß ich", räumte sein Kamerad ein. „Aber er hat unseren Truppenführer soweit, dass er anfängt, misstrauisch zu werden. Vergiss nicht, dass du von uns derjenige bist, der den größten Freiraum hat. Dich kontrolliert keiner, weil Hadi dir vertraut. Genau dort setzt der Fuchs an. Er wird sich spätestens morgen früh auf den Weg nach Oberstdorf machen, um sich davon zu überzeugen, dass du dort bist und deiner Aufgabe nachgehst."

Farid sah alarmiert auf, riss sich jedoch zusammen, und seine Stimme klang gelassen, als er sprach.

„Und wieso suchst du mich hier und nicht in Oberstdorf? Wieso suchst du mich überhaupt?"

Der Rothaarige senkte den Blick auf seine Hände. „Hakim. Wir kennen uns seit drei Jahren und trotz der Dinge, die wir tun, habe ich doch Augen und Verstand. Vielleicht verbindet uns etwas. Zumindest würde ich mir wünschen, dass es möglich wäre. Ich meine dich zu kennen, besser als alle anderen, und ich habe das Gefühl, dass du dich verändert hast. Wir wissen alle, dass du von uns derjenige bist, der am meisten Mitgefühl und Menschlichkeit besitzt." Er winkte ab, als Farid den

Mund aufmachte. „Du bist nicht umsonst der Hakim bei uns. Es ist verständlich, dass jemand, der heilt, nicht gerne mordet. Das wissen wir. Auch unser Anführer."

Farid nickte zustimmend. Kalil hatte Recht. Er war immer derjenige, der zu beschwichtigen versuchte.

„Aber", fuhr Kalil nun fort und musterte sein Gegenüber, „wie gesagt: Ich habe den Eindruck, es hat sich etwas verändert. Wenn ich in deine Augen sehe, so ist der Ausdruck darin ein anderer als früher. Keinem aus der Truppe ist entgangen, dass du nur die allernötigste Zeit im Lager verbringst. Und dass du nicht weit fort sein kannst, liegt auf der Hand."

Farid fixierte einen Stein auf dem Boden und verfluchte sich selbst. Es war genau das passiert, was er immer zu vermeiden versucht hatte. Jede Auffälligkeit, und war sie noch so klein, konnte alles aufs Spiel setzen. Und dann war es nur noch eine Frage der Zeit, bis man ihn entdeckte.

Er hob den Blick und sah dem Mann in die Augen, der versuchte, ihm das Leben zu retten. Warum auch immer. War er wirklich so leicht zu durchschauen? Oder hatte Kalil eine außergewöhnliche Begabung, in einem Menschen zu lesen? Er wusste nichts von ihm. Wie auch? Sie sprachen nie über sich selbst.

Kalil stand auf und nahm einen Schluck Wasser aus der kleinen Flasche, die an seinem Gürtel hing.

„Mehr habe ich nicht zu sagen. Ich muss zurück, sonst vermissen sie mich. Es ist deine Sache, Hakim, was du jetzt tun wirst. Uns stehen bewegte Zeiten bevor und wer weiß schon, was die Zukunft bringen wird."

Sie sahen sich für einige Sekunden in die Augen, das eine Paar schimmernd wie nasser Schiefer, das andere hell wie der Himmel an einem wolkenlosen Wintertag. Schließlich nickte Farid beinahe unmerklich und formte mit den Lippen einen lautlosen Dank. Dann war Kalil verschwunden.

Lilli fühlte sich wie ein Tiger, den man in einen Käfig gesperrt hatte. Sie lief die wenigen Meter des kleinen Raumes auf und ab und horchte auf jedes Geräusch, das Gefahr bedeuten konnte. Gefahr für sie beide, denn wenn man sie bei ihm fand, dann war es vorbei. Sie legte eine Hand auf die Stirn und schüttelte diesen Gedanken ab. Immer wieder flog ihr Blick zu den Brettern am Boden. Nur, wenn es gar nicht anders ging, würde sie dort hinunter gehen – ihr wurde beinahe übel bei dem Gedanken an das dunkle Versteck. Und doch musste sie es in Erwägung ziehen.

Die Tür flog auf, ohne dass sie vorher den geringsten Laut vernommen hatte. Vor ihr stand Farid. Er sah sie an, und doch hatte Lilli den Eindruck, dass er sie nicht wahrnahm. Hinter seiner Stirn arbeitete es, dann begann er, sich umzuziehen.

Nicht jetzt schon, dachte Lilli verzweifelt und bohrte sich die Nägel in die Unterarme. Hätten ihnen nicht noch ein paar Stunden bleiben können? War das wirklich zu viel verlangt?

„Es ist etwas vorgefallen, deshalb muss ich gehen. Sofort!", sagte er auch schon, als er, nur in Boxershorts gekleidet, Jeans und T-Shirt zusammenlegte und in den kleinen Rucksack steckte. Aus dem Bodenfach nahm er ein frisches Shirt und seine khakifarbene Wanderhose und zog sie an.

Während Lilli mit dem Rücken an der Wand entlang zu Boden geglitten war und ihm zusah, wie er immer wieder Dinge in sein Gepäck steckte, kämpfte sie gegen die Tränen an, die unbedingt aufsteigen und herausfließen wollten. Sie zwang sie jedoch zurück und schwor sich, keine Schwäche zu zeigen. Sie wollte es ihm nicht noch schwerer machen. Er würde es sowieso in ihrem Gesicht lesen, wenn er noch Zeit hatte, sie anzusehen und sich zu verabschieden.

Lillis Kopf war völlig leer. Sie sah ihm zu, ohne wirklich zu sehen. Zu irgendwelchen Gedanken war sie nicht in der Lage. Plötzlich bückte er sich zu ihr, fasste sie bei den Händen und zog sie zu sich hinauf. Er schlang seine Arme um sie, legte seinen Mund an ihr Ohr und begann leise zu sprechen.

„Es geht nicht anders, Lilli, glaub mir. Hör mir bitte zu, es ist wichtig."

Lilli nickte. „Ja", stieß sie hervor.

„Ich möchte, dass keiner, der die Hütte betritt, vermuten könnte, dass ich hier nicht alleine lebe. Pack deinen Rucksack und verstecke ihn. Im Moment kannst du von Tadamun nicht weg, es wäre zu gefährlich. Ich gehe davon aus, dass ich im Laufe des Mittwochs zurückkomme. Falls ich aber bis Donnerstag um die Mittagszeit noch nicht hier sein sollte, dann gehst du nach Oberstdorf zurück und meldest dich wie besprochen bei Yassin. Weißt du es noch?"

Wieder nickte Lilli in seinen Nacken hinein.

„Gut. Wenn es dir möglich ist, schließe dich einer Wandergruppe an. Jeden Tag laufen immer wieder Menschen den Wanderweg entlang. Leg dich auf die Lauer und stoße wie zufällig zu ihnen. Das ist sicherer für dich. Falls du denkst, ins Tal hinunterzugehen wäre die bessere Lösung, weil es viel kürzer ist bis dorthin, so bitte ich dich, es nicht zu tun. Den Weg werden sie im Auge haben. Also versprich mir, bitte Lilli, versprich mir, nicht den Weg hinunter ins Tal zu gehen." Er schwieg und hielt sie fest, wobei er seine Lippen an ihre Schläfe gepresst hielt.

Lilli konnte nicht verhindern, dass sie aufschluchzte, bevor sie antwortete.

„Ich verspreche es. Alles. Ich passe auf mich auf und warte, bis du wieder hier bist. Versprich du mir dafür, dass du wiederkommst."

Farid streifte das Lederband über den Kopf und legte für einen Augenblick seinen Mund auf den Anhänger. Dann legte er es ihr um den Hals.

„Der Mondstein ist das einzige, was mir von meinem Vater geblieben ist. Esmée hat mir dieses Amulett daraus gemacht, als ich von zu Hause fortgegangen bin. Du siehst, Lilli: Alles was mir wichtig ist, du eingeschlossen, bleibt in Tadamun. Ich werde wiederkommen."

Sie hob protestierend die Hände zu dem Lederband. „Farid, das geht nicht! Er ist dein Glücksbringer, das kannst du nicht tun!"

„Nein." Er nahm ihre Hände. „Er ist eine Erinnerung. Du bist mein Glücksbringer." Er beugte sich zu ihr und berührte sanft ihre Lippen, woraufhin sie die Arme um seinen Hals schlang und ihn zu sich zog.

„Kleine Lilli", wisperte er, „meine Zahra." Dann löste er sich von ihr. „Egal, was passiert, du bist stark. Vergiss das nicht."

„Ich bin nicht stark", presste sie mühsam hervor und erinnerte sich daran, dass er das schon einmal zu ihr gesagt hatte.

„Doch, Lilli. Ich habe es gesehen, gleich beim ersten Mal, als wir uns trafen. Und seitdem immer wieder. Du bist es. Nur durch dich habe ich es geschafft, der Hölle in meinem Inneren zu entkommen und reine Luft zu atmen. Und bitte glaube mir: Egal, wie oft die Sonne den Horizont berührt, ich trage deinen Namen auf meinen Lippen bis zu dem Moment, wenn wir wieder voreinander stehen."

Er riss sich von ihr los. Und war im nächsten Augenblick verschwunden.

Was ihr blieb, war sein Duft auf ihrer Haut und das leichte Minzaroma seines Kusses.

Erst, als sie zu frösteln begann, merkte sie, dass die Sonne bereits hinter die Berge gesunken war. Es war still. Wie immer hier oben. Doch diesmal war die Stille so übermächtig, dass es schmerzte. Lilli saß noch immer an der Stelle vor dem Haus, wo sie sich heute Morgen geliebt hatten. An diesem Ort war sie ihm nah. Hier hatten sie zusammen gesessen und geredet. Miteinander geschwiegen. Ihre Nähe ausgekostet. Den Mondstein hielt sie an die Lippen gepresst und dachte immer wieder an seinen Mund, der ihn schon unzählige Male berührt hatte. Sie hatte nicht geglaubt, dass der Schmerz in ihrer Brust noch größer werden konnte, seit man ihr die Mädchen genommen hatte. Doch nun hatte sich ein weiterer dazugesellt, der sie erneut Qualen leiden ließ.

Es war ein anderer Schmerz, da sie nicht wusste, ob sie den Mann wiedersehen würde, in den sie sich so innig verliebt hatte. Den sie wahrscheinlich sogar schon liebte und der ihr gezeigt hatte, wie es war, wiedergeliebt zu werden. Noch nie zuvor hatte sie sich so vollkommen und ganz gefühlt wie mit ihm. An seiner Seite.

Sie ließ das Amulett los und legte die Handflächen auf den Boden. Hier waren sie eins geworden. An ihrer Haut klebte noch sein Schweiß und ihr Schoß war noch erfüllt von dem Geschenk seiner Leidenschaft.

Wie sollte sie bis Mittwoch ausharren, warten und hoffen, dass alles gutgehen würde? Und wenn er bis Mittwochabend nicht kam, wie in aller Welt sollte sie die Stunden bis Donnerstag aushalten? Ihre Hände strichen unruhig über den Boden. Sie musste sich beschäftigen, sonst würde sie völlig durchdrehen. Lilli stand auf, klopfte sich den Staub von den Kleidern und ging zum Wasserfall, wo sie sich Gesicht und Hände wusch. In der Hütte zog sie ihren Fleecepulli über und sah sich um.

Als erstes würde sie ihren Proviant überprüfen. Als Farid vor zwei Tagen – war es wirklich erst zwei Tage her? – aus München zurückkam, hatte er zwei Laibe Brot mitgebracht, Käse und Wurst. Das Brot, das sie selbst gebacken hatte, war fast aufgegessen. Auf dem Tisch stand im Topf des Campinggeschirrs das eingelegte Fleisch des Kaninchens. Er hatte es in der Zeit erlegt, als sie selbst Wolli auf den Wanderweg zurückgebracht hatte. Gestern.

Lilli schüttelte den Kopf. Wie konnte nur innerhalb von so kurzer Zeit so viel geschehen? Sie hob den Teller an, der über dem Fleisch lag und schnupperte. Es roch nach Kräutern, Wildfleisch und ein wenig nach Blut. Sie stellte den Topf auf den Gaskocher und entzündete die Flamme. In ein bis zwei Stunden sollte es gargeschmort sein, dann hätte sie etwas anderes als nur Brot zum Essen.

Wieder sah sie sich um. Nichts sollte darauf hindeuten, dass außer Farid noch jemand das Haus nutzte. Nun, dann sollte sie vielleicht als erstes die Blumen und Gräser, die in einem Becher auf dem Tisch standen, entsorgen. Sie trat vor die Tür und lief ein paar Schritte, um Wasser und Pflanzen loszuwerden.

Aufmerksam sah sie sich nach allen Seiten um. Die Dämmerung war bereits hereingebrochen und die Stille schien um diese Tageszeit noch intensiver zu sein als sonst. Der östliche Horizont war schon von dunklem Grau erobert, vereinzelte Sterne blitzten hier und da bereits auf, wenn sie genau hinschaute. Für einen Augenblick stieg grenzenlose Einsamkeit in Lilli empor. Bevor sie sich jedoch davon überwältigen ließ, führte sie das Amulett an ihre Lippen und sagte leise:

„Es wird alles gut. Es kommt die Zeit, da wir alle zusammen sind. Gesa, Marie, Farid. Ich liebe euch." Sie schluckte die Tränen herunter, die beim Klang dieser Namen unwillkürlich in ihr aufsteigen wollten. Du hast Recht, Farid. Ich bin stark. Für euch.

Dann straffte sie die Schultern und ging in die Hütte zurück. Sie zwang sich dazu, etwas zu essen und packte anschließend alles, was auf eine weitere Person hindeutete, in ihren Rucksack. Vorräte, Kochgeschirr und Schlafsachen hielt sie für unbedenklich und ließ sie dort, wo sie waren. Unter dem Aufgebot all ihrer Kräfte schleppte sie das dicke Stück eines Baumstammes nach draußen, das Farid als zweiten Stuhl an den Tisch gestellt hatte.

Nachdem ihr Blick zum wiederholten Mal durch den Raum gestreift war und sie nichts Außergewöhnliches entdecken konnte, trug Lilli ihren Rucksack nach draußen und suchte, mittlerweile schon fast im Dunklen, ein Versteck. Zwischen ein paar Steinen fand sie eine Mulde, legte ihn hinein und warf einige Zweige darüber.

Im Haus roch das köchelnde Fleisch bereits verführerisch; vielleicht würde sie vor dem Schlafengehen noch davon essen. Schlafen. Sie zögerte, als sie ihr Schlaflager betrachtete. Es war nicht sehr wahrscheinlich, dass man nach Tadamun suchen würde. Niemand wusste von diesem Versteck. Dennoch hatte sie ein ungutes Gefühl bei der Vorstellung, hier zu übernachten. Wieder lief sie hinaus und suchte nicht allzu nah am Haus nach einem Platz zwischen den Felsen, wo sie sich hinlegen konnte. Dorthin trug sie anschließend Isomatte und Schlafsack und hoffte, dass die kommende Nacht trocken bleiben würde.

Sie nahm den Topf mit dem Ragout und ein Stück Brot mit hinaus und schloss schließlich die Tür der Hütte ab. Sie sah Farids lächelndes Gesicht vor sich. „Wer in eine einsame Berghütte will, lässt sich von einer verschlossenen Tür nicht aufhalten." Ja, das war ihr durchaus bewusst. Nur: In diesem Fall würde sie es zumindest hören.

Sie setzte sich auf ihren Schlafplatz und begann zu essen. Das Fleisch war butterweich und schmeckte köstlich zu dem Gewürzbrot, das Farid gekauft hatte. Ihr wurde erst beim Essen bewusst, dass sie tatsächlich großen Hunger hatte, was kein Wunder war. Seit sie vor etwa vierzehn Tagen von zu Hause aufgebrochen war, hatte sie kaum regelmäßig gegessen, bewegte sich aber ungewohnt viel. Ihr war nicht entgangen, dass ihre Jeans nicht mehr so fest um die Hüften saß. Und dass ihr Körper sich verändert hatte, war nicht zu übersehen.

Hätte ihr vor einigen Monaten jemand erzählt, mit wie wenig ein Mensch unter extremen Bedingungen zurechtkommen konnte, hätte sie ihn belächelt. Nun aber fiel es ihr schwer, sich vorzustellen, dorthin zurückzukehren, woher sie gekommen war. Ihre Tage in einer kleinen Wohnung zu verbringen, umgeben von dicken Betonwänden und auf dem Tisch das Essen, das viel zu reichlich war, als dass der Körper es jemals bis zur nächsten Mahlzeit verbrauchen konnte.

Lilli stellte den Topf beiseite und steckte sich das letzte Stück Brot in den Mund. Sie schlüpfte in den Schlafsack, suchte eine bequeme Position und blickte, die Arme unter dem Kopf verschränkt, in den Himmel. Der volle Mond war aufgestiegen und warf sein Licht einem glitzernden Schleier gleich über die Bergwelt.

Wie schön wäre es, dieses Schauspiel Hand in Hand mit ihm anzusehen. Diesem großen, stillen Mann mit den Zeichen auf dem Arm. Zu sehen, wie der Ausdruck seiner Augen milder wurde und sich der harte Zug um seinen Mund verflüchtigte, wenn sie ihn in den Armen hielt.

In der Ferne rief ein Nachtvogel. Es erinnerte Lilli an den Abend, als sie auf der Bernauer Alm angekommen war und an das, was dieser Schrei und die Trostlosigkeit der verlassenen Hütte bei ihr ausgelöst hatten. Mittlerweile war sie in der Lage, darüber nachzudenken, wie ihr Leben sich ändern musste. Wie es aussehen würde, wenn sie wieder zu Hause war. Sie zweifelte nicht daran, dass sie es schaffen würde. Nun, da sie wusste, dass Wolli der Vergangenheit angehörte und nie wieder ein wichtiger Teil ihres Lebens sein würde, war einiges leichter. Diesem Teil der Zukunft sah sie mittlerweile ziemlich zuversichtlich entgegen.

Sanft angestrahlt von dem milchig weißen Licht des Mondes dämmerte sie langsam in den Schlaf hinüber. Hin und wieder fuhr der leichte Nachtwind säuselnd durch die Gräser, was in Lillis Ohren klang wie gewispertes: „Zahra, ich komme zurück. Zu dir." Sie lächelte. Sie befand sich auf einer beschwerlichen Reise, gewiss. Dennoch war sie niemals zuvor so glücklich gewesen.

Lilli erwachte mitten in der Nacht. Sie wusste nicht, was sie geweckt hatte. Vielleicht war es die herbstliche Kälte. Ihr Schlafsack war klamm vor Feuchtigkeit und sie überlegte schlaftrunken, ob es einen Grund gab, nicht in die behaglich warme und trockene Hütte umzuziehen. Der runde Mond stand hoch am Himmel und ließ die Nacht gespenstig hell erscheinen. Jeder Grashalm war zu erkennen, ebenso die vielen Steine und die großen Felsen, die ringsherum aufragten wie kleine graue Burgen. Wie konnte Licht nur so unterschiedlich wirken? Die Nacht war schwarzweiß, der Tag dagegen war voller Farbe, dachte Lilli.

Mit dem Schlafsack und der Isomatte unter dem Arm lief sie zum Haus, schloss erst auf, dann von innen wieder ab und legte sich ohne nachzudenken auf Farids Schlafplatz direkt vor die Tür. Den Schlafsack über sich ausgebreitet rollte sie sich zusammen und schlief auf der Stelle ein.

Als das erste Licht des Tages durch die Fenster schien, wachte Lilli auf. Im ersten Moment war sie überrascht, sich in der Hütte wiederzufinden, doch dann fiel ihr ihre nächtliche Wanderung ein. Sie stand auf, rollte die Schlafsachen zusammen und holte frisches Wasser.

Kurze Zeit später saß sie draußen, trank heißen Kaffee und sah der Sonne zu, die auch heute wieder an einem wolkenlosen Himmel emporkletterte. Lilli hielt den Mondstein umfasst, der noch gestern an Farids Brust gelegen hatte und überlegte, wie sie sich das Warten verkürzen konnte. Sie musste sich zusammenreißen, damit sie nicht begann, die einzelnen Stunden zu zählen bis zum Mittwoch. Heute war Sonntag. Es musste ihr gelingen, die Tage sinnvoll zu verbringen, sonst wäre sie am Ende ein Fall für die Nervenheilanstalt.

Zum ersten Mal, seit sie in die Berge gekommen war, vermisste sie ihr Handy. Sie wollte wissen, wie es Gesa und Marie ging und hätte gerne mit Anjuli gesprochen, der hübschen, jungen Frau mit den indischen Wurzeln. Außerdem hatte sie das Bedürfnis, mit ihren Eltern zu reden. Seit Farid über seinen Vater gesprochen hatte, quälte sie die Sehnsucht nach ihnen. Sie hatte den innigen Wunsch, ihren Vater um Verzeihung zu bitten für das, was sie ihm so gedankenlos angetan hatte. Sie wollte ihm so schnell wie möglich sagen, dass sie ihn liebte und nicht so war, wie sie sich in der Vergangenheit gegeben hatte. Dass sie sich freigekämpft hatte und wieder sie selbst war. Lilli wischte sich eine Träne aus dem Augenwinkel.

Plötzlich durchfuhr sie ein Gedanke und sie erschrak. Was war, wenn Josefa sie suchte? Natürlich würde sie Lilli erst einmal in Ruhe lassen, um ihr Zeit zu geben, über ihre Situation und die Zukunft nachzudenken. Aber irgendwann würde Josefa sie vermissen und zur Almhütte gehen, um nachzusehen, ob alles in Ordnung war.

Was würde sie tun, wenn nichts an diesem Ort darauf hinwies, dass Lilli sich dort befand? Würde sie die Polizei rufen? Was dann? Lilli wurde beinahe übel bei dem Gedanken. Was wäre, wenn ein Aufgebot der Polizei hier auftauchen und nach ihr suchen würde?

Nein, versuchte sie dann, sich zu beruhigen. Josefa hatte so viel Arbeit mit dem Ferienhof ihrer Eltern, sie würde sicher gar nicht dazu kommen, sich zu sorgen und zur Alm zu laufen. Doch so sehr Lilli auch versuchte, diesen Gedanken als haltlos abzuwimmeln, ein fader Beigeschmack blieb.

Sie trank den Rest Kaffee aus und ging ans Wasser. Es brachte für den Moment nichts, sich mit diesen Dingen herumzuschlagen. Sie konnte sowieso nichts ändern.

Aufmerksam kontrollierte sie, ob in der Hütte nichts Auffälliges zu erkennen war und holte aus dem kleinen Geheimfach einen Ersatz für ihre Wasserflasche. Ihre eigene hatte sie Wolli mit auf den Weg gegeben. Lilli schloss ab, füllte am Wasserfall die Flasche und entfernte sich vorsichtig von Tadamun. Sie blieb dabei immer in Deckung von Felsen oder Gebüsch und suchte das Gelände nach Menschen ab. Wenn es stimmte, was Farid sagte, und das bezweifelte sie nicht, dann würde sie von weitem Wanderer entdecken können, wenn sie den offiziellen Weg im Blick hatte. Da ihr jedoch sehr deutlich bewusst war, dass die eigentliche Gefahr die Männer aus dem Kreis der Sieben waren, musste sie auch das unwegsame Umfeld um sich herum im Auge behalten.

Lilli blieb stehen und atmete tief durch. Vielleicht war es besser, sich nicht allzu genau vorzustellen, was geschehen würde, wenn sie ihnen in die Arme lief.

Schließlich fand sie einen Platz, von wo aus sie einen guten Blick hatte und sich trotzdem geschützt fühlte. Der Stein, auf dem sie saß, war von der Sonne gewärmt und fühlte sich beinahe weich unter ihr an. Die Witterung von Jahrtausenden hatten seine Kanten rundgewaschen. Ringsherum standen vereinzelte Felsen und knorrige Überbleibsel von Fichten, gefällt vom harten Klima der Bergwelt.

Wenn sie nach Osten sah, lagen dort, eingebettet zwischen den Gebirgszügen, verschiedene Täler. Darunter auch jenes, wo sich der Bernauer Ferienhof befand. Der Blick zur gegenüberliegenden Seite führte zu dem hohen Bergmassiv, über das sie vor fast zwei Wochen gestiegen war. Wenn sie ganz genau hinschaute, konnte sie die Scharte auf dem Berggrat erkennen, durch die der Wanderweg verlief und durch die sie gegangen war, bevor sie den steilen Abhang voller Geröll hinabgerutscht war.

Damals hatte sie durch einen riesigen Zufall Tadamun entdeckt. Lilli räkelte sich in der Sonne und strich mit den Händen über den warmen Stein. Mit geschlossenen Augen betastete sie die Furchen, die seine Oberfläche durchzogen und legte die Finger darauf. Sie dachte an ihren Beruf, der sie schon während der Ausbildung mit so viel Freude erfüllt hatte. An die Träume, die sie nie verwirklicht hatte. Je länger sie über den Felsen strich, umso mehr wuchs in ihr der Wunsch, wieder kreativ zu sein.

Das Schnitzen hatte ihr in den letzten Tagen Spaß gemacht, aber Holz oder Stein zu bearbeiten, das war ein enormer Unterschied. Lilli sprang auf, besann sich jedoch und sah sich aufmerksam um. Dann lief sie zur Hütte zurück, dorthin, wo sie den Rucksack versteckt hatte, holte das Tagebuch und einen Bleistift hervor und wollte wieder zum Aussichtsplatz zurückgehen. Nach kurzem Zögern holte sie aus dem Haus noch etwas zum Essen und setzte sich ein paar Minuten später auf den versteckten Stein, voller Ideen und Bilder, die in ihrem Kopf zu entstehen begannen. Die Strahlen der Sonne waren angenehm warm, während sie mit fliegenden Händen zu zeichnen anfing und für die nächste Zeit die Welt um sich herum vergaß.

KAPITEL 10

Farid hörte die Tür ins Schloss fallen und atmete erleichtert auf. Endlich. Er zwang sich, sitzen zu bleiben und starrte auf den Bildschirm. Dann nahm er den Stapel ausgedruckter Seiten in die Hand, auf die er mit rotem Filzstift Anmerkungen ergänzt hatte, und blätterte sie durch, ohne den Inhalt wahrzunehmen.

In der ganzen Wohnung hing der Geruch von Zigaretten. Darunter mischte sich die wesentlich unangenehmere Ausdunstung von ungewaschenem Mann, Knoblauch und Kaffee. Farids einziges Bestreben lag in diesem Moment darin, die Fenster aufzureißen und frische Luft hereinzulassen. Doch es war immer noch möglich, dass der Fuchs sich vor dem Haus herumtrieb. Dieser würde das Aufreißen der Fenster als einen Beweis dafür betrachten, dass Farid seinen Besuch als lästig empfunden hatte und es nicht abwarten konnte, die Wohnung von den Resten seiner Anwesenheit zu befreien. So quälte Farid sich weitere endlose Minuten damit herum, Löcher in die Wand zu starren und zu überlegen, ob er etwas unternehmen musste.

Seit gestern, als der Mann bei ihm aufgetaucht war, hatte er ein ungutes Gefühl. Er wurde kontrolliert und war heilfroh, dass er dank Kalil einige Stunden vorher angekommen war, um alles danach aussehen zu lassen, dass er hier lebte.

Farid schaltete den Computer aus und legte die Zettel wieder ordentlich zusammen. Auf dem Wohnzimmertisch stand neben einem Aschenbecher voller stinkender Kippen eine halbvolle Tasse mit kaltem Kaffee. Leere Pistazienschalen lagen verstreut daneben. Auch die Decke, unter welcher der Fuchs übernachtet hatte, lag unordentlich in eine Ecke geworfen noch auf dem Sofa. Während in seinem Kopf unzählige Gedanken umeinander kreisten, räumte Farid die Hinterlassenschaften des Mannes, der ihm so wenig sympathisch war, weg und kochte sich einen Tee.

Erst dann riss er aufatmend alle Fenster auf und ließ die warme, aber zumindest saubere Luft hereinströmen. Er warf einen Blick auf die Uhr des DVD-Players. In ungefähr zwei Stunden würde er ins Auto steigen und nach Starnberg fahren. Der Fuchs war vermutlich schon auf dem Weg zum Bahnhof.

Es war zu spät, um Pläne zu verändern. Jetzt noch Yassin anzurufen kam nicht in Frage. Er würde damit alles gefährden. Hatte er einen Fehler gemacht? Und wenn ja, wann? Er konnte ohne Nachzudenken beide Fragen beantworten. Ja, einen Fehler hatte er gemacht. In dem Moment, als er beschlossen hatte, Lillis Leben zu retten.

Mit der Teetasse in der Hand stand er vor dem großen Fenster im Wohnzimmer und sah auf die Gärten der Nachbarhäuser hinab, die voller blühender Sommerblumen waren und bunte Fröhlichkeit verbreiteten. Die Äste der Obstbäume bogen sich unter dem Gewicht der prallen Früchte. Bis zur Ernte würde die Last noch um einiges schwerer werden und den einen oder anderen Ast brechen lassen.

Farid hob den Blick und ließ ihn in die endlose Weite des Himmels sinken. Ihre Haut unter seinen Händen. Ihr Herz an seiner Brust. Ihre Augen, die sahen, wer er war und die trotzdem sanft blieben. Das Gefühl, endlich angekommen zu sein nach seiner langen Reise. Farid fuhr sich mit der Hand über den Nacken und stieß einen tiefen Seufzer aus.

Egal wie es ausging, er bereute es nicht und würde es sofort wieder tun.

Das Wetter hatte mitgespielt. Die immer noch heißen Sommertage ließen Jung und Alt in das Badeparadies am Starnberger See strömen. Der Parkplatz direkt an der Wasserburg war voll, doch dort wollte Farid gar nicht hin. So fuhr er wieder von dem überfüllten Platz herunter und ein Stück die Zufahrtsstraße zurück. Er bog in den letzten der Parkplätze ein, am weitesten entfernt gelegen vom Bad. Hier waren noch vereinzelte Parkbuchten frei, ganz außen, entlang der Hecke. Und hier hatte er sich um sechzehn Uhr mit Yassin verabredet. Er parkte seinen schwarzen Kombi rückwärts in eine Lücke und hoffte, dass niemand auf die Idee kam, sich direkt neben ihn zu stellen, bis Yassin mit seinem Wagen vorfuhr. Vom Beifahrersitz nahm er eine Wasserflasche und trank durstig ein paar Schlucke.

Ein paar Minuten später lief in einiger Entfernung ein Mann vorbei, der sich suchend umsah. Als er Farid in dem schwarzen Volvo entdeckte, machte er ein erfreutes Gesicht und hob grüßend die Hand. Nur beim genauen Hinsehen konnte man erkennen, dass seine Augen dabei kalt blieben. Der Fuchs war ein guter Schauspieler. Farid stieg aus und wartete, bis der Mann bei ihm war. Sie schüttelten sich die Hände, als hätten sie sich lange nicht gesehen und sprachen über belanglose Dinge. Kurze Zeit darauf fuhr ein weiterer Wagen langsam und suchend über den Platz und parkte rückwärts neben Farids Auto ein.

Yassin stieg aus, warf einen kurzen Blick auf die Männer und begrüßte beide per Handschlag, als wären sie alte Freunde. Nichts an Yassins Verhalten ließ den

Eindruck entstehen, als wäre er überrascht, anstatt des rothaarigen Kalil den unbekannten Mann bei Farid zu sehen. Während sie um die Fahrzeuge herumgingen und unbefangen redeten, waren die drei Männer wachsam und registrierten jede Bewegung und jeden Menschen in ihrer Nähe.

Sie öffneten die Heckklappen der Wagen und packten mehrere Taschen und Kisten um. Für einen Fremden mochte es aussehen, als würden sie Gepäckstücke austauschen, begleitet von einer unbefangenen und fröhlichen Unterhaltung. Zwischen den Männern jedoch herrschte eiskalte Spannung. Dem Fuchs entging kein Blickkontakt, der zwischen Farid und Yassin gewechselt wurde, und aus seiner Miene sprach deutliches Misstrauen. Es gab keinen Moment, in dem es den beiden Männern möglich gewesen wäre, sich auszutauschen, ohne dass der Fuchs es bemerkt hätte.

Als sie die Heckklappen der Autos geschlossen hatten, musterte der Fuchs Yassin unter lauerndem Blick, die Augen unter den schweren Lidern fast verborgen.

„Ist das Material ausreichend?", fragte er leise mit schnarrender Stimme, worauf Yassin die Arme vor der Brust verschränkte und ihn beinahe verächtlich ansah.

„Ihr könnt damit den ganzen verdammten Münchner Hauptbahnhof in die Luft sprengen!" Sein Ton war so kalt wie der Ausdruck seiner Augen und Farid wusste, dass auch Yassin nicht die geringste Sympathie für den Fuchs empfand.

Mit aufgesetzt freundlichen Gesichtern verabschiedeten sie sich kurze Zeit später und reichten sich die Hände. Nachdem Yassin vom Parkplatz gefahren war, zündete der Fuchs sich eine Zigarette an und stieg zu Farid in den Kombi. Sie fuhren aus Starnberg heraus in Richtung München.

„Woher kennst du ihn?", wollte der Fuchs wissen und schnippte die Asche zum geöffneten Fenster hinaus. Farid warf ihm einen kurzen Seitenblick zu.

„Wir sprechen nicht über unsere Kontakte."

Der Fuchs nickte verstehend. Dann, nach kurzem Schweigen: „Was würde passieren, wenn wir mit dieser Ladung im Kofferraum einen Unfall hätten? Würden wir in die Luft fliegen?"

Farid zuckte gleichgültig mit den Schultern. „Matt und John sind die Fachleute. Ich habe keine Ahnung."

„Wann erreichen wir Standort Alpha?"

„Etwa vierzig Minuten", antwortete Farid knapp und konzentrierte sich auf den Feierabendverkehr.

Als er den Wagen in der Nähe des Mehrfamilienhauses geparkt hatte, das im Randbereich der Großstadt lag, sah er zwei Männer auf sie zukommen. Er erkannte in ihnen John und Matt. Laut Plan war vorgesehen, dass die beiden in der Wohnung im ersten Stock auf sie warteten. Dort hinauf sollten sie das Material für die Sprengsätze bringen. Farid gelang es, seine Überraschung zu verbergen und wollte aussteigen, um sie zu begrüßen. Der Fuchs jedoch fasste ihn am Arm.

„Warte!"

John und Matt öffneten zu beiden Seiten die Hecktüren und setzten sich auf die Rückbank. Farid sah sie überrascht und verständnislos an. Bevor er jedoch fragen konnte, sprach bereits der Fuchs und er beobachtete Farid dabei aufmerksam.

„Es gibt eine kleine Planänderung, Hakim. Unser Truppenführer hat beschlossen, unsere Mission zu verschieben. Wir werden diese Wohnung nicht betreten und treffen uns noch heute Abend an einem vereinbarten Ort."

Farid blickte nach hinten zu den beiden Männern, die ihn unsicher ansahen und nickten.

„Es stimmt", bestätigte John betreten. „Hadi hat es so angeordnet. Außer dir waren alle dabei."

Farid nickte gelassen. „In Ordnung." Er hatte jahrelange Übung darin. Sein Gesicht verriet mit keiner Regung, dass er überrascht oder erschrocken war. Er wendete den Wagen, bevor er ruhig zu sprechen anfing.

„Dann gehe ich davon aus, dass wir das Zeug im Kofferraum mitnehmen auf unsere Reise? Jetzt verstehe ich auch deine Frage von vorhin", wandte er sich mit hochgezogenen Augenbrauen an den Fuchs. „Vielleicht solltest du Matt oder John diese Frage noch einmal stellen."

Als der Fuchs schwieg, fragte er: „Wohin fahren wir?"

„In eines der Täler in der Nähe unseres Lagers. Dort lassen wir das Auto stehen und gehen in unser neues Quartier." Der Mann neben ihm sah ihn herausfordernd von der Seite an, doch Farid dachte nicht daran, darauf zu reagieren.

Seine Ahnung hatte ihn nicht getrogen. Der Fuchs hatte gute Arbeit geleistet und würde ihn in ein paar Stunden auffliegen lassen. Yassin zu benachrichtigen war unmöglich, also würde das SEK morgen früh die Münchner Wohnung stürmen und gleichzeitig das Lager im Gebirge. Und kein Mensch würde sich dort befinden. Weder an dem einen, noch an dem anderen Ort.

Farid riss sich zusammen, damit er nicht unbewusst die Kiefer aufeinanderpresste. Es war geschehen. Nach immerhin sechs Jahren. Er hatte damals damit gerechnet, dass man ihm früher auf die Schliche kommen würde.

Wenigstens hatte er verhindert, dass es am kommenden Donnerstag mehrere Hundert Tote geben würde. Bis die Truppe einen neuen Termin hatte samt Planung würden Wochen, eher aber Monate vergehen. Sie brauchten zuerst einen neuen Spezialisten der Informationstechnik, der sich alles Wissen aneignen musste, um seiner Aufgabe bei diesem Unternehmen gerecht zu werden. Er war sich sicher, dass Yassin sie im Auge behalten würde.

Wie immer, wenn er an Yassin dachte, kam ihm seine Schwester in den Sinn. Yassin hatte ihm regelmäßig berichtet, wie es ihr ging. Seit Jahren war er daher meistens auf dem Laufenden, wie es um seine Familie in Berlin stand. Farid vermutete, dass es mittlerweile auch für Yassin wichtig geworden war, zu wissen, wie es Esmée ging. Zu oft hatte er Farid von ihr erzählt, ohne dass dieser gewusst hatte, dass Yassin nach Berlin gereist war. Außerdem war ihm nicht entgangen, wie sich der Gesichtsausdruck seines Freundes veränderte, sobald er von ihr sprach. Er würde sich um Farids Familie kümmern. Das beruhigte ihn ein wenig.

Farid wich einem LKW aus, der ein Überholmanöver startete und wechselte die Spur. Neben ihm griff der Fuchs in seine Hosentasche. Erst jetzt wurde Farid bewusst, dass ein Handy geklingelt hatte. Vermutlich war Hadi am anderen Ende, denn sie sprachen arabisch, wobei der Fuchs dem Anführer nun erzählte, dass alles wie vereinbart lief und sie auf dem Weg zu ihnen waren.

Konzentriere dich, beschwor Farid sich selbst und fuhr auf die A96 in Richtung Memmingen. Er sollte versuchen zu retten, was noch zu retten war. Er öffnete das Fach in der Mittelkonsole und holte eine kleine Blechdose hervor.

„Will jemand ein Pfefferminz?"

Sie stand vor der Hütte, als der laute Ruf eines Raubvogels die Stille der Bergwelt zerriss. Lilli sah verwirrt auf. Das verabredete Zeichen zwischen ihnen war das Pfeifen des Murmeltiers. Aber auch der Schrei des Raubvogels musste eine Bedeutung für Farid haben, sonst wäre er vor ein paar Tagen daraufhin nicht hinausgestürmt.

Hatte er vergessen, welches Signal er mit wem vereinbart hatte? Das war bei Farid undenkbar. Nachdem sie jetzt schon seit Stunden auf ihn wartete, beschloss sie nachzusehen. Sie entfernte sich einige Meter von Tadamun, um das Umfeld in Augenschein zu nehmen, da sah sie ihn auf sich zukommen. Er trug seine graue Uniform, was ihr im ersten Augenblick seltsam erschien. Soviel sie wusste, hatte er sie nicht mitgenommen. Sie lag im Bodenfach.

Lilli stand wie gebannt, ohne sich zu rühren und wartete, bis er vor ihr stand. Sein Blick war zu Boden gerichtet, sein Kopf und sein Gesicht vom Tuch verhüllt. Ein mulmiges Gefühl beschlich sie, als ihr klar wurde, dass Farid größer war als dieser Mann. In diesem Moment hob die Person den Kopf und sah sie an. Sie erstarrte. Es war nicht Farid. Es war auch kein Mensch, der seine Augen auf sie gerichtet hatte. Es waren gelbe Raubvogelaugen mit schwarzen Pupillen, die sie scharf ansahen. Unter ihnen befand sich ein gefährlich aussehender, gebogener Schnabel. Lilli sprang entsetzt zurück und wäre beinahe gestolpert.

Wieder ertönte der Ruf des Vogels. Eine zweite, gänzlich in Grau gekleidete Gestalt erschien. Diesmal schlank und groß, und Lilli sah voller Hoffnung in das Gesicht. Erneut blickte ihr ein Raubvogelgesicht entgegen. Ihr wurde übel. Schweiß lief ihr den Rücken hinab, kalt und unangenehm. Langsam wich sie ein paar Schritte zurück. Und stieß gegen einen warmen Körper.

Fassungslos wandte sie sich um. Hinter ihr stand jemand, großgewachsen, und Lilli nahm einen Hauch von Minze wahr. Sie hätte vor Erleichterung beinahe aufgeschrien. Auch der Kopf dieser Person war von grauem Tuch verhüllt, diesmal jedoch so, dass auch die Augen verdeckt waren. Aber sie wusste: Er war es.

„Farid", hauchte sie und begriff doch nichts. Sie hob ihm zögernd eine Hand entgegen. Er tat ihr gleich. Bevor sie sich berühren konnten, flog ein Vogel dicht an ihnen vorüber und Lilli blickte erschrocken auf. Als sie sich wieder der Person vor ihr zuwenden wollte, war sie verschwunden. Auch von den beiden Vogelmenschen war nichts mehr zu sehen.

Lilli stöhnte laut auf, fuhr sich mit der Hand über das nasse Gesicht – und erwachte.

Schweißgebadet setzte sie sich auf. Ihr Herz klopfte wie rasend und sie zitterte am ganzen Körper. Oh mein Gott! Es war so echt gewesen. So schrecklich wirklich. Ein Traum! Sie legte den Kopf in die Handflächen und rief sich Farids Gesicht ins Gedächtnis. Da waren seine warmen, freundlichen Augen. Sein weicher Mund, in dessen Winkel sich kleine Fältchen befanden, die von dem erzählten, was er so lange in sich verschlossen hatte. Und die sie gerne so oft küssen wollte, bis sie verschwunden waren.

Es war noch immer Nacht. Lilli stand auf und ging mit zitternden Knien zum Tisch. Dort trank sie die Wasserflasche leer und lief ans Fenster. Sie öffnete die alte, halbblinde Glasscheibe und sah auf die helle, vom Mond angestrahlte Landschaft. Ihr Herzschlag beruhigte sich allmählich. Lebhafte Träume, ja, die hatte sie schon hin und wieder gehabt. Aber einen wie diesen, der ihr auch nach dem Aufwachen das Gefühl gab, alles wäre wirklich passiert, hatte sie noch nie erlebt.

Sie schüttelte sich, um die unangenehme Empfindung loszuwerden. Sie hatte noch nie Träume von Belang gehabt. Wieso sollte sie jetzt?

Morgen war Mittwoch. Morgen würde sie Farid zurückerwarten. Spätestens aber Donnerstag. Sie atmete noch einige Male die frische, kühle Nachtluft ein, schloss das Fenster und legte sich wieder in ihren Schlafsack. Sie versuchte, nicht an Raubvogelaugen und gebogene Schnäbel zu denken und malte sich stattdessen aus, wie es sein würde, erst Farid und dann ihre Mädchen wieder in die Arme zu schließen.

Lilli saß auf ihrem Posten, von wo aus sie einen ausgesprochen guten Blick über nahezu das gesamte umliegende Gelände hatte. Seit Sonnenaufgang war sie wach und hatte Herzklopfen. Nach dem verrückten Traum von letzter Nacht war sie wieder eingeschlafen, hatte sich aber unruhig hin- und hergewälzt und war, ohne richtig erholt zu sein, bei Tagesanbruch aufgewacht.

Noch immer umhüllte das beklemmende Gefühl sie wie ein Mantel und wiederholt sagte sie sich, dass Träume nicht unbedingt etwas bedeuten mussten. Sie sollte sich freuen. Bald würde Farid wiederkommen, wenn alles wie geplant gelaufen war. Und davon wollte sie ausgehen.

Ununterbrochen glitt ihr Blick über die Landschaft, nach allen Seiten, in der Erwartung, den großen, dunkelhaarigen Mann zu entdecken, wie er sich leichtfüßig auf dem unwegsamen Untergrund bewegte und zu ihr zurückkam.

Er hatte Recht gehabt. In den letzten Tagen hatte sie von hier aus tatsächlich Wanderer sehen können, die entweder zu zweit oder in kleinen Gruppen auf den Wanderwegen unterwegs waren. Es wäre ein Leichtes gewesen, sie zu erreichen und sich ihnen anzuschließen, wenn sie es gewollt hätte.

Irgendwo in weiter Ferne fiepte ein Murmeltier. Dank ihres Beobachtungspostens hatte sie auch diese Bergbewohner endlich kennengelernt. Es war lustig, zu beobachten, wie sie aus ihren Bodenlöchern schlüpften, sich stolz daneben aufrichteten und laut kundtaten, dass dies ihr Bereich war. Sie waren längst nicht so klein, wie Lilli immer vermutet hatte, dazu wohlgenährt und offensichtlich immer gutgelaunt.

Nachdem sie die Wasserflasche aufgeschraubt hatte, trank sie das frisch abgefüllte Quellwasser, dessen einzigartiger Geschmack sie immer wieder überraschte. Wie jedes Mal, wenn sie einen Schluck trank, überlegte sie, ob sie das Haus so hinterlassen hatte, wie Farid es sich von ihr erbat, als er gegangen war. Sie wusste, dass dies der Fall war, doch hatte sich dieser Automatismus irgendwann ergeben, sodass sie nun beim Aufschrauben der Flasche immer daran denken musste.

Lilli sah hinauf zum Himmel. Schon gestern waren die ersten dicken, weißen Wolken aufgetaucht und hatten sich manchmal vor die Sonne geschoben. Heute schienen es noch mehr zu sein. Weit oben, kaum erkennbar an einem Stück Blau zwischen den vielen Wattewolken, glitzerte ein winzig kleines Flugzeug im Sonnenlicht. Da fiel ihr ein, dass sie gestern gedacht hatte, einen Hubschrauber zu hören. Sicher verunglückten während der Sommermonate hin und wieder Kletterer oder Wanderer. Da war es eher verwunderlich, dass sie die Bergwacht vorher nie wahrgenommen hatte.

Naja, dachte sie dann, der Kreis der Sieben wird sicher nicht umsonst diese ruhige Ecke ausgesucht haben. Wieder ließ sie prüfend ihre Augen über Wiesen, Berghänge und Wege gleiten, als sie stutzte.

Noch in weiter Ferne sah sie Personen den Berg hinauflaufen. Doch irgendetwas stimmte nicht, überlegte Lilli. Dann wusste sie es. Dort, wo die Wanderer liefen, befand sich kein Wanderweg. Instinktiv rutschte sie von ihrem Stein herunter und sah vorsichtig darüber hinweg. Plötzlich durchfuhr sie gleichzeitig Erkennen und Entsetzen.

In den ersten Sekunden war sie unfähig, sich zu rühren. Dabei schrie alles in ihr nach Flucht. Drei graugekleidete Menschen kamen den Berg hinauf. Ein Keuchen entfuhr Lillis Brust und brachte sie wieder zur Besinnung. Sie fasste an das Mondsteinamulett und versuchte, ihre Gedanken zu ordnen. Kamen sie nach Tadamun? Oder würden sie daran vorbeigehen, weiter hinauf? Wenn sie es nur wüsste!

Sie stöhnte. Oh Gott. Plötzlich war der Traum wieder da. So nah. So wirklich. Und schlagartig fiel ihr ein, was Farid über den Mondstein erzählt hatte. Er gab Träumen eine neue Bedeutung, webte Ahnungen hinein über das, was die Zukunft bringen würde. Ihr Magen begann zu rebellieren und krampfte sich zusammen, während ihre Augen so starr auf die Wanderer gerichtet waren, dass sie schmerzten. Sie kamen definitiv näher und Lilli musste endlich handeln. Etwas tun. Aber was?

Sie lief zurück nach Tadamun, sah sich dabei um, ob herumlag, was nicht sollte und ging in die Hütte. Ihre Hände zitterten so sehr, dass sie es kaum fertigbrachte, die Tür abzuschließen. Saß sie nun nicht ganz schrecklich in der Falle hier drinnen? Vielleicht sollte sie sich draußen verstecken. Die Frage war: Was würden sie eher durchsuchen? Das Areal rund um die Hütte oder den Boden darunter? Wahrscheinlicher war der Außenbereich. Als es ihr nach einer gefühlten Ewigkeit gelungen war, den Schlüssel im Schloss herumzudrehen, flog ihr Blick durch den Raum, dann zum Boden.

Vielleicht war dieser schreckliche Traum noch gar nicht zu Ende geträumt und das alles geschah nicht wirklich. Wieder stöhnte sie innerlich und hob, am ganzen Körper bebend, die Bretter aus dem Boden. Jede Faser ihres Seins schrie danach, es nicht zu tun. Trotzdem stieg sie die beinahe senkrechten Stufen hinab und zog die Holzdielen über ihr auf ihren Platz zurück. Durch die schmalen Ritzen fiel ein wenig Licht, und sie kletterte die restlichen Stufen bis zum Ende hinab, wobei sich der Raum um sie herum nach dem engen Eingang verbreiterte. Lilli setzte sich auf die Erde und versuchte, das laute, angstvolle Keuchen zu unterdrücken. Ihr Gehör suchte krampfhaft nach Geräuschen von draußen, doch da war nichts. Noch hatte sie die Hoffnung, dass die Männer das Haus nicht fanden. Außerdem war es abgeschlossen. Wieder sah sie Farids Lächeln bei der Erwähnung des Schlüssels.

Farid. Lilli bewegte lautlos die Lippen. Wo bist du? Ich brauche dich. Sie tastete mit den Händen umher und stellte fest, dass sie sich auf einer einigermaßen kreisförmigen Fläche von etwa anderthalb Metern Durchmesser befand. Das Erdreich war feucht und kühl, ebenso die Wände, die bis auf wenige Unebenheiten glatt gearbeitet waren. Lilli versuchte, nicht daran zu denken, dass es ein bisschen so wie in einem Sarg war. Vielleicht wäre sie doch besser draußen geblieben und hätte sich zwischen den Felsen versteckt. Sie würde sich dort nicht ganz so fühlen, als wäre sie ein Stück Wild in der Falle.

Hatte sie ihren Rucksack gut genug versteckt? Er lag in einer Mulde zwischen zwei großen Steinen, verdeckt von Moos und Zweigen. Sie hatte ja Zeit gehabt heute Morgen und war entsprechend gründlich gewesen. Sie müssten schon gezielt danach suchen und das Grünzeug wegräumen.

Jetzt hörte sie leise Stimmen. Kurz darauf wurde die Türklinke heruntergedrückt und Lilli presste voller Panik ihre Faust vor den Mund. Einen Augenblick später tat es einen ohrenbetäubenden Schlag. Die Tür flog auf. Fast hätte Lilli vor Schreck laut aufgeschrien. Stattdessen biss sie sich schmerzhaft in die Fingerknöchel. Angst schnürte ihr die Kehle zu. Sie hatte Mühe zu atmen.

„Keiner hier", schnarrte eine kalte Stimme mit einem fremden Akzent, bei deren Klang sich Lillis Nackenhaare aufrichteten. Die Geräusche der Schritte, als die Männer in den Raum traten, dröhnten laut in ihren Ohren.

„Seht euch genau um!", erklang die Stimme erneut. „Irgendetwas muss hier sein!"

„Es sieht aber alles ziemlich normal aus, finde ich", stellte eine zweite, tiefere Stimme fest, die akzentfrei Deutsch sprach und wesentlich angenehmer war als jene zuvor.

„Er ist gut, der Hakim. Sonst hätte er nicht so lange verbergen können, was er tatsächlich tut. Was meinst du, Hadi?"

„Dieser verdammte Bastard hat es fertig gebracht, mich drei Jahre lang zu hintergehen", spie eine dritte, ebenfalls arabisch gefärbte Stimme, verächtlich. „Wenn ich etwas finden kann, das ihn zusätzlich trifft, dann wäre mir das sehr willkommen." Der Mann trat gegen den Stuhl, der daraufhin erst quer durch den Raum und dann gegen eine Wand flog.

„Wie es aussieht, hat er sich hier ein Nest gebaut.“ Der Mann mit der kalten Stimme sprach wieder. „Hierhin hat er sich also zurückgezogen und seine verräterischen Pläne geschmiedet.“ Wieder ein lautes Poltern. Jemand hatte vom Tisch gefegt, was darauf gelegen hatte.

„Sieh an“, fuhr der Mann fort, nachdem er ein paar Schritte durch den Raum gegangen war, „er hat sogar Vorräte gelagert. Wie weitsichtig. Und trotzdem sinnlos.“

„Kalil, hast du geahnt, dass der Hakim ein Versteck hat?“, wollte der Mann wissen, der Hadi hieß. „Du kennst ihn von uns allen am besten.“

„Nein“, antwortete die tiefe Stimme. „Ich kenne nur seine Wohnung in Oberstdorf und hatte keine Ahnung von einem weiteren Unterschlupf.“

„Und er hätte sicher nicht gedacht, dass wir diesen finden würden.“ Genugtuung sprach aus den Worten des ersten Mannes. „Warum nur wollte er uns diesen Ort nicht verraten, wenn doch hier nichts zu finden ist?“

„Man lässt sich nicht für nichts foltern und halbtot prügeln“, hörte Lilli Hadis Stimme und ihr wurde auf der Stelle speiübel. „Fuchs, du suchst das Umfeld der Hütte ab. Sieh nach, ob dir etwas auffällt. Ich suche hier. Und Kalil“, sagte er zu dem dritten Mann, „du gehst zurück zum Hakim. Sieh zu, dass er nicht stirbt, damit er sein Ende entsprechend genießen kann. Sag ihm, dass wir sein Versteck gefunden haben, mit allem was dazugehört. Vielleicht verrät er sich. Außerdem wird es seine Lebensgeister erhalten.“

„Hoffen wir es“, setzte der Mann, den sie Fuchs nannten, mit seiner schrecklichen Stimme hinzu. „Denn als wir gestern mit ihm fertig waren, sah er nicht gut aus. Wäre schade. Wir wollen doch auf unsere Kosten kommen.“ Ein gemeines Lachen erscholl und er verschwand nach draußen, während Kalil sich verabschiedete und sich auf den Weg machte. Somit war nur noch Hadi in der Hütte.

Tränen liefen über Lillis Wangen und ihr Herz schlug so laut, dass sie sicher war, der Mann musste es hören, nun, da Stille herrschte im Raum. Sie riss sich zusammen. Oh Gott. Oh, mein Gott, lass es nicht wahr sein. Hatten sie ihn wirklich gefoltert? Allein das Wort klang unmenschlich. Sie hatte das Bedürfnis, aufzuschreien. Farid. Farid. Als könnte sein Name sie beruhigen, sprach sie ihn im Stillen wieder und wieder, versuchte, eine Verbindung zu ihm zu knüpfen und sich sein Gesicht vorzustellen.

In Gedanken strich sie ihm über die Wangen und küsste seine Augen. Gefoltert. Halbtot. Ihr Herz schrie danach, dass dieser Albtraum sofort enden sollte. Doch zu deutlich hörte sie die Schritte über sich und sie betete, dass der Mann nicht auf die Idee kam, es könnte hier ein Versteck geben. Ebenso hoffte sie, dass die Bretter nicht nachgaben oder knarzten, wenn er darauf treten würde.

Sie hörte, dass er hier und da etwas anpackte und wieder hinstellte, mit einem Stock im Kamin herumstocherte und schließlich das aufgestapelte Holz von der Wand riss. Als es nach dem Gepolter wieder still war, vernahm sie verbittert gesprochene Worte.

„Ich habe dir vertraut, Hakim. Wie einem Sohn, den ich nie hatte. Du hast mich betrogen, verraten und enttäuscht. Dafür wirst du büßen."

Kurze Zeit später trat der Fuchs in den Raum. „Nichts."

„Nun gut." Hadis Stimme war nun wieder frei von Emotionen. „Seine Strafe werden wir hier vollziehen, das wird ihn schmerzen. Am siebten Tag dieses Monats

258

werden wir uns bei Tagesanbruch an diesem Ort einfinden und ihn im Kreis der Sieben richten."

Wieder hörte Lilli Schritte, dann nichts mehr. Zusammengekauert blieb sie auf dem Boden sitzen und weinte still in ihre Hände. Was jetzt? Alles musste schiefgegangen sein. Aber was konnte sie tun? Sie versuchte nachzurechnen, welches Datum heute war. Doch ihr Kopf war ein einziges Durcheinander von Gedanken, Sorgen und Ängsten, und sie war nicht in der Lage, sich zu konzentrieren. Dann eben später.

Trotzdem musste sie etwas tun. Gleichzeitig wurde ihr klar, dass sie von hier fort musste. So schnell wie möglich. Wer wusste schon, ob diese Männer nicht noch einmal auftauchen würden. Vielleicht hatte sie dann nicht mehr solch ein Glück. Sie würde, sobald sie sich traute, ihr Versteck verlassen, ihren Rucksack packen und gehen. Nach Oberstdorf, hatte Farid gesagt. Von da aus sollte sie Yassin anrufen. Doch bis dorthin würde sie drei Tage brauchen, unmöglich also. Schneller wäre es bis ins Tal hinunter zu Josefa. Von hier aus etwa vier Stunden auf dem direkten Weg. Aber das ging nicht, dachte sie verzweifelt. Hier wimmelte es von diesen graugekleideten Terroristen, und sie würde ihnen freiwillig in die Arme laufen. Außerdem hatte sie Farid versprochen, nicht dort entlang zu gehen.

Lilli presste ihre Fingerknöchel an die Schläfen. Es blieb nur ein Weg, den sie gehen konnte. Nämlich jener, den sie mit Farid gegangen war, als er sie von der Bernauer Almhütte nach Tadamun gebracht hatte. Diesen Weg musste sie zurücklaufen, wie auch immer sie das schaffen sollte. Sie sah sich verschollen im Nirgendwo, mitten in einer Bergwelt, ohne Wegweiser, ganz auf sich allein gestellt. Mit den Geistern der Angst und der Einsamkeit als einzige Weggefährten. Doch sie hatte keine andere Wahl. Ob sie jemals diesen Spalt finden würde, der mitten durch das Massiv führte? Oder die Grotte, worin sie übernachtet hatten?

Sie merkte, dass sie zitterte. Nicht vor Angst. Jetzt vor Kälte. Also gut, versuchte sie sich Mut zu machen, ich gehe jetzt da rauf. Ihre Glieder schmerzten, als sie versuchte, aus der zusammengekauerten Haltung aufzustehen. Sie fror und bibberte erbärmlich, und das machte es nicht einfacher. Stufe für Stufe stieg sie empor und lugte durch die Ritzen. Zu hören war nichts und zu sehen nur das helle Tageslicht, das durch die Fenster und die offene Tür drang.

Es gelang ihr, nahezu lautlos die Bretter anzuheben und zur Seite zu legen. Sie schlüpfte steif und ungelenk durch die schmale Öffnung und war froh, nicht kräftiger zu sein als sie war. Farid hatte das Versteck für seine Statur gemacht und sicher niemals damit gerechnet, dass jemand anders es einmal nutzen würde. Schließlich stand sie auf dem Boden der Hütte und schlich zur Tür. Kein Mensch befand sich in der Nähe.

Schrittweise wagte sie sich nach draußen und sah sich immer wieder ängstlich und mit laut schlagendem Herzen um. In gebückter Haltung lief sie zu der Stelle, wo ihr Rucksack verborgen war und brachte ihn zur Hütte. Das Chaos im Raum beachtete sie nicht, viel zu sehr war sie damit beschäftigt, alles aus dem Rucksack zu schmeißen, was sie nicht brauchte. Das war beinahe alles. Hinein kamen Verpflegung, Verbandszeug, Jacke, Pulli – sie zögerte. Sollte sie …? Sie riss die Bretter vom kleinen Fach und zerrte Farids graue Uniform heraus. Sie würde Lilli in den Bergen nahezu unsichtbar machen. Aus dem Werkzeug-kasten nahm sie die Schere und schnitt die Hosenbeine ein Stück ab. Schnell zog sie ihre Shorts aus, schlüpfte hinein, hatte dank des Gummizugs

keine Probleme mit der Passform und verknotete den
Gürtel vor dem Bauch.

Das Oberteil zog sie über ihr Top und krempelte die Ärmel bis über die Ellenbogen hinauf. Als sie ihre Wanderschuhe angezogen hatte, steckte sie die Wasserflasche in
den Rucksack und sah sich um. An einem der Wandhaken hing das dünne Seil, das Farid damals mitgenommen
hatte. Sie ergriff es und steckte es zu den anderen Dingen. Dann begann sie, alles was sie nicht brauchte, in die
beiden Bodenfächer zu legen, beziehungsweise in das
tiefere zu werfen, und hatte schließlich die Schnapsflasche in der Hand. Schon wieder jagte ein kurzes Déjà-vu
durch ihren Kopf, dann steckte sie auch diese in den
Rucksack. Endlich verschloss sie ihn, befestigte die
Schlafrolle daran und nahm ihn auf den Rücken.

Sie warf einen letzten prüfenden Blick über die Schulter.
Die Bretter lagen sauber auf den Verstecken. Das hinter-
lassene Chaos der Männer war unverändert und auch das
Bedürfnis, die Tür zu schließen, ignorierte sie. Lilli lief
zum Wasserfall, schöpfte mit den Händen daraus und
trank durstig. Noch einmal sah sie zur Hütte und blieb
kurz stehen. Tadamun. Ich komme wieder.

Im nächsten Augenblick war sie hinter einem Felsen verschwunden.

KAPITEL 11

Die Welt um ihn herum war schwarz. Etwas stimmte nicht, soviel stand fest. Nur was? So sehr er sich auch bemühte, in seinem Kopf war nur Watte und sein Verstand versagte ihm den Dienst. Er fand keine Erklärung. Zudem war er so unendlich müde. Schließlich gab er auf und ließ sich zurücksinken in die Dunkelheit, die ihn gnädig umfing.

Kurze Zeit später bemühte Farid sich erneut, der Finsternis zu entkommen und an einen anderen Ort zu gelangen. Wo auch immer das sein sollte. Etwas Helleres vielleicht. Licht.

Mühsam versuchte er, sich zu konzentrieren. Als erstes wurde ihm bewusst, dass er atmete. Ein. Aus. Ein. Aus. Blut. Er roch Blut. Vage vermutete er, es könnte sein eigenes sein. Je länger er sich an diesem Gedanken festhielt, umso sicherer war er sich. Er schluckte und bewegte seine Zunge. Auch in seinem Mund schmeckte er Blut. Mit der Zungenspitze stieß er an seine Schneidezähne und traf auf eine ungewohnt scharfe Kante. Abgebrochen. Wieso zum Teufel – dann tropfte nach und nach sein Verstand zurück in sein Gehirn und damit die Erinnerung.

Er bewegte der Reihe nach seine Glieder und hörte ein lautes Stöhnen. Er war sich nicht ganz sicher, aber er ging davon aus, dass auch dieses sein eigenes war. Es gab kaum eine Stelle an seinem Körper, die nicht schmerzte. Trotz allem empfand er Erleichterung. Keine Lügen mehr. Kein Aufpassen, dass er sich nicht verriet.

Das Gesicht seines Vaters erschien vor seinen Augen. Papa. Sie haben mich letztendlich doch überführt. Es ist vorbei. Endlich.

Er vermisste den vertrauten Druck des Amuletts an seiner Brust. Lilli, dachte er und stöhnte erneut. Ich bete, dass du in Sicherheit bist. Möge der Mondstein dich beschützen und dich immer daran erinnern, dass ich zu dir zurückgekommen wäre. Er war unendlich dankbar, ihr begegnet zu sein. Sie hatte ihn gelehrt, dass die Liebe den Hass besiegen konnte.

Die verzehrenden Flammen, die jahrelang in ihm gewütet hatten, waren dem Licht und der Wärme gewichen. Gesät von der Liebe, die zwischen ihnen aufgekeimt war. Eine kleine, zarte Pflanze noch, erfüllt von Hoffnung und Erwartungen. Es war einfacher, mit dem Herzen voller Sonne seinem Schöpfer entgegenzutreten, als zerrissen von Wut und Hass. Noch jedoch war er nicht tot, wenn auch nicht weit davon entfernt.

Er hätte ihn hingenommen, den Tod, um sie zu schützen. Kein Wort hatte er von dem Ort verraten, der ihm so viel bedeutete. Noch mehr jetzt, da sie dort war. Lilli. Tadamun. Er hoffte, er hatte bis zum Schluss geschwiegen. Auch dann, als er nicht mehr hatte denken können. Sie waren außer sich gewesen vor Zorn. Der Fuchs, weil er wusste, dass Farid etwas verschwieg. Hadi, weil er enttäuscht, gekränkt und gedemütigt war. Sie würden dafür sorgen, dass er bis zum Tag des Gerichts überlebte.

Farid versuchte, die Augen zu öffnen. Er hätte gerne gewusst, ob es Tag war oder Nacht. Doch es gelang ihm nicht, seine Augenlider auch nur einen Spalt weit anzuheben. So, als wären sie zugeklebt oder zugeschwollen. Es wäre tröstlich gewesen, Sonnenlicht zu sehen.

Im Inneren seines Schädels befand sich ein Hammer, der erbarmungslos seine Arbeit tat. Er glaubte, seine

Stirn müsste zerspringen. Erschöpft begann er, wieder hinabzu-sinken in die dunkle, zähe Masse. Nein! Er sträubte sich und bewegte seine Arme und Beine, um zu verhindern, dass er abermals in die Besinnungslosigkeit hinabtauchte. Unter sich spürte er etwas Weiches. Ein Bett? Nicht möglich, dachte er. Und dann fiel ihm ein, wohin sie gefahren waren, am Montagabend. Und wo er sich nun befand.

Bitte nicht, flehte er ein letztes Mal, bevor es endgültig wieder Nacht um ihn wurde.

Es dauerte nicht lange, bis Lilli den richtigen Einstieg gefunden hatte und sich nun auf dem schmalen Pfad befand, der den Berg hinaufführte. Weg von Farids Versteck. Sie dachte daran, wie überrascht sie gewesen war, als sie von hier aus zwischen die Felsen getreten waren und vor der Hütte gestanden hatten. Nun galt es, den Weg zurück zu finden.

Sie war froh, dass sie ihre ganze Aufmerksamkeit darauf ausrichten musste, an den richtigen Stellen abzubiegen und Merkmale zu finden, die sie wiedererkannte und die ihr zeigten, dass sie dem richtigen Pfad folgte. Es half ihr, dass sie die grobe Richtung wusste. Sie kannte ja die ungefähre Lage der Sennalm, an der sie vorüberlaufen würde auf dem Weg ins Tal.

Noch verdrängte sie, dass sie keine Ahnung hatte, wie sie das letzte steile Stück ganz am Ende des Weges ohne Hilfe schaffen sollte. Die Wand hinaufzuklettern war schon schwierig gewesen, obwohl Farid sie gesichert hatte. Nun, beruhigte Lilli sich, bis dahin war sie noch viele Stunden unterwegs und hatte Zeit, sich etwas einfallen zu lassen. Es wäre schon ein Erfolg, wenn sie heute tatsächlich noch die kleine Grotte erreichen würde, in der sie übernachtet hatten.

Farid und sie. Farid. Seine grauen Augen. Seine Wut. Seine Sanftheit. Lilli hob einen Arm vor ihr Gesicht und senkte ihre Nase in den grauen Stoff. Die weiche Baumwolle roch nach ihm und sie hatte das Gefühl, ihm dadurch nahe zu sein, dass sie seine Kleidung trug. Außerdem war sie überrascht darüber, wie gut sich diese Uniform tragen ließ. Nachdem sie sich in den letzten Wochen nur in Jeans und Shorts gekleidet hatte, umschmeichelte der Stoff nun angenehm weich ihre Beine und ließ ihr perfekte Bewegungsfreiheit. Das Oberteil hatte sie aufgeknöpft, sodass sie nicht allzu sehr schwitzte. Die Stoffbahn, die Farid sonst um den Kopf geschlungen trug, steckte in ihrem Rucksack.

Um nicht fortwährend daran denken zu müssen, dass sie ihn gefoltert hatten, wie es ihm ging und ob er eine Chance hatte, das alles zu überleben, begann sie zu planen. Immer wieder ging sie Schritt für Schritt durch, was sie tun würde, wenn sie im Tal war. Yassin anzurufen war das Wichtigste. Er würde wissen, was zu tun war. Farid vertraute ihm.

Dann würde sie Josefa bitten, bei ihr übernachten zu dürfen. Wann war der siebte September? Heute war Mittwoch. War denn schon September? Sie hatte keine Ahnung, daher musste sie sich beeilen. Was, wenn sie zu spät kam? Weiterplanen, Lilli, befahl sie sich.

Wenn sie Josefa gesprochen hatte, würde sie Anjuli anrufen und nach den Mädchen fragen. Unbändige Liebe und Zärtlichkeit sprudelten plötzlich in ihr empor, als sie sich vorstellte, ihre Kinder wieder in den Armen zu halten. Sie musste stehenbleiben, um sich von dieser Empfindung nicht überwältigen zu lassen.

Nachdem Lilli einen Schluck Wasser getrunken hatte, beschloss sie, für kurze Zeit zu rasten und etwas zu essen, damit sie bei Kräften blieb. Das große Felsmassiv war nicht mehr weit entfernt, aber bis dorthin war der schmale Weg sehr steil und voller Steine. Er würde sie einiges an Energie kosten. Dabei hatte ihr dieser Tag bereits viel abverlangt und ihre Kräfte begannen zu schwinden. Damals hatten sie auf diesem Teil ihrer Wanderung einen Adler gesehen. Lilli hob den Kopf und suchte ohne Erfolg den Himmel ab.

Alfons würde sie ebenfalls anrufen, überlegte sie, als sie sich den steilen Weg hinauf kämpfte. Er machte sich sicherlich Sorgen um sie, nach so langer Zeit. Sie konnte sich kaum vorstellen, dass Wolli ihn besucht und davon erzählt hatte, wo Lilli sich befand. Ihre Lippen verzogen sich zu einem kleinen Lächeln. Außerdem musste sie ihm unbedingt sagen, dass sie ihm hoch anrechnete, dass er sie vor Wolli verteidigt und ihm eine verpasst hatte.

Und dann, bei diesem Gedanken klopfte ihr Herz noch schneller als ohnehin schon vor Anstrengung, würde sie mit ihren Eltern sprechen. Sie wusste genau, was sie ihnen sagen wollte. Aber noch nicht, wie.

Keuchend blieb Lilli stehen und massierte sich die Oberschenkel. Ihr Gesicht war nass von Schweiß, obwohl die Sonne schon lange hinter die Berge gesunken war. Die Müdigkeit ergriff mehr und mehr Besitz von ihr. Nicht mehr lange, ermutigte sie sich, dann bin ich dort, wo sich der Berg spaltet. Von da aus war es nicht mehr weit. Sie griff nach dem Mondstein, der auf ihrer Brust lag und berührte ihn mit den Lippen.

Kurz darauf trat sie zwischen die Felsen und spürte sofort eine angenehm feuchte Kühle, die sie aufatmen ließ. Mit den Händen hielt sie sich auf beiden Seiten des Weges fest und achtete darauf, wohin sie ihre Füße setzte. Schritt für Schritt der Grotte näher, spornte sie sich an und kam schließlich an den Punkt, wo sie vor

Erschöpfung nur noch die Füße voreinander setzte ohne nachzudenken. Es konnte nicht mehr weit sein. Vielleicht würde sie die Grotte schon hinter der nächsten Biegung sehen.

Dann glitt sie aus. Hart schlug sie mit dem Schienbein an den kantigen Felsen, über den sie hatte steigen wollen. Ein stechender Schmerz durchfuhr sie und sie stöhnte fluchend auf. In ihren Ohren allerdings klang es nach einem hilflosen Wimmern. Humpelnd lief sie weiter und hätte sie die Kraft gehabt, hätte sie vor Erleichterung aufgeschrien, als hinter der nächsten Kurve der Vorsprung zu erkennen war, worüber sich die kleine Höhle befand.

Tränen liefen ihr übers Gesicht. Vor Erleichterung. Vor Erschöpfung. Vor Schmerz. Lilli kletterte weinend hinauf, legte den Rucksack ab und war im ersten Moment nicht sicher, ob sie noch imstande war, sich ihr Lager zu machen. Mit letzter Kraft legte sie Isomatte und Schlafsack in den Schutz der Grotte, trank hastig ein paar Schlucke Wasser und zog die Schuhe aus.

Auf Farids Hose hatte sich ein nasser, roter Fleck an der Stelle ausgebreitet, wo ihr Schienbein so verteufelt schmerzte. Vorsichtig schlug sie den Stoff zurück und erschrak beim Anblick der Verletzung. Dann beschloss sie, dass es morgen sicher nicht mehr so schlimm aussehen würde und legte sich auf die Matte. Sie hatte kaum den Schlafsack über sich gezogen, als die Müdigkeit sie umhüllte wie eine warme, weiche Decke und sie auf der Stelle tief und fest einschlief.

Er erwachte.

Erleichtert stellte er fest, dass Licht durch seine Augenlider schimmerte und er versuchte, sie zu öffnen.

„Trink was, Hakim", hörte er eine Stimme sagen. Gleichzeitig berührte etwas seine Lippen und ein paar Tropfen Wasser fanden den Weg in seinen Mund. Er schluckte. Wieder rann Wasser in seinen Mund. Seine Lippen brannten und er drehte den Kopf weg.

„Du musst trinken, Hakim. Bitte." Kalils Stimme klang aufrichtig besorgt. Also schluckte Farid gehorsam noch mehr Wasser. Der Geschmack nach Blut war nun nicht mehr ganz so intensiv. Wieder versuchte er, die Augen einen Spalt zu öffnen. Helles Licht fuhr ihm durch die Linsen mitten ins Gehirn und explodierte dort. Unzählige funkelnde Splitter fegten durch seinen Kopf und er zuckte ächzend zusammen.

„Ich würde dir gerne helfen, Hakim. Aber ich weiß nicht wie." Kalil sprach leise. „Du bist unser Arzt. Wenn du mir sagst, was ich tun kann …"

Farid versuchte, bitter durch die Nase zu schnauben, was ihm gründlich misslang. Sie war zugeschwollen und voll von getrocknetem Blut.

„Was ist mit …?", versuchte er stattdessen und fühlte, dass seine verletzten Lippen aufplatzten. Eine Hand legte sich auf seinen Arm.

„Wir waren dort. Haben aber nichts gefunden."

Allah sei Dank, betete Farid und ein Teil seiner Anspannung löste sich. Sofort trat der Schmerz umso stärker in den Vordergrund. Aber damit konnte er leben. Wieder Wasser. Wieder schlucken.

„Hakim, schlaf jetzt. Ich komme später mit dem Eintopf, den Tarek gerade kocht."

Eine Decke wurde über ihn gelegt, dann war es still. Sie hatten sie nicht gefunden. Alles andere war ihm egal. Er war dabei, in den Schlaf hinüberzudämmern, als ihm etwas klar wurde. Es war ihm nicht egal, was geschehen würde. Denn er wollte nicht sterben. Nicht mehr. Doch die Chancen standen nicht besonders gut für ihn.

Verzeih mir, Esmée. Verzeih, dass ich dich alleine gelassen habe. Begleitet von den traurigen, dunklen Augen seiner Schwester glitt er in den Schlaf hinüber.

Feuer verbrannte ihr Bein!

Lilli fuhr aus dem Schlaf und setzte sich auf. Es war, als würde ihr Unterschenkel in Flammen stehen. Blitze von Schmerz schossen durch ihren Körper. „Scheiße!", stöhnte sie laut und drehte sich so, dass sie im Licht des anbrechenden Tages die Wunde begutachten konnte.

Der kantige Felsen hatte einen tiefen Riss direkt neben dem Schienbeinknochen verursacht, der nun weit auseinanderklaffte und auf jeden Fall hätte genäht werden müssen. Die Größe der Wunde konnte sie wegen der Menge getrockneten Blutes kaum erkennen. Ächzend stand sie auf und hielt sich mit den Händen an der Felswand fest. Sie musste an das Wasser gehen, um die Wunde wenigstens auszuwaschen. Hinkend und vor Schmerz wimmernd lief sie langsam aus der Grotte heraus und kletterte die wenigen Meter zu der Stelle hinauf, wo der kleine natürliche Wasserspeicher war.

Irgendwie gelang es ihr, ein paar Schlucke zu trinken und Hände und Gesicht zu waschen. Dann zog sie den blutdurchtränkten Strumpf aus und tauchte nach Luft japsend ihr Bein bis zum Knie in das kalte Wasser. Der Schmerz trieb ihr die Tränen in die Augen und sie musste sich zusammenreißen, um nicht laut aufzuschreien. Mit vorsichtigen Bewegungen wusch sie die Haut um die Wunde herum sauber und humpelte zurück zu ihrem Schlafplatz, wo sie sich setzte und den Rucksack auf ihren Schoß zog. Hastig packte sie alles heraus, was sich darin befand. Schließlich öffnete sie das kleine Verbandspäckchen und leerte es aus.

Da waren sie! Schnell drückte sie zwei Aspirin aus der Verpackung und spülte sie mit Wasser aus der Flasche hinunter. Sie kramte weiter, bis sie eine sterile Wundkompresse in der Hand hielt und einen kleinen Verband. Ob das reichte? Musste wohl, entschied Lilli. Mit einem Taschentuch tupfte sie die Haut trocken und erkannte, dass ein blaugrüner Bluterguss beinahe den ganzen Unterschenkel überzog. Die Wunde sah zudem grauenvoll aus und tat scheußlich weh.

Wieder suchte sie. Sie musste den Riss an ihrem Bein desinfizieren. Plötzlich durchfuhr sie ein Schreck. War sie gegen Tetanus geimpft? Wie lange war es her? Sie fluchte leise vor sich hin, weil sie kein Jod fand und wollte schon die Kompresse aufreißen, als ihr Blick auf die Schnapsflasche fiel. Sie zögerte. „Warum nicht“, sagte sie laut und öffnete den Verschluss, der dabei laut klickte. Wieder zögerte sie. Roch an dem Schnaps. Es würde höllisch wehtun. Vielleicht sollte sie besser …? Nein, sie hatte ja bereits Aspirin geschluckt und hatte noch einen langen Weg vor sich. Außerdem – oh Gott, wie sollte sie mit diesem Bein klettern? Der Gedanke verursachte ihr auf der Stelle Magenschmerzen.

Ohne weiter nachzudenken hielt sie die Luft an und goss den hochprozentigen Alkohol auf das offene Fleisch an ihrem Bein. Jetzt schrie sie doch! Der Schmerz trieb ihr die Tränen in die Augen und für ein paar Sekunden sah sie Sternchen tanzen.

Als Lilli sich wieder bewegen konnte, legte sie die sterile Kompresse auf die Wunde und wickelte den Verband fest darum. Sie überlegte nur kurz, ergriff dann die graue Stoffbahn, die sie erst an ihre Nase drückte, um den Duft von Farid zu riechen und dann fest um ihr Bein band.

Zum Frühstück aß sie ein Stück Brot mit Käse, packte alles wieder in den Rucksack und schnürte ihre Schlafrolle daran. Nachdem sie erst gedacht hatte, das Brennen des Alkohols auf der Wunde würde sie umbringen, hatte der Schmerz endlich ein wenig nachgelassen. Sie würde mit zusammengebissenen Zähnen weiterlaufen können. Vielleicht – sie hoffte es so sehr – war sie heute Abend bei Josefa auf dem Ferienhof.

Als Lilli ihren Weg aufnahm und in die Richtung ging, die sie zur Bernauer Hütte bringen würde, hatte sie ein sonderbares Gefühl in der Brust. Wie würde es sein, den Ort wiederzusehen, der ursprünglich ihr Ziel gewesen war? Wie sehr hatte sie gehofft, dort Lösungen zu finden. Für einen neuen Weg, der ihr bisheriges Leben ändern würde.

Tatsächlich hatte sie an diesem Platz nur eine einzige Nacht verbracht. Auf einem alten, vergammelten Sofa. Heiße Tränen hatte sie darauf vergossen. Über ihre eigene Dummheit, an eine große Liebe zu glauben, die es niemals gegeben hatte. Dann musste sie lächeln, was nicht einfach war durch die zusammengebissenen Zähne. Einen Scheiterhaufen hatte sie errichtet und ihre verkorkste Vergangenheit darin verbrannt. Wenn man es so betrachtete, hatte ihr die Almhütte doch etwas gegeben.

Doch ihr Leben verändert hatte erst all das, was anschließend passiert war. Es hatte *sie* verändert. Reifer gemacht. Sie wusste jetzt, wie sich Glück anfühlte. Natürlich, die Kinder machten sie auch glücklich und hatten in ihr die Liebe einer Mutter geweckt. Eine Liebe, die unvergleichlich und einzigartig war. Doch dies hier war anders. Sie griff an das Amulett.

Durch ihn hatte sie gelernt, was es hieß, glücklich zu sein, weil man genau dort war, wo man sich gerade befand. Weil alles einfach nur richtig war allein durch den Gedanken, dass es den anderen Menschen gab. Sie hatte gelernt, dass es echte Liebe gab. Wie es war, wirklich zu lieben und geliebt zu werden. Weil man war, wer man war. Bedingungslos. Egal, was kommen würde – dabei setzte sie einen Kuss auf den Anhänger und ließ ihn wieder los – allein deshalb hatte sich jede Minute dieser Tage gelohnt. Wer weiß, vielleicht gab es tatsächlich eine Zukunft für sie. Darüber wollte sie jetzt noch nicht nachdenken. Zu ungewiss war der Ausgang von dem, was gerade geschah.

Jeder Schritt brachte sie jenen näher, die sie liebte und mochte. Laut zählte sie im Rhythmus ihrer Schritte die Namen auf.

Einige Zeit später trat Lilli aus der Bergscharte heraus und stand auf dem Plateau. Hier hatte sie Farid erkannt, nachdem sie die steile Bergwand hinaufgeklettert waren. Vorsichtig trat sie an den Abgrund und sah hinab zu dem kleinen Lärchenwald, der sich an die Felsen schmiegte. Wäre sie nur schon dort unten.

Mit Bedacht setzte sie sich auf die Steinfläche und streckte ihr verletztes Bein aus. Es schmerzte nach wie vor heftig und pochte jetzt bis zu ihrer Leiste hinauf. Lilli mochte sich lieber nicht vorstellen, wie es ohne Aspirin gewesen wäre. Zumindest schien die Wunde nicht wieder geblutet zu haben. Der große, dunkelbraune Fleck auf ihrer Hose sah trocken aus.

Sie aß und trank, ruhte sich aus und kam nach einigem Nachdenken zu dem Schluss, dass sie würde klettern müssen. Eine andere Möglichkeit gab es nicht. Sie warf einen Blick zum Himmel. Seit sie aufgewacht war, hing eine dicke Wolkendecke darunter und ließ keine Deutung der Tageszeit zu. Es war heller als heute früh, soviel konnte Lilli sagen. Aber ob es jetzt zehn, elf oder zwölf Uhr war, konnte man nicht feststellen. Sie konnte heilfroh sein, dass es bisher trocken geblieben war und sie keine nasse Felswand vor sich hatte.

Nun gut. Ein tiefer Seufzer löste sich aus ihrer Brust. Zu trödeln würde nichts daran ändern, dass sie die Wand hinunterkommen musste. Mit bedächtig langsamen Bewegungen räumte sie ihren Rucksack ein und stand vorsichtig auf, wobei sie gequält das Gesicht verzog. Sie schwang das Gepäck auf den Rücken und befestigte alle Gurte und Schnallen, um beim Klettern nicht behindert zu werden. Dann prüfte sie die Länge des Seiles, das Farid und sie damals verbunden hatte. Ihr erster Gedanke war gewesen, es irgendwo hier oben zu befestigen und sich daran hinabzulassen. Enttäuscht aber musste sie feststellen, dass die Länge bei weitem nicht ausreichte und ihr diese Lösung daher nicht zur Verfügung stand. Also wickelte sie es sich um den Oberkörper. So würde sie es zumindest zur Hand haben, falls sie gar nicht weiterwusste.

Wieder beugte sich Lilli über den Abgrund und suchte nach einer geeigneten Stelle, um den Abstieg zu beginnen. Als sie anfing, rückwärts hinabzuklettern und sich mit beiden Händen an die scharfkantigen Felsen klammerte, sagte sie leise:

„Wir haben das schon einmal geschafft, du und ich." Dabei strich ihre Linke über den rauen Stein. „Zeig mir den richtigen Weg und hilf mir, damit ich heil hinunterkomme."

Von da an gab es nur noch den Berg und sie selbst. Sie kam sehr langsam voran, tastete sich suchend vor, griff zu, horchte in sich hinein und wartete auf das Echo.

Ihr Kopf war frei von jedem Gedanken. Ihr Körper und ihr Geist waren gebündelte Konzentration, ihre Bewegungen fließend und kraftvoll. Sie spürte keine Angst, keinen Schmerz. Wieder und wieder, sobald sie sicheren Stand hatte, schob sie Pausen ein und ließ ihrem Körper ein paar Augenblicke Zeit, sich zu erholen.

Du und ich, beschwor sie das steinige Massiv, du bist wie ich und ich bin wie du. Ich brauche den Stein und der Stein braucht mich. Das war schon immer so. So ist es jetzt und so wird es wieder sein. Du bist meine Zukunft, versprach sie und schwor sich, es wahr zu machen, sobald es möglich war. Sie war Steinmetzin und würde ihre Leidenschaft wieder aufleben lassen.

Es wäre ja auch zu einfach gewesen, stöhnte Lilli. Der Moment war gekommen, als sie feststellen musste, dass es von der Stelle aus, wo sie sich gerade befand, kein Weiterkommen gab. Sackgasse. Sie sah sich verzweifelt um und erkannte, dass sie sich viel zu weit seitlich bewegt hatte, anstatt direkt nach unten zu klettern. Sie stieß einen tiefen Seufzer aus und entlastete ihr verletztes Bein, das nun, da sie darauf achtete, eine einzige, brennende Wunde zu sein schien. Sie schielte vorsichtig den felsigen Abgrund hinunter und versuchte abzuschätzen, ob das Seil reichen würde. Es war sowieso egal, entschied sie. Sie hatte keine Wahl, denn die Kraft, noch einmal ein Stück hinaufzuklettern und nach einem neuen Weg zu suchen, hatte sie nicht.

So krallte sie sich mit einer Hand an einem kleinen Felsvorsprung fest und zerrte mit der anderen das Seil über ihren Kopf. Bitte fall jetzt nicht runter, flehte sie und krampfte ihre Finger darum. Das Ende schlang sie um den Stein, an dem sie sich festhielt und band einen Knoten. Dann zögerte sie. Was, wenn der Knoten nicht hielt? Was, wenn das Seil vom Stein rutschte? Lilli sah sich hilflos um. Einen anderen, geeigneteren Felsvorsprung gab es nicht. Nur unzählige glatte Flächen und tiefe Spalten.

Sie schloss die Augen und atmete einige Male tief durch. Nicht jetzt noch den Mut verlieren, spornte sie sich an. Sie hatte es doch fast geschafft. Und dann hatte sie einen Einfall, der vielleicht die Lösung sein konnte. Sie schlang am Ende des Seiles mehrere Knoten übereinander und zog sie fest. Anschließend zog sie dieses dicke Ende in eine Felsspalte hinein, die nach unten schmaler wurde, und zerrte mit aller Kraft daran. Das sollte halten. Hoffte sie.

Nachdem sie skeptisch noch einige Male daran gezogen hatte, beschloss sie, es zu wagen und warf das andere Ende des Seiles den Berg hinunter. Dann legte sie ihre Hände darum. Sie warf keinen Blick nach unten als sie begann, sich langsam daran am Felsen entlang herabzulassen. Es funktionierte, obwohl ihre Hände brannten als fasste sie in glühende Kohle. Als sie endlich keuchend und mit schmerzenden Armen und Schultern am Ende des Seiles angelangt war, befand sie sich etwa drei Meter über dem rettenden Boden.

Den Rest werde ich auch noch schaffen, dachte Lilli und suchte nach sicherem Halt im Stein. Wieder kletterte sie Stück für Stück in die Tiefe, und je näher sie dem Fuß des Berges kam, umso mehr wurde sie von inniger Dankbarkeit erfüllt.

Endlich stand sie auf weichem Boden und sank zitternd vor Entkräftung in sich zusammen. Nur ein paar Minuten verschnaufen, ihren Körper zu Kräften kommen lassen. Sie war sich sicher, vorher keinen Schritt mehr tun zu können. Trotzdem war sie vor Freude, dass sie es geschafft hatte, beinahe euphorisch. Sie dankte dem Berg, sie dankte Gott und Allah und überlegte voller Erleichterung und in erschöpfter Hochstimmung, wem sie noch danken konnte, als ein langgezogener, eindringlicher Raubvogelschrei sie in die Welt zurückholte.

Ihre Augen flogen zum Himmel. Im selben Moment jagte ihr ein plötzliches Erkennen einen Schauder über den Rücken. Sie sprang mit einem Satz auf und lief in den Lärchenwald, der direkt vor ihr lag. Das konnte nicht sein, stöhnte sie innerlich auf. Würde es denn nie aufhören?

Dieser Schrei hatte Farid dazu gebracht, von Tadamun zu verschwinden. Lilli hätte ihn unter allen Vogelrufen herausgehört, welcher Greifvogel es auch immer sein mochte. Sie kauerte sich hinter grünes Gebüsch und betrachtete konzentriert den Wald vor sich. Nichts regte sich zwischen den Bäumen. Dafür zog wie ein kaum wahrnehmbarer Schleier eine Ahnung durch ihr Empfinden und setzte sich fest.

Sie sind hier, wisperte es in ihrem Kopf. Sie sind in der Almhütte. Aber warum? Lilli schüttelte ungläubig den Kopf. Wieso sollten sie ihr sicheres Domizil im Gebirge verlassen haben?

Endlich dämmerte ihr, dass etwas geschehen sein musste. Das hieße aber auch, dass – ihr Magen zog sich zusammen. Die Vermutung lag nah, dass Farid ebenfalls an diesem Ort war. Bewacht und am Leben gehalten, bis sie die Strafe vollziehen würden. In Tadamun. All ihr Sehnen richtete sich auf die Hütte, die sie in einer halben Stunde erreicht haben würde. Wenn sie wollte.

Sie wollte. Nur kurz in seiner Nähe sein und ihn vielleicht sehen. Alles in ihr schrie danach, zu ihm zu gehen und festzustellen, wie es ihm ging. Gleichzeitig wusste sie, dass sie tot war, wenn sie es tat. Die unvermutete Gewissheit, ihm so nah zu sein, ließ ihr Herz hart gegen ihre Brust schlagen. Dabei hatte sie sich schon längst für die einzig vernünftige Möglichkeit entschieden und sie begann, am Waldrand entlang zu gehen. Vorsichtig darauf bedacht, nicht zu stolpern oder sich die Wunde zu stoßen an den wild herumliegenden, alten Wurzeln und bemoosten Steinen.

Ihre Ohren saugten jedes Geräusch auf. Ihr Körper stand unter größter Spannung, jederzeit bereit, in Deckung zu gehen und sich zu Boden zu werfen. Sie würde eine Menge Zeit verlieren, doch sie hatte keine Wahl. Um die Almhütte herum musste sie einen großen Bogen machen, bis sie über die Hügelkuppe gelangte, hinter die man von der Hütte aus nicht sehen konnte. Dann kam der nächste Wald, der hauptsächlich aus Nadelbäumen bestand. Durch ihn musste sie sich einen Weg suchen, bis sie im Dorf war.

Den beißenden Schmerz am Bein versuchte sie nicht zu beachten, beschloss jedoch, bei der nächsten Trinkpause zwei weitere Tabletten einzuwerfen. Auch die Sehnsucht versuchte sie zu ignorieren. Die Sehnsucht nach Farid, die an ihrem Herzen zerrte und schreckliche Bilder in ihren Kopf malte von dem Mann, der gequält und gefoltert nur wenige hundert Meter von ihr entfernt war.

Konzentriere dich, befahl sie sich. Alles andere macht im Moment keinen Sinn. Sie rief sich das Gespräch von vor ein paar Tagen in Erinnerung und murmelte Yassins Telefonnummer vor sich hin. Hoffentlich fiel sie ihr auch dann noch ein, wenn sie den Hörer in der Hand hielt.

Als einige Stunden später eine Frau durch die engen Gassen des Dorfes lief, wurde sie von den Menschen, die sie sahen, neugierig beäugt. Nicht nur aus dem Grund, weil sie äußerst merkwürdig gekleidet war, stark hinkte und einen Rucksack trug. Sie hatte einen Stock in der Hand, der ihr beim Gehen half, und außerdem einen großen, dunklen Fleck auf dem rechten Hosenbein, der sehr nach einer blutigen Verletzung aussah. Allem Anschein nach hatte sie in den letzten Tagen weder ausreichend Schlaf gehabt noch Wasser zum Waschen.

Ihr rotblondes Haar war zu einem struppigen Pferdeschwanz gebunden. Sie lief an ihnen vorüber, ihre Augen auf etwas gerichtet, das sonst keiner sehen konnte und grüßte mit keinem Wort. Es gab schon sonderbare Menschen.

Zahlen purzelten in größtem Durcheinander durch ihren Kopf. Zielstrebig lief Lilli durch die Gassen des Dorfes auf die alte Telefonzelle zu, die wie ein Überbleibsel aus einer anderen Zeit am Rande des Dorfplatzes stand. Als hätte man vergessen, sie zu entsorgen, als ihre Zeit abgelaufen war.

Bitte funktioniere, flehte Lilli, suchte im Rucksack nach ihrer Geldbörse und nahm den Hörer von der Gabel. Sie konnte sich nicht daran erinnern, jemals in solch einer Zelle telefoniert zu haben. Was kostete es von hier nach München? Sie warf eine Zwei-Euro-Münze ein und hatte drei weitere Ein-Euro-Münzen in der Hand. Ohne zu überlegen wählte sie die Nummer. Ihr Herz klopfte laut und ihre Hände bebten. Aufmerksam ließ sie ihre Blicke umherschweifen. Zeugen konnte sie jetzt nicht gebrauchen. Dann klickte es in der Leitung.

„Ja?", meldete sich eine Männerstimme.

„Hallo?", fragte sie leise und räusperte sich. Sie hatte keine Ahnung, wie sie das Gespräch anfangen sollte.

„Wer ist dort?" Die Stimme klang plötzlich aufmerksam.

„Ich – ich habe den Mondstein." Dabei griff sie mechanisch nach dem Anhänger.

Kurzes Schweigen am anderen Ende. Dann:

„Wo sind Sie?"

Sie nannte ihm das Tal und den Namen des Dorfes.

„Wissen Sie, was passiert ist?"

Lilli schüttelte den Kopf. „Nein, ich weiß so gut wie nichts."

„Okay." Wieder zögerte der Mann. „Tut mir leid, aber ich muss sicher sein. Wer schickt Sie?"

Diesmal war es an Lilli, nicht gleich zu antworten. Sie waren beide voller Argwohn, was nicht verwunderlich war.

„Sagen Sie mir erst, wie Sie heißen?", bat sie nun.

„Mein Name ist Yassin."

„Danke. Farid el Hakim schickt mich."

„Allah sei Dank!" Er klang erleichtert. „Wo ist er?"

„Eigentlich schickt er mich nicht direkt", erklärte sie und hoffte, sie würde bei den nächsten Worten nicht zu heulen anfangen. „Sie haben ihn gefoltert und halten ihn gefangen. Ich denke, ich kenne den Ort. Aber sie wollen ihn am siebten September bestrafen. Dort, wo er sein Versteck hat."

„Scheiße, verdammt! Ich habe so etwas fast befürchtet, nachdem er sich nicht bei mir gemeldet hat." Die Erleichterung war einem sorgenvollen Ton gewichen. „Ich weiß, wo das ist. Hören Sie", Yassin sprach leise und eindringlich. „Sie bleiben, wo Sie sind und denken gar nicht erst daran, wieder dort hinaufzugehen."

Lilli schwieg.

„Haben Sie mich verstanden?"

„Ja."

„Diese Leute sind gefährlich! Sie sind Terroristen, Mörder und ganz sicher nicht nachsichtig, nur weil Sie eine Frau sind. Ich werde dafür sorgen, dass wir zur richtigen Zeit dort sind. Am siebten September. Wurde eine Uhrzeit genannt?"

„Bei Tagesanbruch", antwortete sie und fragte leise: „Was für ein Tag ist heute?"

„Wir haben Donnerstag, den dritten September."

„Danke."

„Wissen Sie, wohin Sie gehen können?"

„Ja, ich denke schon."

„Gut. Danke, dass Sie mich angerufen haben. Ich werde mein Möglichstes tun, um ihn da rauszuholen. Es wird schon gutgehen." Es klickte erneut. Das Gespräch war beendet.

„Ja", flüsterte sie müde. „Ich hoffe es so sehr."

Sie hatte das Gefühl, ihre Füße kaum noch heben zu können, als sie zum Ferienhof lief. Die Dämmerung war herein-gebrochen, was sie keineswegs bedauerte. Die Blicke der Passanten entgingen ihr nicht und es wurde höchste Zeit, dass sie von den öffentlichen Wegen verschwand. Endlich trat sie durch den steinernen Torbogen in den Innenhof.

Sie wusste nicht, was sie gehofft hatte. Als sie sich umschaute und Josefa nirgendwo sah, setzte sie sich auf einen Stuhl an einen der Tische, legte die Arme auf die Tischplatte und ließ die Stirn darauf sinken. Nur kurz. Sie war so müde. Und alles tat weh.

„Hallo!"

Benommen hob Lilli den Kopf und sah nicht weit von sich einen Mann stehen. Josefas Mann?

„Ist Josefa da?" Sie wusste, dass es höflich gewesen wäre, sich vorzustellen. Aber dazu fehlte ihr die Kraft.

„Josefa!" Der Mann rief laut über die Schulter und blieb stehen. Lilli hatte indessen ihr Kinn auf die Hände gelegt und sah ihn an, ohne ein Wort zu sagen.

„Josefa! Kommst du mal?" Er musterte Lilli und schien sich nicht schlüssig zu sein, was er von ihrer Erscheinung halten sollte.

„Was ist?" Josefa kam aus einer der Stalltüren gelaufen, die graugetigerte Katze hinterher.

„Lilli! Das ist ja eine …" Dann stand sie vor Lilli und betrachtete sie entsetzt. „Oh mein Gott! Lilli! Was ist los? Was ist passiert?"

Lilli hob eine Hand und winkte müde ab.

„Ich erzähle es später. Ich muss unbedingt telefonieren. Und dich bitten, ob ich bei euch übernachten kann." Sie erhob sich, Josefa aber drückte sie zurück auf den Stuhl.

„Du musst jetzt erst mal gar nichts außer sitzenbleiben." Ihr Blick rutschte tiefer zu der blutverkrusteten Hose. „Bist du verletzt?"

Lilli nickte. „Ich müsste morgen zum Arzt. Heute wird es wohl zu spät sein."

„Darf ich mal nachsehen?" Josefa kniete schon vor Lilli, schlug die Hose übers Knie und begann den Stoff abzuwickeln. Als sie schließlich vorsichtig die Wundkompresse entfernte, schnappte sie nach Luft.

„Peter!" Ihr Mann trat heran und ging neben ihr in die Hocke.

„Ich rufe Heidi an", sagte er nach einem Blick auf das Bein, erhob sich und lief ins Haus.

„Heidi ist Krankenschwester", erklärte Josefa. Sie zog einen Stuhl heran und setzte sich vor Lilli. „Wir haben keinen Arzt mehr hier, seit der vorige vor zwei Jahren in Rente gegangen ist. Wir müssen dafür in die nächste Stadt. Aber Heidi ist Krankenschwester und hat lange Zeit in der Praxis gearbeitet. Sie wird kommen."

Wieder betrachtete sie prüfend Lillis Gesicht. „Bist du in Ordnung? Du siehst schrecklich aus. Einigermaßen mitgenommen."

„Bin ich, ja. In Ordnung und schrecklich mitgenommen. Vor allem bin ich müde. Ich könnte eine Woche lang schlafen."

„Wenn Heidi hier war, bringen wir dich zu uns nach Hause. Da kannst du schlafen solange du willst. Es tut mir so leid, dass ich es nicht geschafft habe, dich auf der Alm zu besuchen. Es ist einfach zu viel zu tun hier."

„Josefa." Lilli brachte trotz allem ein Lächeln zustande. „Glaub mir, es ist besser, dass du es nicht geschafft hast. Ich werde dir eine Geschichte erzählen, die du kaum glauben wirst."

„Aber nicht mehr heute. Oh Peter!", rief sie erfreut. „Das ist eine gute Idee!" Ihr Mann stellte eine Flasche Honiglikör auf den Tisch und drei Schnapsgläser.

„Ich dachte mir, der wird uns guttun. Und Lilli sowieso! Heidi wird in ein paar Minuten hier sein."

„Moment", bat Lilli, nahm endlich den Rucksack vom Rücken und kramte darin, bis sie die Schnapsflasche fand. Sie zog sie heraus und stellte sie auf den Tisch. Josefa und Peter sahen sich verwundert an.

„Auch gut", meinte Peter dann und schenkte ein. Lilli fühlte sich erschöpft wie nie zuvor und war gleichzeitig unendlich glücklich, weil sie angekommen war. Außerdem war alles, was sie in der letzten Zeit erlebt hatte, noch immer so nah und ebenso unwirklich, dass sie den Eindruck hatte, all diese Empfindungen würden gleich einen hysterischen Anfall bei ihr auslösen. Ihr Blick fiel auf die Flasche. Dann griff sie nach ihrem Glas und sagte:

„Auf Alfons!"

Wieder sahen sich Peter und Josefa verständnislos an, wiederholten aber gleichzeitig:

„Auf Alfons!"

Ein paar Minuten später erschien eine ältere Dame auf einem Fahrrad und begann, ohne viele Worte zu verlieren, die tiefe Fleischwunde zu säubern.

„Zum Nähen ist es zu spät", stellte sie fest. „Ich werde die Wunde klammern und verbinden. Tetanus?" Sie sah zu Lilli auf.

„Ich bin mir nicht sicher", musste diese zugeben. „Aber ich habe vor fünfzehn Monaten Zwillinge bekommen. Ich glaube, während der Schwangerschaft wurde ich geimpft." Heidi nickte.

„Ja, ziemlich wahrscheinlich. Normalerweise sollte man bei einer Geburt geschützt sein gegen Tetanus. Wie ist es mit den Schmerzen?"

Lilli verzog das Gesicht. „Es tut ganz schön weh. Ich habe Aspirin genommen, etwas anderes hatte ich nicht."

Heidi drückte ihr ein paar Tabletten in die Hand. „Die sind ein bisschen stärker, kann nicht schaden. Brauchen Sie etwas zum Schlafen?"

Lilli schüttelte den Kopf. Sie würde im Moment überall auf der Stelle einschlafen.

„Sollen wir Lilli morgen zum Arzt bringen?", wollte Josefa wissen.

„Ich denke nicht", winkte Heidi ab. „Ich komme gegen Mittag noch einmal vorbei und sehe mir die Wunde an. Wenn sie gut aussieht, wird es ohne Arzt gehen."

„Danke", sagte Lilli müde und drückte Heidis Hand.

„Ich bin ziemlich neugierig auf das, was du morgen erzählen wirst", bemerkte Josefa schmunzelnd, als sie das

Bett im Gästezimmer bezog und zusah, wie Lilli aus den Kleidern stieg. „Was ist das eigentlich für ein Anzug?"

„Morgen, Josefa. Falls ich jemals wieder aufwache!"

Josefa sah sie mitfühlend an. „Vor der Tür gleich rechts ist das Gästebad. Schlaf gut, Lilli. Und erhole dich." Mit diesen Worten umarmte sie Lilli herzlich und verließ das Zimmer.

Farid wischte mit dem letzten Stück Brot den Rest vom Eintopf aus der Schale und steckte es in den Mund. Sie versorgten ihn nicht schlecht und hatten ihm sogar eine Schüssel Wasser mit einem Lappen gegeben, damit er notdürftig seine Wunden säubern konnte.

Es war ein wenig so, als wäre er der Ehrengast. Wie ein Pfingstochse, der bis zum Tag der Feier gemästet wurde, um dann geschmückt zur Schlachtbank geführt zu werden. Wie der Stier, der strotzend vor Kraft in die Arena gebracht wurde, um so lange wie möglich dem Torero standzuhalten und den Zuschauern ein Spektakel zu bieten.

Kalil oder Tarek durften ihn sogar aus dem Raum bringen, damit er zur Toilette gehen konnte, die es in dieser Hütte gab. Er hatte sie alle schon gesehen: Kalil, Tarek, John und Matt, aus deren Augen leises Bedauern sprach, wenn sie ihn anstarrten. Wie oft hatte er ihre Verletzungen verarztet oder sie bei Krankheit behandelt? Es war ihnen sichtlich unangenehm, ihn in dieser Situation zu sehen. Andererseits war er ein Verräter und verdiente kein Mitleid.

Dann waren da Hadi und der Fuchs. Der Anführer der Truppe behandelte ihn, als wäre er Luft. Nie ließ er sich anmerken, dass er Farid auch nur wahrnahm. Der Fuchs hingegen suchte jedes Mal erneut den Blickkontakt. Die Augen voller Häme, Genugtuung und Hass.

Farid musste ihm zugestehen, dass seine Strategie richtig gewesen war. Der Fuchs hatte ihm auf Verdacht eine Falle gestellt und eine Punktlandung gesetzt. Er würde Farids Bestrafung zelebrieren. Daran gab es keinen Zweifel.

Je länger Farid darüber nachdachte, und zum Nachdenken hatte er mehr als ausreichend Zeit, umso mehr verwünschte er die Leichtfertigkeit, mit der er jahrelang den Tod als unausweichliches Ende seines Tuns hingenommen hatte. Mittlerweile sträubte sich alles in ihm dagegen zu sterben. Ihm fielen plötzlich unzählige Gründe ein, von denen jeder einzelne ausreichend war, um am Leben bleiben zu wollen. So sah es nun aus. Es war ihm immer so einfach erschienen. Doch jetzt, da die schwarze Flagge gehisst war, würde er am liebsten die Segel streichen.

Nein, er glaubte nicht an Wunder. Sein Glaube an irgendetwas war vor langer Zeit mit seinem Vater zusammen in die Luft gesprengt worden. Yassin konnte nicht wissen, wo er festgehalten wurde. Und falls das SEK aus irgendeinem Grund wusste, wo sich der Kreis der Sieben zurzeit versteckte, so machte Farid sich keinerlei Illusionen. Dessen Aufgabe war es nicht, ihn zu retten. Es ging darum, eine Terrorzelle zu sprengen. Wenn es dabei Menschenopfer gab, so war es zwar bedauerlich, aber nicht immer zu vermeiden.

Und Lilli – er dachte mit einem Lächeln daran, dass sie seine Verzweiflung einfach weggeküsst hatte – Lilli, so hoffte er, war längst wieder zu Hause bei ihren Kindern. In einem Leben, in das ein Mann wie er nicht hineinpasste. Als sich das Gesicht des anderen Mannes vor seine Augen schieben wollte, erhob sich Farid von dem alten, muffigen Sofa und trat ans Fenster.

Matt stand draußen und hielt Wache. Das Fenster war allerdings so klein, dass er kaum hindurchpassen würde, falls er fliehen wollte. Alles an diesem Raum war klein. Er sah sich um. Das Zimmer mochte dem Almhirten früher als Schlafraum gedient haben. Vielleicht, dachte er, vielleicht hatte ja Lilli auf diesem alten Sofa gelegen in der einzigen Nacht, die sie hier verbracht hatte. Es schien ihm immer wahrscheinlicher, und allein dieser Gedanke machte ihn stärker als alles andere.

Er hatte ihr versprochen, zurückzukehren. Halten konnte er es nun nicht, aber er würde stark sein. Für Lilli. Sie würden ihn nicht einfach fällen wie einen Baum. Er würde kämpfen. Seine Schultern schmerzten, als er versuchte, seine Muskeln zu dehnen, und die Wunden auf seinem Rücken brannten bei jeder Bewegung. Die Blutergüsse in seinem Gesicht pochten im Rhythmus seines Blutes.

In Farids Kopf aber schufen saphirblaue Augen einen wolkenlosen Sommerhimmel und weiche, rote Lippen ließen die Sonne aufgehen.

Lilli schlug die Augen auf. Im ersten Moment wusste sie nicht, wo sie war. Wie lange schon hatte sie nicht mehr in einem richtigen Bett geschlafen? Sie war bei Josefa, fiel ihr dann ein, wobei sie mit großer Zuneigung an die neue Freundin dachte. Lillis Bein schmerzte und der feste Verband drückte auf ihr Schienbein. Das Feuer jedoch war daraus verschwunden.

Tageslicht fiel durch die Ritzen der Holzläden und Lilli sah sich nach einer Uhr um. War das nicht eigenartig? Außerhalb der Zivilisation, auf dem Berg, hatte sie sich ohne zu überlegen nach dem Stand der Sonne gerichtet. Und nun, kaum dass sie in einem ummauerten Raum auf einem Bett lag, suchte sie unwillkürlich nach einer Uhr.

Lilli stand auf, öffnete das Fenster und schlug den Laden zurück. Auch heute hatten die Wolken den Himmel dick verpackt und erlaubten der Sonne nicht, hindurchzublinzeln. Sie gähnte und sah an sich hinunter. Josefa hatte ihr ein weißes Nachthemd gegeben, das ihr bis zu den Knien reichte und mit zarter Spitze besetzt war. Ihre Haut, die im Sommer nie wirklich braun wurde, hatte einen leicht bronzenen Ton angenommen und ergab einen hübschen Kontrast zu der weißen Baumwolle.

Sie trat vor den Spiegel am Kleiderschrank. Ihr Gesicht war schmal geworden. Das Haar lag ziemlich wild um ihren Kopf, glänzte aber gesund und kräftig. Ihre Augen strahlten ihr in einer Klarheit entgegen, wie sie sie schon lange nicht mehr gesehen hatte. Sie erinnerte sich an das letzte Mal, als sie sich im Spiegel betrachtet hatte. Es erschien ihr, als wären seitdem Monate vergangen.

Eine Frau mit strähnigem Haar hatte ihr entgegengeblickt. Mit trüben, traurigen Augen und blasser, grauer Haut. Verloren. Mutlos. Leblos. Wie zwei verschiedene Menschen in zwei verschiedenen Leben. Sie strich mit dem Finger über ihre Lippen. Und dachte an seinen Mund, der ihren Körper zum Beben gebracht hatte. Im Spiegel sah sie ihre Wangen erröten und sie musste lächeln.

Das Amulett schimmerte als dunkler Fleck durch den dünnen Stoff. Sie berührte es. Heute war Freitag. Bis Sonntagabend waren es noch viele Stunden. Irgendwie würde die Zeit vergehen.

„Kaffee?", rief Josefa fröhlich, als Lilli suchend durchs Haus lief.

„Echter Bohnenkaffee? Ich glaube, ich weiß gar nicht mehr, wie der schmeckt", freute sich Lilli und ließ sich von Josefa in die große Wohnküche führen. Sie hatte geduscht, lange und heiß, was sie am Abend vorher einfach nicht mehr fertiggebracht hatte. Nun trug sie ein Kleid, das Josefa ihr bereitgelegt hatte und das ihr passte, als wäre es für sie gemacht.

„Hey, du siehst toll aus!", stellte die Freundin fest und betrachtete Lilli aufmerksam. „Es steht dir viel besser als mir, weil es fast so blau ist wie deine Augen."

„Danke, du bist lieb. Ich habe sehr gut geschlafen und fühle mich viel besser, außer dass ich vom Klettern einen wahnsinnigen Muskelkater habe."

„Was macht dein Bein?"

„Fühlt sich lange nicht mehr so schlimm an."

„Na, prima. Dann wollen wir mal ausgiebig frühstücken. Und wenn du gerade mal nicht kaust, kannst du erzählen!" Josefa lachte fröhlich und sie setzten sich an den Tisch, der vollgestellt war mit leckeren Dingen und frischen Brötchen.

„Ja, und dann stand ich bei euch im Hof", beendete Lilli lange Zeit später ihre Geschichte, die sie während des Frühstücks in Etappen erzählt hatte.

„Wow", entfuhr es Josefa und sie sah noch immer bestürzt aus. Dann nickte sie langsam verstehend mit dem Kopf und sagte eine ganze Weile gar nichts. Sie hatte ihren langen, dunklen Zopf nach vorne genommen und knetete ihn zwischen den Fingern.

„Also", begann sie schließlich um Fassung bemüht, „nur damit ich sicher sein kann, dass ich das alles richtig verstanden habe …"

Dabei sah sie Lilli an, die nickte.

„In unserer Berghütte sind in diesem Moment einige Terroristen, die einen Mann gefoltert haben, weil er sie an die Polizei verraten hat. Mit diesem Mann hast du tagelang auf einer Hütte gelebt, da du von den Leuten gesucht wurdest und er dich vor ihnen beschützen wollte. Montagfrüh soll er hingerichtet werden, und das SEK wird hier auftauchen, um das zu verhindern und die Männer festzunehmen. Zu allem Überfluss ist irgendwann in den letzten Tagen dein Exfreund plötzlich aufgekreuzt, der dich wieder heimholen wollte." Mit erhobenen Augenbrauen sah sie Lilli fragend an.

„Ja", bestätigte diese und fand selbst, dass sich das alles ziemlich unglaubwürdig anhörte. „So in etwa ist es."

Dann schüttelte Josefa den Kopf. „Weißt du, Lilli, hätte ich nicht gesehen, in welchem Zustand du gestern bei uns angekommen bist, würde es mir sicher schwerfallen, all das zu glauben."

„Das kann ich gut verstehen", antwortete Lilli und trank ihren Kaffee aus. „Ich überlege manchmal selbst, ob ich nicht alles nur geträumt habe."

„Und jetzt? Was hast du vor?"

„Ich warte. Bis es vorbei ist. Josefa", sie legte eine Hand auf Josefas Arm, „ich werde in eine Pension gehen. Du hast viel zu viel …"

„Quatsch, vergiss es! Du bleibst natürlich hier. Das wäre ja noch schöner! Wenn du Lust hast, kannst du mir auf dem Hof ein bisschen helfen. Das wird dich vielleicht ein wenig ablenken von allem."

„Nichts lieber als das", freute sich Lilli. „Aber ich muss erst mal telefonieren."

„Klar, ich zeige dir das Büro. Da hast du Ruhe."

Als sie sich vom Tisch erhoben hatten, sah Josefa sie voller Mitgefühl an. „Ihr habt euch verliebt, du und er, nicht wahr?"

Lilli nickte und sagte leise: „Ja. Das haben wir wohl."

Josefa schloss sie fest in die Arme. „Es wird alles gut. Bestimmt."

Mit Anjuli hatte sie bereits gesprochen. Den Zwillingen ging es gut, sie waren fröhlich und gesund. Lilli hatte mit der jungen Frau einige Dinge geklärt, viele Fragen gestellt und ihr erzählt, was sie vorhatte. Als das Gespräch beendet war, hatte Lilli ein gutes Gefühl und ihr Herz machte kleine Luftsprünge, wenn sie an ihre Mädchen dachte.

Sie tippte erneut auf die Ziffern.

„Ja, Becker hier."

„Hallo Alfons. Hier ist Lilli."

„Lilli!" Es knackte und polterte, dann war er wieder dran. „Lilli, wie schön! Wie geht es Ihnen? Wo sind Sie? Ist alles gut?"

Sie musste lachen. Er klang aufgeregt, besorgt und erfreut zugleich. „Ja, es geht mir gut. Ich bin irgendwo in den Allgäuer Alpen und werde noch ein paar Tage bleiben."

„Aber Sie kommen zurück?"

Sie zögerte, bevor sie sprach. „Ja, natürlich komme ich zurück. Was irgendwann sein wird, weiß ich noch nicht. Aber ich komme auf jeden Fall zurück."

„Dann ist es ja gut. Ich vermisse Sie. Sie sind der einzige Mensch in diesem Haus, mit dem ich mich richtig unterhalten kann. Und Lilli? Ihr Ehemaliger war hier und hat nach Ihnen gesucht."

„Ja, Alfons, ich weiß. Er hat mich auch gefunden und wir haben uns ausgesprochen. Und Alfons: Sie werden immer ein Held sein für mich. Sie sind der erste Mann, der sich für mich geschlagen hat. Dafür danke ich Ihnen von ganzem Herzen."

Eine Weile sagte er nichts. Lilli aber hatte den Eindruck, dass er breit grinste.

„Ja", meinte er dann und klang dabei ziemlich stolz. „Ich war so wütend auf ihn, dass ich froh war, als er vor meiner Tür stand. Ich habe vorher noch nie einen Menschen geschlagen."

„Das weiß ich doch. Dafür haben Sie ihn aber gut getroffen."

Als sie sich ein paar Minuten später verabschiedet hatten, trat Lilli ans Fenster und sah zu den Bergen hinauf, deren Felsen und grasbewachsenen Hänge heute nicht von der Sonne beschienen wurden. Irgendwo dort oben, gar nicht weit von ihr entfernt, war Farid.

Sie setzte sich wieder auf den Schreibtischstuhl, sammelte sich und nahm das Telefon in die Hand. Ihr Herz schlug laut, als sie die Nummer wählte, die sich seit ihrer Kindheit nie geändert hatte. Sie hoffte, dass ihre Stimme fest klingen würde.

Der Hörer wurde abgenommen. Eine Frauenstimme meldete sich.

„Hallo Mama", sagte Lilli.

„Ich frage mich, wie ich das während der ganzen Zeit ohne dich geschafft habe!" Josefa stand im Stall, hatte die Hände in die Seiten gestemmt und sah zu, wie Lilli das Stroh auf dem Boden verteilte. Diese zog sich ein paar Halme aus dem Haar und lachte heiter.

„Naja", entgegnete sie. „So viel ist es nun auch wieder nicht. Außerdem macht es mir Spaß."

„Und dein Bein? Schmerzt es nicht zu sehr?"

„Ich spüre es nur dann, wenn ich nichts tue. Also bewege ich mich doch lieber, oder?"

„Genau aus diesem Grund verehrt dich mein Mann", meinte Josefa fröhlich und ließ die Ponys herein, die sich sofort entzückt auf das Futter stürzten, das die Frauen ihnen in den Trog gestreut hatten. „Er meinte, er habe noch nie eine Frau kennengelernt, die so praktisch veranlagt ist wie du."

Lilli schwieg dazu. Es gab für sie nichts Schöneres, als anzupacken und sich zu verausgaben. Sie wusste nicht, wie sie die beiden letzten Tage sonst überstanden hätte.

„Kommst du nachher zum Essen rüber?", wollte Josefa wissen, als sie in den Innenhof getreten waren.

„Lieben Dank, aber ich werde hierbleiben." Lilli nahm die Katze auf den Arm, die sich bettelnd vor sie gestellt hatte und setzte hinzu: „Ich versorge morgen früh die Ställe. Dann brauchst du erst um zehn Uhr zu kommen, um den Hofladen zu öffnen."

„Wirklich? Ist das dein Ernst?" Josefa jubelte. „Meine Güte, ausschlafen! Ich weiß gar nicht mehr, wie das ist!"

Nachdem sie sich umarmt hatten, lief Lilli über den Hof und schloss die kleine Ferienwohnung auf, in die sie heute Morgen eingezogen war. Nala, die graugetigerte Hofkatze, folgte ihr und sprang sofort auf das Sofa, wo sie sich schnurrend zusammenrollte. Nachdem Lilli geduscht und ihre Wunde versorgt hatte, deckte sie den Tisch in der Küche und öffnete das Fenster zum Innenhof. Dieses kleine Paradies wollte sie unbedingt ihren Kindern zeigen. Vielleicht war es ja möglich, gemeinsam mit ihren Eltern hier Urlaub zu machen. Sie trank einen Schluck Apfelsaft. Wie freute sie sich darauf, sie wiederzusehen. Wenn sie an das Gespräch von gestern Morgen dachte, wurde ihr warm vor Zuneigung. Sie hatte mit ihrer Mutter gesprochen und anschließend – jetzt musste sie schlucken – mit ihrem Vater, der mit ihr zusammen geweint hatte, als sie ihn um Verzeihung bat.

Wenn alles so werden würde, wie sie es sich erhoffte, dann wäre sie der glücklichste Mensch der Welt. Vorausgesetzt, dass …

Morgen war Sonntag. Endlich. Ab dann würde sie die Stunden zählen.

„Schönen Sonntag noch, Laura! Und grüß mir die Mama!", rief Josefa dem Mädchen mit dem Rucksack hinterher, das eben frischgebackenes Brot, Butter und Eier gekauft hatte.

„Die Eltern von Laura machen schon seit Jahren Sommerurlaub hier im Dorf. Ich kenne die Kleine, seit sie im Buggy saß", erklärte sie Lilli und schloss die Ladentür ab. Lilli räumte unterdessen Waren in den Kühlschrank.

„So, Schluss für heute! Jetzt haben auch wir Sonntag! Lilli, nimmst du den Rest Kuchen mit? Viel ist nicht mehr übrig und ich habe noch welchen daheim."

„Gerne."

„Lilli?" Josefa war plötzlich ernst geworden und lehnte sich mit verschränkten Armen an ein Regal. „Was machst du eigentlich, wenn du wieder zu Hause bist?"

Lilli überlegte und zuckte dann mit den Achseln. „Ich muss abwarten, wie das Jugendamt entscheidet. Wenn die Mädchen bei meinen Eltern bleiben dürfen, bis ich sie wieder zurückbekomme, dann werde ich wieder arbeiten. Ich möchte unbedingt wieder Bilder aus Stein hauen. Ich war mal richtig gut, weißt du. Ich würde dann erst einmal zu Mama und Papa ziehen und mir dort eine kleine Wohnung suchen, sobald ich Arbeit gefunden habe."

„Und wenn sie vorerst in der Pflegefamilie bleiben sollen?"

„Dann", sagte Lilli mit fester Stimme, „werde ich mir da, wo ich jetzt wohne, eine Arbeit suchen. Und ausziehen, sobald ich eine neue Wohnung finde." Sie zog eine Grimasse. „Das wird schwierig werden als alleinerziehende Mutter mit kleinen Kindern. Aber ich kriege das hin."

Josefa sah die Freundin lange an, bevor sie sprach. „Das mit deinem Beruf kann ich gut verstehen. Trotzdem muss ich dich jetzt einfach fragen: Könntest du dir vorstellen, auf den Ferienhof zu ziehen und zu bleiben? Weißt du, meine Eltern werden das alleine gar nicht mehr schaffen können und ich selbst habe die Zeit nicht, um immer zum Helfen da zu sein. Bitte, Lilli", sagte sie schnell, als Lilli den Mund zum Antworten öffnete, „sag nicht gleich nein. Lass es dir durch den Kopf gehen. Dir geht hier alles so leicht von der Hand, das ist unglaublich. Wir könnten sicher eine Lösung finden, sodass du trotzdem in deinem Beruf arbeiten kannst. Sieh mal, wir haben so viel Platz hier. Vielleicht könntest du dir deinen Traum verwirklichen und eine eigene Werkstatt haben. Und deine Kinder hätten es toll hier. Es gibt einen Kindergarten und eine Grundschule."

Ihr Blick war bittend auf Lilli gerichtet, die den Mund wieder geschlossen hatte und nun gar nichts sagte.

„Lilli, war das jetzt eine ganz blöde Idee? Dann vergiss es einfach."

Lilli begann, den Kopf langsam zu einem Nein zu bewegen. „Nein", murmelte sie endlich, den Tränen nah.

„Es ist gar keine blöde Idee. Ganz im Gegenteil. Es wäre ein Traum!"

„Wirklich?" Josefa beobachtete sie immer noch skeptisch. Lilli jedoch hatte ihre Fassung wiedergewonnen und meinte:

„Ja, wirklich. Aber zu schön, um wahr zu sein, Josefa. Es ist so schön hier. Die Arbeit auf dem Hof macht mir unendlich viel Freude und ich würde am liebsten sagen: Ja, sofort! Aber ich muss abwarten, wie es mit den Zwillingen ist. Erst dann kann ich überhaupt etwas planen."

„Natürlich! Aber ganz ehrlich: Ich denke, das wird sich alles regeln. Vielleicht sogar schneller als du glaubst. Wer weiß?"

Wieder schwieg Lilli. Als sie vor der Tür der Ferienwohnung standen, murmelte sie:

„Manchmal ist doch Plan B der richtige."

„Wie bitte?"

Lilli sah auf. „Nicht lange her hat jemand zu mir gesagt: Das Leben verläuft nicht immer nach Plan. Manchmal braucht es außer Plan A noch weitere, und dann stellt sich heraus, dass vielleicht doch Plan B oder C der richtige ist. Aber man muss sich auch trauen, im richtigen Moment eine Entscheidung zu treffen."

Josefa nickte zustimmend. „Weise Worte."

Dann blickte sie Lilli prüfend an. „Ich bin heute Abend gegen sechs Uhr wieder hier. Wirst du da sein?"

Lilli sah ihr in die Augen. Und schwieg.
Daraufhin zog Josefa sie fest an sich. „Ich wünsche euch Glück. Gott segne dich." Damit küsste sie Lilli auf die Wange und ging.

KAPITEL 12

Sie stellte den Rucksack auf einen der Stühle vor dem Küchentisch und begann hineinzupacken, was sie bereitgelegt hatte. Er war ihr mittlerweile zu einem vertrauten Gefährten geworden, einem Wegbegleiter, einem Mitstreiter. Durch Dick und Dünn. Durch gute und durch schlechte Zeiten. Wer wusste schon, welche Zeit nun vor ihnen lag?

Sie stopfte ein paar Lebensmittel zu den Dingen, die schon drinnen waren. Auch die Schnapsflasche von Alfons, die sie beinahe als eine Art Maskottchen betrachtete. Ihre Schlafrolle verschnürte sie wie immer außen an das Gepäck. Vorsichtshalber packte sie auch ihre Jacke dazu. Sie hatte für die kommende Nacht keinen Schutz und sie wusste nicht, wie das Wetter auf dem Berg in ein paar Stunden aussehen würde.

Lilli trug ihre frischgewaschenen Jeans und ein T-Shirt, den Pulli band sie sich um die Hüften. Ihre Wanderschuhe fühlten sich an wie alte Freunde, als sie hineinschlüpfte. Nachdem sie den Rucksack aufgesetzt hatte, entdeckte sie die beiden Schlüssel, die auf der Kommode im Flur lagen. Jener, der zur Almhütte gehörte und der Schlüssel von Tadamun. Sie würde keinen von beiden brauchen, dennoch steckte sie sie in die Hosentasche. Vor dem kleinen Flurspiegel blieb sie stehen, nahm ihre Haare zusammen und griff nach der gelben Sonnenkappe von Josefa, die an einem Haken der Garderobe hing. Sie stülpte sie über ihr Haar und stopfte die restlichen Strähnen darunter. Sie würde diesmal den kürzesten Weg nach Tadamun gehen. Es war sowieso egal, wo sie entlang lief. Es war überall gleich gefährlich.

Mit einem „Husch, Nala!" scheuchte sie die Katze zur Tür hinaus und schloss ab. Der dritte Schlüssel wanderte in die Hosentasche. Lilli ließ ihre Augen über den Ferienhof schweifen. Bitte lass alles gut sein, wenn ich das nächste Mal wieder hier bin, betete sie lautlos.

Dann griff sie nach dem Mondstein, legte die Lippen darauf und flüsterte: „Wir sehen uns in Tadamun."

Farid erwachte, als ihm ein Gewehrkolben in die Rippen gestoßen wurde.

„Aufstehen!", schnarrte eine Stimme. Das helle Licht einer Taschenlampe blendete ihn und er schloss die Augen. Schnell zog er seine Schuhe an und erhob sich. Bevor er wusste, wie ihm geschah, hatte man ihm einen Sack über den Kopf gezogen und die Hände gefesselt. Grob zog der Fuchs ihn nach draußen vor die Almhütte.

„Tarek!", hörte er Hadis Stimme. „Fessle ihm die Füße! Aber so, dass er noch gehen kann."

Farid hatte keine Ahnung, ob es noch tiefe Nacht war oder die Dämmerung schon am Horizont leckte. Er nahm an, dass der Fuchs ihn am Seil führte und hörte hinter sich leises, undeutliches Gemurmel.

Es war soweit. Der Ochse wurde zur Schlachtbank geführt. Wohin würden sie ihn bringen? Er ging davon aus, dass sie ihn im Ratskreis der Sieben richten würden. Dort, wo sie drei Jahre lang ihre Pläne geschmiedet hatten. Farid fragte sich, wie er ohne zu sehen dort hinkommen sollte. Der Weg war schon mit offenen Augen bei Tageslicht eine Herausforderung. Bis er dort war, davon war er überzeugt, hatte er zumindest aufgeschlagene Knie. Und das war vielleicht noch das Geringste.

Wie ein Ertrinkender sog er die kühle Luft in seine Lungen. Er roch den muffigen Stoff des Sackes über seinem Kopf, aber zugleich stellte er fest, dass es der köstliche Geruch nach tiefer Nacht war, der ihm in die Nase zog. Würzige Frische, feuchte Bergwiesen und Nadelholz. Hatte er jemals zuvor bewusst wahrgenommen, dass man die Nacht riechen konnte? Mit Bedauern dachte er an die unzähligen Geheimnisse, die es noch gab, die er jedoch niemals lüften würde.

Er stolperte und schluckte den Fluch hinunter, der ihm über die Lippen kommen wollte. Solange es ging, würde er ihnen keine Genugtuung gönnen. Das schwor er sich. Er würde kämpfen bis an sein Ende.

Lilli setzte sich endgültig aufrecht und horchte in die Nacht hinein. Seit Stunden versuchte sie nun schon, wenigstens für kurze Zeit Schlaf zu finden. Aber daran war nicht zu denken. Sie war viel zu nervös und hatte zudem Angst vor dem, was der Tag bringen würde.

Nach langem Überlegen hatte sie am Abend vorher um Farids Hütte einen großen Bogen gemacht und war von oberhalb vorsichtig heruntergeschlichen. Sie hatte auf dem ganzen Weg keinen Menschen gesehen, hatte es auch nicht erwartet. Je näher sie jedoch der Hütte kam, umso mehr Angst verspürte sie. Immer wieder sah sie sich wachsam um. Kein Mensch war auf dem Gelände zu sehen, trotzdem hatte sie sich nicht getraut, auch nur in die Nähe des kleinen Hauses zu gehen. Die Tür stand nach wie vor offen. Es sah so aus, als war seit dem letzten Mal niemand mehr hier gewesen.

Jetzt befand sie sich oberhalb des Felsens, von wo aus der kleine Wasserfall herabfiel, und saß versteckt in einer Mulde zwischen Felsgestein. Von hier aus konnte sie hinabspähen bis auf den Platz vor der Hütte. Ihr Magen rebellierte bei der Vorstellung, was sie dort sehen würde.

Immer wieder sah sie zum östlichen Horizont hinüber. Was bedeutete *bei Tagesanbruch*? War es der Moment, wenn der erste Silberstreif im Osten den neuen Tag ankündigte? Oder hieß es, dass die Sonne schon aufgegangen war und die Menschen begannen, ihrer täglichen Arbeit nachzugehen? Wahrscheinlich bedeutete es für jeden etwas anderes.

Wie hatte der Verbindungsmann dem SEK den Zeitpunkt weitergegeben? Lilli wurde von Minute zu Minute unruhiger. Die Zeit wehte an ihr vorbei, ein dunkles Band, bestehend aus unendlich vielen Minuten, unaufhaltsam. Und Lilli hatte bisher nicht das Geringste wahrgenommen, was darauf hinwies, dass die Polizei hier war. Sie sah Wolken über den nachtschwarzen Himmel ziehen, hier und dort eine Lücke, die den Blick freigab auf funkelnde Tupfen. Manchmal beleuchtete die weiße Scheibe des Mondes für kurze Zeit die gespenstig ruhige Gebirgslandschaft. In diesen Augenblicken suchte Lilli angestrengt die Umgebung ab, bis eine dicke Wolke das Licht am Himmel wieder löschte.

Vielleicht hatte sie insgeheim gehofft, dass es heute nie soweit kommen würde, doch plötzlich war der Moment da, den sie persönlich als Tagesanbruch bezeichnete. Ganz im Osten wurde der Himmel heller, viel zu schnell. Ihr Herz begann wild zu pochen. Sie bewegte vorsichtig ihre Beine, die sich beinahe taub anfühlten und kniete sich hin. Ihre Wunde schmerzte in dieser Haltung, und Steine drückten sich in ihre Knie.

Der Tag wurde zusehends grauer, irgendwo zwitscherten Vögel ihren Morgengruß. Nirgendwo war eine Bewegung zu sehen. Gleichzeitig mit der Morgendämmerung wuchs Lillis Verzweiflung und nahm vollständig Besitz von ihr. Niemand war gekommen, um ihnen beizustehen. Und nun war es nur noch eine Frage der Zeit, bis sie hier waren. Mit ihm. Farid. Er würde sterben.

Schließlich war es soweit. Der Wind trug Laute an ihr Ohr, die sich wie ferne Stimmen anhörten. Das mussten sie sein. Ihr wurde übel. Sie hatte Angst. Atmen, Lilli, beschwor sie sich und atmete langsam und tief.

Sie kamen. Der Mann, der voranlief, führte einen Gefangenen hinter sich her. Lilli erkannte ihn auf der Stelle an seinem aufrechten Gang. Obwohl er an den Händen gebunden war und wie ein Hund am Seil geführt wurde, hatte er die Schultern gestrafft und sah nicht die Spur demütig oder ängstlich aus.

Das ist Farid. Mein Mann. Heißer Stolz durchströmte sie und ließ einen Teil ihrer Angst in den Hintergrund treten. Sie spürte nicht, dass sich ihre Fingernägel schmerzhaft in den harten Stein vor ihr krallten.

Die Männer, die hinter ihnen liefen und während der letzten Stunden so gut wie geschwiegen hatten, wurden unruhig und begannen zu murmeln. Daraus schloss Farid, dass sie sich ihrem Ziel näherten. Er hatte versucht, sich anhand von Geräuschen oder Wegbegebenheiten zu orientieren, doch er musste zugeben, dass er keine Ahnung hatte, wo sie sich befanden.

Seine Knie und Schienbeine schmerzten und waren sicherlich übersät von blauen Flecken. Als John einmal versucht hatte, ihn wegen eines Felsvorsprungs zu warnen, hatte der Fuchs den Mann hart angefahren. Nachher hatte es keiner mehr gewagt. Die Wunden auf Farids Rücken und seiner Brust brannten unter dem Schweiß seines Körpers.

„Bleib stehen!", blaffte der Fuchs. Farid gehorchte und hörte, wie die anderen Männer zu ihnen traten.

„Macht ein Feuer!" Hadis Stimme.

Farid stöhnte innerlich. Vielleicht sollte er sich besser nicht ausmalen, was auf ihn zukam. Er würde nehmen, was unvermeidlich war. Mit einem Ruck wurde ihm der Sack vom Kopf gezogen. Er blinzelte und erkannte überrascht, wo er war. Tadamun. Langsam stieß er seinen Atem aus. Ja, natürlich, dachte er anerkennend. Wo sonst? Was hätte besser gepasst?

Die Ironie sprang ihn an wie ein hämisch grinsendes Monster. Hier war er zu Hause. Hier fühlte er sich seinem Vater nah. Hier hatte er gelernt, dass Liebe Wunden lindern, vielleicht sogar heilen konnte. Er musste sich zusammenreißen, um nicht die Umgebung abzusuchen nach einer Frau mit hellrotem Haar. Stattdessen spähte er zur Hütte, deren Tür geöffnet war und den Blick freigab auf das Chaos, das darin herrschte.

„Nehmt ihm die Fesseln ab", befahl Hadi. Sogleich trat Kalil zu ihm und löste die Seile an Händen und Füßen. Farid widerstand dem Bedürfnis, seine schmerzenden Schultern zu massieren und sah betont gleichgültig in die Ferne, wo hinter den Wolken verborgen die Sonne aufging. Und den Tag zum Leben erweckte, der sein letzter sein sollte.

„Was meinst du, Hakim", begann der Fuchs, der sich auf einen der Steine gesetzt und sein Gewehr quer über die Knie gelegt hatte. „Gefällt dir dieser Ort?"

Farid wandte sich zu ihm und blickte in braune Augen, die kalt und höhnisch zurückstarrten.

„Du überraschst mich immer wieder, Fuchs." Spott troff aus seiner Stimme und er hoffte, den Mann provozieren zu können, der davon überzeugt war, nie einen Fehler zu machen.

„Nun, es wird dich weniger überraschen, wenn ich dir sage, dass du hier und heute sterben wirst."

„Ach, tatsächlich? Damit habe ich wirklich nicht gerechnet. Ich bin beeindruckt."

„Dann beeindruckt dich vielleicht auch Folgendes: Ich war dort, wo angeblich die Frau mit dem honigfarbenen Haar abgestürzt ist. Nur, da war niemand. Keine Leiche."

„Nun", entgegnete Farid, die Augenbrauen spöttisch erhoben, „jemand wird sie vermisst und gefunden haben. So läuft es in der Regel."

„Ich habe keine Sekunde lang an diese Geschichte geglaubt und tu es immer noch nicht. Wie auch immer, Hakim, eines sollst du wissen: In dem Moment, wenn wir mit dir fertig sind, werde ich mich auf die Suche machen. Und du kannst dir sicher sein, ich finde sie. Ich vermute, sie war bei dir in der Hütte. Traute Zweisamkeit, hab ich Recht?"

Farid sah ihn voller Abscheu an. „Ich habe diese Frau nur einmal gesehen. Nämlich als sie abstürzte. Alles andere sind deine lüsternen Hirngespinste, du dreckiges Fuchsgedärm!"

Der Gewehrkolben traf ihn unvorbereitet in den Magen und er brach zusammen. Gleichzeitig schlug Lilli sich die Hand vor den Mund, um nicht laut aufzuschreien. Irgendetwas lief gerade verdammt schief. Und es war ihre Schuld.

„Ja dann", sprach der Fuchs lächelnd weiter, „wird es dir nichts ausmachen, wenn ich jetzt allen hier erzähle, was ich mit ihr tun werde, sobald ich sie finde. Zuerst", er schloss die Augen, als würde er sich die Situation bildlich vorstellen, „schneide ich ihr die hübschen Haare ab. Als nächstes nehme ich mir ihre helle Haut vor. Wie Elfenbein, war es nicht so? Vielleicht sollte ich ihr die Zeichen dort hineinritzen?" Er hatte die Augen wieder geöffnet und ließ sie auf Farids Arm ruhen. „Rache! Für deine Untreue. Ewige Verbundenheit. Jetzt wird es spannend. Glaub mir, wenn ich mit ihr fertig bin, weiß ich, ob es eine Verbundenheit gab zwischen euch. Dann …" Farid spie ihm ins Gesicht.

„Es reicht!", mischte sich Hadi ein. Der Fuchs grinste Farid an, wischte sich mit dem Ärmel den Speichel von der Wange und raunte: „Vielleicht habe ich sie ja schon gefunden? Und wir haben das alles schon hinter uns?"

Ein zorniger Schrei wollte sich aus Farids Brust befreien, während seine Gedanken wie rasend hin- und herflogen. Der Fuchs pokerte. Er war ein Spieler und setzte instinktiv auf die richtige Karte. Er wollte ihn provozieren. Er konnte Lilli nicht haben. Statt zu schreien stieß Farid langsam die Luft aus und sah dem Mann in die Augen, der sein Untergang sein würde. Dann öffnete er den Mund, um etwas zu sagen.

„Schweigt jetzt! Beide!", zischte der Anführer und fuhr ungeduldig mit dem Arm durch die Luft. Er forderte die anderen Männer auf, sich hinzusetzen. Er selbst blieb stehen und lief vor Farid auf und ab.

„Sag mir den Grund, warum du die Seiten gewechselt hast, Elender."

„Gewechselt?" Farid betrachtete Hadi mit mildem Spott. „Wer sagt, dass ich sie gewechselt habe? Ich war noch nie auf eurer Seite."

„Während der ganzen drei Jahre nicht?"

„Und auch nicht in den Jahren vorher."

„Du verrätst deinen Glauben? Warum unterstützt du unseren Kampf gegen die Ungläubigen nicht?"

„Weil ich ein Ungläubiger bin!", verkündete Farid laut. „Mir ist es gleich, ob ich zu Allah bete oder zu Gott. Er ist ein und derselbe."

„Verräter! Lästerer!", schrie der Fuchs aufgebracht und sprang auf. Hadi hielt ihn mit einer Handbewegung zurück.

„Wer bist du?", wollte er von Farid wissen und musterte dessen tätowierten Arm.

„Ich bin jemand, dessen Familie von solchen fehlgeleiteten Irren, wie ihr es seid, zerstört wurde."

Der Anführer nickte verstehend.

„Rache also."

„Nenn es, wie du willst."

Der Truppenführer lief langsam um Farid herum und blieb vor ihm stehen. „Ich habe dir vertraut, Hakim. Ich habe dir sogar mein Leben anvertraut. Wir alle. Ich dachte, du wärest einer von uns. Besonnen, aber mit Herz und Moral auf unserer Seite."

„Was wisst ihr schon von Moral?", spie Farid bitter. „Das, was ihr für Moral haltet, ist reine Mordlust und hat mit Glauben nichts zu tun. Allah wird euch dafür richten!"

„Lass ihn!", fuhr Hadi den Fuchs an, der dem Gefangenen den Gewehrkolben erneut in die Seite schlagen wollte. „Du bist nach mir an der Reihe."

Mit sanfter Stimme fuhr er an Farid gewandt fort: „Der Fuchs wird von dir nicht mehr viel übrig lassen. Daher werde ich dich vorher auf meine Weise bestrafen. Hakim, du warst lange Zeit meine rechte Hand. In Zukunft muss ich ohne dich zurechtkommen. Ein Ersatz wird sich finden. Du aber sollst zumindest für kurze Zeit spüren, wie es ist, wenn man der rechten Hand beraubt ist."

Farid gab sich Mühe, keine Reaktion zu zeigen. Doch er konnte nicht verhindern, dass grüne Galle in ihm aufstieg und er einen bitteren Geschmack im Mund hatte.

Lilli stöhnte leise und entsetzt auf. Wo blieben sie nur? Ihre Befürchtungen wurden wahr. Es hatte nicht funktioniert. Vielleicht war ja Yassin gar keiner von den Guten.

Dann hörte sie Hadi weitersprechen.

„Wenn ich mit dir fertig bin, übergebe ich den Rest der Bestrafung dem Fuchs. Wie er sie ausführt, überlasse ich ihm."

„Feuer", sagte der Fuchs laut und betrachtete die glühenden Holzscheite auf der Feuerstelle. „Der Hakim und ich werden ein letztes Mal mit dem Feuer spielen."

Grauen durchfuhr sie. Lilli spürte nur noch Schmerz. Es war nicht nur die Wunde, die brannte, als sei sie wieder aufgebrochen. In ihre Knie drückten sich die messerscharfen Kanten des Felsens, und die Stellen, die nicht sowieso schon taub waren, jagten ihr quälende Stiche durch den ganzen Körper.

Am meisten aber schmerzte ihr Herz. Sie würde ihn verlieren. Sie würden ihn vor ihren Augen abschlachten. Vor Angst und Verzweiflung konnte sie kaum atmen, ihr Magen war ein einziger harter Stein. Sie war zum Nichtstun verdammt.

Sie hatten Farid an einen Stein geführt. Es war ihr Stein, und Lilli konnte nicht glauben, dass das Schicksal so erbarmungslos war, dass es genau dort geschehen sollte. Sie ließen ihn davor niederknien und seine rechte Hand darauflegen.

„Nein", flüsterte sie. Es konnte nicht sein. Es durfte nicht sein. Hadi trat neben Farid, der den Kopf stolz erhoben hatte und zu den Bergen hinaufsah, als würde ihn das alles nichts angehen. Würde er seinen Blick ein wenig nach rechts wandern lassen, könnte er sie sehen. Was dachte er? Dass nun das geschehen würde, womit er seit Jahren gerechnet hatte? Bereute er letztendlich doch den Weg, den er gegangen war? Oder dachte er darüber nach, dass es vielleicht niemals soweit gekommen wäre, wenn er sie nicht getroffen hätte? Lilli schluchzte leise auf. Es war so leicht gewesen, sich ein Leben mit ihm vorzustellen. Und es war ebenso dumm gewesen, an ein vollkommenes Glück zu glauben.

Erst, als die Klinge das Grau des Himmels reflektierte, entdeckte Lilli den kurzen Säbel, den Hadi in der Hand hielt. Lautlos bewegte sie die Lippen. Lieber Gott, bitte …

Der Säbel bewegte sich. Ein lauter, schriller Schrei erscholl.

Verblüfft sahen alle Männer in ihre Richtung. Entsetzt begriff Lilli, dass sie selbst geschrien haben musste. Und dann geschahen viele Dinge gleichzeitig.

Farid nutzte den Augenblick der Überraschung und rammte dem neben sich stehenden Hadi den Kopf in den Magen. Während sie zu Boden gingen, hob der Fuchs sein Gewehr und zielte. Der Schuss löste sich. Er traf jedoch nicht Farid, sondern einen Mann, der sich auf den Fuchs geworfen hatte.

Plötzlich wimmelte es überall von unzähligen schwarz-vermummten Gestalten. Laute Rufe waren zu hören und es fielen weitere Schüsse. Fassungslos sah Lilli von ihrem Platz aus auf den Tumult, wobei es ihr schwerfiel, etwas zu erkennen. Sie nahm an, dass es die

Männer vom SEK waren, die umherliefen und die Terroristen festnahmen. Hadi entdeckte sie leblos und blutüberströmt auf dem Boden liegend. Eine weitere Person lag nur wenige Meter von ihm entfernt, mit leuchtend rotbraunen Haaren.

Lilli suchte verzweifelt nach Farid, der eben noch mitten im Geschehen gewesen war, und hielt den Atem an. Das Herz pochte ihr bis in den Hals hinauf, als sie auch den Fuchs nicht entdecken konnte. Nicht noch im allerletzten Moment, flehte sie und setzte sich auf, um besser sehen zu können. Da sagte eine Stimme hinter ihr:

„Na, wen haben wir denn da? Ich wusste es!"

Sie drehte sich um. Das Blut gefror ihr in den Adern. Ein Raubvogelgesicht musterte sie hasserfüllt, die Augen halb verdeckt von schweren Lidern. An der linken Schulter des Mannes war der graue Stoff blutdurchtränkt, doch von Schmerz war in seiner Miene nichts zu lesen. Plötzlich griff seine Hand nach ihr.

Lilli rutschte rückwärts, bis sie nicht weiterkonnte, ohne dort hinunterzustürzen, wo das Wasser hinabfiel, und krallte sich am Felsen fest.

„Spring ruhig, Honighaar", zischte der Fuchs voller Schadenfreude und ein hässliches Grinsen verzerrte sein Gesicht. „Dein Hakim kann dir diesmal nicht helfen."

Mit einer schnellen Bewegung packte er sie am Arm und zog sie zu sich. Sein Dolch lag an ihrer Kehle. „Wir werden jetzt einen kleinen Spaziergang machen, nur du und ich."

Mit diesen Worten stieß er sie vor sich her. Lilli war wie gelähmt. Der widerliche Geruch des Mannes benebelte ihr Gehirn, während die Angst verhinderte, dass sie ihren Körper unter Kontrolle hatte. Sie stolperte mehr, als dass sie ging, und immer wieder spürte sie die Klinge des Dolches auf ihrer Haut. Dann ein Schatten. Wie aus dem Nichts.

„Lass sie los!", befahl eine kalte Stimme. Farid stand vor ihnen. „Lass sie los, Fuchs! Und ich gehe mir dir, wohin du willst. Freiwillig."

„Nein!", wollte Lilli rufen, doch was sie herausbrachte, war nur ein heiseres Ächzen.

„Ich bin mir sicher, solange ich sie in meiner Gewalt habe, wirst du sowieso tun, was ich dir sage", erwiderte der Mann voller Bosheit. Erst jetzt aus der Nähe sah Lilli die Verletzungen in Farids Gesicht. Seine Augen waren rot und dick angeschwollen und seine Nase sah schrecklich aus. Ein dunkler Bart verdeckte die untere Gesichtshälfte, trotzdem sah sie die blutigen Stellen an seinen Lippen.

Der Fuchs schob Lilli weiter und bedeutete Farid, voranzugehen. Sie musste unbedingt etwas tun. Lilli überlegte fieberhaft. Das Taschenmesser war im Rucksack. Und der lag dort, wo sie sich versteckt hatte. Wie blöd war sie eigentlich? Hätte sie nicht dazulernen müssen in den letzten Wochen? Das einzige, was sich in ihrer Jeans befand waren die drei …

Als der Fuchs sie das nächste Mal grob voranstieß, stolperte Lilli über ein nicht sichtbares Hindernis, wobei die Klinge des Dolches über ihre Haut kratzte. Der Mann fluchte laut und versuchte, das Gleichgewicht zu halten. In diesem Moment schlug Lilli ihre Faust mit voller Wucht von unten herauf in das Gesicht des Mannes, mit dem Schlüssel voran, den sie beim Straucheln aus ihrer Tasche gezerrt hatte. Der Fuchs schrie vor Zorn und Schmerz auf. Bevor er jedoch eine Bewegung machen konnte, war Farid bei ihm. Er riss ihm mit einer einzigen, schnellen Bewegung den Dolch aus der Hand und stieß ihn dem Mann, der so grausam und menschenverachtend war, ohne zu zögern ins Herz.

Der Fuchs blickte Farid noch im Fallen ungläubig an, als könnte er nicht fassen, dass er doch noch verloren hatte. „Allah sei deiner dunklen Seele gnädig", murmelte Farid und sah auf den Sterbenden hinab. Seine Miene war ohne jede Regung.

Benommen wandte er sich schließlich zu Lilli und legte seine Hände sanft um ihr Gesicht. Sie keuchte immer noch vor Entsetzen und sah ihn mit weit aufgerissenen Augen an. Dann senkte sie den Blick zu dem leblosen Körper, und endlich schien sie zu begreifen, dass es vorbei war. Als sie wieder aufsah, direkt in Farids dunkle Augen, zog er sie an sich und sagte ruhig:

„Es ist vorbei, Lilli."

„Du lebst", wisperte sie. Zu einem anderen Gedanken war sie nicht in der Lage.

„Ich lebe", bestätigte er zärtlich und küsste sie sanft auf den Mund. „Weil du mir das Leben gerettet hast." Mit einem Blick auf den toten Mann meinte er: „Wir müssen zurück zu den anderen. Sie werden uns schon suchen."

Sie holten Lillis Rucksack, den sie auf den Rücken nahm, ohne seinen Einwand zu beachten und kletterten seitlich des Wasserfalls von den Felsen hinunter. Hand in Hand gingen sie zu den Männern des SEK, die auf dem Platz vor der Hütte standen und miteinander sprachen. Hadi lag noch an der Stelle, wo er durch Schüsse gestorben war. Matt, Tarek und John standen abseits in Handschellen unter Aufsicht einiger Männer. John blutete aus einer Verletzung am Unterarm.

Kalil saß nicht weit von ihnen entfernt auf einem Stein und wurde notdürftig verbunden. Seine graue Uniform war auf Höhe der rechten Brust blutdurchtränkt. Als Farid auf ihn zutrat, sah er auf.

„Ich danke dir, Kalil, mein Freund. Du hast mir das Leben gerettet." Er ergriff Kalils linke Hand mit seinen beiden und drückte sie.

„Kolja", entgegnete Kalil. „Mein Name ist Kolja."

„Kolja", wiederholte Farid den Namen des Mannes, der die Gewehrkugel abgefangen hatte, die ihn getötet hätte. „Ich stehe in deiner Schuld. Nicht nur für das von eben. Ich heiße Farid." Kolja nickte und sein Blick schwenkte zu Lilli, die hinter Farid stehengeblieben war.

„Das ist sie also. Die Frau, die Abdals Untergang war."

„Und meine Rettung, ja", nickte Farid und legte den Arm um Lilli. Der Leiter des SEK trat zu ihnen und nahm Kolja am Arm. Er wandte sich an Farid.

„Ich werde auch diesen Mann mitnehmen müssen. Wo können wir Sie erreichen?"

Bevor Farid antworten konnte, nannte Lilli die Adresse des Bernauer Ferienhofs.

„In Ordnung", meinte der Mann. „Wir werden uns bei Ihnen wegen der Zeugenaussage melden. Und ja, wir haben gesehen, dass dieser Mann hier Sie vor Schlimmerem bewahrt hat. Einige von meinen Männern suchen noch nach dem Entflohenen."

Farid drückte Lilli fest an sich. „Sie finden ihn oberhalb des Wasserfalls. Außerdem", fügte er hinzu, „steht im Tal ein schwarzer Volvo. In dessen Kofferraum liegt Material, das für den Bau von Sprengsätzen vorgesehen war." Fragend sah er zu Kolja. Dieser nickte.

„Ich führe sie hin."

„Tja, dann …" Farid sah sich aufmerksam um und fragte schließlich: „Können wir nun gehen?"

„Ja, natürlich."

Er wandte sich zum Abschied an Kolja und umarmte ihn vorsichtig. „Wir sehen uns, Kolja. Du wirst bei mir immer willkommen sein."

Bevor er und Lilli sich mit ineinander verschlungenen Händen auf den Weg ins Tal machten, warf er einen Blick zurück zur Hütte und sagte mit gedämpfter Stimme: „Wir werden morgen wiederkommen und unsere Sachen holen."

Sie brauchten sich nicht zu beeilen und gingen in gemächlichem Tempo den Berg hinunter. Beide hatten eine schlaflose Nacht hinter sich, waren erschöpft und hinkten ein wenig. Sie sprachen nicht viel. Hin und wieder jedoch blieben sie stehen und sahen sich an, als konnten sie nicht glauben, dass alles vorbei war. Und dann küssten sie sich, lange und zärtlich.

„Ich kann es noch immer kaum fassen", sagte Farid leise in ihr Ohr, als er sie abermals an sich gezogen hatte. „Ich habe gewusst, dass du tapfer bist und mutig. Aber jetzt weiß ich, dass du das Herz einer Löwin hast." Sie strich ihm vorsichtig über das verletzte Gesicht. Es war vielleicht falsch, aber es bereitete ihr eine gewisse Genugtuung, dass der Mann, der ihm das angetan hatte, nicht mehr lebte. Sie war sicher, dass sie noch nicht alle Verletzungen gesehen hatte, die sie ihm zugefügt hatten. Aber er lebte. Und er war bei ihr.

Dankbarkeit schnürte ihr die Kehle zu und sie konnte nicht sprechen.

Die graue Wolkendecke war aufgebrochen und die Sonne zeigte sich an einem blauen Fleck hoch am Himmel, als sie zum Bernauer Ferienhof kamen. Josefa lief ihnen entgegen, als hätte sie bereits gewartet. Ihr Gesicht war zuerst tief besorgt, doch je näher sie sich kamen, umso mehr strahlte sie vor Erleichterung und umarmte Lilli endlich stürmisch.

„Gott sei Dank, Lilli! Ich habe mir solche Sorgen gemacht! Lass dich ansehen!" Sie hielt Lilli auf Armeslänge von sich entfernt und schüttelte lachend den Kopf. „Wieso musst du jedes Mal, wenn wir uns treffen, so furchtbar mitgenommen aussehen? Ich hoffe, das hat jetzt ein Ende!"

„Es hat ein Ende", lächelte Lilli müde und stützte sich auf Farids Arm.

„Dafür sorge ich", ergänzte Farid und streckte Josefa die Hand hin. Sie nahm sie und sah den großen Mann aufmerksam an. Er sah nicht weniger mitgenommen aus als Lilli, hatte geschwollene Blutergüsse im Gesicht und ganz sicher eine gebrochene Nase.

„Du bist Farid, nehme ich an."

„Ja, der bin ich", nickte er und setzte schief lächelnd hinzu: „Und ich bitte ganz dringend um ein Bett für uns. Wir sind ziemlich fertig."

Josefa deutete zur Ferienwohnung. „Ich verspreche euch, bis morgen früh wird euch kein Mensch stören."

Farid bestand darauf, sich Lillis Bein anzusehen und zischte einen Fluch zwischen die Zähne hindurch, als er den blutigen Verband entfernte.

„Wie ist das passiert?", wollte er wissen, als sie geduscht hatte und er die Wunde versorgte. Doch sie schüttelte den Kopf. „Lange Geschichte. Morgen." Sie stand in ihrem weißen Nachthemd vor ihm und wartete. Er betrachtete sie lange und machte keine Anstalten, sich auszuziehen und zu duschen oder sich ins Bett zu legen.

„Was?", fragte sie argwöhnisch und begann, unruhig zu werden unter seinem Blick. Aus seiner Starre gerissen trat er auf sie zu.

„Du bist so wunderschön, Zahra. Allein dich anzusehen, macht mich glücklich."

Sie nahm seine Hand. „Dann komm ins Bett", sagte sie leise, ihre Augen und ihre Stimme ein einziges Versprechen, „und ich mache dich noch glücklicher."

Er machte sich von ihr los und ein Schatten legte sich auf sein Gesicht. Als er seine Jeans ausgezogen hatte und Lilli seine Beine sah, schnappte sie nach Luft. Seine Schienbeine und Knie waren blau und aufgeschlagen. Bevor er sein Shirt über den Kopf streifte, warf er ihr einen Seitenblick zu. Dann zog er es aus und Lilli schrie leise auf.

„Was sind das nur für Menschen?" Sie konnte nicht verhindern, dass sie zu weinen anfing und ging um ihn herum. Sein Rücken und seine Brust waren übersät von Brandwunden unterschiedlicher Größen, die sich entzündet hatten und aussahen, als müssten sie höllisch wehtun.

„Es sieht schlimm aus, Lilli, ich weiß." Er hob ihr Kinn an, damit sie ihm in die Augen sah. „Aber es wird verheilen. Es hätte schlimmer kommen können." Mit den Daumen strich er ihr die Tränen von den Wangen und legte seinen Mund auf ihre Lippen. Dann huschte ein Lächeln über sein Gesicht. „Ich gehe jetzt unter die Dusche, die ich ganz dringend brauche und ich hoffe, du bist noch wach, wenn ich wiederkomme. Du hast mir etwas versprochen."

Lilli wühlte in ihrem Rucksack. Als Farid wieder ins Schlafzimmer trat, trug sie vorsichtig von der Salbe auf seine Verletzungen auf, die er ihr vor so vielen Tagen überlassen hatte. Endlich nahm sie ihn bei der Hand, führte ihn ans Bett und zog ihn mit hinab.

Sie küsste sein misshandeltes Gesicht, dann seine schmerzenden Schultern. Seine Brust und seinen Rücken berührte sie an den Stellen, wo die Haut heil geblieben war und legte ihre Lippen darauf. Trotz der vielen schlimmen Dinge, die geschehen waren, wurde ihr das Herz plötzlich leicht. Und das Glück, das in ihrem Körper flatterte, als hätten Tausende von Schmetterlingen ihre Flügel entfaltet, trieb ihr die Tränen in die Augen. Sie liebten sich sanft und vorsichtig, sahen sich immer wieder an, als müssten sie sich davon überzeugen, dass das Wunder tatsächlich geschehen war und sie beisammen waren.

Die Sonnenstrahlen, die der frühe Abend ins Zimmer schickte, ließen Staubkörnchen in der Luft tanzen. Sie lagen eng aneinandergeschmiegt auf dem Bett und Lilli strich mit der Handfläche über die Schrift auf Farids Arm.

„Wirst du wieder …?" Sie zögerte.

„Nein", sagte er leise aber bestimmt. „Es ist vorbei. Es war in dem Moment vorbei, als ich erkannt habe, dass ich viel lieber bei dir in Tadamun geblieben wäre anstatt meiner Mission zu folgen. Alles, was ich mir wünsche, ist ein ganz normales, unspektakuläres Leben mit dir. Wenn du mich willst", fügte er noch hinzu und küsste ihre Schläfe. Bevor sie antworten konnte, sprach er weiter. „Aber es wird immer ein Teil meiner Vergangenheit sein. Ich habe Menschen getötet oder an die Polizei ausgeliefert. Männer, die dachten, ich sei ihr Kamerad. Heute habe ich vor deinen Augen einen Mann erstochen.

Ich wünschte, du hättest das nicht mit ansehen müssen. Ich würde es verstehen, wenn du …"

„Farid", unterbrach Lilli ihn heftig. „Er hätte uns beide sterben lassen. Er war grausam. Wir hatten keine andere Wahl."

„Nein, wir hatten keine Wahl." Er drückte sie an sich. „Ich hoffe, Allah wird mir irgendwann vergeben."

Lilli hob den Kopf und suchte seine Augen. „Gott hat dir schon vergeben. Er fragt nicht danach, wer du warst. Für ihn zählt nur, wer du jetzt bist. Und für mich", ihr Blick war weich und voller Zärtlichkeit, „für mich bist du mit deiner Vergangenheit genau der, den ich haben will. Für immer."

Er schloss die Augen. „Ich liebe dich", sagte er kaum hörbar.

„Und ich liebe dich", gab sie ebenso leise zurück.

„Mir war gar nicht bewusst, dass so viel zerstört wurde." Sie standen vor der Hütte, die am vorigen Tag zu einem Kriegsschauplatz geworden war.

„Ja", stimmte Farid ihr zu. „Sie haben ganz schön gewütet." Er stieß mit dem Fuß gegen den zerbrochenen Stuhl, der ein paar Tage zuvor noch in der Hütte gestanden hatte. Die Bretter, aus denen das kleine Haus gebaut war, waren voller Einschusslöcher und eines der Fenster war zu Bruch gegangen.

„Vielleicht ist einiges davon gar nicht gestern passiert", vermutete Lilli, die einen der geschnitzten Becher vom Boden hob und nach Schäden untersuchte. „Vielleicht waren ja Hadi und der Fuchs noch einmal hier gewesen."

„Mag sein", gab er knapp zurück. Die Vorstellung, dass Lilli im Versteck gewesen war, während die Männer Tadamun durchsucht hatten, verursachte ihm immer noch Übelkeit.

In der Hütte sah es nicht viel besser aus. Das, was Hadi und dem Raubvogelgesicht nicht gelungen war, hatte das SEK geschafft. Die Bretter, die die beiden Verstecke abgedeckt hatten, lagen verstreut auf dem Fußboden. Mit Widerwillen betrachtete Lilli das Loch, in dem sie voller Angst gesessen und abgewartet hatte. Als sie hinuntersteigen und die Sachen holen wollte, die sie hineingeworfen hatte, hielt Farid sie zurück. Er stieg selbst die Stufen hinab und reichte ihr als erstes ihr Tagebuch, dann die anderen Dinge. Sie steckte alles in den Rucksack. Anschließend sortierten sie Farids Sachen aus, packten ein, was sie mitnehmen wollten und legten zur Seite, was nicht mehr gebraucht wurde.

„Was wirst du jetzt mit deiner Hütte machen?", fragte Lilli ihn, als sie fertig waren und auf dem Vorplatz standen. Beide starrten auf den runden Stein, auf den er gestern seine rechte Hand gelegt hatte, in der Erwartung, er würde sie verlieren.

„Was wäre passiert, wenn ich nicht geschrien hätte?" Ihre Stimme war ganz leise. Farid nahm ihre Hand und drückte sie.

„Ich habe keine Ahnung", gab er zu. „Vielleicht hätten sie rechtzeitig eingegriffen. Vielleicht auch nicht." Sie schwiegen. Dann zog er sie fort von der Stelle, auf die andere Seite des kleinen Hauses, wo sie schon oft gesessen hatten. Und wo sie sich geliebt hatten.

„Ich werde die Hütte dem Berg zurückgeben", sagte er, als sie nebeneinander saßen, mit dem Rücken an das warme Holz gelehnt.

„Weshalb?"

„Es gibt kein Tadamun mehr. Tadamun ist ein Ort voller Frieden. Aber hier war zu viel Gewalt. Ich habe das Gefühl, der Ort ist entehrt. Verstehst du, was ich meine?" Lilli ergriff seine Hand und schlang ihre Finger um seine.

„Ich verstehe dich sehr gut. Für mich war dieser Platz, seit ich ihn kenne, immer Zuflucht. Verbunden mit einem guten Gefühl. Wegen dir. Er hat sich verändert. Aber ich denke", sie entzog ihm ihre Hand und kniete sich vor ihn, „egal, wo du hingehst, Farid: Tadamun ist dort, wo du bist. Die Verbundenheit zu deinem Vater trägst du in deinem Herzen. Dein Herz ist Tadamun."

Ein ersticktes Geräusch entschlüpfte seiner Brust. Er zog sie an sich und vergrub sein Gesicht an ihrem Hals. Sie strich ihm durchs dunkle Haar, immer wieder und wiegte ihn sanft. „Es ist gut", wisperte sie mit den Lippen an seiner Schläfe. „Ich bin ja da." Und sie hielt ihn fest.

Eine Weile später holten sie den kleinen Gaskocher und ein paar von den restlichen Lebensmitteln. Der Duft von Minze stieg in Lillis Nase, als sie einen Schluck Tee trank.

„Ich kann es immer noch nicht fassen, dass du diesen Weg alleine zurückgegangen bist", bemerkte Farid kauend und musterte stirnrunzelnd den Verband um Lillis Bein.

„Was hätte ich denn tun sollen?", gab sie zurück, wobei sie nicht verhindern konnte, dass ein wenig Stolz in ihrer Stimme mitschwang. „Ich musste so schnell wie möglich Yassin erreichen. Und ich hatte dir versprochen, nicht auf dem Wanderweg ins Tal hinunterzulaufen."

„Ja", schmunzelte Farid und der abgebrochene Schneidezahn ließ ihn dabei ungewohnt verwegen aussehen. „Das ist natürlich ein Argument. Allein der letzte Abstieg hätte schlimm ausgehen können." Er schüttelte den Kopf. „Es ist unvorstellbar, dass du so nah an der Sennalm vorbeigelaufen bist. Hätte ich es geahnt, hätte ich keine ruhige Sekunde gehabt."

Sie steckte sich ein Stück Käse in den Mund und sah ihn lange an. „Ich habe mich so sehr danach gesehnt, zu wissen, wie es dir geht. Sei lieber froh, dass ich nicht direkt zur Hütte gekommen bin und dich gesucht habe."

„Diesen Gedanken lasse ich erst gar nicht zu." Seine Augen waren ernst und sein Gesicht, immer noch unrasiert, wirkte dunkler als es eigentlich war.

„Und ich möchte nicht darüber nachdenken, dass ich ab morgen ohne dich sein werde", murmelte Lilli und legte ihren Kopf zur Seite an seine Schulter. Morgen um diese Zeit würde sie im Zug sitzen, auf dem Weg zu ihren Eltern.

„Vorläufig", räumte er ein und legte den Arm um sie. „Alles wird sich fügen, Lilli. Weil wir es wollen und daran glauben."

Bevor sie den Ferienhof erreichten, hörten sie Stimmen.

„Ja und? Wo ist er?", rief eine helle Frauenstimme laut. Eine Männerstimme antwortete etwas darauf, zu leise, als dass sie es verstehen konnten.

„Ich werde ihm erstmal erzählen, dass es eine Frechheit war, einfach so zu gehen und mich alleine zu lassen. So war es nicht verabredet. Er hatte versprochen, sich wieder zu melden!", ertönte die aufgeregte Stimme wieder.

Farid blieb stehen und Lilli mit ihm. Er sah sie verblüfft an. Plötzlich kam eine junge Frau aus dem Innenhof auf die Straße gelaufen und blickte sich um. Sie war groß und sehr schlank, hatte hüftlanges, beinahe schwarzes Haar, das einem Schleier gleich hinter ihr her wehte. Dann fiel ihr Blick auf Farid und sie schrie auf. Mit wenigen Schritten war sie bei ihm, flog ihm um den Hals und schlug gleichzeitig mit den Fäusten auf ihn ein.

„Du Idiot! Du riesengroßer, blöder Vollidiot!", rief sie weinend und umschlang ihn ungestüm, während Lilli verunsichert zurücktrat. Farid umarmte die Frau und strich ihr zärtlich über den Rücken. Obwohl die Wunden auf Brust und Rücken unter der Berührung ihrer Hände schmerzen mussten, verzog er keine Miene. Er flüsterte ihr Worte ins Ohr, die Lilli nicht verstand, die aber unendlich liebevoll und besänftigend klangen.

Ein Mann trat nun durch den steinernen Torbogen, sah zu Lilli und hob hilflos die Schultern. Er war mittelgroß, hatte hellbraunes Haar und trug einen sauber gestutzten Vollbart. Eine runde, schwarzumrandete Brille erinnerte ein wenig an Harry Potter.

Als sie wieder zu Farid schaute, hatte er die Frau bei den Schultern gefasst und drehte sie sanft zu Lilli. Sie war so wunderschön, dachte Lilli schmerzlich und ihr Herz wollte ihr aus der Brust springen. Große, nahezu schwarze Augen sahen sie an, noch verschleiert von Tränen, die in den langen, dunklen Wimpern hingen. Ihre gleichmäßige Haut schimmerte in einem warmen Bronzeton. Der weiche Stoff des dunkelroten Kleides umschmeichelte ihre anmutige Figur und ließ sie wie eine exotische Göttin aussehen. Um den Hals trug sie einen leuchtend grünen Stein.

„Lilli", sagte Farid nun, und seine Augen schimmerten feucht. „Das ist Esmée, meine Schwester!"

„Und ich bin Yassin", stellte sich der Mann vor, der nun ebenfalls zu ihnen getreten war. Vor Erleichterung und Überraschung fehlten Lilli im ersten Moment die Worte.

„Du bist also Lilli!" Yassin betrachtete sie mit erhobenen Brauen und setzte hinzu: „Die Frau, die nicht das macht, was man ihr sagt." Er zwinkerte und lachte sie dann breit an.

„Das wäre nicht das erste Mal", mischte sich Farid ein und strich ihr zärtlich über die Wange. Die beiden Frauen sahen sich an. Dann schloss Esmée Lilli fest in die Arme.

„Ich danke dir, dass du meinen Bruder gerettet hast", sagte sie erstickt in Lillis Ohr. „Und das in jeder Hinsicht. Das werde ich dir niemals vergessen."

Als die Frauen sich im Hof an einen Tisch gesetzt hatten und lebhaft miteinander sprachen, nahm Farid Yassin am Arm und zog ihn außer Hörweite.

„Danke, dass du so schnell gehandelt hast und das SEK rechtzeitig zur Stelle war. Ich hatte nicht damit gerechnet."

„Das war ja hauptsächlich Lillis Verdienst", gab Yassin zu und schüttelte leicht den Kopf. „Wer hätte gedacht, dass diese ganze Aktion so schief laufen würde? Ich habe recherchiert, nachdem ich wusste, dass sich der Fuchs euch angeschlossen hatte. Er ist – er war eine harte Nuss, weißt du? Er hat nicht nur unzählige unschuldige Menschen auf dem Gewissen, er war auch in seinen eigenen Reihen gefürchtet. Dort hat er genauso gnadenlos gerichtet, wenn er dachte, jemand stünde nicht hundertprozentig hinter seiner Sache."

„Wie ist denn der Einsatz gelaufen, nachdem weder an dem einen noch an dem anderen Ort jemand war?"

„Als sie die Wohnung in München leer vorfanden, wurde der Einsatz am Berg im letzten Moment abgesagt. Der Hubschrauber war schon unterwegs. Sie gingen davon aus, dass die Truppe auch das Lager im Gebirge verlassen hatte und wollten nicht eine große Aktion starten, die sich nachher als sinnlos erwies."

Farid nickte. „Das war eine gute Entscheidung. Wahrscheinlich wären sie von hier verschwunden, dann hätte man sie nicht mehr gefunden."

„Ich hatte darauf gewartet, dass du dich meldest", meinte Yassin leise. „Aber jeder Tag, der keine Nachricht von dir brachte, hat mich mehr befürchten lassen, dass sie dich entdeckt hatten."

„Der Fuchs hatte einen Kontaktmann in München", erklärte Farid bitter. „Der hat ihm gemeldet, dass die Polizei die Wohnung gestürmt hat. Wir waren bereits seit dem Abend vorher in der leerstehenden Sennalm, als der Anruf kam. Tja, und das war's. Damit hatten sie mich. Und was dann kam …" Er brach ab und ließ seinen Blick zu den Frauen gleiten. Dann spürte er Yassins Hand auf seinem Arm.

„Wie geht es dir wirklich, Farid? Bist du in Ordnung?" Er klang ernst und besorgt.

„Ja, ich bin ok. Sie haben mich verletzt, natürlich. Aber gebrochen haben sie mich nicht. Alles andere wird verheilen. Allerdings", Farid sah Yassin offen an, „ich bin raus, Yassin. Vielleicht hast du es schon vermutet. Ich fange neu an." Sein Blick wurde weich, als er zu Lilli sah. „Ich habe mein Glück gefunden und werde es nicht aufs Spiel setzten."

Ein kleines Lächeln umspielte die Lippen seines Freundes, als er antwortete. „Ich habe es gehofft, für dich. Alles hat seine Zeit. Ich wünsche euch von Herzen Glück." Die Männer umarmten sich.

„Warum hast du Esmée hergebracht?", wollte Farid nun wissen, als das helle, fröhliche Lachen seiner Schwester erklang. „Natürlich freue ich mich, sie zu sehen. Aber ich fahre in ein paar Tagen sowieso nach Berlin zurück."

„Ich dachte", Yassin druckste ein wenig herum. „Sie sah immer so traurig und unglücklich aus. Ich wollte ihr eine Freude machen und sie endlich lachen sehen. Als ich gestern vom Leiter des SEK erfahren habe, dass alles gut verlaufen ist, habe ich mich ins Auto gesetzt und bin nach Berlin gefahren. Ich habe es ihr erzählt und ihr angeboten, sie hierher mitzunehmen."

Verlegen sah er an Farid vorbei zu den Frauen, zu denen sich jetzt auch Josefa gesellt hatte.

„Und sie ist mit dir mitgekommen? Einfach so?" Farid war überrascht und leicht verärgert. „Du hättest einer der Terroristen sein können! Ich denke, ich muss unbedingt mal mit ihr reden."

„Farid", beschwichtigte ihn Yassin und musste schmunzeln. „Ich glaube nicht, dass viele Menschen außer diesen hier", er machte eine Bewegung, die sie alle einschloss, „die Geschichte mit deinem Mondstein kennen. Esmée glaubte mir auf der Stelle und wollte dich so schnell wie möglich sehen."

Farid musterte ihn prüfend. Dann flackerte Verstehen in seinen Augen.

„Du hast dich in sie verliebt. In all den Jahren, in denen du nach ihr und Mutter geschaut hast, hast du dich verliebt. Ohne sie jemals gesprochen zu haben." Als Yassin nicht antwortete, fügte er sanft hinzu: „Das kann ich gut verstehen, mein Freund. Sie ist eine wunderschöne und sehr beeindruckende Frau. Aber Esmées Leben wird sich verändern, jetzt, da ich wieder in Berlin sein werde. Lass ihr Zeit, Yassin."

„Ich kann warten", antwortete dieser und seine braunen Augen hinter der Nickelbrille leuchteten.

Es war schon spät. Josefa und Lilli hatten Laternen angezündet und sie im Hof aufgestellt. Noch saßen sie alle beisammen, obwohl Yassin die Augen kaum noch offenhalten konnte und fortlaufend gähnte.

„Ich werde dich vermissen, Lilli." Josefa drehte ihr Weinglas in den Händen. „Bitte ruf mich an, sobald du etwas weißt. Ihr zieht fürs erste in unsere große Ferienwohnung und bleibt dort so lange, bis wir etwas anderes für euch gefunden haben."

„Ich verspreche es dir." Lillis Augen glänzten im Schein der Kerzen. „Ich kann es selbst kaum erwarten, wiederzukommen. Aber das weißt du ja."

Ihre Hände lagen in ihrem Schoß, fest um Farids Linke geschlossen. Yassin gähnte laut.

„Sorry, Leute, ich falle gleich vom Stuhl. An einem Stück nach Berlin und zurück hat mich fertig gemacht. Ich wünsche euch eine gute Nacht." Er blickte kurz in die Runde, wobei seine Augen einen Moment länger auf Esmée ruhten. Dann ging er, um sich auf die Couch zu legen, die bei Lilli und Farid in der Ferienwohnung stand.

„Wollen wir auch?" Josefa sah Peter und Esmée fragend an. Ein paar Minuten später waren Farid und Lilli alleine. Irgendwo zirpten die Grillen, als wollten sie den Sommer noch nicht endgültig verloren geben. Die Luft war warm und schwer vom Duft nach reifem Obst und gemähtem Heu. Der Herbst schien tatsächlich noch weit entfernt.

„Ich freue mich auf Mama und Papa." Lilli saß jetzt auf Farids Schoß und hatte die Arme um seinen Hals gelegt.

„Und ich freue mich darauf, sie bald kennenzulernen."

„Du wirst sie mögen. Und sie werden dich mögen, das weiß ich", sagte sie und fuhr mit den Lippen über seine glattrasierte Wange.

„Ich mag sie schon deswegen, weil sie dich nach Hause in deine Wohnung begleiten. Dann weiß ich, dass du nicht alleine bist."

„Du glaubst, ich würde das nicht schaffen?", fragte sie neckend.

„Ach, Lilli!" Farid lachte leise auf. „Ich bin davon überzeugt, du würdest alles schaffen. Es ist nur – ich bin froh, dass sie bei dir sind. Weil ich nicht bei dir sein kann."

„Dann ist es gut." Sie klang verschmitzt und knabberte an seinem Ohr. Er stöhnte und drückte sie an sich. Sie nahm seine Hände und küsste sie nacheinander. „Und ich bin froh, wenn diese Hände endlich das tun dürfen, wofür sie geschaffen sind."

„Ja, ich auch. Ich werde allerdings unter den anderen Medizinstudenten der alte Mann sein."

„Immerhin ein alter Mann mit Erfahrung", kicherte sie, worauf er sie in die Seite zwickte.

„Immer, wenn es mir möglich ist, werde ich bei dir sein", versprach er. „Wenn Yassin innerhalb von vierundzwanzig Stunden nach Berlin und wieder zurückfahren kann, kann ich es auch. Und ich werde dich in jeder Minute vermissen." Der Kuss, der darauf folgte, war sehr zärtlich und sehr lang.

„Du wirst deine Mutter bald wiedersehen", flüsterte Lilli in seinen Nacken.

„Ich habe jetzt schon Herzklopfen deswegen.“

Mit einer plötzlichen Bewegung nahm sie das Lederband mit dem Mondstein ab und streifte es ihm über. Als er protestieren wollte, küsste sie ihn. „Der Mondstein gehört zu dir“, sagte sie dann leise und biss ihn sanft in die verheilenden Lippen. Wieder stöhnte er und presste sie voller Verlangen an sich.

„Farid el Hakim“, wisperte sie an seinem Mund, „wie ist eigentlich dein richtiger Name?“

Überrascht hob er den Kopf, die Augen schimmernd wie Brunnen.

„Amarell. Mein voller Name ist Farid Jakob Amarell.“ Seine Stimme war heiser vor Begehren.

„Bitte, Farid Jakob Amarell, trag mich jetzt in unser Bett.“

EPILOG

„Er ist wunderschön", sagte Lilli voller Ehrfurcht und berührte den dunkelblauen, glänzenden Stein, den Esmée ihr an einem Lederband umgelegt hatte.

Farids Schwester betrachtete sie und strahlte. „Wie passend, dass dein Geburtsstein der Saphir ist, Lilli! Er hat genau die Farbe deiner Augen, es ist unglaublich!" Dann wurde sie ernst. „Er ist mein Dank an dich, dass du uns Farid zurückgebracht hast. Es war schrecklich in all den Jahren. Nicht zu wissen, wo er ist. Ob er überhaupt noch lebt. Wir wussten, dass er sich seit Vaters Tod gequält hat, aber er hat sich nie helfen lassen und lebte in seiner eigenen Welt. Es hat uns alle verändert. Jeden auf seine eigene Weise."

Esmée schwieg einen Moment, räusperte sich dann leise und fuhr fort. „Es ist ein Wunder, wie sich der Zustand von Mama gebessert hat, seit er wieder da ist. Es ging ihr in den Monaten vorher sehr schlecht. Jeder Lebenswille war von ihr gewichen, sie wollte kaum noch essen. Ich hatte das Gefühl, sie würde mir unter den Händen wegsterben, ohne dass ich ihr helfen konnte. Und jetzt sieh sie dir an!"

Sie sahen beide zu der großen, dunklen Frau, die am üppig gedeckten Tisch saß und ein kleines, blondes Mädchen auf dem Schoß wippte. Ihr ehemals schwarzes Haar war von vielen silbernen Strähnen durchzogen und sie sprach nicht viel. In ihren Augen jedoch war wieder Leben eingekehrt, nachdem sie nicht mehr hatte annehmen müssen, dass sie außer ihrem Mann auch ihren Sohn verloren hatte.

„Sie wird nie wieder so fröhlich sein, wie sie es einst war", sprach Esmée weiter. „Aber es ist ein Geschenk für uns, dass sie wieder am Leben teilnimmt."

Links und rechts von Farids Mutter saßen Lillis Eltern und unterhielten sich lebhaft mit einem Mann, der schütteres Haar hatte und älter wirkte, als er eigentlich war. Seine Brille saß ihm ein wenig schief auf der Nase und er wirkte leicht verlegen, als sei er keine fröhlichen Feste gewöhnt. Als er aufsah, fiel sein Blick auf Lilli. Seine Augen begannen zu leuchten und er winkte ihr zu.

„Er mag dich sehr", bemerkte Esmée lächelnd. „Vielleicht mehr als du glaubst."

„Alfons mag alle Menschen", meinte Lilli und winkte zurück. Farids Schwester warf ihr einen kurzen Seitenblick zu und wollte etwas erwidern, als Timmy, der Hund von Lillis Eltern, laut bellend einen neuen Gast ankündigte.

„Yassin!", rief Lilli und zog Esmée an der Hand mit, um ihn gemeinsam mit ihr zu begrüßen. Gleichzeitig trafen Josefa und Peter ein, worauf Marie vor Freude quietschte und von Adeebas Schoß herunterrutschte. Auch Gesa ließ auf der Stelle die Hofkatze los, die sofort erleichtert das Weite suchte, und lief mit ihrer Schwester den neuen Gästen entgegen.

„Wo ist Farid?", wollte Yassin wissen, als er die Frauen begrüßt hatte und sich suchend umblickte.

„Er ist nach München gefahren, um Kolja zu holen. Sie müssten bald hier sein."

„Darf er übers Wochenende raus?" Yassin war überrascht.

„Darf er", antwortete Esmée an Lillis Stelle. „Und ich lerne endlich den Mann kennen, der sich vor die Kugel geworfen hat, die meinen Bruder hätte töten sollen!"

Nur Lilli fiel auf, dass Yassin die Stirn runzelte und sein Blick sich verdunkelte. Er wartete immer noch darauf, dass Esmée sich in ihn verliebte. Sie ließ die beiden allein und lief ins Haus zu August und Edith.

„Kommt ihr nach draußen? Oder ist noch was zu tun?"

Josefas Eltern sahen sie an und lächelten geheimnisvoll. „Wir sind gleich bei euch, Liebes", sagte Edith. „Geh nur wieder und begrüße eure Gäste."

Vor der Haustür der Wirtsleute blieb Lilli stehen und betrachtete den großen, geschmückten Innenhof. Rundherum blühten Frühlingsblumen in den Kästen, die bunten Holzläden und Türen der Ferienwohnungen leuchteten in der Maisonne.

Der große Tisch, der sich unter der Last von Kuchen und vielen anderen Leckereien bog, hatte Platz für die Menschen, die ihr am meisten bedeuteten. Später am Tag würden noch Britt und Rob mit den Kindern eintreffen. Sie hatte sogar Wolli eingeladen. Mit gemischten Gefühlen zwar, aber immerhin war er der Vater ihrer Kinder, deren zweiten Geburtstag sie heute alle zusammen feierten. Zu Lillis Erleichterung hatte er es vorgezogen, einige Tage später zu Besuch zu kommen, um die Mädchen zu sehen. Sie war keineswegs böse darum.

Lilli hatte sich an den Türrahmen gelehnt und versuchte zu begreifen, dass ihr Leben sich tatsächlich auf diese Weise verändert hatte in den letzten Monaten. Es war kein Traum. Anfang April war sie mit den Zwillingen in eine Ferienwohnung des Bernauer Hofes eingezogen und würde mit ihnen so lange hier wohnen, bis Farid sein Medizinstudium beendet hatte. Farid und sie wollten noch nicht festlegen, was nachher sein würde. Wer wusste schon, was die Zeit bringen mochte?

Sie hörte ein Auto vorfahren und wusste, dass er es war. Dann stand er unter dem steinernen Torbogen, neben ihm der Mann mit den rotbraunen Haaren. Farid brauchte kaum zwei Sekunden, bis er Lilli auf der entgegengesetzten Seite des Innenhofes entdeckte. Ihre Blicke verfingen sich ineinander und wie jedes Mal, wenn Lilli ihn sah, wusste sie, dass alles möglich war, wenn man den Menschen fand, durch den einem selbst Flügel wuchsen. Und wie immer versank für einen kurzen Augenblick alles um sie herum in Bedeutungslosigkeit, bis sie ihre Augen wieder voneinander lösten.

Die Zwillinge jauchzten begeistert als sie Farid sahen, und Lilli musste schmunzeln, als die beiden mit ihren kurzen Beinchen zu ihm rannten, um von ihm in die Luft gewirbelt zu werden. Freudig ging auch sie ihm entgegen. Bevor sie ihn jedoch erreichte, flog Esmée an ihr vorüber, das schwarze Haar hinter ihr her wehend, und stellte sich vor die Männer, die Hände in die Hüften gestützt. In ihren hellen Pluderhosen und einem bauchfreien Top sah sie umwerfend aus.

„Ist er das?" Sie sah Farid fragend an. Als er nickte, musterte sie den Rothaarigen einige Sekunden lang. „Ich danke dir, Kolja", sagte sie und sah ihn mit ihren ausdrucksvollen Augen so lange an, bis der Mann vor Verlegenheit nicht mehr wusste, wohin mit seinen Händen. Dann beugte sich Esmée blitzschnell vor, küsste ihn mitten auf den Mund und ging zum Tisch zurück. Sie hatte schon längst wieder zwischen Yassin und Alfons Platz genommen, als Kolja ihr immer noch sprachlos und mit offenem Mund hinterherstarrte.

„Das, mein Freund, war meine Schwester Esmée." Farid lachte und zeigte dabei seinen abgebrochenen Schneidezahn. „Sie hat das Temperament einer echten Ägypterin. Nimm dich vor ihr in Acht!"

Zu spät, dachte Lilli, als sie den entrückten Ausdruck in Koljas Augen sah.

„Bitte einen Moment Ruhe!" Josefa hatte sich erhoben und mit einem Löffel an ein Glas geschlagen. Es dämmerte bereits und die Geburtstagskinder schliefen, erschöpft von den Aufregungen der letzten Stunden, in den Armen der Großeltern.

„Liebe Lilli, lieber Farid", begann sie feierlich, als die Gespräche am Tisch verstummt waren und alle sie erwartungsvoll ansahen. „Ich hatte eine ziemlich lange Rede vorbereitet, aber", damit warf sie einen liebevollen Seitenblick auf ihren Mann, „Peter meint, ich solle es nicht ganz so pathetisch machen. Daher also jetzt die Kurzform.

Wir alle sind sehr glücklich darüber, dass es euch, wenn auch unter überaus dramatischen Umständen, hierher verschlagen hat. Lilli ist seit Ostern hier und schmeißt den Hof, als hätte sie nie etwas anderes gemacht. Wir hatten in den Ferien schon jede Menge Gäste, und es lief alles total entspannt. Lilli, du kannst dir hoffentlich vorstellen, wie froh wir sind, dich und deine süßen Mädchen bei uns zu haben. Denn es ist nun einmal so, dass keine Enkel da sind und meine Eltern sind sehr glücklich darüber, Marie und Gesa verwöhnen zu dürfen.

Farid, nicht nur die Menschen in unserem Dorf, auch die der umliegenden Dörfer im Tal hoffen, dass du dich vielleicht mit einer Praxis als unser neuer Arzt hier niederlassen wirst. Natürlich werden wir eure Entscheidung, was eure Zukunft betrifft, hinnehmen, egal wie sie aussehen wird. Aber wir geben die Hoffnung nicht auf, dass ihr bei uns bleiben möchtet und wir dich dafür gewinnen können. Wir wissen", dabei lächelte Josefa Lilli und Farid zu, die wegen der Ansprache immer noch überrascht aussahen, „dass ihr Farids einsame Hütte in den Bergen vermisst. Dort habt ihr euch kennengelernt und die erste Zeit miteinander in völliger Einsamkeit verbracht. Ebenso wenig sind uns eure langen Wanderungen entgangen, die euch ein wenig von dem Trubel hier fortbrachten. Daher haben wir beschlossen", sie machte eine kleine Pause, während alle gespannt lauschten, „dass wir euch die Almhütte schenken."

Lilli und Britt jauchzten überrascht auf.

„Ich weiß", fuhr Josefa fort, „dass dort noch einiges zu tun ist, bis sie wieder bewohnt werden kann. Aber ihr habt ja Zeit, solange Farid noch studiert. Und wie wir Lilli kennen, hat sie dort oben im Handumdrehen Klarschiff gemacht. Denn das war das erste, was sie damals von mir haben wollte: Werkzeug!"

Alle am Tisch lachten fröhlich auf. Josefa wartete kurz und sprach dann weiter. „Ihr könnt die Berghütte später ja als Ferienhaus nutzen, so werdet ihr immer wieder zu uns zurückkehren. Also ihr seht, die Idee ist nicht ganz ohne Eigennutz!"

Sie lachten wieder und Lilli sprang auf, um Josefa und deren Eltern innig zu umarmen.

Viel später, die Zwillinge schliefen nebenan in ihren Bettchen, strich Lilli mit den Fingerkuppen über Farids Brust und spürte die feinen Narben, die die verheilten Brandwunden hinterlassen hatten.

„Wer hätte vor einem Jahr gedacht, dass alles so kommen würde?" Ihre Stimme war ein Wispern. „Mein Leben war ein einziger Scherbenhaufen und ich war sicher, dass es immer so weitergehen würde."

„Das Leben nimmt, das Leben gibt", gab Farid ebenso leise zurück und drückte sie fest an sich.

„Es hat mir so viel gegeben in den letzten Monaten."

„Mir auch, Zahra." Seine Lippen berührten ihren Hals. „Deshalb sollten wir jeden Tag als ein kleines Wunder betrachten. Solange wir leben."

„Ja", nickte sie und schmiegte sich an ihn. „Das tu ich, seit wir damals zusammen vom Berg gekommen sind." Dann kicherte sie vergnügt. „Ich glaube, Yassin und Kolja betrachten deine Schwester auch als ein kleines Wunder."

„Ja", seufzte Farid, „das befürchte ich auch. Sie sind meine besten Freunde. Und sie wird mindestens einem von ihnen das Herz brechen."

„Wir werden sehen. Vielleicht kommt es auch ganz anders. Und jetzt lass uns schlafen", gähnte Lilli und küsste ihn zärtlich. „Wer weiß, wann die Mädchen uns morgen früh wecken."

Ende

Zur Autorin

Karin Ann Müller wurde 1964 in Aachen geboren und wuchs mit zwei Geschwistern in einem fröhlichen Elternhaus auf. Mit ihrem Mann und zwei Katzen lebt sie in einer alten Hofreite in der Nähe von Darmstadt und verbringt ihre Tage am liebsten im Garten, mit Geschichtenschreiben oder mit Handwerken. Inspiriert wird sie, sobald sie durch Wald und Wiesen läuft, durch die Berge wandert oder sich in der Bretagne den Wind um die Nase wehen lässt. Sie veröffentlicht ihre Bücher verlagsunabhängig.

Wenn dir der Roman gefallen hat, würde sie sich über eine Rezension freuen. Ein paar wenige Worte reichen völlig aus. Gerne auf Amazon.de, LovelyBooks oder wo du sonst unterwegs bist.

Falls du Fragen hast, zum Buch oder allgemein, so nimm gerne Kontakt auf.

Mail: karinann@hotmail.de
facebook: KarinAnnMueller
Homepage: www.karin-ann-mueller.de

Weitere Romane:

Liebe, Magie und der Geruch nach Feuer
Das Lied des Prinzen
Elaine – Windbrüder Buch I (ab Herbst 2019)

Liebe, Magie und der Geruch nach Feuer

Zwei Brüder, eine Prophezeiung und eine Reise, die ihr Leben verändern wird.

Flo ist lebenslustig, leidenschaftlich und immer ein wenig vorlaut. Eigenschaften, die ihn ganz wesentlich von seinem Bruder unterscheiden. Während er die Semesterferien zum Jobben nutzt, verwirklicht Tobias, der ältere der Brüder, sich einen Traum und fliegt nach Südafrika. Begleitet wird er von Fiona, einer jungen Frau, die er aus dem Internet kennt.

Im Urlaub verschwindet Tobias spurlos. Entführt? Alles weist darauf hin. Als Fiona sich völlig verzweifelt bei Flo meldet, fliegt dieser ohne zu zögern in das ferne Land, um gemeinsam mit ihr nach seinem geliebten Bruder zu suchen.

Ein Liebesroman für junge Erwachsene, ein Roadtrip, ein Abenteuer. Und ein fernes Land voller Exotik und Magie.

Das Lied des Prinzen

Ein Kurzroman über die Liebe und das Leben, das nicht immer so läuft, wie wir es uns wünschen.

Clemens Prinz ist 45 Jahre alt und erfolgreich. Bis vor kurzem war er es zumindest, denn vor drei Monaten hatte er einen Schlaganfall. Seitdem ist er nur noch der Schatten des Mannes, der er einmal war. Verbittert schleppt er sich von einem Tag zum anderen und macht jenem Menschen das Leben zur Hölle, der ihm am wichtigsten ist: Ellen, seiner Frau.

Auf einem seiner mühsamen Spaziergänge begegnet er Pauline. Sie führt ihn behutsam dazu, von seinem Leben zu erzählen. Vor allem aber von seiner großen Liebe. So erlebt Clemens seine eigene, ganz besondere Liebesgeschichte noch einmal und stellt fest, dass er trotz allem ein glücklicher Mann ist. Außerdem beginnt er zu verstehen, dass manchmal Dinge passieren müssen, damit man erkennt, welcher Weg der richtige ist.

Elaine (Windbrüder Buch I)

Eine finstere Ruine, eine tragische Legende und ein Mann, der behauptet, ein Windbruder zu sein.
Die 18-jährige Marla ist weder so schön wie ihre ältere Schwester, noch so klug und witzig wie die jüngere. Sie findet sich ziemlich unscheinbar. Das ändert sich, als sie im Wald den geheimnisvollen Arvid kennenlernt. Er hält sie für etwas ganz Besonderes. Doch das ist nicht alles. Der junge Mann behauptet außerdem, er sei ein Windbruder. Das allerdings nimmt Marla ihm nicht ab. Welcher vernünftig denkende Mensch glaubt schon an Windbrüder? Andererseits kann er erstaunliche Dinge, für die es keine logische Erklärung gibt. Obwohl sie ihn für einen Sonderling hält, fühlt sie sich seltsam von ihm angezogen. Zudem ist ihre Neugier, von der sie reichlich besitzt, geweckt.

Als Marla ihn drängt, von sich zu erzählen, rückt er nach und nach mit seiner Geschichte heraus. Es dauert nicht lange und sie erkennt darin die Legende, die sich um den Klagehügel rankt – einer finsteren Ruine mitten im Wald. Dort soll sich vor vielen Jahren eine schreckliche Tragödie ereignet haben.

Fasziniert taucht Marla in das Leben der jungen Elaine ein. Je mehr sie von ihr erfährt, umso näher fühlt sie sich der jungen Frau. Bald kann sie an nichts anderes mehr denken. Als Arvid eines Tages von dem außergewöhnlichen Geschenk erzählt, das er Elaine gemacht hat, besteht Marla darauf, es zu sehen.

Von nun an nimmt das Schicksal seinen Lauf und Marla hat Mühe zu unterscheiden, was real ist und was nicht.